Julie Buxbaum

ABSENDER: GLÜCK

Julie Buxbaum

Absender: Glück

Aus dem amerikanischen Englisch
von Anja Malich

Boje

Dieser Titel ist auch als E-Book erschienen.

Titel der englischen Originalausgabe:
»Tell Me Three Things«

Einbandgestaltung: © FAVORITBUERO, München
Einbandmotiv: © shutterstock/Humannet; © getty-images/Robert Niedring
Die im Text verwendeten Zitate sind entnommen aus: T. S. Eliot, The Waste Land, Das öde Land, Englisch und Deutsch. Übertragen und mit einem Nachwort versehen von Norbert Hummels, Frankfurt, Suhrkamp 2008.
Satz: hanseatenSatz-bremen, Bremen
Gesetzt aus der Chaparral Pro
Druck und Einband: GGP Media GmbH, Pößneck

Printed in Germany
ISBN 978-3-414-82457-8

5 4 3 2 1

Sie finden uns im Internet unter: www.boje-verlag.de
Bitte beachten Sie auch: www.luebbe.de

Für E und L:
Bis zum Mond und wieder zurück
habe ich euch lieb.
Ad infinitum.

Kapitel 1

Siebenhundertdreiunddreißig Tage nachdem meine Mom gestorben ist, fünfundvierzig Tage nachdem mein Dad heimlich eine fremde Frau aus dem Internet geheiratet hat, dreißig Tage nachdem wir daraufhin Hals über Kopf nach Kalifornien gezogen sind und nur sieben Tage nachdem ich zum ersten Mal meine neue Schule besucht habe, auf der ich so gut wie niemanden kenne, erhalte ich eine E-Mail. Eigentlich hätte ich es befremdlich finden müssen, eine Nachricht von einem anonymen Absender zu bekommen, der mit dem eigentümlichen Pseudonym Somebody Nobody unterschreibt, doch mein Leben hat sich in letzter Zeit so sehr verändert, dass mich nichts mehr schocken kann. So lange – siebenhundertdreiunddreißig ganze Tage lang, in denen ich mich alles andere als normal gefühlt habe – hat es gedauert, bis ich erkannt habe: Man kann tatsächlich gegen Befremdliches immun werden.

An: Jessie A. Holmes (jesster567@gmail.com)
Von: Somebody Nobody (somebodynobody@gmail.com)
Betreff: der Wood-Valley-Highschool-Berater

hallo Ms Holmes. wir sind uns noch nie begegnet, und ich weiß nicht, ob es je passieren wird. irgendwann wird es wahrscheinlich so weit sein – vielleicht frag ich dich nach der uhrzeit oder etwas ähnlich banales, das eindeutig unter unser beider würde ist –, aber wir werden uns nie wirklich kennenlernen, zumindest nicht so, dass es irgendwie bedeutsam wäre … deshalb habe ich mir gedacht, ich maile dir unter dem deckmantel der anonymität.

und ja, mir ist sehr wohl bewusst, dass ich als sechzehnjähriger gerade die worte »unter dem deckmantel der anonymität« benutzt habe, und das ist auch schon grund nr 1, weshalb du meinen echten namen nicht erfahren wirst. es wird mir für immer peinlich sein, so geschwollen dahergeredet zu haben.

»unter dem deckmantel der anonymität«? geht's noch?

und ja, mir ist auch bewusst, dass die meisten leute dich per SMS oder so kontaktiert hätten, aber ich weiß nicht, wie ich es anstellen soll, ohne dir zu verraten, wer ich bin.

ich habe dich in der schule beobachtet, aber ich habe dich nicht gestalkt, auch wenn ich mich gerade frage: ist es nicht doch stalken, wenn mir das wort in diesem zusammenhang sofort in den sinn kommt? wie dem auch sei, es ist so … du faszinierst mich. sicher hast du schon bemerkt, dass unsere schule die totale ödnis aus blonden barbies und kens mit leerem blick ist. du dagegen hast etwas – und es liegt nicht nur daran, dass du neu bist, denn klar, wir anderen gehen schon gemeinsam zur schule, seit wir fünf jahre alt sind –, es ist eher deine art dich zu bewegen und zu reden oder eben nicht zu reden, sondern uns alle zu beobachten, als wären wir teil einer abstrusen National-Geographic-Dokumentation, was mich dazu bringt zu glauben, dass du anders bist als all die idioten auf dieser schule.

zu gern würde ich wissen, was in deinem kopf vorgeht. und ganz ehrlich, normalerweise interessiere ich mich nicht für den inhalt der köpfe anderer leute. mein eigener macht mir genug zu schaffen.

ich schreibe diese e-mail vor allem, um dir meine expertise anzubieten. denn so leid es mir tut, ich habe schlechte nachrichten: es ist nicht leicht, sich in den wilderungen der Wood-Valley-Highschool zurechtzufinden. auch wenn hier erst einmal alles freundlich und einladend wirkt mit yoga und meditation und den leseecken und dem kaffeestand (entschuldige: der Caffè-Corner). aber das hier ist, wie jede andere highschool in den USA (vielleicht sogar noch mehr), ein echtes minenfeld.

und deshalb biete ich mich dir als berater an. du kannst mich nach allem fragen (außer nach meiner identität natürlich), und ich werde so gut wie möglich antworten: mit wem du dich anfreunden kannst (kurze liste), von wem du dich besser fernhältst (längere liste), warum du keinen veggieburger aus der cafeteria essen solltest (lange geschichte, die du gar nicht wissen willst und bei der wichse eine rolle spielt), wie man in Mrs Stewarts unterricht gute noten bekommt und warum du dich nie in die nähe von Ken Abernathy setzen solltest (darmwinde!). ach ja, und vorsicht beim sport. Mr Shackleman lässt alle hübschen mädchen extrarunden laufen, damit er ihnen auf den hintern glotzen kann.

ich glaube, das sind genug infos für heute.

willkommen im urwald jedenfalls.

hochachtungsvoll, dein Somebody Nobody

An: Somebody Nobody (somebodynobody@gmail.com)
Von: Jessie A. Holmes (jesster567@gmail.com)
Betreff: Mieser Scherz?

SN! Ist das dein Ernst? Oder irgendeine Schikane wie in einem albernen Liebesfilm? Du willst nur, dass ich meine innersten und verruchtesten Gedanken vor dir ausbreite und dann, BAM, wenn ich überhaupt nicht damit rechne, postest du sie auf Tumblr, und die ganze Schule lacht sich schlapp über mich? Wenn dem so ist, bist du an die Falsche geraten. Ich habe einen schwarzen Gürtel in Karate. Ich kann auf mich selbst aufpassen.

Wenn es kein Scherz ist, danke für das Angebot, aber nein, danke. Ich will Kriegsreporterin werden. Da ist es vielleicht nur gut, wenn ich schon mal Erfahrung mit Minenfeldern sammle. Außerdem komme ich aus Chicago. Da werde ich doch wohl mit Wood Valley fertigwerden.

An: Jessie A. Holmes (jesster567@gmail.com)
Von: Somebody Nobody (somebodynobody@gmail.com)
Betreff: kein scherz, weder mies noch überhaupt

versprochen, mit schikane hat es nichts zu tun. ich glaube nicht, dass ich überhaupt schon mal einen Liebesfilm gesehen habe. schockierend, ich weiß. hoffentlich wertest du das jetzt nicht als charakterschwäche.

du weißt aber schon, dass die tage von reportern gezählt sind, oder? vielleicht solltest du lieber kriegsbloggerin werden.

An: Somebody Nobody (somebodynobody@gmail.com)
Jessie A. Holmes (jesster567@gmail.com)
Betreff: Gezielte Spam-Mail?

Sehr witzig. Aber eine Frage habe ich doch: Ist in den Veggieburgern wirklich Sperma?

An: Jessie A. Holmes (jesster567@gmail.com)
Von: Somebody Nobody (somebodynobody@gmail.com)
Betreff: Jessie Holmes, sie haben $100 000 000 von einem nigerianischen prinzen gewonnen

nicht einfach nur sperma, sondern verschwitztes sportlersperma.

den hackbraten würde ich zur sicherheit auch meiden. am besten isst du gar nicht in der cafeteria. von dem zeug kriegst du nur salmonellen.

An: Somebody Nobody (somebodynobody@gmail.com)
Von: Jessie A. Holmes (jesster567@gmail.com)
Betreff: Schicke umgehend meine Kontonummer

Wer bist du?

An: Jessie A. Holmes (jesster567@gmail.com)
Von: Somebody Nobody (somebodynobody@gmail.com)
Betreff: und eine kopie von geburtsurkunde und führerschein bitte auch

nee, so läuft das nicht.

An: Somebody Nobody (somebodynobody@gmail.com)
Von: Jessie A. Holmes (jesster567@gmail.com)
Betreff: Und meine sozialversicherungsnummer natürlich auch, oder?

Na gut, aber dann sag mir zumindest, warum du keine Großbuchstaben benutzt. Ist deine Umschalttaste kaputt?

An: Jessie A. Holmes (jesster567@gmail.com)
Von: Somebody Nobody (somebodynobody@gmail.com)
Betreff: sowie gewicht und größe bitte

bin unendlich faul.

An: Somebody Nobody (somebodynobody@gmail.com)
Von: Jessie A. Holmes (jesster567@gmail.com)
Betreff: JETZT wirst du aber persönlich.

Faul und geschwätzig. Interessante Kombi. Aber die Zeit, Eigennamen großzuschreiben, nimmst du dir?

An: Jessie A. Holmes (jesster567@gmail.com)
Von: Somebody Nobody (somebodynobody@gmail.com)
Betreff: und den mädchennamen der mutter

ich bin ja nicht total philisterhaft.

An: Somebody Nobody (somebodynobody@gmail.com)
Von: Jessie A. Holmes (jesster567@gmail.com)
Betreff: Faul, geschwätzig UND neugierig

Philisterhaft! Ein ganz schön großes Wort für jemanden in deinem Alter.

An: Jessie A. Holmes (jesster567@gmail.com)
Von: Somebody Nobody (somebodynobody@gmail.com)
Betreff: faul, geschwätzig und … gut aussehend

das ist nicht das einzige, was bei mir … puh, ich konnte mich gerade noch davon abhalten, den offensichtlichen witz zu machen. du hast es voll drauf angelegt, und ich wäre fast reingefallen.

An: Somebody Nobody (somebodynobody@gmail.com)
Von: Jessie A. Holmes (jesster567@gmail.com)
Betreff: Faul, geschwätzig, neugierig, gut aussehend und … bescheiden

So sind sie, die Männer.

Die Sache mit E-Mails ist die: Wenn ich jemandem persönlich gegenüberstehe, würde ich nie so reden. Vulgär. Zweideutig. Als wäre ich die Sorte Mädchen, die solche Witze machen würde. Eine, die angesichts einer Person männlichen Geschlechts lässig die Haare zurückwirft und drauflosflirtet und die, wenn es dazu käme, selbstverständlich wüsste, wie man weitergeht als küssen. (Zur Info, ich weiß, wie man küsst. Ich behaupte zwar nicht, dass ich eine Collegeprüfung über das Thema mit Bravour bestehen oder Gold bei Olympia holen würde, aber ich bin mir ziemlich sicher, dass ich nicht total versagen würde. Ich weiß es schlicht aus Erfahrung. Adam Kravitz. Neunte Klasse. Er: nass und forsch, sich rhythmisch bewegende Zunge wie ein Zombie, der versucht meinen Kopf zu fressen. Ich: allzu willige Teilnehmerin, deren Gesicht danach drei Tage wund war.)

E-Mails schreiben ist wie eine ADHS-Diagnose. Für jeden Test wird dir zusätzliche Zeit eingeräumt. Im realen Leben gehe ich Gespräche im Nachhinein immer wieder durch und überarbeite sie, bis mein Part so perfekt locker, schlagfertig und witzig klingt, wie es anderen Mädchen spontan gelingt. Das ist natürlich reine Zeitverschwendung, weil es viel zu spät ist. In der Theorie bin ich schon immer ein ziemlich anderer Mensch gewesen als in der Praxis. In einer E-Mail oder Handy-Nachricht habe ich die Extrazeit, die ich brauche, um zu der besseren, überarbeiteten Version meiner selbst zu werden. Eine, bei der Theorie und Praxis wunderbar übereinstimmen.

Dennoch sollte ich vorsichtiger sein, wie mir jetzt bewusst wird. *So sind sie, die Männer*. Echt jetzt? Ich bin unschlüssig, ob ich eher wie ein Proll oder eine Schlampe klinge; auf jeden Fall nicht wie ich selbst. Und was noch viel entscheidender ist, ich habe keine Ahnung, wem ich schreibe. Es ist unwahrscheinlich, dass SN wirklich jemand ist, der Mitleid mit der Neuen hat und ihr helfen will. Oder noch besser, dass er ein heimlicher Verehrer ist. Daran habe ich natürlich auch sofort gedacht. Das hat man davon, wenn man sich zu viele Liebesfilme reingezogen und zu viele unrealistische Bücher gelesen hat. Warum sonst hätte ich wohl Adam Kravitz geküsst? Er war mein Nachbar, als wir noch in Chicago gelebt haben. Es gibt doch keine bessere Geschichte, als die eines Mädchens, das feststellt, dass die wahre Liebe die ganze Zeit nebenan auf sie gewartet hat! Mein Nachbar hat sich natürlich als Zombie mit kohlensäurehaltiger Spucke entpuppt, aber egal. Aus Erfahrung wird man ja bekanntlich klug.

Höchstwahrscheinlich ist SN ein mieser Scherz. Wahrscheinlich steckt nicht einmal ein »er« dahinter, sondern irgendeine fiese Zicke, die es auf die Schwachen abgesehen hat. Denn seien wir ehrlich: Ich bin schwach. Vielleicht sogar armselig. Ich habe gelogen. Ich habe gar keinen schwarzen Gürtel in Karate. Ich bin nicht stark. Auch wenn ich es bis letzten Monat geglaubt habe. Wirklich. Das Schicksal hat zugeschlagen, ich habe die Arschkarte gezogen, aber ich habe die Zähne zusammengebissen, um alle Metaphern in die Waagschale zu werfen. Oder auch nicht. Manchmal hat es sich nur noch angefühlt, als hätte ich die Arschkarte zwischen den Zähnen. Das Einzige, worauf ich wirklich stolz bin: Niemand hat mich heulen sehen. Und dann wurde ich die Neue an der Wood-Valley-Highschool, in dieser seltsamen Gegend, die sich »das Valley« nennt und irgendwie zu Los Angeles gehört, aber dann auch wieder nicht, und das nur, weil mein Dad diese reiche Frau geheiratet hat, die nach teurem Parfüm riecht. Und Saft kostet hier zwölf Dollar, und ich weiß nicht, was noch. Ich weiß gar nichts mehr.

Ich fühle mich so verlassen, ratlos und allein wie noch nie zuvor in meinem Leben. Nein, an meine Highschoolzeit werde ich später nicht gern zurückdenken. Meine Mom hat einmal zu mir gesagt, dass es zwei Sorten von Menschen auf der Welt gibt: diejenigen, die von ihrer Zeit auf der Highschool schwärmen, und diejenigen, die zehn Jahre brauchen, um darüber hinwegzukommen. Was einen nicht tötet, härtet ab, hat sie damals gesagt.

Doch sie ist tot, und ich bin nicht abgehärtet. Vielleicht gibt es also noch eine dritte Sorte Menschen: diejenigen, die nie über die Highschool hinwegkommen.

Kapitel 2

Ich glaube, ich habe die einzige Sache der Welt gefunden, die man nicht googeln kann: *Wer ist SN?* Es ist inzwischen eine Woche her, seit ich die mysteriösen E-Mails erhalten habe, und noch immer habe ich keine Ahnung. Das Problem ist, ich hasse es, keine Ahnung zu haben. Ich weiß lieber Bescheid. Am besten vorher, mit genügend Zeit, um mich darauf einzustellen.

Nun bleibt mir nichts anderes übrig, als Sherlock Holmes zu spielen.

Beginnen wir mit Tag eins, jenem ersten Tag an der neuen Schule, der einfach nur beschissen war, wenn auch wahrscheinlich nicht beschissener als jeder andere Tag, seit meine Mom gestorben ist. Denn die Wahrheit ist, dass meine Mom an jedem Tag seit ihrem Tod tot bleibt. Aus und vorbei. Jeder Tag war und ist beschissen. Die Zeit heilt nicht alle Wunden, egal, wie viele eilig geschriebene Trauerkarten aus dem Supermarkt dir das vorgaukeln. Doch an jenem ersten Tag in der Schule muss es einen Moment gegeben haben, in dem ich offenbar genug mitleiderregende Hilf-mir-Signale ausgesendet habe, dass SN mich bemerkt hat. Einen Moment, in dem man mir ansah, wie *beschissen* mein Leben ist.

Wann genau das gewesen sein könnte, ist nicht so einfach

herauszufinden, da der Tag von vorne bis hinten peinlich war und die Auswahl an Momenten somit ziemlich groß ist. Es fing schon damit an, dass ich zu spät kam, was Theos Schuld war. Theo ist mein neuer Stiefbruder – der Sohn der neuen Frau meines Dads, der, *juhu*, ebenfalls in meiner Stufe ist und dem ganzen Patchworkfamiliending mit der Einstellung begegnet, so zu tun, als gäbe es mich nicht. Aus irgendeinem Grund war ich so blöd davon auszugehen, dass wir, weil wir im selben Haus leben und in dieselbe Schule gehen, zusammen fahren würden. Dem war nicht so, wie sich herausstellen sollte. Theos GO-GREEN-T-Shirt war nur Show, und natürlich muss er sich seinen hübschen Kopf nicht über so profane Dinge wie Benzingeld zerbrechen. Seine Mutter leitet irgendeine große Filmmarketingfirma, und ihr Haus (auch wenn ich jetzt ebenfalls hier wohne, ist es auf keinen Fall *mein Haus*) hat eine eigene Bibliothek. Allerdings besteht sie aus Filmen anstelle von Büchern, schließlich sind wir in Los Angeles. Letztendlich bin ich dann mit meinem eigenen Auto zur Schule gefahren und in dem irren Verkehr stecken geblieben.

Als ich schließlich durch das imposante Tor der Wood-Valley-Highschool gefahren war, mein Auto auf dem riesigen Parkplatz zwischen all den Luxuskarossen abgestellt hatte und den Weg zum Schulgebäude hinaufgestiefelt war, verwies mich die Sekretärin an eine Gruppe Schüler, die im Kreis auf einer Wiese saß. Zwischen ihnen lagen einige Gitarrenkästen, als befänden wir uns auf einem Kirchenlager, so voll *Kumbaya, my Lord*. In L. A. ist so etwas anscheinend möglich: Unterricht im September draußen auf einem unglaublich grünen Rasen, an blühende

Bäume gelehnt. Ich fühlte mich bereits unwohl und schwitzte in meiner dunklen Jeans, während ich versuchte, sowohl meine Nervosität als auch die noch vom Verkehr herrührende Aggressivität abzuschütteln. Als hätte es eine entsprechende Info zum ersten Schultag gegeben, trugen alle Mädchen leichte, helle Sommerkleider mit schmalen Trägern, die ihre ebenfalls schmalen Schultern wunderschön zur Geltung brachten.

Bislang ist das der auffälligste Unterschied zwischen L.A. und Chicago: Hier sind alle Mädchen dünn und laufen halb nackt herum.

Der Unterricht war bereits in vollem Gang, und ich wusste nicht, wie ich in den Kreis hineinkommen sollte. Offenbar erzählte im Uhrzeigersinn einer nach dem anderen, wie er die Sommerferien verbracht hatte. Ich ließ mich schließlich hinter zwei groß gewachsenen Typen nieder, in der Hoffnung, dass sie bereits dran gewesen waren und ich nicht bemerkt würde.

Natürlich ging die Rechnung nicht auf.

»Hallo, alle zusammen. Caleb«, begann der Typ vor mir so selbstverständlich, als könne er davon ausgehen, dass ohnehin jeder wusste, wer er war. Ich mochte seine Stimme: Sie klang fest, und man hörte ihr an, dass sich ihr Besitzer so wohl in seiner Haut fühlte wie ich mich unwohl.

»Ich war in Tansania, und es war voll cool. Zuerst habe ich mit meiner Familie den Kilimandscharo bestiegen. Meine Oberschenkel habe ich noch Wochen später gespürt. Danach habe ich mit anderen zusammen geholfen, eine Schule in einem abgelegenen Dorf zu bauen. Ein bisschen Engagement kann ja nicht schaden. Insgesamt war es ein super Sommer, aber jetzt bin ich auch froh, wieder hier zu sein. Ich habe das mexikanische Essen echt vermisst.« Als er fertig war, begann ich zu klatschen – er war auf den *Kilimandscharo* geklettert und hatte eine *Schule gebaut* –, hörte aber sofort wieder auf, als ich merkte, dass ich die Einzige war. Caleb trug ein schlichtes, graues T-Shirt und Designerjeans. Er sah gut aus, aber nicht einschüchternd gut, gerade normal genug, um jemand zu sein, bei dem ich mir möglicherweise vorstellen könnte, ihn eines Tages, *vielleicht*, okay, vielleicht auch nicht, zu daten. Nicht wirklich realistisch, nein, sicher nicht, dafür war er viel zu cool, aber es erschien mir nicht allzu vermessen, es mir wenigstens einen Moment lang auszumalen.

Als Nächstes war der Typ mit dem verwuschelten Haar direkt vor mir dran – der sah echt süß aus und konnte es mit seinem Kumpel auf jeden Fall aufnehmen.

Hmm. Vielleicht würde ich mich selbst überraschen, und es gefiele mir hier am Ende doch noch. Wenn nicht im realen Leben, dann zumindest in meiner Fantasie.

»Ich bin Liam, wie ihr wisst. Im ersten Monat habe ich ein Praktikum bei Google gemacht, draußen in South Bay, was mega war. Allein für die Cafeteria lohnt es sich. Und dann bin ich fast den ganzen August als Backpacker in Indien unterwegs gewesen.« Auch seine Stimme gefiel mir. So melodisch.

»Als Backpacker, von wegen«, rief Caleb – der Typ mit dem grauen T-Shirt und dem Kilimandscharo – und der Rest der Gruppe, der Lehrer eingeschlossen, lachte. Ich nicht, denn wie immer war ich einen Moment zu spät dran, da ich mich noch darüber wunderte, wie man als Schüler an ein Praktikum bei

Google kam, und mir bewusst wurde, dass ich niemals an einem College angenommen werden würde, wenn ich mit solchen Leuten konkurrieren musste. Und ich geb's zu, die beiden Jungs beschäftigten mich, ich fragte mich, was sie wohl für Typen waren. Caleb, jetzt mal unabhängig von der Kilimandscharo-Besteigung, wirkte im Vergleich fast ein bisschen brav und spießig, während Liam eher der Hipster war. Ein interessantes Yin und Yang.

»Ja, schon gut, nicht als Backpacker. Meine Eltern hätten mich nicht fahren lassen, wenn ich ihnen nicht versprochen hätte, in vernünftigen Hotels zu übernachten, ihr wisst schon, wegen der Krankheiten, Delhi-Bauch und so. Aber ich habe trotzdem das Gefühl, einen echt guten Eindruck von der Kultur bekommen zu haben. Das kommt sicher gut in meiner Bewerbung fürs College, und das war ja schließlich Sinn und Zweck des Ganzen«, erklärte Liam, und inzwischen wusste natürlich auch ich, dass man jetzt nicht klatschte.

»Und du? Wer bist du?«, fragte der Lehrer, bei dem es sich, wie sich später herausstellte, um Mr Shackleman handelte, den Sportlehrer, vor dem SN mich gewarnt hatte, weil er den Mädchen auf den Hintern starrte. »Dich kenne ich nicht vom letzten Jahr.« Ich hatte keine Ahnung, warum er dabei mit dem Finger auf mich zeigen musste, sodass die ganze Klasse zu mir sah, aber es war egal, versuchte ich mich zu beruhigen. Das war eine Aufgabe für Erstklässler: Was habe ich in den Sommerferien gemacht? Es gab keinen Grund für zitternde Hände und einen rasenden Puls; keinen Grund mich zu fühlen, als wäre ich kurz vor dem Infarkt. Ich kannte die Anzeichen. Wie im Film.

Alle Augen waren auf mich gerichtet, auch Calebs und Liams, die mich beide amüsiert und misstrauisch zugleich ansahen. Vielleicht war es auch Neugier. Schwer zu sagen.

»Ähm, hi, ich bin Jessie. Ich bin neu hier. Ich habe in den Ferien eigentlich nichts Spannendes gemacht. Na ja, ich ... ich bin aus Chicago hergezogen, und vorher habe ich gearbeitet, ähm ja, bei Smoothie King in der Fußgängerzone.« Niemand war so unhöflich, laut loszulachen, doch dieses Mal waren die Blicke leicht zu lesen. Unverhohlenes Mitleid. Sie hatten Schulen gebaut, waren in weit entfernte Regionen gereist und hatten Praktika in milliardenschweren Unternehmen gemacht.

Ich hingegen hatte zwei Monate damit verbracht, Sirup mit Milchprodukten zu mixen.

Später fiel mir ein, dass es geschickter gewesen wäre zu lügen und zu behaupten, ich hätte gelähmten Waisen in Madagaskar geholfen. Niemand hätte auch nur mit der Wimper gezuckt.

Oder geklatscht.

»Moment, du stehst gar nicht auf meiner Liste«, stellte Mr Shackleman fest. »Bist du überhaupt im Abschlussjahrgang?«

»Ähm, nein«, antwortete ich und merkte, wie ein dicker Schweißtropfen seitlich an meinem Gesicht hinunterlief. Kurz abwägen: Würde Abwischen mehr oder weniger darauf aufmerksam machen, dass meine Poren gerade eine riesige Menge Flüssigkeit abgaben? Ich entschied mich dafür.

»Dann bist du hier falsch. Das hier ist der Abschlussjahrgang«, teilte er mir mit. »Oder sehe ich etwa aus wie Mrs Murray?« Lautes Gelächter brach aus, obwohl der Witz höchstens ansatzweise komisch war, und dann wandten sich mir abermals fünfundzwanzig Gesichter zu und sahen mich prüfend an, als würden sie Maß nehmen. »Dein Jahrgang ist drinnen.«

Mr Shackleman deutete auf das Hauptgebäude, und ich musste aufstehen und mich dorthin begeben, während die ganze Gruppe, samt ihrem Lehrer und zwei Typen, die durchaus nicht unsympathisch waren, mir und meinem Hintern nachglotzten. Und erst später, als ich meinen Kurs gefunden hatte und aufstehen musste, um vor jenen fünfundzwanzig Schülern noch einmal über meine Sommerferien zu berichten – und die Worte »Smoothie King« zum zweiten Mal vor ebenso entsetztem Publikum von mir zu geben –, fiel mir auf, dass mir ein dicker Grasklumpen am Hintern klebte.

Wenn ich also über die Zahl der Leute nachdenke, die meine Verzweiflung gespürt haben könnten, komme ich auf mindestens fünfzig, und das ist noch niedrig geschätzt, damit ich mich nicht ganz so schlecht fühle.

Fakt ist, dass jeder von ihnen SN sein könnte.

Jetzt, ganze vierzehn Tage später, stehe ich mit meiner albernen braunen Brottüte in der Cafeteria und schaue mich in der neuen Umgebung um, wo alles glänzt und *teuer* ist (die Schüler hier fahren BMW und nicht alte Ford Focus mit einem bei eBay erstandenen aufgeklebten BMW-Logo). Ich weiß nicht, wohin ich gehen soll. Ich stehe vor dem Problem, das jeder kennt, der irgendwo neu ist: Ich habe keine Ahnung, neben wen ich mich setzen könnte.

Theo, mein Stiefbruder, ist sicher keine Option. Das eine Mal, als ich ihn auf dem Gang gegrüßt habe, hat er mich so intensiv nicht beachtet, dass ich es aufgegeben habe, auch nur in seine

Richtung zu schauen. Er hängt ständig mit einem Mädchen namens Ashby ab (ja, so heißt sie wirklich). Ashby sieht aus wie ein Supermodel auf dem Laufsteg – dramatisches Make-up im Gothic Style, unbequem aussehende Designerklamotten, blasiertes, ebenmäßiges Gesicht und pinkfarbenes hochgestyltes Haar. Theo scheint hier ziemlich beliebt zu sein – auf dem Gang grüßt ihn fast jeder mit einem Faustcheck –, was ich bemerkenswert finde, weil Schüler wie er in Chicago gemobbt würden. Nicht weil er schwul ist – die Leute an meiner alten Schule hatten nichts gegen Homosexuelle, nicht offen zumindest –, sondern weil er so überkandidelt ist. Ein bisschen zu viel von allem. Theo trägt ununterbrochen zu dick auf – nur mir gegenüber nicht.

Als ich ihm gestern Abend zufällig vor dem Zubettgehen über den Weg gelaufen bin, trug er tatsächlich eine seidene Smokingjacke wie ein Model in einer Parfümwerbung. Zugegeben, ich hatte Zinkcreme im Gesicht und stank nach Teebaumöl – die wandelnde Parodie eines verpickelten Teenagers. Dennoch war ich anständig genug, so zu tun, als würde ich es nicht befremdlich finden, dass unsere Leben so plötzlich und ohne unser beider Einverständnis zusammengeworfen worden waren. Ich wünschte ihm so freundlich wie möglich eine »Gute Nacht«, da ich keinen Sinn darin sehe, unhöflich zu sein. Das würde die Heirat unserer Eltern auch nicht rückgängig machen. Doch Theo gab nur ein ausgedehntes, arrogantes Brummen von sich, bei dem der Subtext nicht zu überhören war: *Du und dein Erbschleicher-Vater solltet zusehen, dass ihr aus meinem Haus verschwindet.*

Damit hat er nicht unrecht. Nein, mein Vater ist nicht auf das Geld seiner Mom aus. Aber verschwinden *sollten* wir tatsächlich. Noch heute Nachmittag sollten wir in ein Flugzeug steigen und nach Chicago zurückfliegen, auch wenn das unmöglich ist. Unser Haus ist verkauft. In meinem Zimmer wohnt jetzt eine Siebenjährige mit ihrer riesigen American-Girl-Puppensammlung. Es ist verloren, genau wie alles andere, das mir etwas bedeutet.

Ich hatte vor, die Mittagspause mit meinem erbärmlichen Erdnussbutter-Sandwich in der Bibliothek zu verbringen, doch der Plan wurde von einem strikten ESSEN-VERBOTEN-Schild zunichtegemacht. Ärgerlich, denn die Bibliothek hier ist der Wahnsinn, bislang das Einzige, das im Vergleich zu meiner alten Schule besser ist. (Dort gab es nicht mal wirklich eine Bibliothek. Wir hatten eine Bücherkammer, die aber hauptsächlich zum Knutschen benutzt wurde. Allerdings war ich in Chicago auch auf einer öffentlichen Schule, während diese hier zigtausend Dollar im Jahr kostet, die Dads neue Frau für mich bezahlt.) Im Schulprospekt steht, dass die Bibliothek von irgendeinem Filmmogul mit einem bekannten Nachnamen gespendet wurde. Sogar die Stühle sind superedel – alles Modelle, wie sie in den Designermagazinen abgebildet sind, die Dads neue Frau strategisch im Haus verteilt. »Design-Pornos« nennt sie diese Zeitschriften und lacht dann jedes Mal nervös, woran ich sofort merke, dass sie nur mit mir spricht, weil sie muss.

Auf dem Mädchenklo will ich nicht essen, weil das in Büchern oder Filmen immer nur die totalen Nerds machen, außerdem ist es eklig. Der Rasen wird von irgendwelchen zugedröhnten Typen belagert, und außerdem habe ich keine Lust, für falsche Freundschaften meine Lungen zu opfern. Dann gibt es noch diese Caffè-Corner, die nach meinem Geschmack wäre, trotz der albernen, gewollt italienischen Schreibweise. Doch egal wie schnell ich mich nach dem Vormittagsunterricht dorthin begebe, die beiden großen bequemen Sessel sind immer schon besetzt. In einem sitzt ständig der seltsame Typ, der jeden Tag das gleiche Retro-Batman-T-Shirt zu einer engen schwarzen Jeans trägt und Bücher liest, die noch dicker sind als meine Lieblingslektüre. (Liest er überhaupt? Oder ist das nur Fassade? Nein, wirklich, wer liest schon freiwillig Sartre?) Den anderen besetzt eine wechselnde Gruppe laut kichernder Mädchen, die mit Batman flirten, der eigentlich Ethan heißt, was ich nur weiß, weil er in meinem Jahrgang ist und wir Englisch zusammen haben. (Über ihn hatte ich an jenem denkwürdigen ersten Tag erfahren, dass er den Sommer über als freiwilliger Helfer in einem Musikcamp für autistische Jugendliche gearbeitet hat. Auch das ist Welten entfernt vom Bedienen eines Mixers, aber ich muss ihm hoch anrechnen, dass er mich nicht mitleidsvoll angesehen hat wie der Rest der Truppe, als ich von meiner supercoolen Smoothie-Performance erzählt habe. Wahrscheinlich lag es daran, dass er es gar nicht für nötig hielt, mich überhaupt anzusehen.)

Auch wenn die Mädchen sich noch so sehr bemühen, Batman scheint sich nicht für sie zu interessieren. Er beschränkt sich auf das Minimum – eine angedeutete Umarmung, oberflächlich, ohne Blickkontakt – und jedes Mal scheint er irgendwie kleiner zu werden, als würde es ihn anstrengen. (Offenbar sind Umarmungen und Küsschen an dieser Schule sehr wichtig, auf jede Wange eins, als wären wir zweiundzwanzig und in Paris und nicht sechzehn und in Amerika und noch total verklemmt.) Ich verstehe nicht, warum sie ihn immer wieder umlagern, noch dazu mit dieser übertriebenen Fröhlichkeit, als würde der Schultag *so unfassbar viel Spaß machen!* Jetzt mal im Ernst, muss ich es überhaupt noch einmal erwähnen? Für die meisten von uns *macht Schule keinen Spaß; Schule und Spaß sind zwei unvereinbare Gegensätze*.

Ich überlege, wie es wohl ist, nur in Superlativen zu reden, wie es diese Mädchen tun. *Du bist der Allerwitzigste, Ethan! Echt, megawitzig!*

»Du brauchst frische Luft. Komm, geh ein Stück mit uns spazieren, Ethan«, fordert ein blondes Mädchen ihn auf und wuschelt ihm durchs Haar wie einem kleinen ungehorsamen Kind. Der Blick von flirtenden Sechzehnjährigen ist in Los Angeles der gleiche wie in Chicago, allerdings glaube ich, die Mädchen hier sind noch ein bisschen lauter, als wären sie davon überzeugt, es gäbe einen direkten Zusammenhang zwischen Lautstärke und männlicher Aufmerksamkeit.

»Nee, heute nicht«, erwidert Batman höflich, aber kühl. Er hat dunkles Haar und blaue Augen. Wenn man auf diesen Mir-doch-eh-alles-egal-Look steht, könnte man ihn als süß bezeichnen. Ich kann verstehen, warum ihm die Blondine eben durchs Haar gewuschelt hat. Es ist dick und verlockend.

Er hingegen scheint mies drauf zu sein. Oder frustriert. Oder beides. Als würde auch er die Tage zählen, bis er diesen Ort verlassen kann, und keine Lust haben, es bis dahin zu verbergen.

Wofür auch immer es gut sein mag: 639 Tage, die Wochenenden mit eingerechnet. Selbst ich kann es verbergen. Meistens jedenfalls.

Ich hatte noch nicht wirklich Gelegenheit genau hinzuschauen, ohne dass es jemand bemerkt hätte, aber ich bin mir ziemlich sicher, dass Batman ein Kinngrübchen hat, und ich halte es auch nicht für ausgeschlossen, dass er Eyeliner verwendet, was, *ach egal*. Vielleicht sind es auch nur die dunklen Ringe, die seine Augen so hervorstechen lassen. Jedenfalls sieht er ständig übermüdet aus, als wäre ihm der Luxus von gesundem Schlaf nicht vergönnt.

»Keine Sorge«, sagt die Blondine und tut so, als würde es ihr nichts ausmachen, von ihm abgewiesen zu werden, auch wenn es ganz eindeutig so ist. Dafür setzt sie sich jetzt bei einem anderen Mädchen im Sessel gegenüber auf den Schoß, noch eine Blondine, die ihr so ähnlich sieht, dass man sie für Zwillinge halten könnte, und schmiegt sich übertrieben an sie. Ich kenne dieses alberne Gehabe.

Ich gehe an ihnen vorbei und hoffe, dass die Bank direkt vor der Tür frei ist. Ein einsamer Platz, um Mittag zu essen, aber dafür ein ungefährlicher, an dem nicht viel schiefgehen kann.

»Was glotzt du so?«, faucht die erste Blondine.

Das sind die ersten Worte, die ein Mitschüler der Wood-Valley-Highschool aus freien Stücken an mich richtet – zwei Wochen nachdem ich dort begonnen habe. *Was glotzt du so?*

Willkommen im Urwald, denke ich nur. *Willkommen. Im. Urwald.*

KAPITEL 3

So schlecht ist es hier gar nicht, rede ich mir ein, während ich mit dem Rücken zu Batman und den Zicken auf der Bank sitze. Die Cafeteria und der Rest meiner Stufe befinden sich in sicherem Abstand hinter mir. Ja, die Leute hier sind fies. Doch das ist nichts Neues. Die Leute sind überall fies.

Ich versuche mich über das wunderschöne Wetter zu freuen. Es ist sonnig, denn in L. A. ist es anscheinend immer sonnig. Mir ist aufgefallen, dass hier alle Designer-Sonnenbrillen tragen. Gern würde ich mich darüber aufregen, dass die Leute sie nur aufsetzen, um cool auszusehen, aber hier kann man eine Sonnenbrille wirklich gebrauchen. Ich blinzele die ganze Zeit und halte eine Hand über die Augen wie ein Pfadfinder.

Mein größtes Problem ist, dass ich meine beste Freundin vermisse. Scarlett – ein Meter fünfzig halb jüdische, halb koreanische geballte Energie. Ihr wäre mit Sicherheit der perfekte Konter für die Zicke eingefallen, schlagfertig und bissig. Doch ich habe nur mich selbst – mit langsamer Reaktionszeit und von der Sonne blind. Ich habe versucht, mich davon zu überzeugen, dass ich es die nächsten zwei Jahre allein schaffe. Dass ich Scarlett einfach eine Nachricht schreiben kann, wenn ich Aufmunterung brauche, und es sich dann schon so anfühlen würde, als wäre sie in der Nähe und nicht auf der anderen Seite des Kontinents. Sie antwortet immer sehr schnell. Ich wünschte mir nur, dass ich mich nicht ganz so blöd dabei anstellen würde, herauszufinden, wie hier alles läuft. SN hat recht, ich habe haufenweise Fragen und könnte wirklich eine Wood-Valley-App gebrauchen, die mir erklärt, wie ich die Essenskarten benutze, was zum Teufel sich hinter dem »Wood Valley Giving Day« verbirgt und warum ich an dem Tag geschlossene Schuhe tragen soll. Und am allerwichtigsten wäre vielleicht zu erfahren, mit wem man unbedingt zufälligen Blickkontakt vermeiden sollte. *Was glotzt du so?*

Die flirtenden Blondinen stolzieren jetzt kichernd an meiner Bank vorbei – offenbar ist ihr Versuch, Batman für einen Spaziergang zu gewinnen, erfolglos geblieben.

Lachen sie über mich?

»Meint die das ernst?«, fragt die Blondere von beiden laut flüsternd ihre nur unerheblich weniger blonde Freundin, und dann schauen sie zu mir zurück. Sie sind hübsch, auf diese gefällige, gewöhnliche Art. Glänzendes, frisch geföhntes helles Haar, reine Haut, schlank. Erstaunlich große Brüste. Kurze Röcke, die, da bin ich mir ziemlich sicher, gegen die Kleiderordnung der Schule verstoßen, und vier Schichten Make-up, die wahrscheinlich mithilfe einer YouTube-Anleitung aufgelegt wurden. Wenn ich ehrlich bin, hätte ich nichts dagegen, auf genau diese gefällige Art schön zu sein und zu den wenigen Teenagern zu gehören, die nie mit einem dicken eitrigen Pickel zu kämpfen haben. Mein Gesicht hat selbst an den besten Tagen etwas, das meine Großmutter immer, nicht gerade nachsichtig, als »Charakter« bezeichnet. Mein Potenzial erkennt man erst auf den zweiten, vielleicht auch erst auf den dritten Blick. Wenn überhaupt. »Hast du dieses Haargummi-Monstrum gesehen?«

Oh, Mist, sie lästern tatsächlich über mich. Nicht nur werde ich die nächsten beiden Jahre ohne eine einzige Freundin verbringen, auch verstehe ich plötzlich, warum es nachmittags immer wieder Sendungen zum Thema »Mobbing in der Schule« im Fernsehen gibt. SN mag sich einen Spaß mit mir erlauben, aber er/sie hat recht: Diese Schule ist ein einziges Minenfeld. Bald werde ich meine eigene Selbsthilfegruppe gründen müssen.

Mein Gesicht glüht. Ich taste mit den Fingern nach meinem Zopf, ein Zeichen von Schwäche, ja, aber auch ein Reflex. An dem Stoffhaargummi ist nichts falsch. Ich habe neulich erst im Internet gelesen, dass diese Scrunchies wieder voll in sind. Scarlett trägt auch manchmal eins, und sie hat letztes Jahr den Preis der Trendsetterin des Jahrgangs abgeräumt. Ich kämpfe gegen die Tränen. Nein, sie werden mich nicht heulen sehen. Das können sie knicken. Sie werden mich nicht zum Weinen bringen.

Sie können mir gestohlen bleiben.

»Psst, sie kann uns hören«, sagt die andere und sieht dann wieder zu mir, entschuldigend und schadenfroh zugleich. Sie klingt schrill und überdreht. Dann gehen – oder vielmehr tänzeln – sie weiter, als gäbe es ein Publikum, das pfeift und ihnen hinterherschaut. Ich blicke mich um, nur um sicherzugehen, aber nein. Ich bin die Einzige hier. Sie schwingen ihren perfekten Hintern nur meinetwegen.

Ich hole mein Handy heraus, um Scarlett zu schreiben. Für mich ist erst Mittagspause, während sie schon Schluss hat. Ich finde es schrecklich, dass wir so weit voneinander entfernt sind, räumlich *und* zeitlich.

Ich: Ich pass hier nicht rein. Hier tragen alle Größe 34. Oder sogar 32.

Scarlett: Oh nein, bitte sag mir jetzt nicht, dass wir die DU-BIST-NICHT-FETT-Nummer abziehen müssen. Unsere ganze Freundschaft basiert darauf, dass wir nicht zu der Sorte Mädchen gehören, die das füreinander tun müssen.

Wir haben nie zu denen gehört, die Probleme haben wie: »Ich hasse meinen linken kleinen Finger! Er ist so ... biegsam.« Scarlett hat recht. Ich habe Besseres zu tun, als unerreichbaren Idealen nachzueifern, die irgendwelche Modezeitschriften erschaffen haben, in denen Oberschenkel mal eben per Mausklick ein Stück schlanker gemacht werden. Dennoch wäre es gelogen, wenn ich behaupten würde, nicht zu bemerken, dass ich hier zu den Kräftigeren gehöre. Wie ist das möglich? Kippen sie sich Abführmittel ins Wasser?

Ich: Und sie sind blond. Alle. Ehrlich. So. Kalifornisch. Blond.

Scarlett: LASS DICH VON DENEN BLOSS NICHT BEEINFLUSSEN. Du hast mir versprochen, nicht so eine L. A.-Tussi zu werden.

Ich: Keine Sorge. Um eine L. A.-Tussi zu werden, müsste ich erst einmal Kontakt zu den Leuten hier haben.

Scarlett: Scheiße. Echt? So schlimm?

Ich: Schlimmer.

Schnell mache ich ein Selfie von mir mit meinem halb gegessenen Sandwich allein auf der Bank. Allerdings lächele ich, anstatt einen Schmollmund zu machen, und versehe es mit dem Hashtag #Tag 14. Die Blondinen würden einen Schmollmund machen, damit es ein Ich-bin-ja-so-sexy-Bild wird, das sie dann auf Instagram stellen. *Seht mal, wie scharf ich dabei aussehe, mein Sandwich nicht zu essen!*

Scarlett: Nimm das Haarband raus. Sieht in Kombination mit dem Hemd ein bisschen zu sehr nach Landei aus.

Sofort ziehe ich es aus dem Haar. Genau deshalb brauche ich Scarlett hier. Vielleicht ist sie der Grund, warum sich vorher nie jemand über mich lustig gemacht hat. Wahrscheinlich wäre ich noch viel nerdiger, wenn ich ihr nicht schon mit vier Jahren begegnet wäre. Sehr wahrscheinlich.

Ich: Danke. Ist entfernt. So gut wie vernichtet.

Scarlett: Wer ist der Typ, der dich da gephotobombt hat?

Ich: Was?

Ich kneife die Augen zusammen und starre aufs Display. Als ich das Bild gemacht habe, hat Batman den Kopf gehoben. Es ist sicher keine Absicht gewesen, aber es ist für die Nachwelt verewigt. Blond und Blonder haben also doch Publikum gehabt. Na klar. Mädchen wie sie haben *immer* Publikum.

Wieder fängt mein Gesicht an zu glühen. Ich bin nicht nur eine unförmige, fette Loserin, die mit einem ganz und gar ernst gemeinten Scrunchie im Haar allein Mittag isst. Nein, ich bin auch noch so blöd, mich dabei erwischen zu lassen, wie ich von diesem wunderbaren Moment in meinem Leben ein Selfie mache. Noch dazu vor einem ziemlich coolen Typen.

Ich klicke auf die kleine Box neben dem Bild. Drücke auf löschen. Ich wünschte, man könnte alles so leicht löschen.

KAPITEL 4

»›Das öde Land‹ von T. S. Eliot. Kennt das jemand von euch?«, fragt Mrs Pollack, meine neue Englischlehrerin. Niemand meldet sich, auch ich nicht, obwohl ich es vor einigen Jahren gelesen habe, doch das kommt mir jetzt wie ein anderes Leben vor. Meine Mom ließ überall im Haus Gedichtbände liegen, als wären sie Teil einer stillschweigenden Schnitzeljagd, verschlüsselte Hinweise, die irgendwohin führen sollten, keine Ahnung wohin. Wenn mir langweilig war, nahm ich mir eins dieser Bücher von ihrem Nachttisch oder vom Stapel auf dem Badewannenrand und schlug es willkürlich auf irgendeiner Seite auf. Besonders die Stellen, die sie markiert oder mit unleserlichen Kommentaren am Rand versehen hatte, interessierten mich. Oft habe ich überlegt, warum eine bestimmte Zeile wohl blassgelb unterlegt war.

Gefragt habe ich sie nie. Warum eigentlich nicht? Eine der schlimmsten Erfahrungen, wenn jemand stirbt, ist, an all die Momente zurückzudenken, in denen man nicht die richtigen Fragen gestellt hat, all die Momente, in denen man fälschlicherweise geglaubt hat, noch unendlich viel Zeit zu haben. Und auch: wie sich die Zeit, die man mit der Person gehabt hat, wie so wenig anfühlen kann. Was übrig bleibt, kommt einem wie etwas extra Hergestelltes vor. Die sich überlagernden Geister der Erinnerung.

In »Das öde Land« hatte meine Mutter den ersten Satz unterstrichen und mit zwei dicken Sternchen versehen. »April ist der übelste Monat von allen.«

Warum soll April der übelste Monat sein? Ich weiß es nicht. In letzter Zeit kommt mir jeder Monat auf seine Weise übel vor. Jetzt haben wir September: Die Bleistifte sind gespitzt. Ein neues Jahr, das doch alles andere als neu ist. Für gute Vorsätze und einen Neubeginn ist es zu früh und zu spät zugleich.

Die Bücher meiner Mutter liegen jetzt in Kartons verpackt und verschimmeln in dem angemieteten Lagerraum in Chicago. Das Papier nimmt einen moderigen Geruch an. Ich verdränge den Gedanken, wie alles zerfällt. Wie das Markierte immer mehr verblasst.

»Das Gedicht ist vierhundertvierunddreißig Zeilen lang. Das entspricht vierhundertvierunddreißig Tweets.« Mrs Pollack erntet ein Lachen. Sie ist jung – Ende zwanzig vielleicht – und attraktiv: Leggins mit Leopardenmuster, Keilsandalen, ein seidenes Tanktop mit dünnen Trägern, das ihre sommersprossigen Schultern schön zur Geltung bringt. Sie ist besser angezogen als ich und eine der Lehrerinnen, die es geschafft haben, die Schüler auf ihre Seite zu ziehen, vielleicht bewundern sie sie insgeheim sogar, denn ihr Leben scheint nicht so weit von ihrem eigenen entfernt zu sein. In ihr erkennen sie sich bis zu einem gewissen Grad wieder.

An meinem ersten Tag hat sie mich dem Kurs vorgestellt, aber ich musste weder aufstehen noch etwas über mich erzählen wie bei den anderen Lehrern. Die umsichtige Mrs Pollack hat mir diese Demütigung erspart.

»Also, Leute, ›Das öde Land‹ ist schwer. Wirklich schwer. Das ist Collegeniveau, aber ich glaube, ihr schafft das. Schafft ihr das?«

Sie bekommt einige halbherzige »Jas« zur Antwort. Ich schweige. Ich muss mich ja nicht gleich als Nerd outen.

»Ach nee, das könnt ihr aber besser. Schafft ihr das?« Jetzt bekommt sie lauten Zuspruch, was mich beeindruckt. Ich dachte, die Leute hier würden sich nur für Klamotten, Klatschmagazine und teure Reisen zum Aufmotzen ihrer Collegebewerbungen interessieren. Vielleicht habe ich vorschnell geurteilt. »Sehr gut. Und so werden wir an die Aufgabe herangehen: Ihr sucht euch einen Partner, mit dem ihr euch das Gedicht in den nächsten zwei Monaten einmal in der Woche gemeinsam vornehmt.« Oh nein. Nein. Nein. Nein. Wisst ihr, was noch schlimmer ist, als die Neue an der Schule zu sein? Die Neue zu sein, die einen Partner finden muss. Mist.

Ich sehe mich im Raum um. Vorn sitzen Theo und Ashby, und dass Theo seiner Stiefschwester nicht aushelfen wird, steht fest. Die beiden Blondinen, die sich über mich lustig gemacht haben, sitzen rechts von mir. Inzwischen weiß ich, dass sie Crystal (blond) und Gem (noch blonder) heißen, wie zwei Edelsteine – was urkomisch wäre, wenn sie nicht so einen fiesen Charakter hätten. Und links? Das Mädchen neben mir trägt eine große, schwarze und ziemlich coole Warby-Parker-Brille und dazu zerrissene Jeans, insgesamt der Typ Mensch, mit dem ich zu Hause befreundet wäre. Doch noch bevor mir eingefallen wäre, wie ich sie fragen könnte, ob sie sich mit mir zusammentun möchte, hat sie sich bereits dem Mädchen auf ihrer anderen Seite zugewandt und die Sache wortlos mit ihr klargemacht.

Plötzlich hat der ganze Kurs Paare gebildet. Ich schaue mich um und versuche, nicht verzweifelt zu wirken, auch wenn das Flehen in meinem Blick sicher nicht zu übersehen ist. Werde ich die Hand heben müssen, um Mrs Pollack zu sagen, dass ich keinen Partner habe? *Bitte nicht, lieber Gott.* Als ich meine Niederlage gerade eingestehen will und den Arm bereits vom Tisch löse, klopft mir von hinten jemand mit einem Stift auf die Schulter. Erleichtert seufze ich auf und drehe mich um. Es ist mir egal, wer es ist. Meinetwegen der letzte Hänger.

Aber nein.

Es ist Batman.

Ich spüre ein peinliches Flattern in der Magengegend. Er nickt mir kurz zu, ähnlich wie Theo es immer tut, doch es besteht kein Zweifel: Er fragt mich, ob ich mit ihm zusammenarbeiten will. Seine blauen Augen sind so stechend, dass ich es kaum ertragen kann. Es ist, als würde er mich nicht nur an-, sondern auch in mich hineinschauen. Maß nehmen. Prüfen, ob ich seiner Zeit würdig bin. Ich blinzele, senke den Blick und nicke zurück, lächele zum Dank, wenn auch sehr verhalten. Dann drehe ich mich wieder nach vorn und muss all meine Willenskraft aufwenden, um meine Hand nicht an die Wange zu legen, damit sie abkühlt.

Den Rest des Unterrichts verbringe ich damit, mich zu fragen, warum Batman ausgerechnet mich ausgewählt hat. Vielleicht sehe ich schlau aus? Und wenn dem so ist, bedeutet es, dass ich spießig wirke? In Gedanken gehe ich mein Outfit durch: kariertes Hemd, hochgekrempelte Gap-Jeans, die alten, ausgetretenen Vans. Meine Chicago-Uniform, nur ohne die dicke Jacke. Nichts allzu Entlarvendes, zumal ohne Scrunchie. Instinktiv denke ich zuerst, dass er, aus welchem Grund auch immer, etwas Gutes tun wollte. Wahrscheinlich sah ich total mitleiderregend aus, wie ich den Raum verzweifelt nach jemand Willigem abgesucht habe, besonders, nachdem er dabei gewesen ist, wie Gem über mich abgelästert hat und ich mich am ersten Schultag blamiert habe. Selbst Ken Abernathy, der laut SN ein Problem mit Blähungen hat, fand sofort einen Partner.

Als es klingelt und wir alle unsere Laptops einpacken – natürlich bin ich die Einzige, die kein schickes schmales Notebook hat –, bleibt Batman an meinem Tisch stehen und sieht mich wieder mit diesen Killeraugen an. Kurz bilde ich mir sogar ein, etwas Soziopathisches darin zu erkennen. Nein, das kann nicht sein. Mich auszuwählen war nett von ihm. Ich kann mich nicht daran erinnern, dass ich in Chicago mal auf jemand Neues zugegangen wäre. Er ist nett und ziemlich sexy. Das. Ist. So. Was. Von. Nicht. Gut.

Gerade noch rechtzeitig wird mir bewusst, dass ich aufhören muss, ihn anzustarren, und schnellstens etwas sagen sollte.

»Wollen wir vielleicht Telefonnummern austauschen oder so?«, frage ich und ärgere mich über den nervösen Unterton in meiner Stimme, der sie viel zu sehr nach den Mädchen klingen lässt, die ihn in der Mittagspause belagern. Das Problem ist, dass ich seit Wochen wenig geredet habe. Scarlett und ich schreiben uns meistens, und mein Dad ist zu sehr damit beschäftigt, sich einen Job zu suchen und Zeit mit seiner neuen Frau zu verbringen, sodass wir kaum miteinander zu tun haben. Auf ihn bin ich im Moment ohnehin nicht besonders gut zu sprechen. Die neue Version von ihm gefällt mir nämlich gar nicht. Er ist mit den Gedanken woanders, mit einer Fremden verheiratet und hat mir ein vollkommen neues Leben aufgezwungen, ohne mich auch nur ein einziges Mal nach meiner Meinung gefragt zu haben.

Und das war's dann auch schon. Die Anzahl der Menschen, die mir geblieben sind.

»Nee. Ich übernehm das Projekt und schreibe einfach beide Namen drauf.« Der Kerl wartet nicht einmal meine Zustimmung ab. Er nickt nur noch einmal, als hätte ich Ja gesagt. Als hätte er gefragt und ich geantwortet.

Okay. Vielleicht doch nicht so nett.

»Aber –« Aber was? *Ich habe mich darauf gefreut, mit dir zusammenzuarbeiten? Ich mag deinen Killerblick*. Oder schlimmer noch: *Bitte, bitte?* Ich spreche den Satz nicht zu Ende, sondern gucke nur wieder auf meine schwarze Ledertasche hinab, die ich für cool gehalten habe, bis ich herkam und feststellen musste, dass alle anderen Taschen von dieser schicken französischen Marke haben, die in Rap-Songs besungen wird.

»Keine Sorge, kannst dich darauf verlassen, dass du volle Punktzahl kriegst.«

Mit diesen Worten verlässt Batman so schnell den Raum, dass ich fast glaube, ich hätte mir alles eingebildet. Ein perverser Superheld. Ich bleibe allein zurück, sammele meine Sachen zusammen und frage mich, wie lange es wohl dauern wird, bis das nächste Mal jemand mit mir spricht.

Ich: Es wird besser, oder? Irgendwann vielleicht.

Scarlett: Schade, dass ich aus Prinzip keine Emojis verwende, denn gerade jetzt hättest du echt einen Smiley verdient. Ja, es wird besser werden.

Ich: Ha. Es ist nur. Egal. Sorry, dass ich die ganze Zeit jammere.

Scarlett: Dafür bin ich da. Übrigens, die E-Mail, die du mir weitergeleitet hast. Ich vermute: GEHEIMER VEREHRER. MIT SICHERHEIT.

Ich: Du hast zu viele Romane gelesen. Ich werde verarscht. Und hör auf MICH ANZUSCHREIEN.

Scarlett: Ach, Quatsch. Ich habe nicht behauptet, er wäre ein Vampir, sondern ein geheimer Verehrer. Ziemlich sicher.

Ich: Wollen wir wetten?

Scarlett: Du solltest mittlerweile wissen, dass ich immer recht habe. Das ist meine einzige magische Fähigkeit.

Ich: Und was ist meine?

Scarlett: ???

Ich: Vielen Dank auch.

Scarlett: Spaß. Du bist stark, und das weißt du!

Ich: Meine Oberarme wurden von den vielen Cookies geformt, die ich vor Frust gegessen habe. Von der Hand in den Mund. 323 Wiederholungen. Volles Programm.

Scarlett: Jetzt mal kurz im Ernst, okay, J? Dass du stark bist, bedeutet nicht, dass du nicht manchmal jemanden um Hilfe bitten kannst. Du weißt, ich bin für dich da, IMMER, aber wenn es jemanden vor Ort gibt, solltest du das Angebot vielleicht trotzdem annehmen.

Ich: Vielleicht. Würg. Danke, Frau Lebensberaterin. Ich vermisse dich!

Scarlett: Ich dich auch! Schreib SN zurück. JETZT. SOFORT. Und nun raus mit der Wahrheit? Ist jemand an deiner Schule auffallend blass?

An: Somebody Nobody (somebodynobody@gmail.com)
Von: Jessie A. Holmes (jesster567@gmail.com)
Betreff: Anfrage beim Highschoolberater

Okay, ich bitte um Gnade. Du hast recht. Die Schule ist ein einziges Minenfeld, und ich könnte ein bisschen Hilfe gebrauchen. Dir zu schreiben kostet mich gerade ziemlich viel Überwindung, und ich hoffe nur, dass ich dir trauen kann. Bist du immer noch bereit, mir ein paar Fragen zu beantworten? (Und wenn du die Wood-Valley-Oberzicke bist, hast du gewonnen. Herzlichen Glückwünsch, ich bin drauf reingefallen.)

An: Jessie A. Holmes (jesster567@gmail.com)
Von: Somebody Nobody (somebodynobody@gmail.com)
Betreff: zu euren diensten, mylady

jetzt hast du mich aber neugierig gemacht, was es mit dieser wood-valley-oberzicke auf sich hat. was will sie von dir? ja, das angebot steht noch.

An: Somebody Nobody (somebodynobody@gmail.com)
Von: Jessie A. Holmes (jesster567@gmail.com)
Betreff: Virtueller Knicks

Ach, nichts, alberner Mädchen-Highschool-Kram. Apropos: Du meintest, es gäbe eine kurze Liste von Leuten, mit denen ich mich anfreunden könnte? Ohne jetzt allzu verzweifelt zu klingen, wäre ich dankbar, in die richtige Richtung gewiesen zu werden.

und was hat es mit diesem »WV Giving Day« auf sich bzw. was passiert mit meinen Zehen, wenn ich sie an dem Tag entblöße?

sind diese komischen Essenskarten schon mit $$ geladen?

An: Jessie A. Holmes (jesster567@gmail.com)
Von: Somebody Nobody (somebodynobody@gmail.com)
Betreff: Zehengeschnetzeltes

fang mit Adrianna Sanchez an. sie ist schüchtern, deshalb wird sie nicht auf dich zugehen. aber sie ist echt in ordnung und clever, und wenn man sie einmal kennt auch witzig. ich weiß nicht, warum, aber irgendwie habe ich das gefühl, ihr beide würdet euch gut verstehen.

ein tag gemeinnützige arbeit bei »Habitat for Humanity«. man kriegt einen hammer, deshalb geschlossene schuhe. deine vans müssten ok sein. die finde ich übrigens ziemlich cool.

nee, nix drauf. der automat vor der cafete nimmt nur zehner, zwanziger und kreditkarten.

Wow. Vielleicht kennt mich dieser SN-Typ besser, als ich dachte. Adrianna Sanchez ist das Mädchen mit der großen Warby-Parker-Brille, die in Englisch neben mir sitzt. Die, die mich an meine Freunde zu Hause erinnert. Das Kompliment zu den Vans treibt mir ein wenig die Röte ins Gesicht. Ich bin echt ein hoffnungsloser Fall.

An: Somebody Nobody (somebodynobody@gmail.com)
Von: Jessie A. Holmes (jesster567@gmail.com)
Betreff: Das eine Prozent

Kreditkarten? Echt jetzt? Sind hier eigentlich alle reich?

An: Jessie A. Holmes (jesster567@gmail.com)
Von: Somebody Nobody (somebodynobody@gmail.com)
Betreff: spritztour in meinem land rover?

meinst du das jetzt ernst? ein paar haben ein stipendium, aber diese schule kostet ewig viel asche, wie du sicher weißt. so ist es eben.

Schwarz auf weiß ausgeschrieben ist dies Grund Nr. 4657, warum ich hier nicht herpasse. Mein Dad ist kein Filmmarketingmogul, was auch immer das genau sein mag; er ist Apotheker. Zu Hause waren wir alles andere als arm. Wir waren das, was ich immer für normal gehalten habe. Aber niemand von uns hatte eine eigene Kreditkarte. Wenn ich bei Target oder Goodwill shoppen war, habe ich mit erspartem Bargeld bezahlt, und wir konnten uns keinen Fünf-Dollar-Kaffee holen, ohne vorher zu rechnen und unglücklicherweise festzustellen, dass das Getränk fast so viel kostet, wie man für eine Stunde Babysitten bekommt.

Meine Eltern haben sich nie sonderlich für Geld oder Klamotten oder sonstiges Schickimickizeugs interessiert, das hier allgegenwärtig ist. Ich gehörte nie zu den Teenagern, die unbedingt Designerklamotten haben wollten – das war nie wirklich mein Stil, und wenn es so gewesen wäre, hätte mir meine Mom ziemlich sicher die Meinung gegeigt. Nicht weil wir uns nicht mehr leisten konnten, als ab und zu mal ein bisschen über die Stränge zu schlagen, sondern vor allem, weil meine Mutter es für Verschwendung hielt, Wert auf bestimmte Marken und Accessoires zu legen. Albernes Getue für alberne Leute. Sie gab das Geld, das sie und mein Vater übrig hatten, lieber für Reisen aus oder spendete es für einen guten Zweck. »Erlebnisse sind wichtiger als materieller Besitz«, hat sie immer gesagt und eine sozialwissenschaftliche Studie angeführt, die sie gelesen hatte und die eindeutig bewies, dass man Glück nicht mit Geld kaufen kann. Ich wünschte, ich könnte behaupten, ihr immer zugestimmt zu haben – ich erinnere mich an einen Streit über ein Kleid für die Feier nach der Achten, das zweihundert Dollar kosten sollte –, aber heute bin ich stolz darauf, wie ich erzogen wurde, selbst wenn es bedeutet, dass ich mich in dieser Schule noch fremder fühle, als ich es ohnehin tun würde.

Plötzlich schlägt meine Dankbarkeit gegenüber Batman in Wut um. Wie kann er es wagen, mir die Macht über meine Note zu rauben? Im Gegensatz zu den anderen hier, hoffe ich auf ein Stipendium für meine Collegezeit. Ich kann nicht einfach darauf vertrauen, dass er es schon richten wird. Und was ist, wenn Mrs Pollack herausfindet, dass wir gar nicht zusammengearbeitet haben? Bei der Anmeldung für die Schule musste ich einen Ehrenkodex unterschreiben, in dem unter anderem stand, dass ich stets nur mit ehrlichen Mitteln arbeiten werde.

Streng genommen könnte es als Betrügen angesehen und in meiner Akte vermerkt werden.

Morgen werde ich meinen gesamten Mut zusammennehmen und mit Batman reden. Ich sage ihm, dass ich Mrs Pollack um einen anderen Partner bitten werde, wenn er nicht bereit ist, mit mir zusammenzuarbeiten.

Ich hasse es, fünf Stunden lang Hausaufgaben machen zu müssen und deshalb zu wenig Zeit zu haben, mir einen Nebenjob zu suchen. Ich hasse es, dass Scarlett nicht hier ist. Ich hasse Theo, der gerade nach Hause gekommen ist und, obwohl ich mitten im Wohnzimmer saß, sich nicht einmal dazu aufraffen konnte zu sagen: »Hey, wie war dein Tag?« Sogar meinen Dad hasse ich – den ich, insbesondere nach dem Tod meiner Mom, eigentlich einfach nur lieben will –, weil er mich hierherverfrachtet hat, nur um mich dann ganz mir selbst zu überlassen. Auch er ist nirgends zu sehen.

Meine Mom hat sich immer aufgeregt, wenn ich »hassen« gesagt habe. Sie hielt es für ein undankbares, übertrieben ichbezogenes Wort und wäre ohne Zweifel stinksauer, wenn sie wüsste, dass ich es im Zusammenhang mit meinem Dad verwende. Doch sie ist nicht mehr da, und er ist jetzt mit einer anderen Frau verheiratet. Deshalb bin ich mir ziemlich sicher, dass die alten Regeln nicht mehr gelten.

An: Somebody Nobody (somebodynobody@gmail.com)
Von: Jessie A. Holmes (jesster567@gmail.com)
Betreff: Und nun eine Untertreibung

Hallo, Highschoolberater. Ich will nicht undankbar klingen, muss aber dennoch feststellen: DEINE SCHULE IST ZUM KOTZEN.

An: Jessie A. Holmes (jesster567@gmail.com)
Von: Somebody Nobody (somebodynobody@gmail.com)
Betreff: erzähl mir was neues

da rennst du bei mir offene türen ein, aber jetzt hör auf rumzubrüllen. davon krieg ich kopfschmerzen.

Kapitel 5

»Trautes Heim, Glück allein«, rief mein Vater, als wir zum ersten Mal das Haus seiner neuen Frau betraten, und er breitete die Arme aus, als wollte er sagen *Nicht schlecht, oder?* Während unser Haus in Chicago mit den niedrigen Decken insgesamt einen soliden, aber kompakten Eindruck machte und mich immer ein bisschen an einen Wrestler erinnerte, war dieses der Ballkönig unter den Häusern: groß und mit perfekten, strahlenden Zähnen, ein lässiger Siegertyp. Weiße Sofas. Weiße Wände. Weiße Bücherregale. Es ist schlimm genug, dass sie die Schule bezahlt. Aber jetzt musste ich auch noch Angst haben, Flecken auf dem Wasserhahn zu hinterlassen.

Nein, Glücksgefühle stellen sich bei mir in diesem alles andere als trauten Heim nicht ein. Auch wenn es seltsam klingt, dass ich unser Haus vermisse, wenn ich doch jetzt in einer Umgebung lebe, die direkt aus MTV Cribs stammen könnte. Mein Vater hat unser Haus am ersten Tag, als es auf dem Markt war, an die Patels verkauft. Jetzt schläft Aisha in meinem alten Zimmer, aus dem die Poster von Filmklassikern und die Collage aus Buchcovern und Bildern von Scar und mir, wie wir Grimassen schneiden, entfernt wurden. Hier hat man mich in eins der vielen Gästezimmer verfrachtet, die alle so eingerichtet sind, dass man daran erinnert wird, die Gastfreundschaft nicht überzustrapazieren. Ich schlafe jetzt auf einem antik aussehenden Kanapee – auf dem man sich ein Pin-up-Girl aus den Fünfzigern vorstellen kann, das seine Strumpfhalter zur Schau stellt –, aber um wirklich darauf zu schlafen, ist es nicht unbedingt geeignet. Im dazugehörigen Badezimmer liegen toskanische Seifen mit Monogramm, die so teuer aussehen, dass man sie kaum anfassen mag, geschweige denn benutzen. Und an den Wänden hängt abstrakte Kunst, die aussieht wie von einem Drittklässler gemalt. Das einzig Persönliche von mir, abgesehen von Bessie, der Stoffkuh aus meiner Kindheit, ist ein kleines Foto, das mich zusammen mit meiner Mutter zeigt, als ich ungefähr acht oder neun Jahre alt war. Darauf klammere ich mich mit dem gesamten Körper um ihren Oberschenkel wie ein Baby-Monster, auch wenn ich zu dem Zeitpunkt schon zu alt für so etwas war. Sie blickt auf mich herab. Liebe und Belustigung ist in ihren Augen zu sehen, Anbetung und Angst in meinen. Ich erinnere mich noch an den Moment, in dem es entstanden ist. Ich wollte nicht bei dem neuen Babysitter bleiben, weil ich aus irgendeinem Grund davon überzeugt war, dass sie nie mehr zurückkommen würde, wenn sie das Haus verließ.

»Findest du es nicht auch traumhaft hier?«, fragte mein Dad, nachdem er mein Leben in zwei Reisetaschen das beeindruckende Treppenhaus hinauf in »mein Zimmer« getragen hatte. Er war so glücklich und begeistert wie ein Kind, das etwas Gutes getan hat und dafür eine Belohnung haben will, dass ich ihn einfach nicht enttäuschen konnte. Er war vollkommen hilflos gewesen, als meine Mom krank wurde. Gerade war sie noch gesund und unser beider Kapitänin gewesen, die alles organisiert hatte, und plötzlich war alles anders geworden. Die Diagnose: Eierstockkrebs im vierten Stadium. Bald war sie zu schwach, um den Raum zu durchqueren, und den Unwägbarkeiten des Alltags war sie erst recht nicht mehr gewachsen: Mahlzeiten zubereiten, Auto fahren, dafür sorgen, dass immer Toilettenpapier im Haus ist.

Mein Dad war zunehmend ausgelaugt und erschöpft, verlor Gewicht und Haare, als würde er und nicht sie die Chemo- und Strahlenbehandlung bekommen. Als wäre er ihr Spiegelbild. Oder ihr siamesischer Zwilling. Einer, der ohne den anderen nicht leben kann. Das ging über zwei Jahre so (747 Tage, ich zähle sie), und erst kürzlich hat er wieder angefangen, Gewicht zuzulegen und kräftiger auszusehen, was mir unweigerlich auffiel. Endlich war er wieder zum Mann geworden, zum *Dad,* war kein Kind mehr. Monatelang hatte mein Dad Fragen gestellt, aus denen hervorging, dass er keine Ahnung hatte, wie unser Alltag funktionierte. Wo befindet sich bei uns das Kehrblech? Wie heißt der Direktor deiner Schule? Wie oft gehst du zur Kontrolluntersuchung?

Mein Vater arbeitete Vollzeit, und wenn er nicht arbeitete, verhandelte er mit Versicherungen und kümmerte sich um die vielen Arztrechnungen, die bergeweise eintrudelten, was alles noch schwieriger machte. Anstatt ihn zu nerven, lieh ich mir einfach seine überstrapazierte Kreditkarte. Organisierte Frei-Haus-Lieferungen von Küchen- und Toilettenpapier, schrieb Einkaufslisten, besorgte uns Müsliriegel und Haferflocken in großen Mengen. Da ich im ersten Jahr noch keinen Führerschein hatte, bestellte ich sogar BHs online. Tampons ebenfalls. Und all die Fragen, die ich normalerweise meiner Mutter gestellt hätte, stellte ich dem Internet. Ein trauriger virtueller Ersatz.

Irgendwie kamen wir zurecht. Alle beide. Und für eine Weile waren wir so sehr damit beschäftigt alles zusammenzuhalten, dass ich fast vergaß, wie es früher gewesen war. Wie wir zu dritt vereint gewesen waren. Als ich klein war, bin ich immer für unser tägliches Jessie-Sandwich ins Bett meiner Eltern gesprungen. Wir waren eine zufriedene Einheit; drei erschien uns eine gute, ausgeglichene Zahl zu sein. Jeder von uns hatte eine bestimmte Rolle. Mein Vater arbeitete und brachte uns zum Lachen. Meine Mutter arbeitete auch, allerdings nur Teilzeit, und bei ihr liefen alle Fäden zusammen, sie beruhigte und verband. Meine einzige Aufgabe bestand darin, ihr Schatz zu sein, mich in ihrer permanenten Aufmerksamkeit zu aalen.

Es ist jetzt 747 Tage her, und ich kann noch immer nicht darüber reden. Ich kann zwar darüber reden, wie ich das Toilettenpapier gekauft habe, wie wir gelitten haben, wie *ich* gelitten habe. Doch nach wie vor habe ich keine Worte dafür gefunden, über meine Mom zu reden. *Ihr wahres Ich*. Mich daran zu erinnern, wer sie war, ohne zusammenzubrechen.

Ich kann es noch immer nicht.

Manchmal habe ich das Gefühl, das Reden überhaupt verlernt zu haben.

»Es ist umwerfend, Dad, echt«, sagte ich, weil das neue Haus tatsächlich umwerfend war. Wenn ich schon in die Fänge einer bösen Stiefmutter geraten musste, gab es sicher schlimmere Orte, als mitten in *Schöner Wohnen* zu leben. Ich wollte mich nicht darüber beschweren, dass es schwer war, sich hier zu Hause zu fühlen, dass ich das Gefühl hatte, in ein Museum gezogen zu sein, in dem nur Fremde umherliefen. Das würde ziemlich hochnäsig klingen. Wir beide wussten, dass das Problem ein anderes war. Das Problem war, dass Mom nicht da war. Dass sie niemals mehr irgendwo sein würde. Wenn ich zu lange darüber nachdachte, was ich, wenn möglich nicht tat, wurde mir bewusst, dass es ziemlich egal war, wo ich schlief.

Bestimmte Tatsachen neigen dazu, alles andere unwichtig werden zu lassen.

Einst waren wir ein starkes Dreiergespann gewesen, und jetzt sind wir zu etwas vollkommen anderem geworden. Ein neues, undefinierbares Gebilde. Ein schiefes Parallelogramm.

»Nenn mich Rachel«, hatte Dads neue Frau bei unserer ersten Begegnung zu mir gesagt, worüber ich lachen musste. Was sollte ich denn sonst zu ihr sagen? Mutter? Ms Scott? (Ihr Mädchenname. Nein, nicht ihr Mädchenname, sondern der Name ihres ersten Mannes.) Oder noch lächerlicher, ihren neuen Namen, den Namen meiner Mom. Mrs Holmes? In meinem Kopf bleibt sie Dads neue Frau; es ist sinnlos zu versuchen mich daran zu gewöhnen. *Dads neue Frau. Dads neue Frau. Dads neue Frau.* Ein gutes Beispiel für drei Wörter, die nicht zusammenpassen.

»Nenn mich Jessie«, hatte ich geantwortet, weil ich nicht wusste, wie ich anders darauf reagieren sollte. Von ihrer Existenz zu erfahren hatte mich vollkommen unvorbereitet getroffen. Ich hatte nicht einmal gewusst, dass mein Vater überhaupt auf der Suche nach einer neuen Frau war. Er war viel gereist – pharmazeutische Veranstaltungen, hatte er behauptet –, und ich war nicht auf die Idee gekommen genauer nachzufragen. Ich ging davon aus, dass die Arbeit für ihn den gleichen Zweck erfüllte wie für mich die Schule: zu vergessen. Ich freute mich, an den Wochenenden das Haus für mich allein zu haben. (Habe ich sie genutzt, um Riesenpartys bei mir zu feiern, auf denen die Leute Bier aus Plastikbechern in sich hineinkippten und es in unserem Garten wieder auskotzten? Nö. Scarlett hat bei mir übernachtet. Wir haben uns in der Mikrowelle Popcorn gemacht und bis zum Abwinken alte Staffeln unserer Lieblingsserien geguckt.)

Doch eines Tages war mein Dad mit der Neuigkeit nach Hause gekommen, dass er sich verliebt habe, und ich bemerkte den neuen Ring an seinem Finger. Kalt und glänzend. Silber: ein herbes Metall. Anstatt in Orlando mehr über den Nutzen von Cialis zu erfahren, war er anscheinend nach Hawaii geflogen und hatte dort heimlich eine Frau geheiratet, die er im Internet in einer seiner Trauergruppen kennengelernt hatte. Zuerst hatte ich geglaubt, er wolle mich auf den Arm nehmen, doch seine Hände zitterten, und er lächelte schief, so wie er es immer tut, wenn er nervös ist. Und dann folgte die schreckliche, lange Erklärung, dass ihm bewusst sei, dass es nicht leicht würde, eine neue Stadt, Schulwechsel und so weiter. Während dieses Teils redete er so schnell, dass ich ihn bat, es zu wiederholen, um sicherzugehen, dass ich richtig gehört hatte. Das war der Teil, in dem der Name »Los Angeles« zum ersten Mal vorkam.

Ein Schritt nach vorn, hatte er gesagt. Eine *Chance*. Eine Gelegenheit, »aus unserem Trott« herauszukommen. Diese Worte hatte er tatsächlich auszusprechen gewagt: »aus unserem Trott«.

Mir war gar nicht aufgefallen, dass wir uns in einem Trott befanden. »Trott« erschien mir ein viel zu harmloses Wort für Trauer.

Er war gebräunt, seine Wangen gerötet von drei Tagen am Strand, während ich noch blass vom Winter in Chicago war. Meine Finger rochen wahrscheinlich nach Popcorn. Ich weinte nicht. Nachdem der erste Schock verwunden war, litt ich weit weniger, als ich gedacht hätte. Manchmal, wenn Scarlett sagt, ich sei stark, meint sie eigentlich taub, glaube ich.

Rachel ist eine dieser superzierlichen Frauen, die mit ihrer Stimme viel Raum einnehmen. Sie redet nicht, sie verkündet. *Nenn mich Rachel! Sag Gloria, wenn du etwas aus dem Supermarkt brauchst! Sei nicht schüchtern! Sie ist eine Zauberin in der Küche! Ich kann nicht einmal ein Ei kochen! Pilates hat mir heute den ultimativen Kick gegeben!*

Ich finde ihre Gegenwart anstrengend.

Heute verkündet sie: »Abendessen im Familienkreis!« Bis jetzt konnte ich es weitestgehend vermeiden, mich mit allen zusammen an einen Tisch zu setzen. Rachel hat abends oft lange an einem neuen Film gearbeitet – einem Action-Schrägstrich-Science-Fiction-Streifen mit dem Titel *Terroristen im All*, der, um mit ihren Worten zu sprechen, »alle Besucherrekorde brechen wird!«. Ansonsten hat sie irgendwelche Geschäftsessen gehabt – »Kontaktpflege heißt das Zauberwort!«, wie sie gern propagiert –, zu denen mein Vater sie begleitet hat. Wenn er nicht mit ihr unterwegs war, saß er vor dem Computer und suchte nach einem neuen Job. Theo ist auch oft weg, meistens bei Ashby, wo sie ihrer Mutter die fertig angelieferten Diätmahlzeiten klauen.

Ich esse meistens in meinem Zimmer. Oft einfach Brot mit Erdnussbutter, die ich mir selbst gekauft habe, oder japanische Nudeln mit Ei. Ich schreibe nicht gern Dinge auf Glorias Einkaufsliste. Gloria ist die »Hausmanagerin« – was auch immer das genau ist. »Sie gehört zur Familie!«, stellte Rachel sie mir bei unserer ersten Begegnung vor, auch wenn Familienmitglieder meines Wissens nach keine Uniform tragen. Außerdem gibt es ein Putzteam, einen Gärtner und diverse andere Latinos, die dafür bezahlt werden, Birnen auszuwechseln und Toiletten zu reparieren. »Alle runterkommen! Heute essen wir zusammen, ob ihr wollt oder nicht!«

Den letzten Halbsatz sagte sie mit einem scherzhaften Unterton à la: *Ha, ha ist es nicht witzig, dass ihr beide keine Lust dazu habt? Im selben Haus zu wohnen. Gemeinsam zu essen. Das Leben ist einfach urkomisch.*

Es könnte sein, dass ich sie hasse. Ich weiß es noch nicht genau.

Ich öffne meine Zimmertür einen Spaltbreit und sehe, dass Theo auf dem Weg nach unten ist. Er hat riesige Kopfhörer auf. Keine schlechte Idee. Ich greife nach meinem Handy, damit ich Scarlett während des Essens schreiben kann.

»Nein, ehrlich, Mom«, stöhnt Theo, ohne die Kopfhörer abzunehmen, sodass er noch lauter spricht als normal. Diese Familie hat wirklich keinen Sinn für eine angemessene Lautstärke. »Müssen wir echt einen auf glückliche Familie machen? Ist schon schlimm genug, dass sie hier *wohnen*.«

Ich blicke zu meinem Dad und rolle mit den Augen, um ihm zu zeigen, dass es mir nichts ausmacht. Als Rachel nicht hinsieht, lächelt er kurz zurück. Wenn Theo sich so danebenbenimmt, mache ich eben das Gegenteil. Spiele die perfekte Tochter, damit Rachel ihr verzogener Sohn noch peinlicher ist. Ich tue so, als würde es mir nichts ausmachen, dass ich mit meinem Dad herkommen musste, dass er nicht ein einziges Mal nachgefragt hat, wie es mir geht. Im Vortäuschen bin ich inzwischen perfekt.

»Sieht köstlich aus. Was ist das?«, frage ich, weil es tatsächlich gut aussieht. Langsam habe ich Nudeln und Erdnussbutter satt. Ich brauche Gemüse.

»Quinoa und gebratene Meeresfrüchte mit Pak Choi«, verkündet Rachel. »Theo, bitte nimm die Kopfhörer ab und hör auf, so unfreundlich zu sein. Wir haben großartige Neuigkeiten für euch.«

»Ihr bekommt ein Kind«, mutmaßt Theo trocken und lacht dann über seinen eigenen Witz, der alles andere als komisch ist. Ach du Schreck. Ist das biologisch überhaupt noch möglich? Wie alt ist Rachel? Danke, Theo, dass du die Liste der größten Ängste meines Lebens gerade ein Stück verlängert hast.

»Sehr witzig. Nein. Bill hat heute die Zusage für eine neue Stelle bekommen!« Rachel grinst, als hätte mein Dad eine wahre Heldentat vollbracht: einen dreifachen Rückwärtssalto mit geglückter Landung direkt vor unseren Augen. Sie hat noch ihre Arbeitskleidung an – eine weiße, mit einer kecken Schleife aufgehübschte Bluse und dazu eine schwarze Hose mit Satinstreifen an den Seiten. Irgendwie trägt sie immer irgendetwas Baumelndes: eine Schleife, Quasten, Charms oder einen Schal. Ihr gerade geschnittenes Haar ist glatt geföhnt und sitzt so perfekt, dass es sie trotz der dezenten Botoxbehandlung älter erscheinen lässt, als sie wahrscheinlich ist. Zu viele scharfe Linien. Eins muss ich ihr allerdings lassen, auch wenn ich eigentlich nicht bereit bin, ihr irgendetwas zuzugestehen: Rachels Begeisterung ist großherzig. Mein Dad verdient wahrscheinlich kaum mehr, als sie Gloria zahlt. Dennoch bin ich erleichtert. Jetzt kann ich ihn um Taschengeld bitten, bis ich einen Job gefunden habe.

»Lasst uns anstoßen!«, ruft sie, und zu meiner Überraschung schenkt sie auch Theo und mir ein kleines Glas Wein ein. Mein Dad sagt nichts und ich genauso wenig; auch wir können uns kultiviert europäisch geben. »Auf den Neubeginn.«

Ich lasse mein Glas gegen die anderen klirren, trinke einen Schluck Wein und mache mich dann über die Meeresfrüchte her. Ich versuche jeglichen Blickkontakt mit Theo zu vermeiden, stattdessen schreibe ich unter dem Tisch eine Nachricht an Scarlett.

»Ich freue mich so. Und es hat gar nicht lange gedauert, mein Schatz!« Rachel lächelt meinen Vater an und drückt seine Hand. Er lächelt zurück. Ich schaue auf mein Handy. Ich habe mich noch immer nicht daran gewöhnt, sie zusammen zu sehen, und schon gar nicht, wenn sie sich wie frisch Verheiratete benehmen. Sich berühren. Ich bezweifle, dass ich mich je daran gewöhnen werde.

»Wo wirst du arbeiten?«, erkundige ich mich, vor allem, weil ich hoffe, dass Rachel dann ihre Hand von Dads nimmt. Es funktioniert nicht.

»In der Straße, in der auch eure Schule liegt. Irgendwann werde ich die Apotheke bei Ralph's leiten«, erklärt mein Dad. Ich frage mich, was für ein Gefühl es wohl für ihn ist, dass Rachel ein Vielfaches von seinem Gehalt verdient, ob es an seiner Ehre als Mann kratzt oder ob er es attraktiv findet. Als ich dagegen war, dass sie meine Schulgebühren bezahlt, hat mein Dad nur gesagt: »Sei nicht albern. Das steht nicht zur Debatte.«

Er meinte es ernst. Nichts stand zur Debatte: seine Heirat, unser Umzug. Wood Valley. Bevor meine Mom starb, lebte ich in einer Demokratie. Jetzt in einer Diktatur.

»Warte mal, was?«, schaltet sich Theo ein und nimmt endlich seine Kopfhörer ab. »Du arbeitest NICHT bei Ralph's im Supermarkt.«

Mein Dad blickt auf. Theos aggressiver Ton irritiert ihn.

»Doch, in der Apotheke, die bei Ralph's auf dem Ventura Boulevard in den Markt integriert ist«, antwortet mein Vater weiterhin nett und freundlich. Offene Aggressivität ist er nicht gewohnt. Er ist mich und meine höchstens latent aggressive Art gewohnt – meistens passiv mit gelegentlicher Bissigkeit. Eigentlich raste ich nur in meinem Zimmer richtig aus, manchmal zum Rhythmus von Musik. »Gute Sozialleistungen, sogar eine Zahnversicherung. Eine Weile werde ich als eine Art Praktikant arbeiten, weil ich erst noch eine Prüfung machen muss, bevor ich meinen Beruf auch in Kalifornien ausüben darf. Also werde ich für meine Zulassung als Apotheker lernen, während ihr für eure Collegezulassung büffelt. Aber ich werde trotzdem schon bezahlt, also nicht wie bei einem *Praktikum*-Praktikum. Ich tue genau das Gleiche wie in Chicago, nur dass ich die Prüfung noch einmal machen muss.«

Mein Dad lacht nervös und lächelt dann gequält. Er faselt.

»Du hast einen Job in dem Supermarkt in der Nähe MEINER Schule angenommen«, brüllt Theo.

»In der Apotheke dort. Ich bin Apotheker. Das weißt du doch. Das weiß er, oder?«, wendet sich mein Vater jetzt vollkommen verunsichert an Rachel. »Ich werde dort keine Lebensmittel in Tüten packen.«

»Das. Ist. Doch. Wohl. Nicht. Dein. Ernst. Mom: Das ist nicht wahr, oder?«

»Theo, entspann dich«, erwidert Rachel und streckt die Hand aus. *Wer sind diese Leute?*, denke ich, und das nicht zum ersten Mal. *Entspann dich?*

»Als wäre es nicht schon alles peinlich genug. Jetzt sehen meine Freunde ihn auch noch im Supermarkt mit so einem Plastiknamensschild stehen?« Theo schleudert seine Gabel quer durch den Raum und steht auf. Unwillkürlich fällt mein Blick auf den Spritzer Sojasauce auf dem weißen Esszimmerstuhl, und ich kann mich nur mühsam zurückhalten, Fleckensalz holen zu gehen. Ist das vielleicht Glorias Aufgabe? »Ich hab keinen Bock mehr. Es ist auch ohne diesen Scheiß hier schwer genug.«

Theo stürmt aus dem Raum, schnaufend und stampfend wie ein Vierjähriger. Seine Reaktion ist so überzogen, dass ich fast lachen muss. Hat er solche Ausraster in der Theater-AG gelernt? Dann bemerke ich das Gesicht meines Vaters. Sein Blick ist traurig und leer. Er ist verletzt.

»So redest du nicht mit uns«, sagt Rachel, doch Theo ist schon lange fort, und er ist sechzehn.

Als ich klein war, habe ich es geliebt, Apotheke zu spielen. Ich habe mir eine Schürze meiner Mom umgebunden und aus den leeren Fläschchen, die mein Vater mit nach Hause brachte, Cheerios an meine Stofftiere verteilt. Bis zum Tod meiner Mutter wäre ich nie auf die Idee gekommen, nicht stolz auf meinen Vater zu sein, und selbst dann begann ich lediglich an seinen Alltagsfähigkeiten zu zweifeln, nicht aber an seinen beruflichen. Mir gefällt die Idee, dass er in dem Supermarkt arbeitet, der in derselben Straße liegt wie meine Schule. Ich vermisse ihn. Das Haus hat zu viele Räume, in denen man sich verstecken kann.

Theo und seine reichen Freunde können mir gestohlen bleiben; in Chicago hatten wir keine Zahnversicherung.

Mein Vater ist ein notorischer Optimist. Er hat sicher nicht damit gerechnet, dass es so schlimm werden würde. Vielleicht hat er auch gedacht, als wir geplättet zu zweit in unserem Wrestler-Haus hockten: *Schlimmer als hier kann es in Kalifornien auch nicht werden.*

»Ich kann doch nicht den Job ablehnen, weil es ihm peinlich ist«, sagt mein Dad, als würde er Rachel eine Frage stellen, und wieder wende ich mich instinktiv ab. Doch dieses Mal nicht um mich selbst zu schonen, sondern um ihn zu schonen. »Ich muss lernen.«

Später sitze ich draußen auf einer von Rachels zahlreichen Terrassen und blicke auf die Hügel, die das Haus mit ihren bunten Lichtern umgeben. Ich stelle mir die anderen Familien dort draußen vor, die gerade ihr Abendessen beenden oder bereits die Küche aufräumen. Wenn sie streiten, dann wahrscheinlich über altbekannte Dinge. Sie reiben einander an bereits aufgerauten Stellen wund. In diesem Haus hingegen leben Fremde zusammen. Das hat nichts mit einer Familie zu tun.

Seltsam ist auch, mir vorzustellen, wie es hier wohl vorher gewesen sein mag, bevor mein Dad und ich kamen, bevor Theos Vater starb. Haben sie immer gemeinsam zu Abend gegessen wie wir bei uns zu Hause?

Ich habe mein Handy bei mir, bin aber zu müde, um Scarlett zu schreiben. Ich bin sogar zu müde, um nachzusehen, ob ich eine E-Mail von SN bekommen habe. Ist doch egal. Wahrscheinlich ist er genauso ein verwöhnter Schnösel wie alle anderen auf der Schule. Er hat es sogar bereits zugegeben.

Hinter mir wird die Fliegentür geöffnet und wieder geschlossen, doch ich drehe mich nicht um. Theo lässt sich in den Sessel neben mir fallen und holt Blättchen und einen Beutel Gras heraus.

»Ich bin kein Arschloch«, sagt Theo und beginnt mit Hingabe, sich einen Joint zu drehen. Eine schöne fette Tüte. Gute Arbeit.

»Ach ja? Das Gegenteil müsstest du mir erst einmal beweisen«, erwidere ich und bedaure es sofort. Hätte ich nicht einfach sagen können: *Doch, das bist du*? Oder: *Lass mich in Ruhe*? Warum rede ich manchmal wie eine Sechzigjährige. »Sieht deine Mom dich hier nicht?«

»Zu hundert Prozent genehmigt, legal und medizinisch verordnet. Mein Psychiater hat es mir verschrieben.«

»Echt?«

»Kein Scherz. Gegen meine Ängste.« Ich kann das Grinsen in seiner Stimme hören und merke, dass ich ebenfalls grinse. *So etwas gibt es nur in Kalifornien*, denke ich. Er hält mir den Joint hin, doch ich schüttele den Kopf. Mein Dad hat heute schon genug mitgemacht. Da braucht er nicht auch noch seine liebe, brave Tochter mit seinem neuen Stiefsohn beim Kiffen zu erwischen. Für einen Pharmazeuten ist er erstaunlich konservativ, was den Gebrauch von Arzneimitteln angeht. »Ich glaube trotzdem, sie wäre erleichtert, dass es nur ein Joint ist. Einer aus der Schule ist letztes Jahr gestorben. An einer Überdosis Heroin.«

»Das ist ja schrecklich«, sage ich. In meiner alten Schule waren auch tonnenweise Drogen im Umlauf. Das Zeug, das sie hier nehmen, ist wahrscheinlich auch nicht härter, wahrscheinlich nur teurer. »Wär interessant zu wissen, weshalb *ihm* das verschrieben wurde.«

Theo sieht mich skeptisch an. Es dauert einen Moment, bis er begreift, dass es ein Witz sein sollte. Ich neige dazu, Witze zu reißen, wenn es nicht angebracht, ist und bösartiger zu sein, als wahrscheinlich gut ist. Vielleicht lernt er diese Eigenschaft von mir besser gleich jetzt kennen.

»Weißt du, in jeder anderen Situation könnte ich mir vorstellen, dass wir befreundet wären«, sagt er plötzlich. »Du bist gar nicht übel. Na ja, Ashby würde nichts lieber tun, als dich ordentlich umzustylen, aber das Rohmaterial ist da. Und ich finde, dass du auf deine Weise ziemlich cool bist. Witzig.« Theo blickt geradeaus, richtet seine indirekten Komplimente an die Hügel. »Aber dein Dad ist echt mühsam.«

»Und du bist ein ziemliches Arschloch«, entgegne ich. »Echt.«

Theo lacht und erschaudert angesichts einer eingebildeten Brise. Nachts kühlt es hier ab, aber für einen Schal, den er sich um den Hals geschlungen hat, ist es noch immer viel zu warm. Er nimmt einen tiefen, langen Zug. Ich habe noch nie Haschisch geraucht, sehe aber, was es mit ihm macht. Ich merke, wie er neben mir entspannt, tiefer in seinen Sessel sinkt. Das Glas Wein hat mich auch lockerer gemacht. Ich wünschte, Rachel hätte mir ein zweites angeboten. Ich hätte nicht abgelehnt.

»Ja, ich weiß. Aber hast du eine Ahnung, was ich mir seinetwegen in der Schule alles werde anhören müssen? Oh Mann.«

»Ich habe kein Mitleid mit dir.«

»Nein, das solltest du wahrscheinlich auch nicht.«

»Für mich ist es auch ätzend. Alles. Jede einzelne Minute jedes einzelnen Tages.« Sobald ich die Worte ausgesprochen habe, wird mir bewusst, wie wahr sie sind. *Dad, du hast falschgelegen: Es konnte noch schlimmer werden. Viel schlimmer sogar.* »In Chicago hatte ich ein Leben. Freunde. Leute, die mich auf dem Gang *gegrüßt* haben.«

»Mein Dad ist an Lungenkrebs gestorben«, sagt Theo aus dem Nichts und nimmt einen weiteren langen Zug. »Deshalb rauche ich. Wenn man jeden Tag 20 Kilometer rennt und trotzdem Krebs kriegt, dann kann ich genauso gut meinen Spaß haben.«

»Das ist das Dümmste, was ich je gehört habe.«

»Das weiß ich selbst.« Theo drückt seinen Joint aus und hebt den Rest sorgfältig für später auf. Dann erhebt er sich und blickt mir direkt in die Augen. Von seinem Wutausbruch keine Spur mehr. »Hey, auch wenn du dir nichts dafür kaufen kannst, aber das mit deiner Mom tut mir leid.«

»Danke«, antworte ich. »Und mir tut das mit deinem Dad leid.«

»Dann sollte ich mich wohl auch bedanken. Übrigens, kannst du bitte in Zukunft essen, was es in der Küche gibt? Gloria nervt mich schon die ganze Zeit damit, dass zu viele dieser japanischen Nudeln dich noch *guapa* machen.«

»Japanische Nudeln machen schön?«

»*Gordo. Gorda*. Wie auch immer. Jedenfalls machen sie dich dick und fett. So, und damit ist mein sozialer Dienst für heute erledigt.«

»Oh, noch immer ein Arschloch«, stelle ich fest, doch dieses Mal lasse ich auch ein Grinsen in der Stimme durchklingen. Theo ist eigentlich gar nicht so übel. Nicht supertoll, aber auch nicht übel.

»In der Schule werde ich wahrscheinlich nach wie vor nicht mit dir reden«, sagt er, und für einen kurzen Moment frage ich mich, ob er vielleicht SN sein könnte.

»Das habe ich mir gedacht«, erwidere ich, und er nickt mir kurz zu, wie Jungs es eben machen, bevor er sich abwendet und wieder hineingeht.

Kapitel 6

An: Somebody Nobody (somebodynobody@gmail.com)
Von: Jessie A. Holmes (jesster567@gmail.com)
Betreff: Mir fällt kein guter Titel mehr ein

Hast du auch jemals das Gefühl gehabt, dein Leben sei ein einziger langer Albtraum, und du hoffst, daraus zu erwachen, was aber nicht geschieht?

An: Jessie A. Holmes (jesster567@gmail.com)
Von: Somebody Nobody (somebodynobody@gmail.com)
Betreff: Dornröschen

ähm, ja. so schlimm?

An: Somebody Nobody (somebodynobody@gmail.com)
Von: Jessie A. Holmes (jesster567@gmail.com)
Betreff: Dramaqueen passt wohl besser

Nein, nicht wirklich. Tut mir leid. Versinke heute Abend nur ein bisschen im Selbstmitleid. Hätte gar nicht schreiben sollen.

An: Jessie A. Holmes (jesster567@gmail.com)
Von: Somebody Nobody (somebodynobody@gmail.com)
Betreff: mein glückskeksspruch

nee, brauchst dich nicht zu entschuldigen.

weißt du, man sagt, je zufriedener du in der schulzeit bist, desto weniger erfolgreich wirst du später im leben sein.

An: Somebody Nobody (somebodynobody@gmail.com)
Von: Jessie A. Holmes (jesster567@gmail.com)
Betreff: Im Bett

Ach ja? Dann sieht es für mich ja super aus, und ich werde Vorstandsvorsitzende der ganzen verdammten Welt.

An: Jessie A. Holmes (jesster567@gmail.com)
Von: Somebody Nobody (somebodynobody@gmail.com)
Betreff: Re: Im Bett

nö, das werde ich doch schon.

Inzwischen ist Mitternacht. Ich liege im Bett und lausche den fremdartigen Geräuschen draußen. Kalifornien *klingt* sogar anders. Angeblich leben in der Hügellandschaft hier Koyoten, und es gibt fürchterliche Buschfeuer und Schlammlawinen. Dieser Ort befindet sich permanent am Rand einer Apokalypse.

Ich kann nicht einfach herumliegen und darauf warten, dass ich einschlafe oder der nächste Tag beginnt, was auch immer zuerst eintreten wird. Mein Kopf dreht sich. Ein Tee. Das ist es, was ich jetzt brauche. Etwas Warmes, Beruhigendes. Kamille schmeckt in Chicago genauso wie in L. A. Deshalb schlage ich die Decke zurück und schlüpfe in die Häschenschlappen, die meine Mom mir zum dreizehnten Geburtstag geschenkt hat und die inzwischen ein bisschen unheimlich aussehen, weil den Häschen jeweils ein Auge fehlt. Auf dem Weg nach unten versuche ich so leise wie möglich zu sein, um niemanden zu wecken.

Im Dunkeln kommt mir die Küche weit entfernt vor. Man muss erst das lange Wohnzimmer durchqueren, und ich habe Angst etwas umzustoßen. Ich gehe langsam und mit ausgestreckten Armen wie eine Schlafwandlerin in einem Comic, und genau so stehe ich da, als ich sie erblicke: Dicht aneinandergeschmiegt sitzen mein Dad und Rachel in dem kleinen Raum, der seitlich vom Wohnzimmer abgeht, auf dem Sofa. Nur eine Leselampe leuchtet über ihren Köpfen. Zum Glück können sie mich nicht sehen, weil ich mich jetzt hinter einer Säule verstecke. Es ist mir unangenehm so hereinzuplatzen, und außerdem bin ich ein wenig erstaunt, weil sie nicht wie zwei Fremde aussehen, die aus einer Laune heraus beschlossen haben zu heiraten. Sie sehen aus wie ein echtes Ehepaar.

Sie sind sich wirklich nah, und zwar nicht wie beim Abendessen, als Rachel ihre Hand auf die meines Vaters gelegt hat, eine Geste, die, wenn ich darüber nachdenke, wohl eher für Theo und mich gedacht war. Jetzt haben sie die Köpfe zusammengesteckt und beugen sich über ein offenes Fotoalbum auf ihrem

Schoß, das ich noch nie zuvor gesehen habe. Es muss Rachels sein. Zeigt sie meinem Dad die *Vorher*-Bilder? Ihren verstorbenen Ehemann? Bildbeweise, dass in diesem Haus eine intakte Familie gelebt hat? Ich kann nicht hören, was Rachel sagt, aber etwas an ihren hängenden Schultern und der Art, wie mein Dad ihr Gesicht berührt – seine Hände darumlegt, als wäre es etwas Kostbares und leicht Zerbrechliches –, verrät mir, dass sie weint. Er vielleicht ebenfalls.

Das Herz klopft mir bis zum Hals, und mir wird übel. Ich stelle mir die Fotos vor. Vielleicht ist auch eins von Theo dabei, wie er zwischen seinen Eltern in die Luft geschleudert wird. Wir haben so ein Bild in unserem *Vorher*-Album. Meine Mom auf der rechten Seite, mein Dad auf der linken und ich in der Mitte, genau in dem magischen Moment in der Luft aufgenommen. Ich lache darauf so strahlend, dass man meine Zahnlücke sehen kann. Hat mein Dad Rachel unsere Bilder gezeigt? Alles offengelegt – unsere gesamte Geschichte – einfach so?

Meine Augen füllen sich mit Tränen, obwohl ich versuche sie zu unterdrücken. Ich weiß nicht, warum ich weinen muss. Plötzlich habe ich das Gefühl, mein Leben wäre unwiderruflich zerbrochen, so wie es einen nur mitten in der Nacht überkommen kann, wenn man allein ist. Wie es einen nur überkommen kann, wenn man beobachtet, wie der eigene Vater seine neue Frau tröstet. Wie es einen nur überkommen kann, wenn man ebenfalls leidet, aber niemand da ist, um einen zu trösten.

Ich gehe rückwärts, ein lautloser Moonwalk, ein Weg, der sich noch viel länger anfühlt als der Hinweg. Ich bete, dass sie mich nicht sehen, bete, dass ich wegkomme, bevor sie anfangen sich zu küssen. Ich kann nicht mit ansehen, wie sie sich küssen. Als ich endlich die Treppe erreiche, zwinge ich mich, langsam und geräuschlos hinaufzusteigen, Stufe um Stufe. Ich zwinge mich, nicht so schnell wegzulaufen, wie mich meine unheimlichen Häschenschlappen tragen.

Kapitel 7

Tag 15: besser und schlimmer, vielleicht besser: Nach wie vor scheint die Sonne unbarmherzig grell. Meine Mitschüler sind noch immer schickimicki, und die Mädchen sehen auch heute irgendwie reifer aus als ich, selbstbewusster. Als würde sechzehn hier im Westen mehr sein als dort, wo ich herkomme.

Die Demütigung beginnt früh, noch vor dem Unterricht. *Gut*, denke ich. *Nur los. Dann haben wir es hinter uns*. Vielleicht bin ich letztendlich doch die Tochter meines Vaters – notorisch optimistisch.

»Gap ist echt plebs, findest du nicht?«, fragt Gem ihren Klon und spielt natürlich auf meine Jeans an, auch wenn ich keine Ahnung habe, was sie meint. Steht »plebs« für »Plebejer«? Ich trage also die Hose der normalen Leute? Ja, ja, genau das tue ich. Und dazu Unterwäsche aus der Großpackung, die ich mir am liebsten runterziehen würde, damit sie mir den Allerwertesten küssen kann.

Die Wut schärft meine Sinne und weckt in mir das Bedürfnis zu handeln, anstatt mich zurückzuziehen. Diese Zicken werde ich mir aber nicht vorknöpfen. Dafür bin ich nicht stark genug. Ich werde Adrianna, die neben mir sitzt, ansprechen, denn wann, wenn nicht jetzt, ist der richtige Zeitpunkt, um eine

Verbündete zu finden? Ich schenke meinem glühenden Gesicht keine Beachtung, schaue nicht hinter mich, um herauszufinden, ob Batman vielleicht etwas mitbekommen hat, und tue so, als würde ich nicht merken, dass über mich getuschelt wird.

»Deine Brille gefällt mir«, sage ich leise. Adrianna blinzelt einige Male, als würde sie sich gerade eine Meinung über mich bilden, dann lächelt sie.

»Danke, ich habe sie im Internet bestellt, deshalb war ich ein bisschen unsicher.« Ihre ruhige Stimme, die mich an meine eigene erinnert, ist mir gleich sympathisch. Nicht so übertrieben laut wie die vieler Teenager, die sie sich zulegen, um bemerkt zu werden. Ihr braunes Haar ist locker zusammengebunden. Die braunen Augen sind mit Kajal schwarz umrandet, und sie trägt leuchtend roten Lippenstift. Insgesamt finde ich sie hübsch, das Gesamtbild ergibt viel mehr, als jede Einzelheit vermuten ließe. »Magst du sie wirklich?«

»Ja. Sie ist von Warby Parker, oder? Die machen schicke Sachen.« Ich höre Gem und Crystal vor mir kichern, vielleicht weil ich das Wort »schick« verwendet habe. Ist ja auch egal.

»Stimmt.« Sie lächelt, und ihr Blick sagt: *Achte nicht auf sie*, während ihr Mund lautlos ein Wort formt: *Zicken*.

Ich lächle zurück, und antworte lautlos: *Ich weiß*.

Nach dem Unterricht nehme ich all meinen Mut zusammen, um Batman mitzuteilen, dass wir keine Projektpartner sein werden, da ich nicht bereit bin, den Ehrenkodex der Schule zu brechen, nur weil er nicht weiß, wie man mit anderen fair umgeht. Ich fühle mich stark heute. Adrianna angesprochen zu haben und nicht vor der blöden Blondinentruppe gekuscht zu haben gibt mir Kraft. Vielleicht liegt es auch daran, dass ich zum ersten Mal, seit ich nach L.A. gezogen bin, etwas anderes zum Frühstück gegessen habe als Toast mit Erdnussbutter. Wie dem auch sei, ich werde gegen die verführerische Aura von Batman immun sein.

Er ist nicht mein Typ, rede ich mir ein, während ich entschlossen zu seinem Stammplatz in der Caffè-Corner marschiere.

Nicht mein Typ, rede ich mir ein, als ich ihn in seinem schwarz-blauen Outfit sehe, elegant wie eine Fledermaus.

Nicht mein Typ, echt nicht, rede ich mir weiter ein, als ich hinter einigen Mädchen Schlange stehen muss, die zu fünft unterwegs sind und sich gebären wie Löwinnen, eine die offensichtliche Anführerin, die anderen ähnlich gekleidete Minions. Alle vom Typ, der einen bei lebendigem Leib enthäuten und einem die Knochen abnagen würde.

»Ethan, sag, dass du Samstag kommst«, säuselt die Anführerin, die Heather heißt und sich von Batmans kühler Umarmung oder der Tatsache, dass er weiter in sein Buch guckt, nicht abschrecken lässt. Heute nicht Sartre. Heute ist *Dracula* an der Reihe, was ich super und vor allem saisonal passend finde, wenn man bedenkt, dass bald Halloween ist.

Nicht mein Typ, nicht mein Typ, nicht mein Typ.

»Vielleicht«, sagt er. »Du weißt ja, wie es ist.«

Eine allgemeine Floskel, die absolut nichts aussagt. Faszinierend in ihrer Nichtigkeit. Ich bin mir nicht sicher, ob ich mit genauso vielen Worten weniger sagen könnte, selbst wenn ich es versuchen würde.

»Klar, Ethan«, versichert eins der anderen Mädchen. Sie heißt Rain oder Storm. Vielleicht auch Sky. Auf jeden Fall irgendetwas Meteorologisches. »Ja, genau, wir sehen uns dann da.«

»Ja«, antwortet er, und dieses Mal versucht er nicht einmal mehr sich zu verstellen. Beginnt vor ihren Augen zu lesen. Seine Energie ist aufgebraucht.

»Okay, tschüss dann!« Heather zeigt ihr schönstes Lächeln – natürlich hat sie perfekte Zähne, denn L. A. ist das Land der Keramikveneers. Ich habe »Veneers« gestern Abend gegoogelt und erfahren, dass sie mindestens tausend Dollar pro Zahn kosten, was bedeutet, dass ihr Mund fünf Mal mehr wert ist als mein Auto.

»Tschüssi«, verabschieden sich auch die anderen Mädchen und ziehen endlich ab. Batman wirkt erleichtert, dass sie fort sind.

»Kann ich dir helfen?«, fragt er, als wäre ich der nächste Kunde eines Drive-ins. Auch bei dem Englischprojekt ist er wie selbstverständlich davon augegangen, über meinen Kopf hinweg für mich entscheiden zu können, wie er es von den anderen gewohnt war.

»Also ›Das öde Land‹ ...«, beginne ich und schiebe die Hände in die hinteren Hosentaschen, um möglichst locker zu wirken. »Wenn du nicht mit mir zusammenarbeiten willst, ist das okay für mich. Aber dann muss ich Mrs Pollack Bescheid sagen, dass ich einen anderen Partner brauche. Du machst die Arbeit jedenfalls nicht allein.«

Ich habe es tatsächlich gesagt. Und es war gar nicht so

schwierig. Ich atme aus. Mir ist ein wenig schwindelig, und ich fühle mich wackelig auf den Beinen, was man mir aber hoffentlich nicht ansieht. Meine Maske erhalte ich aufrecht. Jetzt wünsche ich mir, dass er mir einfach mein Happy Meal reichen würde und die Sache damit beendet wäre.

»Wo ist das Problem? Ich habe dir doch gesagt, du kriegst volle Punktzahl«, sagt er und lehnt sich weiter zurück. Er hat sich diesen Sessel noch mehr zu eigen gemacht, als ich mir meine Mittagsbank. Er mustert mich. Seine blauen Augen wirken heute fast grau, wie der Winterhimmel in Chicago. Warum sieht er immer so müde aus? Selbst die Spitzen seines hier und da abstehenden Haars sind abgeknickt, als hätten sie aufgegeben.

»Darum geht es nicht. Eine gute Note schaffe ich auch allein, dafür brauche ich deine Hilfe nicht«, erwidere ich und verschränke die Arme. »Damit brechen wir den Ehrenkodex.«

Wieder mustert er mich, und ich sehe ein ganz leichtes Grinsen. Besser als abgewiesen zu werden, aber trotzdem nicht angenehm.

»Den Ehrenkodex?«

Der blöde Kerl. Wahrscheinlich ist er der Sohn von irgendeinem bekannten Schauspieler oder Regisseur und muss sich um seinen Platz hier keine Gedanken machen. Oder darum, an einem College angenommen zu werden. Das Wort »Stipendium« hat er wahrscheinlich noch nie im Leben gehört. Er würde es erst nachschlagen müssen.

»Hör zu, ich bin neu hier, okay? Und ich habe keine Lust, rausgeschmissen zu werden oder irgendwie in Schwierigkeiten zu geraten. Und es ist das vorletzte Jahr, also zählt alles. Deshalb ist es mir ziemlich egal, ob du das spießig findest oder blöd oder was auch immer.«

»Oder was auch immer«, wiederholt Batman und grinst wieder vielsagend. Ich hasse ihn. Wirklich. Wenn sich Gem und Crystal über mich lustig machen, kann ich mir zumindest einreden, dass es um Dinge geht, die mir nicht wichtig sind. Meine Klamotten, nicht meine Worte. Ich höre Mom in meinem Kopf, nur ganz kurz, denn ihre Stimme ist kaum noch da – verdunstet wie Wasser zu Luft oder aufgelöst, zu Staub geworden – doch kurz höre ich sie ganz deutlich: *Andere Leute können dich nicht dumm aussehen lassen. Das kannst nur du selbst.*

»Oder was auch immer«, sage ich, als würde ich sein Spiel mitspielen. Als könnte er mich nicht verletzen. Ich unterdrücke die aufsteigenden Tränen. Woher kommen sie so plötzlich? *Nein, nicht. Bitte nicht.* Ich atme tief ein, und es geht vorbei. »Jetzt mal im Ernst. Ich werde schon einen anderen Partner finden. Kein Problem.«

Ich zwinge mich, ihm in die Augen zu sehen. Zucke mit den Schultern, als wäre es mir scheißegal. Versuche so zu klingen, als würden die Leute bei mir auch Schlange stehen, um mit mir zu reden wie die Löwinnen bei ihm. Batman sieht mich unverhohlen an und schüttelt dann leicht den Kopf, als würde er sich darum bemühen aufzuwachen. Aber dann lächelt er. Es ist kein Grinsen. Es wirkt nicht fies oder amüsiert. Es ist einfach ein gutes, altmodisches Lächeln.

Er hat keine Keramikveneers. Er hat eine Zahnlücke, und seine beiden oberen Schneidezähne stehen ein wenig schief, neigen sich ganz leicht nach rechts, als hätten sie beschlossen, dass perfekt überbewertet ist. Ich glaube nicht, dass er Kajal benutzt. Ich glaube, sein Gesicht wies von Geburt an so klare Linien auf.

»Okay, dann machen wir's«, sagt er.

»Was?« Ich bin abgelenkt, weil sein Lächeln sein Gesicht verändert. Von einem Moment auf den anderen ist aus dem gut aussehenden, launischen Teenager ein unbeholfen grinsender Junge geworden. Ich kann mir lebhaft vorstellen, wie er mit dreizehn ausgesehen hat – schüchtern und verwundbar – und ein ganz anderer war als der, der in der Caffè-Corner Hof hält. Ich bin mir sicher, dass er mir damals besser gefallen hätte, als er Comics statt Sartre gelesen hat, wenn er nicht gerade mit all den schwierigen Fragen haderte, die dazu geführt haben, dass er so traurig oder wütend oder müde oder was auch immer geworden ist.

Lächelnd gefällt er mir auf jeden Fall besser.

»Lass uns ›Das öde Land‹ zusammen in Angriff nehmen. *April ist der übelste Monat* und so weiter. Nicht gerade mein Lieblingsgedicht, aber es ist grundlegend«, sagt er, während er ein Lesezeichen in *Dracula* legt und das Buch schließt, als wäre der Fall für ihn erledigt. Die Entscheidung ist gefallen. Hier sind die Chicken McNuggets mit Barbecue-Soße. *Bitteschöndankegerngeschehen.*

»Gut«, antworte ich langsam. Jetzt werde *ich* müde. Ihn lächeln zu sehen ist, wie ein Rätsel zu lösen. *Wie kann etwas an ihm, das nicht perfekt ist, ihn noch perfekter werden lassen?* Und hat er gerade das Wort »grundlegend« benutzt? *Bist du traurig oder wütend und wirklich erst sechzehn?*

»Gibt es hier wirklich einen Ehrenkodex?«, will er wissen.

»Ja. Er ist zehn Seiten lang.«

»Man lernt nie aus. Wir haben uns noch gar nicht offiziell vorgestellt, oder? Ich bin Ethan. Ethan Marks.«

»Jessie«, sage ich, und wir geben uns die Hand wie Erwachsene, kein Faustcheck oder Küsschen links, Küsschen rechts oder Kopfnicken auf die Jungs-Art. Seine Finger sind lang und schlank. Ich mag sie, genau wie sein Lächeln. Sie zu berühren ist sogar noch besser. »Holmes.«

»Nett, dich endlich kennenzulernen, Jessie.« Er hält inne. »Holmes.«

Tag 15. Eindeutig besser.

* * *

Später, im Sportunterricht, lege ich die Laufstrecke mit Dri – so nennen sie ihre Freunde, sagt sie, weil man bei Adrianna »zu sehr an Reality-Shows« denkt – gehend zurück, und wir lachen, als wir zählen, wie oft sich Mr Shackleman verstohlen in den Schritt greift. Dri hat mich darauf aufmerksam gemacht. SN hat recht: Sie ist witzig.

»Ich bin mir nicht sicher, ob er sich kratzt oder ob er versucht seinen Ständer zu verbergen, den er kriegt, wenn er die Achse des Bösen beim Laufen beobachtet«, sagt sie. Gem und Crystal haben uns bislang dreimal überrundet, ohne zu schwitzen oder auch nur lauter zu atmen. Sie sehen einfach gut aus. Ich kann nicht anders, als ihnen ebenfalls hinterherzuschauen.

Mr Shackleman wirkt nicht viel älter als unsere Mitschüler, mit dem Unterschied, dass er bereits einen Bierbauch und eine kleine kahle Stelle auf dem Hinterkopf hat. Er trägt eine kurze Turnhose und lässt öfter als notwendig seine schrille Trillerpfeife ertönen.

»Sind sie Zwillinge?«, frage ich und meine Gem und Crystal.

»Nein.« Dri lacht. »Aber sie sind schon praktisch seit Ewigkeiten beste Freundinnen.«

»Sind sie schon immer so, na ja, du weißt schon, so zickig gewesen?« Ich hasse das Wort und fühle mich sofort wie eine peinliche Feministin, aber manchmal passt eben nichts anderes.

»Nicht wirklich. Du kennst ja sicher den Spruch: In der Siebten werden Zicken zu Zicken und bleiben Zicken bis zum zehnten Abschlusstreffen, wenn sie plötzlich wieder mit dir befreundet sein wollen. Das behauptet zumindest meine Mom.«

»Schon lustig, wie Highschool überall gleich ist«, kommentiere ich und lächle Dri an. Ich versuche das unbehagliche Gefühl nicht zuzulasen, nur weil es um Mütter geht und ich prompt ein schmerzhaftes Ziehen im Bauch gespürt habe. »Hier ist es echt total anders als dort, wo ich herkomme, aber manches ist auch genau gleich. Man kann dem nicht entkommen.«

»College. So nah und doch so weit entfernt«, sagt Dri. Sie ist ganz anders als Scarlett, die allen und allem frech und unerschrocken begegnet. Auch wenn sie selbst das Gegenteil behauptet, ist sie die Mutigere von uns beiden. Dennoch glaube ich, dass sie Dri mögen würde. Dass Scar sie führen würde, so wie sie es all die Jahre mit mir getan hat.

»Ein Freund von mir hat vor Kurzem behauptet, je zufriedener du in der Schulzeit bist, desto weniger erfolgreich wirst du im späteren Leben sein«, sage ich und teste damit die Theorie, dass sich hinter SN vielleicht Adrianna verbirgt, was mir in jedem Fall lieber wäre, als wenn es Theo ist. Vielleicht war sie nur zu schüchtern, um mich direkt anzusprechen. Ich beobachte sie genau, doch sie reagiert kein bisschen darauf. *Nein, sie ist es nicht.*

»Ich weiß nicht, aber ich hoffe es.« Sie greift in ihre Tasche und zieht ein Asthmaspray hervor. »Entschuldige, aber ich bin allergisch gegen die Natur. Und gegen Hausstaub. Und gegen alles andere. Ich weiß, dass es blöd aussieht, aber nicht zu atmen sieht noch bescheuerter aus.«

Wenn wir uns besser kennen, sollte ich ihr sagen, dass sie sich nicht zu entschuldigen braucht. Äußerungen, mit denen man sich selbst kleinmacht, sind einfach unnötig. Und dann muss ich insgeheim lachen, denn obwohl Scar über 3000 Kilometer entfernt lebt, ist sie doch hier. Genau so etwas würde sie nämlich zu mir sagen.

KAPITEL 8

Theo trägt eine Jeans, die so eng ist, dass sie auf sein Bein tätowiert sein könnte, und dazu eine ärmellose Lederweste. Ich bin mir ziemlich sicher, dass Anziehen für ihn Verkleiden bedeutet. Heute geht er als ziemlich durchtrainierter und überraschend gut aussehender Hells Angel.

»Na, bewunderst du meine Muckis?«, fragt er, während er den Kühlschrank öffnet und zwei Flaschen eines edlen, gepressten Safts herausnimmt, von denen er mir eine zuwirft.

»Hier, damit du keine Rachitis kriegst.«

Ich sitze auf einem der hohen Barhocker und lese. Einmal mehr hat mich dieses riesige Haus getäuscht: Ich dachte, ich wäre allein. Hätte ich gewusst, dass Theo auch da ist, hätte ich mein Zimmer nicht mit einer Peelingmaske im Gesicht verlassen. Nicht gerade vorteilhaft.

»Was ist das für ein Zeug?« Ich trinke einen Schluck von dem trüben, grünen Saft, und er schmeckt einfach nur eklig. Ich bemühe mich, nicht zu würgen.

»Kohl, Ingwer, Gurke und Rote-Beete-Saft. Wahrscheinlich hätte ich dir für den Anfang etwas Fruchtigeres geben sollen. Hab vergessen, dass du noch keine fortgeschrittene Safttrinkerin bist.«

»Eine fortgeschrittene Safttrinkerin? Meinst du das ernst? Wenn man mit dir redet, fühlt man sich manchmal wie in einer Reality-Show«, sage ich. »Es ist einfach zu komisch, um wahr zu sein.«

»Das alles hier ist wahr, Baby.« Abermals lässt Theo seine beeindruckenden Muskeln spielen.

»Nicht schlecht«, stelle ich mit einem Blick auf seine Oberarme fest. »Ich steh auf den Bikerlook.«

»Biker? Das sollte Rocker sein.«

»Darauf auch.«

»Aber auf den gesunden, muskulösen Rocker, nicht den ausgelaugten, mageren Typ.«

»Ja, eindeutig auf Ersteren.«

Theo wirkt erleichtert, und zum ersten Mal bemerke ich, dass er vielleicht doch nicht immer so selbstbewusst ist. Nachdem ich jetzt weiß, was mich erwartet, trinke ich noch einen Schluck von dem Saft. Er ist so widerlich, dass es irgendwie schon wieder genial ist. Ich kann mich nicht entscheiden, ob ich ihn lieben oder hassen soll, und genauso geht es mir mit Theo.

»Gehst du heute Abend zu Heathers Party? Das wird mega. Ihr Vater und seine neue Freundin sind in Thailand, und er hat dieses gigantische Haus in den Hills. Sie haben ewig viel Asche.«

Moment mal, SN hat neulich auch den Ausdruck »ewig viel Asche« verwendet.

Das muss nichts bedeuten, versuche ich mich zu beruhigen.

So ungewöhnlich ist der Ausdruck nicht.

Ich sehe Theo an und deute auf meine Maske.

»Was glaubst du?«

»Oh nein, zieh jetzt nicht die Mitleidsnummer ab, damit ich dich mitnehme«, sagt Theo.

»Welch nette Einladung, aber nein, danke. Ich muss Hausaufgaben machen.«

»Das glaube ich dir nicht. Es ist Samstagabend.«

»Ich habe nichts anzuziehen.«

»Das glaube ich schon eher. Aber ich bin mir sicher, dass wir irgendwo was auftreiben würden.«

»Jetzt mal ehrlich, ich weiß dein Mitleid wirklich zu schätzen, vielleicht beim nächsten Mal, okay?«

»Dein Pech«, sagt er, springt vom Hocker und hält mir zum Abschied die Faust hin. »Und rauch nicht mein ganzes Gras auf, während ich weg bin.«

An: Somebody Nobody (somebodynobody@gmail.com)
Von: Jessie A. Holmes (jesster567@gmail.com)
Betreff: Samstagabend

Bist du auf Heathers Party?

An: Jessie A. Holmes (jesster567@gmail.com)
Von: Somebody Nobody (somebodynobody@gmail.com)
Betreff: fast schon sonntagmorgen

vielleicht. und du?

An: Somebody Nobody (somebodynobody@gmail.com)
Von: Jessie A. Holmes (jesster567@gmail.com)
Betreff: Nicht wirklich. In 2 Std.

Wenn du da wärst, müsstest du doch wissen, ob ich auch da bin, oder?

An: Jessie A. Holmes (jesster567@gmail.com)
Von: Somebody Nobody (somebodynobody@gmail.com)
Betreff: gut. hast gewonnen. samstagabend

jetzt tu mal nicht so schlau. Heathers partys sind GIGANTISCH.

An: Somebody Nobody (somebodynobody@gmail.com)
Von: Jessie A. Holmes (jesster567@gmail.com)
Betreff: Du hast aber schnell aufgegeben.

Du tust doch sonst immer so schlau.

An: Jessie A. Holmes (jesster567@gmail.com)
Von: Somebody Nobody (somebodynobody@gmail.com)
Betreff: gefällt mir, dass du zwei …

geht das als unser erster streit durch? ;)

An: Somebody Nobody (somebodynobody@gmail.com)
Von: Jessie A. Holmes (jesster567@gmail.com)
Betreff: ???

OMG, hast du gerade ein Emoji verwendet?

An: Jessie A. Holmes (jesster567@gmail.com)
Von: Somebody Nobody (somebodynobody@gmail.com)
Betreff: … Gespräche auf einmal führen kannst.

streng genommen war es ein emoticon. und du hast darauf mit einem OMG reagiert, weshalb ich ziemlich sicher bin, dass wir quitt sind. ohne jetzt voll auf frühe nullerjahre zu machen, aber sollen wir vielleicht lieber chatten? alle zwei sekunden e-mails zu aktualisieren ist doch ganz schön anstrengend. auch wenn mir deine betreffzeilen fehlen werden …

Ich: Schon passiert.

Somebody/Nobody: ah, viel besser.

Ich: Okay? Okay. Ohne jetzt allzu futuristisch daherzukommen, aber wir könnten auch whatsappen. So wie normale Menschen miteinander kommunizieren.

Somebody/Nobody: und damit meine anonymität aufgeben? Nein, danke. also, samstagabend oder fast sonntagmorgen, wie auch immer, auf der party oder nicht?

Ich: Nein. Du?

Somebody/Nobody: ich war da. bin es aber nicht mehr. jetzt sitz ich in meinem wagen und lasse meine daumen mit dir sprechen. moment, klang das jetzt irgendwie zweideutig? war nicht meine absicht. es sei denn, es gefällt dir.

Ich: Da geh ich jetzt mal nicht drauf ein.

Somebody/Nobody: einverstanden. diese ganze anonymität lässt mich ein bisschen eigentümlich werden.

Ich: Diese Anonymität IST eigentümlich.

Somebody/Nobody: ach ja? das würd ich nicht sinnieren. aber egal, so ist es nun mal.

Ich: War das ein Tippfehler? Meinst du signieren = unterschreiben?

Somebody/Nobody: schlaumeierin. nein, ich steh zu meinem wort. vielmehr, ich sitze dazu.

Ich: Du bist ein Schwachkopf, und das meine ich auf die bestmögliche Weise.

Somebody/Nobody: siehts bei dir inzwischen wieder besser aus? anfang der woche warst du ja ziemlich depri. hab mir sorgen gemacht.

Ich: Eindeutig besser. Danke der Nachfrage. Und bei dir? Alles gut?

Somebody/Nobody: geht schon. hab nicht mein bestes jahr, fürchte ich.

Ich: Kenn ich.

Somebody/Nobody : ach ja? hoffe, dass es nicht so ist, befürchte aber, dass es doch so ist. du hast traurige augen.

Ich: Ach ja? Und wann hast du meine Augen gesehen?

Somebody/Nobody: hab ich gar nicht. nicht wirklich jedenfalls. ich meine auch eher deine stirn. du hast ne traurige stirn.

Ich: Ich habe keine Ahnung, was ich mit dieser Information anfangen soll. Botox?

Somebody/Nobody: und schon ist Chicago vergessen und wir sind voll L. A. geworden. aber nee.

Ich höre auf zu schreiben und streiche mit den Fingern über meine Stirn. Ich neige dazu, die Augenbrauen zusammenzuziehen, das habe ich schon immer getan. Meine Mom hat mich immer gewarnt, ich würde auf die Dauer Falten bekommen, wenn ich nicht damit aufhören würde, genau wie sie. Sie allerdings hatte ein Ausrufezeichen mitten auf der Stirn. Es strahlte Begeisterung, vielleicht sogar Freude aus. Keinesfalls Kummer.

Sehe ich ständig traurig aus? Ich hoffe nicht. Ich will kein Trauerkloß sein. Das bin ich nicht. Na ja, das stimmt nicht. Eher stimmt: So will ich nicht rüberkommen.

Somebody/Nobody: bist du noch da? hab ich was falsches gesagt? nur um eins klarzustellen, ich mag deine stirn genau wie sie ist.

Ich: Ich denke nur nach. Tut mir leid.

Somebody/Nobody: wahhh, tu's nicht. sonst tust du dir noch weh.

Ich: Erzähl mir von der Party. #stellvertretenderpartygast

Somebody/Nobody: na gut. war ne typische highschoolparty, bis auf dass ein bekannter dj aufgelegt hat, von dem ich noch nie gehört habe, und heathers dad ein ziemlich cooles haus hat. und alle haben sich die kante gegeben.

Ich: Du auch?

Somebody/Nobody: nö, ich wollte ja noch fahren. auf taxi hatte ich keinen bock. außerdem wollt ich eh nicht so lange bleiben.

Ich: Hast dich nur sehen lassen.

Somebody/Nobody: ich weiß nicht, aber ich find das alles so … so albern und langweilig und so.

Ich: Ich weiß, was du meinst. In Chicago war es genauso, nur dass es statt des superschicken Hauses und eines bekannten DJs die Bowlinghalle war. Aber sonst …

Somebody/Nobody: albern und langweilig, das triffts nicht ganz. eher belanglos. mir kommt das alles so belanglos und unwichtig vor.

Ich: Für alle anderen ist es aber immens wichtig, und ich wage zu behaupten, dass es auch dir ein bisschen wichtig ist, was in gewisser Hinsicht noch schlimmer ist. Ergibt das einen Sinn?

Somebody/Nobody: total. nur so nebenbei, das hier fühlt sich wichtig an: mit dir reden.

Ich: Ach ja?

Somebody/Nobody: ja.

KAPITEL 9

Bevor meine Mom gestorben ist, haben Scarlett und ich oft darüber gesprochen, was wir uns unter einem *perfekten Tag* vorstellen. Was würde geschehen müssen – vom Aufwachen bis zum Schlafengehen –, damit der Tag besser wird als alle bisherigen? Wir haben keine großen Träume gehabt. Ich zumindest nicht. Mir war eher wichtig, dass bestimmte Dinge an diesem Tag nicht geschahen. Ich wünschte mir einen Tag, an dem ich mir nicht den Zeh stoßen würde oder etwas auf mein T-Shirt kleckerte, einen Tag, an dem ich nicht schüchtern wäre und mir nicht blöd oder unattraktiv vorkam. Ich würde den Bus nicht verpassen und die Sportsachen nicht vergessen. Wenn ich nach dem Essen in den Spiegel schaute, wären keine Essensreste in meinem Gesicht, und ich hätte auch nichts in der Nase.

Natürlich ging es nicht nur darum, dass etwas nicht passierte. Ich würde ihn auch mit einem ersten Kuss garnieren, selbst wenn ich nicht hätte sagen können, von wem – von einem namen- und gesichtslosen Typen, bei dem ich mich in meiner Fantasie wohl und verstanden und schön zugleich fühlte. Vielleicht würden auch die Pfannkuchen meiner Mom dazugehören, die sie mir vor der Schule zum Frühstück backen würde und die immer die Form meiner Initialen hatten, auch noch, als ich schon lange zu alt für so etwas war, denn für so etwas kann man nicht zu alt sein. Und Gemüselasagne zum Abendessen.

Nichts Überkandideltes.

Wer weiß? Vielleicht wäre in der Cafeteria Pizza-Tag gewesen. In unserer Schule gab es erstaunlich gute Pizza.

Ein perfekter Tag musste nicht unbedingt einen Kurztrip in die Karibik beinhalten oder Fallschirmspringen oder auf einem Motorrad mitfahren und sich an dem Typen mit der Lederjacke vor einem festhalten, auch wenn all dies und noch viel mehr auf Scarletts Liste stand.

Ich hingegen habe es immer einfach gemocht.

Jetzt, da *alles* anders ist, kann ich mir einen perfekten Tag nicht mehr vorstellen. Wie sollte er ohne meine Mutter aussehen?

Ich denke an vorher, *vorher, vorher, vorher,* und mir kommt jeder Tag wie ein perfekter Tag vor. Wen interessiert schon ein angestoßener Zeh oder ein kleiner Popel in der Nase? Ich hatte eine Mutter und nicht *eine hier x-beliebig einzufügende Mutter*, sondern *meine Mutter*, die ich auf eine Weise liebte, wie nicht jeder seine Mutter lieben kann. Ich weiß, dass jeder seine Mom bis zu einem gewissen Grad *liebt*, weil sie eben *seine Mutter ist*, aber ich habe meine Mom nicht nur geliebt, weil sie meine Mutter war. Ich habe meine Mom geliebt, weil sie cool und warmherzig war, weil sie sich für mich interessiert und mir immer weiter Pfannkuchen in der Form meiner Initialen gemacht hat, denn irgendwie hat sie im Gegensatz zu mir gewusst, dass ich nie zu alt dafür sein würde. Ich liebte meine Mom, weil sie mir alle Harry-Potter-Bände laut vorgelesen hat, und als wir fertig waren, gleich wieder von vorn beginnen wollte.

Wenn ich eins in den letzten zwei Jahren gelernt habe, dann dass das Gedächtnis unzuverlässig ist. Wenn ich Harry Potter lese, höre ich die Stimme meiner Mutter inzwischen nicht mehr, aber ich sehe sie meistens noch neben mir sitzen, und wenn selbst das nicht mehr funktioniert, stelle ich mir vor, wie sich jemand an mich lehnt und den Arm gegen meinen drückt, und dann tue ich so, als würde mir das genügen.

Ich habe meine Mom geliebt, weil sie zu mir gehörte.

Und ich zu ihr.

Und dieses Gefühl zueinanderzugehören, werde ich nie mehr haben.

Perfekte Tage sind etwas für Menschen mit kleinen, erfüllbaren Träumen. Vielleicht auch für uns alle, aber nur im Nachhinein; sie erscheinen uns erst später perfekt, weil sie etwas für immer Verlorenes und nicht mehr Zurückzuholendes beinhalten.

Kapitel 10

»Tut mir leid, wir stellen nur Leute mit Starbucks-Erfahrung ein«, teilt mir der Typ bei Starbucks mit, als ich mich wegen eines Nebenjobs erkundige. Er sieht aus wie Anfang zwanzig und wie jemand, der den größten Teil seines mit Milchaufschäumen verdienten Geldes in Haarwachs investiert. »Das ist ein ernstzunehmender Job. Wir nehmen die Arbeit hier sehr ernst.«

»Moment, was?«, frage ich, weil er jetzt etwas von sich gibt, das ich nicht verstehe.

»Sorry, ich übe nur meinen Text.« Er zeigt mir ein Script, das er unter dem Tresen versteckt hat. »Ich muss später noch vorsprechen. Eigentlich bin ich Schauspieler.«

Coffee Guy, dessen richtiger Name – wenn man seinem Namensschild glauben kann – tatsächlich Guy ist, lächelt, aber es ist ein falsches Lächeln, mit dem dir jemand zu verstehen gibt, dass er sich gnädigerweise mit dir abgibt.

»Ich habe gerade eine Gastrolle in der neuen Serie *Schmutzige Ordnungshüterin* gehabt.«

»Cool«, antworte ich und frage mich, ob es höflich wäre, jetzt zu sagen, dass er mir bekannt vorkommt. »Und wo hast du Starbucks-Erfahrung gesammelt, wenn Starbucks nur Leute mit Starbucks-Erfahrung einstellt? Henne? Ei? Verstehst du?«

»Hä?«

»Ich meine, mich würde nur interessieren, wie du an den Job gekommen bist.«

»Ach so, ja. Ich habe gelogen. Ich habe einfach behauptet, ich hätte vorher schon bei einem anderen Starbucks gearbeitet. Mehrere Jahre.«

»Und das haben sie dir geglaubt?« Ich sehe mich bereits nach Hause gehen, eine Zeile in meinen Lebenslauf einfügen – *Starbucks Oak Park, 2013–2014* – und morgen wiederkommen. Doch dann stelle ich mir meinen ersten Tag als Angestellte mit nur vermeintlicher Starbucks-Erfahrung vor. Ich würde mich mit Sicherheit verbrühen oder von frustrierten Kunden angebrüllt werden. Die Leute sind besonders unausstehlich, wenn sie noch keinen Kaffee hatten.

»Ich glaub, ich bin ein ziemlich guter Schauspieler.« Coffee Guy lächelt abermals, und ich habe das Gefühl, er würde mir gerade drei Sachen auf einmal sagen. Die Worte, die er laut ausspricht, die, die er unter dem Tresen lernt, und die unausgesprochenen, die sein Lächeln verraten, ob er will oder nicht, und die lauten:

Gern geschehen. Auf Wiedersehen.

Nach Starbucks werde ich auch bei Gap, einem Laden, der frisch gepresste Säfte verkauft, einer glutenfreien, veganen Bäckerei und bei Namaste Yoga abgewiesen. Ich will schon aufgeben, als ich neben einem Geschäft für Designer-Kinderkleidung die kleine Buchhandlung namens *Buch Genau!* entdecke. Sie hat zwar kein Schild im Fenster, dass jemand gesucht wird, aber einen Versuch ist es trotzdem wert.

Der Geruch von Büchern empfängt mich, und ich fühle mich gleich wohl. So roch es bei mir zu Hause in Chicago: nach Papier. Ich drücke mir in den Jackentaschen selbst die Daumen und spreche ein kurzes Gebet, während ich mich an den Bücherstapeln vorbei auf den Weg zur Kasse im hinteren Teil des Geschäfts mache. Normalerweise würde ich mir Zeit lassen, mit den Fingern über die Buchrücken fahren und schauen, ob mir irgendein Titel auffällt, den ich mir dann vielleicht später in der Bibliothek ausleihen kann. Doch im Moment brauche ich vor allem einen Job und keinen neuen Lesestoff. Auch wenn ich zurzeit noch kein Sozialleben habe, bin ich jeden Abend bis spät in die Nacht mit Hausaufgaben und dem Lernen für den College-Einstufungstest beschäftigt. Heute konnte ich mir in der blöden Wood-Valley-Cafeteria noch nicht mal eine Cola light kaufen, dabei hätte ich das Koffein dringend gebraucht. (SN hat recht gehabt. Das Minimum für den Kartenautomaten liegt bei $10. Ich habe aber nur noch $8,76. Eigentlich wollte ich meinen Dad heute Morgen um Geld bitten, aber Rachel war die ganze Zeit da, und der Gedanke, dass sie einfach in ihr Portemonnaie greifen und mir einen Zwanzig-Dollar-Schein reichen würde, war für mich unerträglich.)

»Kann ich helfen?«, fragt die Buchhändlerin, und als ich in ihr Gesicht schaue, wird mir plötzlich klar, dass ich in L. A. bis heute noch keinem einzigen Menschen mit Falten begegnet bin. Die Frauen hier haben alle straffe, aufgespritzte Haut, die sie alterslos erscheinen lässt, sodass sie ebenso gut vierzig wie siebzig sein könnten. Die Buchhändlerin hingegen hat graues Haar, das sie zu einem Bob geschnitten trägt, und ihre Lippen sind von kreuz und quer laufenden feinen Linien umgeben. Gekleidet ist sie in eine Leinentunika, wie man sie in teuren Hippieläden findet. Sie ist wahrscheinlich genauso alt wie Rachel, aber man könnte meinen, sie gehörten verschiedenen Spezies an. Rachel wirkt hart und sie weich.

»Hallo, suchen Sie zufällig eine Aushilfe?«, frage ich und höre Scars Stimme in meinem Kopf. *Finde die Göttin in dir. Sei selbstbewusst, stark, unwiderstehlich.* »Unwiderstehlich« ist Scars Lieblingswort, und das sagt eigentlich schon alles über sie. Mein Lieblingswort hingegen ist »Waffeln«. Natürlich als köstliche Speise zum Frühstück, aber ich mag auch die Redewendung »einen an der Waffel haben«. Außerdem bin ich zufällig darauf gestoßen, dass es früher sogar ein Verb war und so etwas wie »viel reden« bedeutete.

Die Frau mustert mich eingehend, betrachtet meine Vans, den löchrigen Schal, die Lederjacke und mein Haar, das locker zu einem Knoten zusammengebunden ist. Vielleicht hätte ich mich etwas besser anziehen sollen. Ein Kostüm oder etwas ähnlich Feines besitze ich allerdings gar nicht. Sogar für die Beerdigung meiner Mutter musste ich mir Sachen von Scarlett leihen. Ihren Lieblingsblazer habe ich dabei ruiniert.

»Kommt drauf an. Bist du ein Büchermensch?«, will die Frau wissen.

Ich stelle meine Tasche auf den Tisch und öffne sie. Hole sechs Bücher heraus, die ich mir in der vorigen Woche in der Bibliothek ausgeliehen habe. Den Ausweis dafür habe ich mir sofort nach dem Umzug besorgt. Wahrscheinlich ist es das Einzige, was es hier umsonst gibt.

»Das lese ich gerade. ›Das öde Land‹ und ›Schuld und Verrat‹ sind für die Schule, aber der Rest ist freiwillig.«

»Du liest aus freien Stücken ein Sachbuch über Nazideutschland?«, fragt sie und zeigt auf *Die Verlorenen* von Daniel Mendelsohn.

»Ich wollte verschiedene Sachen mitnehmen, und das sah spannend aus. Es geht um einen Typen, der versucht herauszufinden, was mit seiner Familie passiert ist.«

»Aha. Der dritte Band einer dystopischen Jugendbuchserie, was zeigt, dass du in der Lage bist dabeizubleiben. Oh, und die gute alte Gloria Steinem. Gefällt mir. Vielseitig interessiert.«

»Ich habe schon immer gelesen. Das liegt mir im Blut«, sage ich und halte die Luft an.

»Es ist so«, beginnt sie, und ich höre sie bereits höflich begründen, warum sie mich nicht nehmen kann.

Nein, das muss jetzt klappen.

»Bitte, ich brauche auch nicht wahnsinnig viele Stunden, es sei denn, Sie wollen jemanden für viele Stunden, dann ist das für mich auch genau richtig. Was ich sagen will, ich bin flexibel. Ich hätte jeden Tag nach der Schule und an den Wochenenden Zeit. Ich liebe Bücher, ich liebe dieses Geschäft samt dem Namen mit dem Wortspiel, nur bei dem Ausrufezeichen bin ich mir nicht so sicher, aber ich denke, ich würde gut passen. Hierher. Ich habe auch einen Lebenslauf dabei, wenn Sie wollen.«

Ich ziehe meinen armseligen Lebenslauf hervor, der neben allen möglichen Babysitting-Jobs eine kurze Tätigkeit bei Claire's beinhaltet, wo ich rotzigen Siebenjährigen Haarspangen verkauft habe, und natürlich meine glorreichen zwei Jahre bei Smoothie King. Außerdem habe ich alle AGs und sonstigen freiwilligen Aktivitäten in der Schule aufgelistet (Jahrbuch, Schülerzeitung, Foto-AG, Spanisch-AG, Lyrik-AG), meine Arbeitsgenehmigung sowie eine kurze Rubrik »Interessen und Hobbys«: Lesen. Schreiben. Trauern. (Okay, Letzteres steht nicht dort, sollte es aber. Darin bin ich super.)

Ich musste die Schriftgröße auf Courier 16 stellen, damit ich eine Seite vollbekomme.

»Wo gehst du zur Schule?«

»Wood Valley?«, antworte ich, als wäre es eine Frage. Oh, wie ich mich hasse, wenn ich so unsicher rede. »Ich bin in der Oberstufe? Gerade hergezogen?«

»Mein Sohn geht auch dorthin. Er ist im Abschlussjahrgang. Vielleicht kennst du ihn? Liam Sandler?«

»Sorry, ich bin wirklich ganz neu und kenne noch niemanden.«

»Du gefällst mir«, sagt sie, und ihr Lächeln ist das Gegenteil vom Coffee Guy. Beruhigend, nicht selbstgefällig. »Ich rede mal mit Liam. Er hat gejammert, dass er mehr Zeit für seine Bandproben haben will. Wenn er bereit ist, Stunden abzugeben, kannst du sie gern übernehmen.«

»Vielen, vielen Dank. Meine Nummer steht da drauf, rufen Sie mich einfach an. Egal wann.« Ich zögere noch zu gehen, obwohl eigentlich offensichtlich ist, dass ich es tun sollte. Mein Schicksal hängt jetzt von einem Wood-Valley-Schüler im Abschlussjahrgang ab, der mehr Zeit für seine Musik haben will. Ich kann nur hoffen, dass die Band jeden Nachmittag und jedes Wochenende proben will.

Am liebsten würde ich bei Rachel aus- und hier einziehen, unter den Büchertischen schlafen und mir mithilfe des Wasserspenders in der Ecke lösliche Tütensuppen machen. Die grauhaarige Buchhändlerin könnte mir etwas über Bücher erzählen und mir bei den Hausaufgaben helfen. Sie soll mir versichern, dass ich den Einstufungstest fürs College gut schaffen werde, auch wenn ich nicht zweimal in der Woche einen Nachhilfelehrer dafür habe wie Theo. Sie soll mir sagen, dass alles gut wird.

Und wenn das alles nicht geht, soll sie mir wenigstens Prozente geben.

Ich sammle meine Bücher ein und mache mich mit gesenktem Kopf auf den Weg zur Tür. Hole mein Handy heraus, um Scar zu schreiben.

Ich: Schick mir positive Energie. Perfekte Buchhandlung = perfekter Job. Muss unbedingt klappen.

Scarlett: Besser als Smoothies mixen mit deiner besten Freundin?

Ich: Natürlich nicht. Aber wenn ich mein Dasein schon allein fristen muss, dann noch am besten umgeben von Fantasiefreunden.

Scarlett: Du fehlst mir, mein Mädel.

Ihre Worte heitern mich auf, und ich lächele mein Handy an. Ich bin nicht allein. Nicht wirklich. Nur geographisch isoliert.

Nie beim Gehen tippen. Das ist mein erster Gedanke, als ich mich auf dem Boden der Buchhandlung wiederfinde, direkt auf der Schwelle, und mir die Stirn halte, in der es wie wild pocht. Ich sehe Sterne. Aber keine Glitzerwelt, wie mein Vater sie mir versprochen hat, als er versuchte, mir Los Angeles schmackhaft zu machen, sondern Comicsterne, die einen Zusammenstoß bedeuten. Ich habe keine Ahnung, wie es dazu kommen konnte. Warum es wehtut, den Kopf zu drehen, oder wie meine Knie eingeknickt sind und warum ich, zum millionsten Mal, seit wir hierhergezogen sind, das Gefühl habe, heulen zu müssen.

»Alles okay?«, fragt eine Stimme. Ich blicke nicht auf, noch nicht, denn ich befürchte, mich übergeben zu müssen, sobald ich den Kopf bewege, und das ist das Einzige, was es noch schlimmer machen könnte. Noch weiß ich nicht wirklich, wie peinlich die Situation ist, und ich möchte es auch für so lange wie möglich aufschieben beziehungsweise es nicht noch schlimmer machen. »Ich habe dich gar nicht gesehen.«

»Das merke ich«, antworte ich und sehe plötzlich einem Typen ungefähr in meinem Alter in die Augen. Er hat sich vor mich gehockt, um zu prüfen, wie lädiert ich bin. Sein aschblondes Haar ist etwas länger, die Augen dunkelbraun, und er hat den Ansatz eines Pickels am Kinn. Eine besser aussehende Version von Adam Kravitz – meinem ehemaligen Nachbarn. Ein süßer Typ, mit den Gedanken sonstwo, aber wahrscheinlich ziemlich schlau und immer nett zu seiner Mutter, einer von der Sorte, die später Dinge wie Tumblr erfindet. Ein Typ, den man küssen möchte – besonders wenn er einen zum Lachen bringt – und dessen Hand man nicht verschmähen würde. Ich blinzele, und mein Blick bleibt an seinem verwuschelten Haar hängen. Irgendwoher kenne ich ihn.

»Was war das?«, frage ich.

»Das war Earl.« Er deutet auf ein großes Gebilde auf seinem Rücken.

»Earl?«

»Meine Gitarre«, erklärt er.

»Deine Gitarre heißt Earl?«, hake ich nach, was wahrscheinlich in dieser Situation die unwichtigste Frage überhaupt ist. Ich hätte ihn nach etwas Eis oder einem Beutel Tiefkühlerbsen fragen sollen oder zumindest nach einer Schmerztablette. Die Beule spüre ich bereits.

»Ja. Bist du sicher, dass alles in Ordnung ist? Ich hab dich ganz schön erwischt.«

»Ich werd's überleben.« Er streckt mir seine Hand entgegen und hilft mir aufzustehen. Ich stelle fest, dass ich mich aufrecht besser fühle als gedacht.

»Es tut mir wirklich leid. Das war eindeutig meine Schuld.« Er steckt sein Handy in die Tasche – vielleicht hat auch er beim Gehen Nachrichten geschrieben? – und lehnt die Gitarre gegen einen der Bücherstapel. Auf dem Kasten klebt ein WVHS-Sticker. Jetzt kann ich ihn zuordnen. Klar. Er hat meine erste peinliche Situation in Wood Valley miterlebt, und es sollte nicht meine letzte bleiben. Er war der Typ, der das Praktikum bei Google gemacht hat und durch Indien gereist ist. Hier in der Buchhandlung wirkt er plötzlich ganz anders.

»Mir sind gerade einige Textzeilen eingefallen, und ich wollte sie schnell aufschreiben, bevor ich sie vergesse.«

»Warte mal, du bist Liam, oder?«, frage ich.

»Das hängt davon ab, ob du vorhast mich zu verklagen«, antwortet er. Jetzt, da ich zwei und zwei zusammengezählt habe, erkenne ich seine Mutter in seinem Gesicht. Das gleiche offenherzige Grinsen. Ich frage mich, was für Musik seine Band wohl spielt. Wahrscheinlich irgendwie Folk, und sicher sind sie gar nicht so übel. Auf jeden Fall *sollte* er mehr Zeit zum Üben haben.

»Nee.« Ich lächele.

»Gut, was kann ich dann für dich tun? Du hast eindeutig was gut bei mir.«

Klar und laut höre ich Scar in meinem Kopf: *Sei unwiderstehlich*. Und das bin ich.

»Ich habe einen Job!«, verkünde ich später in Theos Zimmer. Ich bin so glücklich, dass ich jedem davon erzählen muss, selbst denen, die so desinteressiert sind wie mein Stiefbruder, der sich niemals zu etwas so Profanem wie Arbeiten herablassen würde. Er liegt auf dem Bett und spielt auf dem Laptop. »Und bevor du wieder austickst, der Job ist nicht im Supermarkt. Und keine Sorge, dort, wo ich arbeite, würden du und deine Freunde sowieso nicht hingehen.«

»Ich habe dich noch nie so aufgedreht erlebt. Irgendwie süß«, sagt Theo. »Also, wo würde ich niemals hingehen? Warte mal, lass mich raten.«

Er stellt den Laptop zur Seite und legt die Hand an den Kopf, als würde er sehr hart nachdenken.

»KFC?«

»Nein.«

»Bei den Baseball-Käfigen?«

»Nee, aber das Spiel mag ich.«

»Bei diesem krass leckeren Bretzelladen.«

»Ganz kalt.«

Rachel steckt den Kopf zur Tür herein, und ich spüre, wie sich mein Magen zusammenzieht, wie immer, wenn ich mit ihr zu tun habe. Ich weiß selbst, dass sie nicht wirklich etwas dafür kann und sie wahrscheinlich ganz anders ist, als ich mir einbilde, aber ich kann nicht über meinen Schatten springen. Ich will sie nicht besser kennenlernen, will nicht, dass diese fremde Person, die mein Vater unerklärlicherweise geheiratet hat, ein wichtiger Bestandteil meines Lebens wird.

»Was ist los? Ihr habt so fröhlich geklungen.« Unwillkürlich schaut sie zwischen Theo und mir hin und her und lächelt zufrieden – so breit, dass ich die Füllungen hinten in ihren Zähnen sehen kann. Fast ist es, als würde sie laut denken: *Vielleicht klappt es am Ende ja doch noch mit uns allen.*

»Nichts«, antworte ich, aber als ihre Miene sichtbar zusammenfällt, bekomme ich doch ein schlechtes Gewissen. Ich will nicht fies sein, bringe es allerdings nicht fertig, ihr den Triumph zu gönnen. Ich bin einfach nicht bereit dazu, die einzig gute Sache, die mir widerfahren ist, in ihre Hände zu legen.

»Tut mir leid. Ich lass euch schon wieder allein!«, sagt sie, wie immer zu laut, und entfernt sich dann. Ich frage mich, ob mein Vater mich später noch darauf ansprechen und bitten wird, netter zu ihr zu sein, weil sie sich über mich beschwert hat.

»Okay, ich geb's auf. Erzähl's deinem großen Bruder schon«, sagt Theo, dem gar nicht aufgefallen zu sein scheint, wie ich mit seiner Mutter geredet habe. Vielleicht ist es ihm aber auch egal.

»Ih, das klingt so falsch.«

»Ich weiß. Also, wo?«

»Bei *Buch Genau!*. Der Buchhandlung?«

»Ah, wie passend. Aber nur zu deiner Information: Da bin ich schon gewesen. Ich bin super belesen, musst du wissen.«

»Das glaube ich dir«, antworte ich, und es entspricht der Wahrheit. Theo war neulich beim Physiktest besser als ich, auch wenn ich genau weiß, dass er am Abend vorher nicht gelernt hat. Der Typ ist schlau. In Wood Valley scheinen mit Ausnahme von Blond und Blonder alle schlau oder zumindest motiviert zu sein. Hier gilt es als cool, sich zu engagieren, was insofern lustig ist, als dass ich genau deshalb in Chicago nicht als besonders cool galt. Demnach sollte man meinen, dass ich hier nun als cool gelten müsste, was aber nicht der Fall ist. Wahrscheinlich darf man Theorien wie die transitive Relation nicht leichtfertig heranziehen, und es gibt andere und viel entscheidendere Gründe dafür, dass ich nicht beliebt bin.

»Was ist eigentlich mit deinem Gesicht passiert?«, fragt Theo.

Kapitel 11

Ethan: Du. Ich. »Das öde Land«. Bibliothek. Freitag 15.30 Uhr. Geht klar bei dir?

Ich: Logo.

Ethan: Okidoki.

Wie kann es sein, dass etwas wie »okidoki«, der bekloppteste Ausdruck überhaupt, bei ihm okay klingt? Soll ich noch etwas schreiben, um das Gespräch aufrechtzuerhalten? Schreibend bin ich besser, als wenn wir uns gegenüberstehen. Vielleicht kann ich jetzt zeigen, wer ich wirklich bin, eben nicht die seltsame Loserin, zu der ich in der Gegenwart von Leuten werde, die mich nervös machen. Wird die fette Beule am Freitag noch zu sehen sein?

Wie lächerlich. Das ist so was von irrelevant.

Wir bearbeiten zusammen ein Schulprojekt.

Er mag dich nicht. Und du magst ihn ganz sicher auch nicht.

Beruhige dich, Jessie.

Werd erwachsen.

Scarlett: Schule ist total öde ohne dich. Heute musste ich neben Deena sitzen, die ununterbrochen über ihr Turntreffen geredet hat. Wie geht's deinem Kopf?

Ich: Geschwollen. Blau. Ich habe deinen Rat mit dem Hut befolgt. Einige haben sich drüber lustig gemacht, andere fanden's cool.

Scarlett: Wenn ich da wäre, würde ich den beiden Mädels eine reinhauen.

Ich: Dafür sind deine Hände zu schade.

Scarlett: Geht's? Ich mach mir Sorgen.

Ich: Brauchst du nicht. Geht schon. Ich freunde mich gerade mit Dri an.

Scarlett: Aber nicht, dass du sie am Ende lieber magst als mich.

Ich: Niemals.

Scarlett: Und wie geht es Mr Holmes?

Ich: Keine Ahnung. Der ist die ganze Zeit mit dem Stiefmonster zusammen. Da hab ich keine Lust drauf.

Scarlett: Adam Kravitz will mit mir zum Homecoming-Ball gehen.

Ich: WAS?!? Und das erzählst du mir erst jetzt? Und?

Scarlett: Mal sehen.

Ich: Wie hat er gefragt?

Scarlett: Whatsapp. Aber nett. Du weißt ja. Er ist schüchtern.

Ich: Ich wette, inzwischen küsst er besser.

Scarlett: Ich werds dir berichten. Vielleicht. Du weißt, dass er mich nur gefragt hat, weil du nicht da bist.

Ich: Stimmt nicht.

Scarlett: Ich wette, wir werden die ganze Zeit nur darüber reden, wie sehr wir dich vermissen.

Ich: Niemals. Möget ihr glücklich miteinander werden.

Scarlett: Nerd.

Ich: Wenn ich »okidoki« geschrieben hätte, fändest du es aber noch seltsamer, oder?

Scarlett: OMG. Wenn du nicht für immer gemobbt werden willst: SAG NIEMALS »OKIDOKI«.

Ich: Ja, das sehe ich auch so.

SN: schicker hut.

Ich: Danke. Irgendwie ist es unheimlich. Du weißt, was ich heute anhatte, und ich habe noch immer keinen Schimmer, wer du bist.

SN: jeans, t-shirt, turnschuhe, das gleiche wie gestern und morgen auch. hast nix verpasst.

Ich: Darum geht's nicht.

SN: was ist mit deinem kopf passiert? muss ich jemanden für dich verprügeln?

Ich: Das ist schon das zweite Mal heute, dass jemand meine Ehre verteidigen will. So etwas kommt bei Mädchen gut an. Aber nein, geht schon. Der Schuldige war ein Gitarrenkoffer.

SN: AUTSCH.

Ich: Nicht mein bester Moment. Normalerweise bin ich nicht so tollpatschig. Ich kam mir vor wie die Heldin einer romantischen Komödie, nur dass es weder romantisch noch komödienhaft war. Und ich finde diese Trope sowieso schrecklich.

SN: sorry, dass ich erst jetzt antworte, aber ich musste das wort trope nachgucken. denk jetzt bitte nicht schlecht über mich.

Ich: Ha, ha. Ich bin nicht versnobt, ich mag eben Wörter.

SN: ich auch. wer wollte deine ehre denn noch verteidigen? muss ich ihn verprügeln?

Ich: ☺ Nein. Meine beste Freundin zu Hause. Scarlett.

SN: ich mag sie.

Ich: Ist es seltsam, wenn ich jetzt sage, dass ich mir das gut vorstellen kann?

SN: nö.

Ich: Wie war dein Tag?

SN: okay. nur ein paar probleme zu hause.

Ich: Willst du darüber reden? Oder vielmehr schreiben?

SN: nee, glaub nicht. es ist nur, meine mom … ihr gehts grad ziemlich dreckig.

Ich: Ja, ich weiß, wie das ist.

SN: wenn's einem dreckig geht? oder eine mom zu haben, bei der es so ist?

Ich: Beides.

Ich: Na ja, so ungefähr.

Ich: Schwieriges Thema.

SN: wem sagst du das. alles ganz schön sch… schwierig.

Ich: Was ist eigentlich dein Lieblingswort?

SN: warum.

Ich: Weil ich dachte, das sollte ich über dich wissen.

SN: nein, das ist mein lieblingswort, warum.

Ich: Gutes Wort. Gefällt mir. Warum.

SN: echt? ja, ein wort und gleichzeitig eine ganze frage. und deins?

Ich: Waffeln.

SN: aha. super zum frühstück, und das internet verrät mir noch, dass es auch mal so was wie »schwafeln« bedeutet hat.

Ich: Genau.

SN: ich finde, wir sollten mal zusammen waffeln essen.

Ich: Und dabei waffeln.

* * *

Am nächsten Tag sitze ich mittags mit Dri und ihrer Freundin Agnes am Tisch, die wahrscheinlich ihre Scarlett ist. Ich bin noch zu neu hier, um zu erkennen, wo sich dieser Tisch in der Schulhierarchie befindet. Die Regeln meiner alten Schule scheinen hier jedenfalls nicht zu gelten. In Chicago waren die Sportler die Beliebtesten, die samstagabends auf dem Parkplatz der Bowlingbahn abhingen, wo sie auf den offenen Ladeflächen ihrer Wagen palettenweise billiges Bier tranken und die leeren Dosen gegen den Müllcontainer schleuderten. Und die Theaterfreaks mit den Piercings an unmöglichen Stellen und knallbunt gefärbten Haarsträhnen galten als, ja, als Freaks eben. Leute wie Theo und Agnes wären überhaupt nicht in Betracht gezogen worden. Hier ist es das Gegenteil: Theater ist sowohl ein vollwertiges Fach *als auch* eine AG, und beides gilt als cool.

Zu Hause gehörte ich weder zu den Sportlern noch zu den Theaterfreaks. Vielmehr gehörte ich zu der Gruppe dazwischen, die jede Schule braucht, um zu funktionieren: die Arbeitsbienen. Wir hielten die guten Kurse am Laufen, schrieben für Schülerzeitung und Jahrbuch und bildeten die Schülervertretung. Nicht beliebt, ganz bestimmt nicht, aber immerhin unerlässlich. (In meiner alten Schule war es wichtig, sich als Arbeitsbiene von den Nerds zu unterscheiden: Die Nerds waren noch uncooler als die Theaterfreaks, aber zu sehr damit beschäftigt zu progammieren und sich ihren Dotcomfantasien hinzugeben, um es zu merken.)

Um ehrlich zu sein, ist es mir vollkommen egal, wo Dri und Agnes einzusortieren sind, denn sie zu haben ist auf jeden Fall besser, als draußen allein auf der Bank zu hocken. Alles ist besser als das.

»Ich denke nur, wenn du so einen Mist auf Instagram postest, dann steh auch dazu«, sagt Agnes. Ich habe keine Ahnung, worüber sie und Dri reden, aber beide scheinen auf ihrer Meinung zu beharren. Agnes ist zierlich und klein und trägt einen rot gefärbten Bob und dazu eine Brille mit Kunststoffrahmen, ähnlich wie Dris. Ihre Nase sieht aus, als hätte jemand zu fest reingekniffen, und dann ist sie so geblieben. Als hübsch kann man sie sicher nicht bezeichnen, aber niedlich ist sie. Wie etwas normal Großes, das auf Miniaturformat geschrumpft wurde.

Okay, ich werde jetzt etwas gestehen. Etwas, was ich noch niemandem erzählt habe, nicht einmal Scar. Immer wenn ich jemand Neues kennenlerne, stelle ich mir insgeheim die unerlässliche, gehässige Mädchenfrage: Ist sie hübscher als ich? Oft lautet die Antwort ehrlich gesagt ja, was es vielleicht ein bisschen weniger gemein macht, diese Frage zu stellen. Ich weiß, dass ich nicht hässlich bin – alles an mir ist ziemlich normal (nichts wahnsinnig viel zu groß oder zu klein), aber ich sehe eindeutig anders aus als die Mädchen hier.

Ich stelle mir vor oder vielmehr *hoffe* ich, wie ich eines Tages entdeckt werde – *gesehen* werde –, nicht als Sidekick oder Lernpartnerin oder eine, die im Hintergrund irgendwie dabei ist, sondern als eine, die gemocht, vielleicht sogar *geliebt* wird. Doch ich habe bereits akzeptiert, dass die Schule nicht mein Forum ist. Leseverrückt zu sein ist bei den Eigenschaften, nach denen Jungs in dem Alter bei einem Mädchen suchen, nicht unter den Top Ten. Brüste hingegen rangieren ziemlich weit oben, glaube ich.

Wenn ihr es unbedingt wissen wollt: an guten Tagen Körbchengröße B.

Agnes hat wahrscheinlich Körbchengröße A, was sie aber dadurch wieder wettmacht, dass sie so niedlich ist. Allerdings nur, bis sie zu sprechen anfängt.

»Was meinst du, Jessie, hab ich recht?« Ich hatte nicht zugehört, weil ich damit beschäftigt war, die anderen Leute in der Cafeteria, die mir größtenteils fremd waren, zu beobachten und unwillkürlich zu denken, wie intim es sich anfühlte, hier mit ihnen zu sitzen und Essen in sich hineinzuschaufeln. Ich fragte mich, ob mir das alles hier jemals wenigstens ansatzweise vertraut vorkommen würde. Und ja, ich beobachtete auch Ethan. Durchs Fenster. Ethan Marks, wie er allein mit einem Buch, dessen Titel ich nicht erkennen konnte, in der Caffè-Corner saß. »Wenn du etwas im Netz sagst, musst du auch dazu in der Lage sein, es jemandem ins Gesicht zu sagen!«

»Ja, da ist was dran«, antworte ich vage. Eine Floskel, die mich schon mehr als einmal gerettet hat, wenn ich mal wieder in Gedanken versunken war. Ich bin mir ziemlich sicher, dass ich nicht der gleichen Meinung bin wie Agnes, und sei es auch nur, weil sie zu den Mädchen zu gehören scheint, die alle möglichen blöden Behauptungen aufstellen. (»Mr Greene ist so ein Schwein. Er hat gesagt, ich hätte abgeschrieben, nur weil ich einige Sätze aus einem Blogpost von jemand anderem übernommen habe. Das nennt sich *Pastiche*, du Idiot.« Oder »Nur Möchtegerns tragen Doc Martens.« Oder »Jessie, du sähst so gut aus, wenn du dich ein bisschen schminken würdest.«)

»Agnes, manche Leute sind einfach schüchtern. Sie hat nichts Schlechtes gesagt. Sie hat nur gesagt, dass du ihre Gefühle verletzt hast, was stimmt. Manche Leute finden es einfacher zu schreiben, als es dir ins Gesicht zu sagen«, argumentiert Dri. Mit dem Blick fordert sie mich auf, sie zu unterstützen, und ich frage mich, ob es zum Problem für ihre Freundschaft mit Agnes werden kann, dass es mich gibt. Scar und ich haben beim Mittagessen immer allein gesessen. Wir waren nicht wirklich daran interessiert, uns mit anderen zu unterhalten. Um ehrlich zu sein, weiß ich nicht, wie ich es gefunden hätte, wenn sie irgendeine Neue eingeladen hätte, sich zu uns zu setzen. Dri hatte mich nicht nur eingeladen, sondern dabei auch noch begeistert geklungen.

»Ich kenne zwar nicht die ganze Geschichte, aber mir geht es in jedem Fall genauso. Ich schreibe sehr viel lieber, als dass ich Dinge laut ausspreche. Ich wünschte, ich könnte mein ganzes Leben auf Papier verbringen.« Kurz erwäge ich, ihnen von Somebody Nobody zu erzählen. Ich wünschte, ich könnte erklären, wie leicht es ist, mit ihm zu »sprechen«, wie die Worte aus mir heraussprudeln und dass es nie so wäre, wenn ich mit ihm wirklich reden würde. Außerdem könnte ich ein bisschen

Hilfe gebrauchen, um herauszufinden, wer er ist. Doch vielleicht will ich es auch gar nicht wissen. Vielleicht hat SN recht, und das Nichtwissen ist es, was unsere Verbindung ausmacht. Jemandem zu schreiben, von dem ich wüsste, dass ich ihn am nächsten Tag sehe, wäre extrem viel schwieriger. Und ich frage mich, ob es andersherum genauso ist. Obwohl er weiß, wer ich bin, fällt ihm das Schreiben womöglich leichter, weil er weiß, dass er mir nicht gegenübertreten muss.

Natürlich irrt Agnes – Worte sind nicht weniger mutig, wenn sie geschrieben und nicht gesprochen werden –, und ich will es ihr gerade sagen, laut und aus voller Überzeugung, als ich höre, wie jemand meinen Namen durch die Cafeteria posaunt.

»Jessie!« Zuerst glaube ich, jemand anders wäre gemeint – ich habe doch in dieser Schule gar keine Freunde –, doch die Stimme ist so beharrlich und klingt sogar entfernt vertraut, dass ich aufblicke. Verwuscheltes Haar und ein Lächeln.

»Hi, Jessie«, grüßt mich Liam, der mittlerweile direkt vor unserem Tisch steht, wieder mit Earl über der Schulter. Er wischt sich eine Haarsträhne aus dem Gesicht und deutet dann auf seine Stirn. »Wie geht's der Verletzung?«

»Fast weg. Aber wenn du mit deiner Gitarre noch näher kommst, muss ich ein Kontaktverbot erwirken«, sage ich, und es klingt selbst für meine Ohren flirtend. Ich erröte. Eigentlich weiß ich doch gar nicht, wie man flirtet. Ich komme mir dann immer wie eine Betrügerin vor. Und ich will auch gar nicht mit Liam flirten. Er ist so etwas wie mein Chef.

»Ha, ha. Heute Nachmittag weise ich dich in den Laden ein, richtig? Geh mal davon aus, dass du bleibst, bis wir schließen.«

»Klar. Danke noch mal für den Job. Das weiß ich wirklich zu schätzen.«

»Kein Problem. Das ist das Mindeste, was ich tun konnte, nachdem ich dich so zugerichtet habe.« Er lächelt und macht so ein komisches Arm-Check-Ding, was sogar ein bisschen wehtut, bevor er mit Earl über der Schulter verschwindet.

»Ich fass es nicht.« Dri drückt fest meine Hand.

»Woher kennst du Liam Sandler?«, fragt sie. Ihre Augenbrauen berühren fast ihren Haaransatz. »Niemals. Liam. Sandler.«

»Beruhige dich. Er ist nicht Ryan Gosling.« Agnes sieht Dri augenrollend an. »Ich werde nie verstehen, was du an ihm findest.«

Dri beachtet sie nicht, sondern wartet auf meine Antwort.

»Ich habe einen Job in der Buchhandlung seiner Mutter bekommen, und zwar weil er mir seinen Gitarrenkoffer gegen den Kopf gehauen hat. Peinlich, aber wahr.«

»Und?«, hakt Dri nach.

»Und was?«

»Und alles.«

»Und alles, wie zum Beispiel?«

»Was hat er gesagt? Was hast du gesagt? Kannst du mich ihm vorstellen? Hast du seine Band schon mal gehört? Wahn. Sinn. Orgasmville.«

»Bah«, sage ich. »Er ist ja nicht unsympathisch, aber trotzdem.«

»Nein, so heißt seine Band. Orgasmville.«

»Echt?«

»Jep. Und er ist. So. Süß. Du *musst* ihn auf der Bühne erleben. Ich steh schon ewig auf ihn. Er hat noch nie ein Wort mit mir gewechselt. Nicht ein einziges. Bis gerade eben.«

»Streng genommen hat er es auch nicht mit dir gewechselt«, merkt Agnes an.

»Er war in meiner Nähe und hat gesprochen, was mehr ist, als das, was in den gesamten letzten zwei Jahren passiert ist. Das gilt«, beschließt Dri und drückt meine Hand noch fester. Auch das tut weh. »Jippiiieee!«

»Er hat eine Freundin«, wirft Agnes ein, und ich frage mich, warum sie so fies zu Dri sein musste. Wenn Pete McManning, der Abschlussschüler, auf den Scar während der gesamten neunten Klasse total stand, jemals in ihrer Nähe etwas gesagt hätte, hätte ich mit ihr vor Freude gekreischt, auch wenn ich Scars Begeisterung für ihn nie ganz nachvollziehen konnte. Flaumige Schnurrbärte sind nichts für mich, auch wenn sie noch so hip sind.

»Ist doch egal. Gem kann mich mal.«

»Er ist mit Gem zusammen?«, frage ich ungläubig, und mir wird langsam bewusst, wie viel ich nachholen muss. Ich weiß nichts über diese Schule. Wer braucht schon einen Ehrenkodex, es sollte ein Buch geben, in dem all *diese* Dinge drinstehen. Liam und Gem also. Aha. Wenn ich darüber nachdenke, hätte ich daraufkommen können, dass Liam eine Freundin hat, aber Gem wäre mir nicht eingefallen. Und zwar nicht, weil sie so gut aussieht – er ist der Typ für eine attraktive Freundin –, sondern weil sie so zickig ist. Ich hätte ihm etwas Besseres zugetraut.

»Ich weiß. Das ist das Einzige, das ich an ihm nicht mag«, bekennt Dri.

»Dri ist total besessen von ihm. Buchstäblich besessen. Sie hat sogar angefangen Ukulele zu lernen, damit er auf sie aufmerksam wird.«

»Ich hatte eben so eine Phase«, sagt Dri und umarmt mich. »Juhuhuhuhu! Du bist jetzt mein allerliebster Lieblingsmensch.«

Ich lächele. Und tue so, als hätte ich Agnes' scharfe Blicke nicht bemerkt.

SN: wie war der tag, Ms Holmes?

Ich: Nicht schlecht und deiner?

SN: gut. hab meine hausaufgaben in listenform geschrieben. man lässt ja nichts unversucht, um sie sich interessanter zu machen.

Ich: Glaubst du, dass es auf dem College besser wird? Also wirklich?

SN: hoff ich doch. allerdings hab ich gerade von einem typen gelesen, der bei einem aus der kontrolle geratenen aufnahmeritual auf dem college eins seiner eier verloren hat.

Ich: Im Ernst? Wie sind die Leute bloß drauf?

SN: kannst du dir vorstellen, so verzweifelt zu sein, dass du einen deiner hoden opfern würdest, um dazuzugehören?

Ich: Ich kann mir weder vorstellen, Hoden zu haben noch einen zu opfern.

SN: du lässt mich ja keine emojis verwenden, aber ein herz für meine eier fänd ich an dieser stelle eigentlich passend.

Ich: Weißt du, was ich mag? Nutella. Und Pyjamahosen. Und supertolle Bücher. Nicht unbedingt in der Reihenfolge, aber am besten alles zusammen.

SN: supertoll? 2012 lässt grüßen und will sein wort zurück. isst du nutella mit einem löffel direkt aus dem glas?

Ich: Hab ich früher gemacht. Jetzt teile ich es mit den anderen hier, deshalb geht es nicht mehr. Wollte mir schon ein eigenes anschaffen und meinen Namen draufschreiben, aber mein Dad meint, das wäre unhöflich.

SN: die anderen?

Ich: Stiefmutter und Stiefbruder. Gibt es bei dir auch andere?

SN: nee. elterngefüge ist intakt, nach außen zumindest. intern gucken sie sich momentan kaum an.

Ich: Warum nicht?

SN: schwieriges thema.

Ich: Glaubst du, dass wir je über »schwieriges Thema« hinauskommen?

SN: daran habe ich keinen zweifel, Ms Holmes.

Kapitel 12

Dri würde am liebsten mit mir tauschen und will deshalb so viel wie möglich an meinem Leben teilhaben, was für mich ein neues Gefühl ist, weil das bislang noch niemand wollte. Wirklich niemand. Mir wurde aufgetragen, sofort eine Nachricht zu schreiben, wenn Liam etwas Interessantes von sich gibt. Oder überhaupt irgendetwas.

»Willst du wissen, wie die Kasse funktioniert? Soll ich dir das auch schreiben?«, fragte ich sie ernsthaft am Ende der letzten Stunde, bevor ich in mein Auto sprang, um meinen Dienst bei *Buch Genau!* anzutreten. Ich war mir nicht sicher, wie besessen Dri wirklich war, doch da auch ich schon öfter hoffnungslos in jemanden verknallt gewesen war, verstand ich ihr Bedürfnis alles zu erfahren. Je mehr man weiß, desto besser kann man sich einbilden die Person zu kennen, von der man besessen ist, auch wenn man sie eigentlich überhaupt nicht kennt.

»Das kannst du auslassen. Es sei denn, er macht beim Erklären was Süßes. Dann schreib's auf jeden Fall«, antwortete Dri und verstand zum Glück, dass ich mich tatsächlich nicht über sie lustig machte.

Bislang hat Liam nichts Denkwürdiges von sich gegeben, überhaupt nichts wirklich Interessantes. Die Kasse ist die gleiche wie bei Smoothie King, sodass sie mir keine Probleme bereiten dürfte. Mein Job scheint hauptsächlich darin zu bestehen, hinterm Kassentisch zu sitzen und mich zu erheben, wenn ich die Glocke an der Eingangstür höre, die einen neuen Kunden ankündigt. Liams kurzer Reaktionszeit nach zu urteilen wird es schnell zum Reflex.

»Was für Musik spielt deine Band eigentlich?«, erkundige ich mich. Absichtlich sage ich nicht »Orgasmville«, vor allem, weil ich fürchte, es nicht aussprechen zu können, ohne zu erröten. Das Logo der Band ist ein großes an eine Vagina erinnerndes O mit einer Zunge in der Mitte. Rolling Stones trifft auf Georgia O'Keeffe. Und der Name ist viel zu gewollt. Nicht gerade einfallsreich.

»Rock nennt man das wohl. So eine Art. Kennst du Lou Reed?« Ich nicke, auch wenn ich gerade mal den Namen gehört habe. Ich gehöre nicht zu den Leuten, die sich gegenseitig mit geheimnisvollen Anspielungen auf bestimmte Bands überbieten. Dafür bin ich total ungeeignet.

»So in dem Stil. Aber moderner. Und vielleicht sogar besser«, sagt er und lächelt, damit ich verstehe, wie er es meint. Er ist überhaupt nicht eingebildet wie die meisten anderen Jungs aus dem Abschlussjahrgang, die die ganze Schule für sich beanspruchen – Spindtüren schlagen, komplizierte Begrüßungsrituale zelebrieren und Kommentare über Mädchen machen, die das Pech haben gerade vorbeizugehen. Liam ist, obwohl er dazu neigt Earl herumzuschleudern, deutlich beherrschter, jemand, der fragt, bevor er dich küsst.

Ich: Er hat sich mit Lou Reed verglichen, aber auf eine sympathische und nicht angeberische Art.

Dri: Er ist besser.

Ich: Stöhn.

Dri: Okay. Nicht besser. Heißer.

»Mit wem schreibst du?«, erkundigt sich Liam, und ich stecke schnell mein Handy ein. Auf keinen Fall will ich Dri in eine peinliche Situation bringen, auch wenn ich ehrlich gesagt den Verdacht habe, dass er gar nicht weiß, wer sie ist.

»Mit meiner Freundin Dri. Eigentlich heißt sie Adrianna. Aber alle nennen sie Dri«, antworte ich. Er zuckt mit den Schultern. Kein Interesse. »Sie ist echt cool. Sie saß mit mir am Tisch, als du heute Mittag gekommen bist.«

Wieder keine Reaktion. Ich überlege, was er wohl sagen würde, wenn er wüsste, dass sie seinen Geburtstag kennt und weiß, für welche Colleges er sich bewirbt und was er am liebsten in der Cafeteria isst. Dass sie in ihrer Fantasie eine vollwertige, erfüllende Beziehung führen. Auch wenn sie nur einseitig ist, aber das ist egal. Ich glaube, Dri ist es sogar lieber so. Es gibt Mädchen wie Gem und Crystal, die nicht nur furchtlos gegenüber Typen, sondern auch gegenüber jeglichen Körperöffnungen und -flüssigkeiten sind, und dann gibt es Mädchen wie Dri und mich, die panische Angst vor Zurückweisung, Körperkontakt und ungünstigen Stellungen haben. Uns ist bewusst, wie weit der Weg zum Frau-Sein noch ist.

Zwar bestimme ich über meine Vagina, in Theorie und Praxis (wir sprechen uns mit Vornamen an, Vag und ich – das war übrigens Scars Idee, nicht meine; nein, meine Idee bestimmt nicht), aber das bedeutet nicht, dass ich keine Angst vor ihren Gelüsten habe. Einen Moment lang stelle ich mir Vags fast leeren Lebenslauf vor. Seit sechzehn Jahren: geschlossen. Hobbys und Interessen: kitschige Liebesromane, alles über Ethan Marks herausfinden.

Seltsamerweise habe ich keine Probleme damit, mir Sex mit jemandem vorzustellen (sagen wir mit Ethan), aber es ist so ähnlich, wie mir meine Oscar-Rede vorzustellen. Etwas, was ich im Kopf wunderbar meistere – charmant, gewandt und mit genau der richtigen Dosis Bescheidenheit –, aber es ist eine Rede, die nie gehalten werden wird, was vielleicht nur gut so ist. Werde ich eines Tages in der Lage sein, mit einem Typen zu schlafen, ohne mir dabei schrecklich unbeholfen vorzukommen und angespannt zu sein und ohne mich zu fragen, was das alles soll? Ich gehe mal davon aus. Aber im Moment ist es für mich unvorstellbar, mich derartig zu entblößen, und ganz ehrlich, ich finde es vor allem beängstigend.

»Du kommst also aus Chicago?«, erkundigt sich Liam, und ich frage mich, woher er es weiß. Konnte er sich etwa an meinen peinlichen Auftritt am ersten Schultag erinnern? Oder hat seine Mom es ihm erzählt? Ist er Somebody Nobody?

»Ja, ich bin gerade hergezogen«, antworte ich.

»Wie gefällt es dir?«, fragt er. Er nimmt sein Haar zum Zopf zusammen, nur um es kurz darauf wieder loszulassen, immer wieder. Die Bewegungen sind jedes Mal so genau gleich, dass sie mir vorkommen wie in einem immer wieder abgespielten Vine-Video.

»Ganz gut. Aber ich bin noch dabei mich einzuleben«, sage ich.

»Ja?«

»Ja.« Ich überlege, ob die Unterhaltung spannend genug ist, um Dri davon zu berichten. Ich wünschte, ich hätte Liam interessantere Dinge zu erzählen. Meine Angst, etwas Dummes von mir zu geben, hält mich oft davon ab, überhaupt etwas zu sagen. Er scheint auch nicht zu wissen, wie er das Gespräch in Gang halten soll. »Ich bin gerade erst dabei, Leute kennenzulernen.«

»Ich sollte dich mal meiner Freundin vorstellen. Gem. Sie ist echt nett. Und auch in deiner Stufe.«

»Oh, Gem. Ja, ich glaube, wir haben einige Kurse gemeinsam«, erwidere ich und bin ganz zuversichtlich, dass ich die *Ja, irgendwie kenne ich deine Freundin*-Nummer ganz gut rüberbringe. Was ich verschweige: *Ich finde deine Freundin total daneben.*

»Keine Sorge. Es wird leichter. Neu zu sein ist immer schwer«, sagt er. »Wie in meiner Band. Sie waren alle seit der Mittelstufe zusammen, und ich bin erst letztes Jahr dazugekommen. Am Anfang war es komisch, wegen dieser blöden Sache. Aber jetzt sind sie wie meine Brüder. Du solltest mal kommen, wenn wir spielen.«

»Gern. Klingt gut«, sage ich und meine es ernst, und sei es nur, um Dri mitnehmen zu können und damit meine Freundschaft mit ihr zu festigen.

Ich: Er sagt, er ist neu in die Band gekommen, aber jetzt seien sie wie Brüder.

Dri: Ja. Eine Weile war es echt schwierig mit Oville. Traurige Geschichte. Aber jetzt ist alles gut.

Ich überlege, inwiefern eine Highschool-Rockband eine traurige Geschichte haben kann, bin mir aber sicher, dass Dri es mir später in allen Einzelheiten erzählen wird. Irgendwie denke ich, dass die Schüler hier genug Geld haben, um gegen wirklich traurige Geschichten immun zu sein, aber natürlich stimmt das nicht. Man kann nicht alles kaufen. Meine Mom kommt mir in den Sinn, wie sie keine Haare mehr hatte und von innen buchstäblich verrottet ist, bis sie zu schwach war, um meine Hand zu drücken. Mir wird schlecht. Ich kann mich eher an sie als kranke Frau erinnern, als an meine gesunde Mom, vielleicht weil es weniger lange her ist oder einfach, weil es einschneidender war. Ich blinzele, und dann ist das Bild zum Glück verschwunden.

»In einigen Wochen spielen wir auf einer Party. Kein riesiger Gig. Ganz entspannt. Komm doch auch«, sagt Liam, und ich fühle mich plötzlich ganz leicht, freue mich: Es könnte sein, dass ich an einem Samstagabend etwas vorhabe.

Mal rauszukommen wäre nett. »Die Party findet bei Gem statt.«

Oh. Ja. Das hat sich dann wohl erledigt.

Ich: Er hat mich zu einer Party eingeladen. Wollte gerade zusagen, dass wir kommen würden, aber –

Dri: DA MÜSSEN WIR HIN!

Ich: Sie findet bei Gem statt.

Dri: Na und? Gem ist total anders, wenn Liam in der Nähe ist. Besonders, wenn sie sieht, dass er mit dir redet.

Ich: Nein.

Dri: Ist doch egal, was sie über deine Jeans sagt. Oville spielt. Du wirst hin und weg sein.

Ich: Erschieß mich, wenn ich sie je Oville nenne.

Dri: Ein bisschen schrullig bist du aber manchmal schon.

Ich: Das ist mir sehr wohl bewusst.

Dri: Gut. Dann wäre das ja geklärt. Pack deine Tanzschuhe aus, wir sind dabei.

»Tanzt man zu eurer Musik?«, frage ich Liam scheinbar aus dem Nichts.

»Hä?«

»Vergiss es.«

Kapitel 13

Ethan ist bereits in der Bibliothek, als ich komme. Er trägt sein Batman-T-Shirt, wie sollte es anders sein, und starrt aus dem Fenster, als gäbe es dort irgendetwas Interessantes zu sehen. Dabei ist dort nichts als mal wieder wolkenloser Himmel. Leere. Mit der rechten Hand massiert er sich das Kinn, als würde es schmerzen vom vielen Reden, dem er sich verweigert. Ich hätte nichts dagegen, seine raue Wange zu berühren, den Huckel zu spüren, wo Knochen auf Knochen trifft.

Habe ich das wirklich gerade gedacht? Im Ernst? Ich nehme alles zurück. Klar, er ist süß, aber es ist Zeitverschwendung auf jemanden zu stehen, den alle Mädchen der Schule haben wollen. Da habe ich keine Chance.

Lass uns eine gute Note in Englisch machen, und dann gehen wir wieder zur Tagesordnung über. Ich habe andere Dinge zu tun: Arbeit, Schule, Collegetests. Seit dem Umzug habe ich langsam endlich das Gefühl, das meiste unter Kontrolle zu haben. Ich habe einen Job und damit: Geld. Ich habe Dri, die schnell zu einer richtigen Freundin wird, und ich habe SN, mit dem ich jeden Tag schreibe. SN und ich »reden« meistens über irgendeinen Schwachsinn, aber es macht Spaß, ihn jederzeit in der Tasche dabeizuhaben.

»Hi«, grüße ich, während ich mich Ethan gegenübersetze und die Füße auf den Stuhl ziehe. Locker und lässig, als würde ich mir kein bisschen blöd vorkommen. Ich bin gar keine schlechte Schauspielerin. Fast glaube ich mir selbst. Doch als ich den Blick senke und ein einzelnes braunes Härchen an meinem Knöchel erblicke, wirft es mich total aus der Bahn, und ich kann mich nur mit Mühe beherrschen, nicht den Saum meiner Jeans hinunterzuziehen. *Entspann dich, Jessie. Er guckt dir nicht auf die Knöchel. Plötzliche Bewegungen verraten nur, wie nervös du bist.*

»Hi, Jessie.« Er lächelt zurück, und ganz kurz hellt sich sein Gesicht auf, nur um sich gleich wieder zu verfinstern. »Bereit?«

»Klar«, sage ich und frage mich, ob ich mit diesem Typen jemals über Ein-Wort-Antworten hinauskommen werde. Scarlett redet mehr, wenn sie nervös ist – das Adrenalin lässt sie schlagfertig werden –, mein Gehirn hingegen ist dann überfordert. Als stünde ich neben mir.

Ethan riecht nach Lavendel und Honig – frisch und damit ganz anders als das Deo, das die Jungs in Chicago benutzen, dieser penetrante, chemische Geruch, der noch lange in der Luft hängt, nachdem sie längst weg sind. Ist es das Waschmittel oder ein Parfüm? Wahrscheinlich hat er dafür seine eigene Gloria. Oder er hat einen Batman für jeden Tag der Woche. Und ja, ich merke, dass ich anfange, wie die von Liam besessene Dri zu klingen, die jede Kleinigkeit aufsaugt, um später darüber zu grübeln.

Es muss. Aufhören. Sofort. Ich habe nur eine begrenzte Anzahl an Hirnzellen, und die sollte ich mir lieber für die Vorbereitung auf den College-Einstufungstest aufheben.

»Liest du öfter Gedichte?«, fragt er, wenn auch nicht wirklich mich. Eher fragt er das Fenster. Ethan blickt wieder einmal in die weite Ferne. Er ist woanders. Nicht so wie ich die meiste Zeit, wenn ich neben mir stehe und in mich hineinschaue, sondern ganz und gar woanders. Ich erkenne den Blick. Da und doch nicht da. So habe ich mich auch schon gefühlt: Körperlich bin ich anwesend, aber im Nachhinein stelle ich fest, dass ganze Teile meines Tages fehlen. Ein Körper ohne Seele. Nicht viel anders als meine Mom: Irgendwo ist sie, physisch lokalisierbar, unter der Erde vergraben, aber in jeder anderen Hinsicht ist sie nicht da. Überall als fehlend zu vermerken.

»Manchmal«, sage ich. *Nur ein Wort. Wieder einmal.* Gut, dass er nicht zuhört. »Na ja, ich mag Gedichte, und ich habe ›Das öde Land‹ auch schon vor einer Weile gelesen, aber richtig verstanden habe ich's nicht. Diese vielen verschiedenen Stimmen, alle irgendwie vermengt.«

»Genau. Ich habe es gegoogelt, und anscheinend spielt alles auf etwas Bestimmtes an. Fast wie ein Code«, erwidert er und sieht mich an. Er ist jetzt wieder im Hier und Jetzt. Hat er was genommen? Gras? Koks? Molly? Ist es das, was ihn abdriften lässt? Doch dann reibt er sich übers Gesicht, und ich merke, dass er einfach müde ist. Der Kerl ist k. o. Warum schläft er nicht? Was geschieht nachts, wenn er die Augen schließt?

Hör auf, Jessie.

Ich muss mich auf das Wesentliche konzentrieren.

»Okay, fangen wir mit der ersten Zeile an: ›April ist der

übelste Monat von allen, treibt.‹ Was bedeutet schon allein das? Ich weiß, es ist poetisch und klingt irgendwie cool, besonders das mit dem Treiben, aber warum April? Warum soll der Monat grausamer sein als andere?«, frage ich.

»Ich weiß nicht. Aber ich hasse den April auch«, sagt Ethan und hält dann inne. Er verengt die Augen, wirkt beinahe wütend. Das ist ihm rausgerutscht. Aus Versehen. Aber was steckt dahinter? Ich versteh's nicht. Was bedeutet es überhaupt, einen Monat zu hassen? In Chicago habe ich immer den Januar gehasst, weil es so verdammt kalt war, aber hier geht es ja nicht ums Wetter. Er schüttelt sich aus den Gedanken. »Hast du Lust ein bisschen zu gehen? Wir können das alles doch auch bei einem Spaziergang besprechen?«

Ethan wartet nicht darauf, dass ich zustimme, sondern packt bereits Bücher und Laptop zusammen, und ich folge ihm nach draußen.

»Ich dachte, in L. A. gehen die Leute nie zu Fuß«, sage ich, sobald sich die Schultür hinter uns schließt. Das Geräusch löst bei mir stets Erleichterung aus, wieder ein Tag geschafft und überlebt. Er setzt seine Sonnenbrille auf, Ray-Ban, und ist damit noch schwieriger zu durchschauen, weil ich seine Augen nicht sehen kann.

»Wenn ich mich bewege, kann ich besser denken. Es weckt mich auf. Willst du hören, was ich noch bei Google erfahren habe?«

Ich nicke, was dumm ist, weil er gar nicht zu mir schaut.

»Gern.«

»Ursprünglich war es gar nicht der Anfang des Gedichts.

Ezra Pound hat ihm gesagt, er solle dreiundvierzig Zeilen oder so streichen. Die Geschichte mit dem April war also eigentlich erst für später dran. Und damals bedeuteten solche Veränderungen wahrscheinlich wirklich, die Zeilen mit der Schere auszuschneiden und an einer anderen Stelle wieder einzukleben.«

Kurz schließe ich die Augen und stelle mir die Szene vor, auch wenn ich keine Ahung habe, wie T. S. Eliot aussah. Doch in meiner Fantasie ist er ein alter, weißhaariger Mann, der ein Monokel trägt und mit einer großen Schere und Kleber zugange ist.

»Ich kann mir nicht vorstellen, ohne Computer zu schreiben«, gestehe ich. »Wenn ich Papier benutze, komme ich mir so langsam vor. Mein Kopf ist schneller als meine Hände.«

»Ja, das geht mir genauso. Erzähl mir noch etwas, was ich nicht von dir weiß.« Er neigt den Kopf zur Seite. Jetzt, da er mich ansieht, bin ich dankbar für seine Sonnenbrille, für diese zusätzliche Schutzschicht. Sein Blick ist zu stechend. Das ist sicher einer der vielen Gründe, warum sich die Mädchen um seinen Sessel scharen, diese kurzen, sparsam wie kleine Geschenke verteilten Momente der Verbundenheit. Vielleicht ist er bewusst geizig damit; zu viel, und er würde überhaupt nicht mehr in Ruhe gelassen werden.

»Ich weiß nicht«, sage ich. »Da gibt es nicht viel zu erzählen.«

»Das glaube ich nicht.«

»Okay, ich kann dir viel erzählen, aber davon würdest du nicht viel hören wollen.« *Dezember ist der übelste Monat von allen*, denke ich. *Geburtstag der toten Mutter und Weihnachtsrum-*

mel. April aber auch. Der Monat, in dem alles zu Ende geht. Und ich mag dein Batman-T-Shirt und deine unheimlichen Augen, und ich will wissen, warum du nicht genug schläfst. Wenn ich nachts die Augen schließe, sehe ich letzte Momente, unmögliche Abschiede.

Doch ich träume nicht mehr. Träumst du? Ich vermisse es.

»Und was ist mir dir?«, frage ich.

»›Flieder aus der toten Erde, mischt/Erinnerung mit Lust, schreckt/Spröde Wurzeln auf mit Frühlingsregen./Der Winter hat uns warm gehalten, hüllte/Das Land in vergeßlichen Schnee, fütterte/Ein wenig Leben durch mit eingeschrumpelten Knollen.‹«

»Du kannst ›Das öde Land‹ auswendig? Echt jetzt?«

»Den größten Teil, ja. Wenn ich nicht schlafen kann, dann lese ich Gedichte. Ich lerne sie gern auswendig.«

»Wirklich?«

»Jetzt hast du mich total verlegen gemacht. Hör auf, mich so anzugucken«, sagt er, allerdings bin ich diejenige, die knallrot ist. Erstaunt, anders kann man es nicht nennen, sehe ich ihn an. Der Typ liest Gedichte. Freiwillig.

Schwärm.

»Ich weiß, dass es seltsam ist.«

Er lächelt und ich, ich lächele auch.

»Nein, ich finde es cool.« Ich widerstehe dem Bedürfnis, ihm die Schulter zu tätscheln. *Wer ist er?* Ich tue so, als wäre ich Dri. Alles, woran ich interessiert bin, sind mehr Details. »Eingeschrumpelte Knollen?«

»Ich weiß. Was sind eingeschrumpelte Knollen überhaupt?«

Später liege ich in meinem Zimmer auf dem Kanapee, die Füße auf der geschwungenen Lehne, und schreibe mit SN.

SN: du hast heute wenig von dir hören lassen. JETZT SAG SCHON, WIE WAR DEIN TAG?

Ich: Sieh mal einer an. Du hast also doch eine Umschalttaste. Mein Tag = nicht schlecht. Und deiner?

SN: eigentlich ziemlich gut.

Ich: Erzähl mir drei Dinge, die ich nicht über dich weiß. Außer deinem Namen und so weiter.

Oh, der Nachmittag mit Ethan hat mich offenbar mutiger werden lassen. Waghalsiger. Als wir uns an meinem Auto verabschiedet haben, hat er die Hände in die Hosentaschen gesteckt, ist auf den Fersen zurückgewippt und hat gesagt: »Wir sehen uns.« Wir sehen uns. Drei Wörter, die einfach gut zusammen klingen. Genau in der Reihenfolge. Poetisch.

SN: okay. 1. ich kann fantastomatisch käse grillen.

Ich: Fantastomatisch?

SN: jep, so gut, dass das wort fantastomatisch gerechtfertigt ist. 2. in der sechsten hatte ich voll die Justin-Timberlake-phase. ich hab ihn JT genannt und war so drauf: »was geht, mann, hier ist JT und ihr hört bla, bla, bla«. ja, so schlimm wars. nicht mein bestes jahr.

Ich: Ich geb's zu: Meine Justin-Timberlake-Phase dauert noch immer an. Und 3.?

SN: weiß nicht. behalt ich lieber für mich.

Ich: Nun mach schon. Du behältst alles für dich.

SN: sag du mir drei dinge, dann vielleicht …

Ich: 1. Ich habe eine seltsame Theorie über das Universum, an die ich selbst nicht glaube, über die ich aber gern nachdenke. Nämlich, dass wir etwas winzig Kleines und Unbedeutendes wie Ameisen für eine größere, komplexere Spezies sind, was in gewisser Weise all die schrecklichen, unberechenbaren Dinge erklären würde, die wir erleben, wie Hurrikane und Krebs. Oh Mann, ich glaub's nicht, dass ich dir das gerade erzählt habe. Das habe ich noch niemandem erzählt. Nicht einmal Scarlett. #schämemich.

SN: ein bisschen seltsam ist es schon, aber möglicherweise brillant. #binbeeindruckt.

Ich: Ja, ne?

SN: googel mal das Fermi-Paradoxon. wird dich umhauen. Und 2. …

Ich: 2. Ich habe Probleme mit dem Einmaleins. Infinitesimalrechnung und so 'n Zeug beherrsche ich, easy, aber die Mathegrundlagen irgendwie nicht.

Ich: Hab Fermi gerade gegoogelt. Woher weißt du so was?

SN: keine ahnung. ist einfach so. 3. …

Ich: Du hast mir auch nur zwei genannt.

SN: 3. ich mag dich.

Ich: 3. Ich mag dich auch.

Mist. Ich hab's schon wieder getan. Auf »Senden« gedrückt ohne nachzudenken. Wen mag ich da? Wer ist er überhaupt? Falsch ist es nicht. Ich mag seine Worte. Den ganzen Tag freue ich mich darauf, ihm zu schreiben, zu erfahren, wie er über Dinge denkt. Aber mich so weit aus dem Fenster zu lehnen und zu behaupten, »Ich mag dich«, ohne zu wissen, wer er ist, mit diesem hahnebüchenen Ungleichgewicht – er weiß, wer ich bin, und wahrscheinlich auch, wo ich wohne – ist einfach nur dumm. Ich bettele förmlich darum, gewaltig eine reinzukriegen. Kann ich es zurücknehmen? Und wenn ja, wie? Oder belasse ich es dabei?

Auch wenn ich nur hoffen kann, dass es jemand aus der Schule ist und sich nicht irgendein übler Scherz oder etwas total Abartiges dahinter verbirgt, auf das ich noch gar nicht gekommen bin, ein Polizist, der versucht Kindesmissbrauch im Internet aufzuklären beispielsweise, dann könnte ich doch einen Moment lang genießen, dass ein Typ mich tatsächlich mag. *Mich.* Ich bin mir nicht sicher, ob – abgesehen von Leo Springer in der sechsten Klasse vielleicht, der mir einen Zettel mit den Worten »Lass uns miteinander gehen!!!« zusteckte und dann für ungefähr zweiundzwanzig Stunden mein Freund war, da ich zwar mit dem übermäßigen Gebrauch von Satzzeichen, nicht aber mit dem übermäßigen Schwitzen seiner Hände umgehen konnte, weshalb ich später ein schlechtes Gewissen hatte, als ich erfuhr, dass er ein ernsthaftes Drüsenproblem hat – jemals ein Typ etwas in der Richtung von »Ich mag dich« zu mir gesagt hat. Egal. Ich freu mich jetzt einfach mal.

Nein. Das Ganze ist zu unheimlich. Ich freue mich überhaupt nicht.

Ich drehe gleich durch.

Ich: Das ist echt unheimlich. Ich weiß nicht einmal WER DU BIST. Lass uns noch mal zurückspulen.

SN: zu ich mag dich? okay, auch wenn ich mir nicht sicher bin, was ich davon halten soll.

SN: in meiner welt bedeutet ich mag dich, dass ich dich irgendwie cool finde, aber entspann dich, das ist kein heiratsantrag.

Ich: Ach nee. Es ist nur. Ach, vergiss es.

SN: es ist nur was?

Ich: Ach egal. Wirklich, vergiss es.

SN: komm. nun sag schon.

Ich: Ich finde es einfach seltsam, dass du weißt, wer ich bin, aber ich nicht weiß, wer du bist. Das ist nicht fair.

SN: das leben ist nun mal nicht fair.

Ich: Aha. Wie dem auch sei. Ich muss Schluss machen.

Kurz lege ich mein Handy ab. Ich bin wütend. Leer. Er mag mich also doch nicht und findet mich nur cool. Nicht dass ich gedacht hätte, er hielte mich für das Beste der Welt. Es ist nur – es hat sich gut angefühlt, gemocht zu werden, was auch immer das bedeutet.

SN: wart mal, stopp. komm wieder. es tut mir leid.

Ich: Und?

SN: ich rede einfach gern auf diese art mit dir. ich habs genau so gemeint. Ich mag dich. im echten leben machst du mich nervös.

es wär einfach anders, mit dir zu reden-reden. und hier gehts, verstehst du?

Ich: Ja, aber …

SN: ich sag dir noch drei dinge: 1. ich mag musik, bücher und videospiele lieber als menschen. in gegenwart von menschen werde ich unsicher. 2. als ich klein war, habe ich immer eine decke mit ins bett genommen, die ich … achtung … Decke genannt habe und, ja, ich tus immer noch. 3. vor drei jahren war ich noch ein total anderer mensch.

Ich: Wieso? Wer warst du?

SN: unbeschwert. unbeschwerter zumindest. unkomplizierter. ein bisschen normaler, wenns das gibt.

Ich: Und dann …

Es vergeht ein langer Moment. Ich warte.

SN: meine schwester ist gestorben. plötzlich. lange geschichte. und jetzt. na ja, du weißt, wie das ist.

Ich: Ja.

SN: deine mom ist auch gestorben, stimmts? darf man dich darauf ansprechen?

Ich: Woher weißt du das?

SN: Theo, er hats mir zwar nicht erzählt, aber ich habe gehört, dass du seine stiefschwester bist, und dann habe ich eins und eins zusammengezählt. ist es okay für dich, dass ich danach gefragt habe? ich hab das gefühl, jegliches gespür dafür verloren zu haben, wie man mit leuten redet.

Ich: Ja, schon in Ordnung. Zu fragen, meine ich. Die Tatsache ist nicht okay. Ich weiß nicht. Es ist …

SN: ja. das ist es.

Ich: Stimmt.

SN: wie lange ist es her?

Ich: 765 Tage, 5 Stunden und 22 Minuten. Und bei dir?

SN: 196 tage, 1 stunde, 3 minuten.

Ich: Du zählst auch?

SN: ich zähl auch.

Ich denke über SNs Schwester nach. Ich weiß nicht warum, aber ich stelle sie mir als zwölfjähriges, krankes Mädchen mit Zöpfen vor. Doch das ist natürlich reine Fantasie. Ich habe unendlich viele Fragen: Wie alt war sie? Wie ist sie gestorben? Aber was letztendlich zählt, ist, dass sie nicht mehr da ist. Die Wies sind nur Details.

Später. Nicht jetzt. Vielleicht frage ich später.

SN: gestern hab ich einen regenbogen gesehen, und mein blödes handy war platt, weil ich so viel mit dir geschrieben habe, deshalb war es fast so, als wär er gar nicht da gewesen, weil ich kein foto gemacht habe. bitte sag mir, dass du ihn auch gesehen hast.

SN: manchmal fürchte ich nämlich den verstand zu verlieren. deshalb will ich sicher sein, dass er wirklich da war. kennst du das gefühl?

Ich überlege. Gestern auf dem Weg zur Arbeit hat es wie aus dem Nichts für nicht länger als eine halbe Minute geregnet – der erste Regen, seit ich hier lebe –, dann zogen die Wolken weiter und ja, SN hat recht. Ein Stück von einem Regenbogen wurde sichtbar. Er erstreckte sich über den halben Himmel, ein so regenbogenfarbener Regenbogen, dass ich mir vorkam wie in einem Zeichentrickfilm. Und auch wenn es mir peinlich ist es zuzugeben, aber einen Moment lang glaubte ich, es wäre eine Botschaft von meiner Mom oder dass sie es sogar *war*, auf eine Art, die ich nicht erklären konnte und noch immer nicht kann. Ich habe ein Foto gemacht, es aber nicht auf Instagram gepostet. Ich wollte vermeiden, irgendwie esoterisch verklärt rüberzukommen, was ich nicht bin. In keinster Weise. Soll ich es SN schicken?

Ich: Ich habe ihn auch gesehen.

Ich finde das Foto in meinem Handy. Es zu bearbeiten ist nicht nötig, denn im Gegensatz zu allem anderen ist es perfekt, so wie es ist. Ich drücke auf »Senden«.

Liam: Kannst du morgen nach der Schule arbeiten? Bandprobe.

Ich: Klar.

Liam: Lebensretterin. ☺

Ich: Ist dir schon mal aufgefallen, in wie vielen Ausdrücken unserer Sprache der Tod eine Rolle spielt? Mich hat zum Beispiel gerade jemand als Lebensretterin bezeichnet.

SN: ja. seit, du weißt schon … fällts mir auch andauernd auf. tausend tode sterben. meine mom bringt mich um. tödliche blicke. aber das schlimmste? sobald jemand so was zu mir gesagt hat, setzt er sofort so ne schuldbewusste miene auf. als wär ich beleidigt oder würd gleich ausrasten. und wessen leben hast du gerettet?

Ich: Hab nur eine Extraschicht in meinem Job übernommen.

SN: wie nett von dir.

Ich: Ich tue es nicht wirklich aus reiner Nächstenliebe. Für ein bisschen Extrageld mache ich alles.

SN: aha … alles?

Ethan: Laut Lexikon ist eine Knolle »eine runde Verdickung, die bei bestimmten Pflanzen unterirdisch vorkommt (wie z. B. bei der Kartoffel) und aus der eine neue Pflanze entstehen kann.«

Eine Nachricht von Ethan. Um acht Uhr abends an einem Donnerstag. Was bedeutet, dass er an mich gedacht haben muss, weil man nicht jemandem schreiben kann, ohne zuerst an ihn zu denken, oder? Vielleicht hat er aber auch nur über »Das öde Land« nachgedacht, was nicht genau das Gleiche ist, wie an mich zu denken, aber immerhin nahe dran. Das Gedicht und ich sind jetzt für ihn sozusagen eins. Klar doch. Solche haltlosen Theorien stellt man auf, wenn man hoffnungslos verschossen ist.

Was bei mir nicht der Fall ist.

Ich: Ah. Das ergibt irgendwie Sinn. Es bezieht sich auf das neu entstehende Leben in dem Gedicht.

Ethan: Aber warum eingeschrumpelt?

Ich: Keine Ahnung.

Ethan: Ich mag das Wort »Knolle«. Eignet sich auch gut als Beleidigung.

Ich: ??? Beispiel bitte.

Ethan: Gem und Crystal. Giga-Knollen.

Auch wenn ich weiß, dass Ethan Gems ersten fiesen Kommentar mir gegenüber gehört hat – er war überhaupt der Grund für das Was-glotzt-du-so?-Fiasko, das sie irgendwie dazu gebracht hat, mich abgrundtief zu hassen –, war mir nicht bewusst, dass er den ganzen Mist, den sie in Englisch leise flüsternd von sich gibt, ebenfalls mitbekommen hat. Na super. Täglich gemobbt zu werden ist eins, aber wenn Leute, die man durchaus sympathisch findet, es live miterleben, ist es noch mal eine ganz andere Nummer.

Heute hatte sie es auf meine Laptop-Aufkleber abgesehen. Scarlett hat sie mir letztes Jahr zum Geburtstag selbst gemacht, und ich mag sie sehr. Es sind genau die Tattoos, die ich mir stechen lassen würde, wenn ich den Mut hätte, mich tätowieren zu lassen, den ich allerdings auf keinen Fall habe. Stattdessen gehöre ich zu den Menschen, die sich stundenlang über besagte Tattoos auslassen können, trotz meiner lähmenden Angst vor Nadeln und Entscheidungen mit langfristigen Konsequenzen. Schmerzlose, ablösbare Sticker-Tattoos sind mir da doch viel lieber: zwei koreanische Schriftzeichen, die »Beste Freundin« bedeuten, wie Scarlett steif und fest behauptet, das Shakespeare-Zitat »Dies über alles: Sei dir selber treu« in gotischer Schrift und schließlich eine Schlange, die eigentlich nicht auf meiner Wunschliste stand, aber Scarlett fand sie passend, weil sie der Meinung war, dass ich ruhig ein bisschen fieser sein könnte und sei es nur in der Theorie. Gems super Kommentar: »Ich wette, das heißt ›Loserin‹ auf Japanisch.«

Ich: Giga-Schrumpelknollen. Und danke übrigens.

Ethan: Wofür?

Ich: Ich weiß nicht. Fürs Verteidigen wahrscheinlich.

Ethan: Hab ich doch gar nicht.

Ich: Schon gut.

Ethan: Du wirkst auf mich nicht wie jemand, den man verteidigen müsste.

Dri gefällt ein Foto von dir und ihr auf Instagram.

Ich klicke. Dri und ich am Tisch in der Cafeteria. Agnes ist knapp aus dem Bild. Hab ich sie rausgeschnitten? Ich weiß es nicht mehr. Vielleicht. Möglich. Ich glaube ja. Ich sollte mich nicht darüber freuen, tue es aber trotzdem.

Scarlett: Nicht, dass du danach gefragt hättest, aber das Kleid für den Homecoming-Ball ist gekauft. NEONGELB.

Ich: Damit fällst du auf jeden Fall auf.

Scarlett: Dafür brauche ich kein Kleid.

Ich: Wie gehts Adam? Aufgeregt?

Scarlett: Glaub schon. Hab übrigens voll den Streuselkuchen am Start. Nicht nur kleine, sondern voll fette und eitrige Dinger. Ich muss meine gesamte Willenskraft aufwenden, um nicht mit den Nägeln dranzugehen.

Ich: Ihh.

Scarlett: Schade, dass das nicht für den Sozialdienst gilt, den wir absolvieren müssen.

Ich muss einfach einen Screenshot machen. Vier Chats auf einmal. Vier verschiedene Leute, die mit mir reden wollen. Einer davon hatte zwar mit meinem Job zu tun, in einem ging es um ein Schulprojekt, einer ist mit Scarlett, was nicht wirklich zählt, und einer mit jemandem, den ich nicht einmal kenne, aber ich zähle sie trotzdem alle. Als Beweis, dass ich vielleicht doch langsam wieder ein Leben habe.

Kapitel 14

SN: drei dinge am morgen: 1. ich hab flugangst. ich hasse jeden moment im flugzeug. menschen sind einfach nicht fürs fliegen gemacht.

Ich: Ich fliege auch nicht gerade gern, aber ich LIEBE Flughäfen. Kann man super Leute beobachten.

SN: die besten begrüßungen und verabschiedungen.

Ich: Genau.

SN: 2. die ganze achte und neunte war ich vegetarier, aber ich habs wieder aufgegeben wegen: bacon.

Ich: Hmmm. Bacon.

SN: 3. ich verbringe viel zu viel zeit mit videospielen. und du?

Ich: Ich steh nicht so auf Videospiele.

SN: du: drei dringe.

Ich: Ach so. 1. Ich mag eigentlich kein Gemüse, nur für Rosenkohl habe ich eine Schwäche.

SN: hmmm, mit bacon.

Ich: 2. Ich bin ein Nachtmensch. Morgen sind ätzend. Warum muss die Schule nur so verdammt früh anfangen? Warum?

SN: dann fühl ich mich geehrt, dass du vor acht uhr morgens überhaupt mit mir sprichst.

Ich: Drei Tassen Kaffee. Und Glorias ist schön stark. Hab ich dir schon von Gloria erzählt?

SN: ?

Ich: Die Hausmanagerin der Stiefleute. Am Anfang war ich skeptisch. Für mich ist es ein komisches Gefühl, wenn jemand anders all das ZEUG für mich macht. Sag's niemandem, aber inzwischen genieße ich es voll.

SN: unabhängigkeit wird überbewertet. genau wie wäsche waschen als besondere fähigkeit zu bezeichnen.

Ich: 3. Ich bin Linkshänderin, aber als ich ungefähr 12 war, habe ich beschlossen Rechtshänderin zu werden, weshalb ich geübt habe, bis ich beidhändig wurde. Irgendwann fand ich es aber wieder cooler, Linkshänderin zu sein. Diese drei Monate meines Lebens sind also für immer verloren.

SN: für mich gibts nur recht(s). IN ALLEN BEREICHEN.

Ich: Haha, sehr schön ambivalent.

SN: deine verwendung des wortes ambivalent legt nahe, dass ich versagt habe.

Ich: #ambivalentversagt

SN: ich habe mir das wort ambivalent mehrmals im kopf aufgesagt. jetzt hat es jegliche bedeutung verloren. ambivalent. ambivalent. ambivalent.

Ich: Damit ist das Wort auf ewig für mich ruiniert.

SN: ambiruinvalent.

Ich: Du bist ein Schwachkopf.

SN: ja. das bin ich. gut, dass du es jetzt merkst.

Kapitel 15

»Es geht einfach nur um Sex. Ich weiß nicht, warum alle so eine große Sache daraus machen«, sagt Agnes und rollt sich auf Dris Bett auf den Rücken. Ihr Kopf hängt über die Kante, sodass ihr Pony nach unten fällt. Sie hat eine ziemlich hohe Stirn. Der Pony ist also weniger Hipster-Style als taktisches Manöver. Es ist Freitagabend, und anstatt mit Harry Potter zu Hause zu sitzen, esse ich hier Chips aus der Jumbo-Tüte, blättere durch das letzte Wood-Valley-Jahrbuch und quatsche mit Dri und Agnes, als würde ich es jedes Wochenende tun. Und es fühlt sich gar nicht allzu merkwürdig an. Sobald ich anfange mir Sorgen zu machen, dass Agnes mich vielleicht nicht dabeihaben will, erinnere ich mich daran, dass Dri mich eingeladen hat und meine Ausrede, ich sollte vielleicht lieber zu Hause bleiben, um etwas für die Schule zu tun, mit einem »Jetzt hör aber auf, du Spießerin« abgetan hat. Ich beschließe, dass die »Spießerin« liebevoll gemeint war.

»Seit wann bist du auf dem Gebiet Expertin?«, fragt Dri und wirft ein Kissen nach Agnes. »Egal, was du sagst. Streng genommen bist du noch Jungfrau.«

»Bin ich nicht! Streng genommen habe ich meine Unschuld so was von verloren«, widerspricht Agnes mit gespielter Empörung. Sie klingen wie ein altes Ehepaar, das den gleichen Streit schon öfter geführt hat und dem es egal ist, wie er ausgeht. Es geht um den Spaß am Streiten an sich.

»Streng genommen? Was heißt das?«, frage ich und sehe Agnes an. »Jetzt sag bitte nicht, dass du zu diesen seltsamen Menschen gehörst, für die, du weißt schon, ähm, oral zählt.«

»Natürlich nicht. Es gab nur ein leichtes Problem, als es zur Penetration kam«, bekennt Agnes kichernd. »Aber es zählt. Eindeutig.«

Jetzt lache ich ebenfalls, auch wenn ich es nicht wirklich verstehe. »Wie jetzt?«

»Er war nur halb in ihr drin. Der Schwanz war quasi auf Stippvisite«, klärt Dri mich auf.

»Schwanz auf Stippvisite, das ist super«, sagt Agnes, und jetzt lachen wir alle, dass uns Tränen über die Wangen laufen.

»Ich versteh's immer noch nicht. Du musst mir die ganze Geschichte erzählen«, sage ich zu ihr.

»Okay, gehen wir noch mal ganz tief rein«, erklärt sich Agnes bereit.

»Wie treffend«, stelle ich fest.

»Stimmt, der Punkt geht an dich. Also, es war letzten Sommer im Theatercamp. Ja, ich weiß, total klischeehaft, aber zumindest war es nicht nach dem Schulball. Jedenfalls kommen wir uns näher, dieser Stills und ich. Wir knutschen neben meinem Bett auf dem Boden, und ich denke *Okay, lass es uns tun*. Das Jungfrauendasein fand ich langsam öde und deshalb her mit einem Kondom, Sicherheit geht schließlich vor, aber dann ging's auch schon los mit dem Sex, und er war dabei in mich einzudringen, als er plötzlich total ausgetickt ist. Anscheinend hat er es voll mit ›seinem Bruder Jesus‹ und will bis zur Ehe unbedingt enthaltsam leben.«

»Gibt's doch nicht«, sage ich. »Hat er wirklich ›mein Bruder Jesus‹ gesagt?«

»Ja. Megapeinlich in jeglicher Hinsicht. Auf jeden Fall bin ich auf diese Weise entjungfert worden. Das zählt, oder?«, fragt Agnes mich, und ich muss zugeben, dass ich vielleicht etwas zu vorschnell über sie geurteilt habe. Sie ist witzig, sehr ehrlich und kann über sich selbst lachen. Jetzt verstehe ich, warum Dri und sie beste Freundinnen sind.

»Ich würde sagen, ja«, bestätige ich, da sie verdammt viel näher dran war, einen Penis in sich gehabt zu haben, als ich es je gewesen bin.

»Dri hat aber auch recht. Es war wirklich nur eine Stippvisite. Und wie sieht es bei dir aus?«, fragt Agnes so beiläufig, als würde sie sich nach meinem Lieblingsfach erkundigen.

»Noch nichts. Nicht dass ich unbedingt bis nach der Hochzeit warten will oder so, aber, na ja, bislang hat es sich eben noch nicht ergeben«, antworte ich, was der Wahrheit entspricht. Was ich verschweige: Ich hätte nichts dagegen, wenn es passieren würde, sofern es jemand ist, den ich mag und zu dem ich mich hingezogen fühle und der mich auch mag. Allerdings gehe ich nicht davon aus, vor dem College entjungfert zu werden, denn das scheint für Mädchen wie mich wohl so zu sein.

»Ich auch noch nicht«, sagt Dri. »Und um zu meinem Ausgangspunkt zurückzukehren, ich sage nicht, dass Sex eine riesige Sache ist, aber nichts ist es auch nicht, das müsst ihr zugeben.«

»Meine Schwester ist auf der University of California und hurt da total rum«, sagt Agnes. »Sie meint, indem sie mit jedem dahergelaufenen Kerl ins Bett geht, behält sie die Oberhand über ihre Sexualität.« Sie setzt sich auf und sieht Dri und mich an. Ihr Pony hängt wieder, wie er soll. »Sie hat sogar eine Datei auf Evernote, in die sie jeden einträgt, mit dem sie schläft.«

»Ihr Engagement ist auf jeden Fall zu bewundern«, stellt Dri fest. »Vögeln für den Feminismus.«

Wir lachen wieder, und ich denke an Scar und dass sie sich hier wohlfühlen würde. Ich blättere weiter durch das Jahrbuch und suche nach SN, auch wenn ich nicht weiß, wie er aussieht.

»He, darf ich euch mal was fragen?«, richte ich mich an die beiden.

»Klar«, antworten Dri und Agnes gleichzeitig. Scarlett und ich haben das auch immer getan. Wir haben es Gedankenverschmelzung genannt.

»Kennt ihr jemanden in unserem Jahrgang, dessen Schwester gestorben ist?« Ich weiß, dass ich nicht versuchen sollte herauszufinden, wer SN ist, dass es vielleicht das Beste zerstört, das mir seit Ewigkeiten widerfahren ist, aber ich kann nicht anders. Ich habe diese eine wertvolle Information und will die Chance nutzen.

»Ich glaube nicht. Warum?«, will Dri wissen.

»Na ja, es gibt da diesen Typen ...«, beginne ich und überlege fieberhaft, wie ich es erzählen soll, ohne dass die Geschichte sonderbar klingt. SN und ich und dass wir uns dauernd schreiben, obwohl ich nicht weiß, wer er ist. Dass ich das Gefühl habe, er kennt mich inzwischen schon ziemlich gut und *versteht* mich, auch wenn wir im realen Leben noch nie Kontakt hatten.

»So viele gute Geschichten beginnen mit ›Es gibt da diesen Typen‹«, stellt Agnes kichernd fest.

»Sei still«, fährt Dri ihr über den Mund, »und lass sie reden.«

Und das tue ich. Ich fühle mich hier sicher, obwohl Agnes mich so triezt oder vielleicht gerade deshalb. Die beiden hier sind auf dem besten Weg, echte Freundinnen zu werden, wenn sie es nicht bereits sind. Einzelheiten, wie unser Spiel mit den drei Dingen oder wie er mir geraten hat mich mit Dri anzufreunden, erwähne ich nicht. Zumindest das Erste gehört nur uns. Doch ich gestehe ihnen, dass ich ihn mag, was auch immer das bedeutet, wenn man nur online miteinander geredet hat.

»Du willst also unbedingt auch so eine Stippvisite«, stichelt Agnes weiter.

»Ein Mädchen darf ja wohl träumen«, entgegne ich.

* * *

Später, als ich in Rachels Haus zurückkehre, sehe ich, wie Theo vor dem Schlafzimmer unserer Eltern herumlungert und offensichtlich lauscht.

»Du hörst ihnen aber nicht dabei zu, wie sie das Ekelhafte tun. Bitte, bitte sag mir, dass das nicht so ist«, flehe ich.

»Pfui. Wie abartig, nein, sicher nicht. Und jetzt Ruhe. Sie streiten«, klärt er mich auf und zieht mich zu sich an die Tür, damit ich auch hören kann. Was sich als unnötig herausstellt, weil sie mittlerweile so laut brüllen, dass die Nachbarn mit Sicherheit die Reality-Show, die sie sich vielleicht gerade sahen, ausgeschaltet haben, um stattdessen diese hier mitzuverfolgen. »Ich glaube, sie trennen sich und dieser epische Albtraum nationalen Ausmaßes hat endlich ein Ende.«

»Ein epischer Albtraum nationalen Ausmaßes? Echt jetzt?«, frage ich.

»Es ist nur ein beschissenes Abendessen, verdammt, Rachel«, ruft mein Vater, und in dem Moment weiß ich, dass es ernst ist. Mein Dad benutzt solche derben Wörter nur äußerst selten. Wenn er flucht, ist es bei ihm meistens so ein Pseudofluchen, wie es sonst nur zehnjährige Mädchen oder Frauen aus den Südstaaten oder Dri machen: Jetzt ist aber Schluss, verflixt und zugenäht, geh bitte. »Ich muss lernen.«

»Es ist ein wichtiges Arbeitsessen, und da ist es nicht vermessen von mir, mit meinem Mann dorthin gehen zu wollen. Immerhin sind wir verheiratet, wenn du es noch nicht vergessen hast. Für mich ist es wichtig«, erwidert Rachel, und ich wünschte, ich könnte durch die Tür sehen. Stehen sie oder sitzen sie? Ist Rachel der Typ Frau, der mit Sachen schmeißt, die Tausend-Dollar-Designerstücke, die überall im Haus herumstehen, mal eben an der Wand zerschmettert? Aber wozu braucht man auch eine ein Meter achtzig große weiße Porzellangiraffe? »Ach, vergiss es. Vielleicht ist es besser, wenn du nicht dabei bist.«

»Was soll das denn jetzt wieder?«

»Nichts. Gar nichts.« Oh, der latent aggressive Typ. Sagt

Dinge, ohne sie auszusprechen. Agnes würde sie hassen. »Wir wissen beide, dass es nicht darum geht, dass du lernen musst. Du hast mir erzählt, dass du die Prüfung im Schlaf bestehen wirst.«

»Gut, ich gebe es zu. Ich möchte gern mal einen Abend für mich haben. Einen Abend, an dem ich nicht von all deinen Freunden beurteilt werde. Meinst du, ich merke nicht, wie sie mich alle prüfend ansehen? Wie du mich ansiehst, wenn sie dabei sind? Ich lasse mich von dir sogar zum Shoppen schleppen, damit ich wenigstens adäquat gekleidet bin! Es reicht!«, sagt mein Dad, und meine Wangen beginnen zu glühen. Ich selbst fühle mich in Wood Valley eindeutig nicht zugehörig, aber ich bin noch nie auf die Idee gekommen, dass es meinem Dad vielleicht ähnlich gehen und er ebenfalls Schwierigkeiten haben könnte, sich an das Leben in L. A. zu gewöhnen, dass man auch über die Highschool hinaus irgendwo nicht hineinpassen kann.

»Niemand beurteilt dich«, widerspricht Rachel, und ihre Stimme klingt auf einmal versöhnlich. »Alle mögen dich.«

»Denk von mir, was du willst, aber ich habe keine Lust, mir irgendeinen Indi-Film über einen bengalischen Leprakranken anzugucken, der mit den Zehen Harfe spielen kann. Und ich fand es neulich ganz schön dreist von dir, beim Getränkebestellen einfach dazwischenzugehen, als wäre ich ein Kind. Ich wollte ein Bier zu meinem Steak und keinen überteuerten Cabernet. Es tut mir leid, wenn das deine Oberklassegefühle verletzt. Aber ich pfeif auf solche Dinge.«

»Ich wollte dich nur vor einer peinlichen Situation bewahren«, erwidert Rachel, jetzt zittert ihre Stimme. Gleich heult sie. Ich habe kein Mitleid mit ihr. »In so einem Restaurant bestellt man kein Bier. Das tut man einfach nicht. Ich habe nur versucht, dir das zu verstehen zu geben –«

»Du musst mir nichts zu verstehen geben. Ich bin ein erwachsener Mann, und nur weil ich Burger und Bier lieber mag als irgendeinen Bio-Süßwasser-Schickimicki-Fisch, bin ich noch kein Barbar. Du wusstest, wen du heiratest. Ich habe niemals so getan, als wäre ich anders. Und eigentlich habe ich auch immer gedacht, dass es hier als cool angesehen würde anders zu sein. Hast du mir nicht genau deshalb diese albernen Turnschuhe gekauft? Ich komme mir vor wie dein Haustier.«

»Einen schlichten Geschmack zu haben ist eins. Aber deshalb muss man ja nicht gleich vollkommen antiintellektuell sein. Würde es dir wehtun, ab und zu mal ein Buch zu lesen?«, fragt Rachel. Ich hatte unrecht. Sie ist nicht kurz davor zu heulen. Sie legt sogar noch nach. Sie bäumt sich auf.

»Meinst du das jetzt wirklich ernst? Du stellst meine Intelligenz infrage? *Dich* habe ich auch noch nie ein Buch lesen sehen. Auf deinem Nachttisch sehe ich immer nur die *Vogue*. Die einzige Person, die in diesem Haus liest, ist Jessie. Sie ist die einzig Normale hier.«

»Du denkst, Jessie ist die einzig Normale in diesem Haus? Wach endlich auf, Bill! Sie hat keine Freunde. Keine einzige Freundin. Ich habe ihr sehr gern ermöglicht, auf die Wood-Valley-Highschool zu gehen, aber machst du dir keine Sorgen um sie? Teenager sollten rausgehen und sich amüsieren«, ereifert sich Rachel.

Oh, am Ende werde ich noch heulend zusammenbrechen.

Natürlich, so läuft es heutzutage. Am liebsten würde ich sie anbrüllen – durch die Tür hindurch. *Ich habe sehr wohl Freunde gefunden! Ich gebe mein Bestes. Ich brauche keine Hilfe.* Es ist nicht meine Schuld, dass meine Mutter gestorben ist und wir hergezogen sind. Ich musste ganz von vorne anfangen. Mein Dad hat sich Rachel ausgesucht, und was noch unerklärlicher ist, sie hat sich meinen Dad ausgesucht, aber ich habe mir keinen von beiden ausgesucht. Sicher, mein Vater ist ein unbedeutender Apotheker aus Chicago, aber er ist schlau, verdammt schlau. Brillant sogar. Und was ist dabei, wenn er sich am liebsten Wrestling und Actionfilme ansieht? Meine Mom mochte Gedichte, und obwohl mein Dad damit nie etwas anfangen konnte, hat es zwischen ihnen funktioniert. Sie hat ihn er selbst sein lassen.

Mein Leben ist ein riesiger Haufen Mist, getränkt in stylischer Biosoße. Ich kann nicht mehr. Meine Augen füllen sich mit Tränen, und ich sinke an der Wand zu Boden. Theo sieht mich an.

»Wenn sie wütend ist, erzählt sie nur Mist. Nimm sie bloß nicht ernst«, flüstert Theo. »Sie setzt eben gern ihren Willen durch.«

»Du willst mir etwas über Kinder erzählen?« Die Stimme meines Vaters. »Meine Tochter ist fantastisch, also halt dich zurück. Und hast du dir deinen Sohn in letzter Zeit mal angesehen? Theos Gehabe ist total …« Zum Glück spricht er nicht weiter. *Bitte, Dad, sag's nicht.*

»Wie denn?«, hakt Rachel nach. »Ja, mein Sohn ist schwul. Und? Was ist dabei?«

Jetzt versucht sie ihn aus der Reserve zu locken. Sie sucht den Streit. Kurz überlege ich, ob es nicht doch angenehmer wäre, ihnen beim Sex zuzuhören. Das hier ist irgendwie noch intimer, noch schmerzlicher. Noch schlimmer, als Zeugin ihrer nächtlichen Tränen zu werden. Ich will von diesen Erwachsenendingen gar nicht so viel wissen. Das ist alles so kompliziert.

Plötzlich frage ich mich, ob so etwas typisch ist, wenn sich Leute im Internet kennenlernen. Eine Verbindung einzugehen, ohne das Umfeld zu kennen. Auf diesem Weg ist es so viel leichter, einen guten Eindruck zu machen, weil man manipulieren kann. Aber sie haben sich in einer virtuellen *Trauergruppe* kennengelernt, nicht auf einem Datingportal, wo man üblicherweise online einen neuen Partner sucht. Ich kann mir nur schwer vorstellen, wie jemand wie Rachel im Internet nach Hilfe für ihre Trauer sucht. Sie ist immer so gefasst. Und wirkt so gar nicht hilflos.

Auch wenn ich sicher nach wie vor kein großer Fan von ihr bin, beginne ich zu verstehen, warum mein Vater sich zu ihr hingezogen fühlte. Trotz des Schicksalsschlags, Witwe geworden zu sein, führt Rachel ein Top-Leben. Sie ist erfolgreich, sieht ganz passabel aus, und sie ist reich. Aber warum hat sie meinen Dad geheiratet? Für einen Mann mittleren Alters ist er nicht unbedingt hässlich, und nett ist er auch – meine Mom hat immer gesagt, sie sei die glücklichste Frau der Welt, weil sie ihn gefunden hat und ihr Leben dadurch auf so ein stabiles Fundament stellen konnte –, aber ich kann mir vorstellen, dass es eine Million Männer wie ihn in L. A. gibt, die weniger Probleme und mehr Geld mitbringen. Warum musste sie sich ausgerechnet *meinen* Dad aussuchen?

Wenn sich meine Eltern gestritten haben, bin ich immer in mein Zimmer gegangen und habe mir Kopfhörer aufgesetzt. Ich habe nie gelauscht, zumal ich wusste, dass sich der Streit über mehrere Tage hinziehen würde – mindestens zwei oder drei – und beide mich als Mittlerin benutzen würden, um sich gegenseitig etwas mitzuteilen – einer der Nachteile des Einzelkinddaseins: *Jessie, sag deinem Vater, dass er dich morgen von der Schule abholen soll; Jessie, sag deiner Mutter, dass die Milch alle ist.* Sie stritten nicht oft, aber wenn sie es taten, war es heftig und ziemlich unangenehm.

Alles geht vorbei, Jessie. Vergiss das nicht. Was einem heute riesig groß erscheint, kommt einem morgen schon wieder klein vor, hat meine Mom einmal direkt nach einem Riesenstreit mit meinem Dad gesagt. Ich weiß nicht mehr, worüber sie gestritten haben – vielleicht über Geld –, aber ich erinnere mich noch genau, dass sich die Feindseligkeiten ganz plötzlich in Luft aufgelöst haben, vier ganze Tage nachdem sie angefangen hatten, als sie beide sich einfach ansahen und lachen mussten. Ich denke oft daran – nicht nur, wie der Streit zu Ende ging, sondern auch, was sie gesagt hat. Denn ich bin mir ziemlich sicher, dass sie unrecht hatte. Nicht alles geht vorbei.

»Ich will nur eins klarstellen.« Die Stimme meines Vaters klingt jetzt tief, fast knurrend. Er wirkt ruhig, fast zu ruhig, was immer geschieht, wenn er wirklich wütend ist. Sich ganz cool geben. »Ich bin kein ignoranter, homophober Hinterwäldler, und jetzt hör auf, so mit mir zu reden.«

»Bill!«

»Vergiss es. Ich geh jetzt an die frische Luft. Ich muss mich bewegen und brauche Abstand von dir«, sagt mein Dad, und Theo und ich stolpern so schnell wie möglich den Flur hinab. Meinem Dad ist sicher bewusst, dass sie laut gewesen sind, aber es ist trotzdem besser, wenn er nicht weiß, dass wir quasi in der ersten Reihe gesessen haben.

»Gut, dann geh doch!«, kreischt Rachel. »Und komm bloß nicht zurück!«

Wir sind in Theos Zimmer. Ich bin vorher erst ein einziges Mal hier gewesen, an dem Tag, als ich ihm von meinem neuen Job erzählt habe. Deshalb nutze ich die Gelegenheit, mich ein wenig umzuschauen. Die Wände sind vollkommen kahl. Auf dem Schreibtisch steht nicht ein einziges Bild. Viel gibt es also nicht zu sehen. Anscheinend ist er Minimalist wie seine Mutter.

»Glaubst du, dass sie sich scheiden lassen?«, fragt Theo, und es überrascht mich, dass mir bei dem Gedanken ganz anders wird. Nicht, weil ich besonders gern hier lebe, sondern weil wir nichts haben, wohin wir zurückkehren können. Unser Haus ist fort. Unser Leben in Chicago gibt es nicht mehr. Und wenn wir in L.A. bleiben und in eine schäbige kleine Wohnung ziehen würden, könnte sich mein Dad nicht leisten, mich weiter nach Wood Valley zu schicken. Ich müssste in einer anderen Schule noch einmal von vorn beginnen. Ich müsste mich von meinen lächerlichen Gefühlen für Ethan verabschieden, von meiner Freundschaft zu Dri und Agnes, von meinem, was auch immer es ist, mit SN. Als Rachel zu meinem Vater gesagt hat, er solle bloß nicht zurückkommen, meinte sie damit auch mich? Erwartet sie, dass ich ebenfalls gehe? Sind wir rausgeflogen?

»Ich weiß es nicht«, antworte ich.

»Würde die Dinge erleichtern«, sagt Theo.

»Für dich vielleicht. Ich habe nichts, wo ich hinkönnte.«

»Das ist nicht mein Problem.«

»Stimmt«, gebe ich zu und stehe auf, um zu gehen. Ich habe genug von den Leuten hier.

»Tut mir leid, das habe ich nicht so gemeint. Aber als was wollte dein Dad mich gerade bezeichnen? Ach, ist ja egal.«

»Wollte er gar nicht. So ist er nicht.«

»Was soll's. Wollen wir was rauchen?« Theo greift nach den Blättchen.

»Nein, danke. Und wirklich, er hätte nie etwas Negatives über dich gesagt.«

»Da bin ich mir nicht so sicher.«

»Ich kenne meinen Dad. Er hätte so etwas wie auffallend, vielleicht schrill gesagt. Und das bist du ja auch«, sage ich und frage mich, ob ich eine Grenze überschritten habe. Ich sehe Theo direkt in die Augen, um ihm zu verstehen zu geben, dass ich ihn nicht verletzen will, sondern nur ehrlich bin.

»Ich wusste schon im Kindergarten, dass ich schwul bin, deshalb sollte ich wohl auch dazu stehen. Den Leuten geben, was sie wollen«, sagt Theo und beginnt in seinen Schubladen zu wühlen. »Niemandem sollte vorenthalten werden, wie fabelhaft ich bin.«

»Da haben wir ja Glück«, sage ich, aber ich lächele. Ich kann

Theo immer mehr abgewinnen. Er begegnet dem Leben mit manischer Begeisterung und bildet damit einen deutlichen Gegenpol zu der allgemeinen Wood-Valley-Teenager-Coolness. Unter der harten Schale verbirgt sich ein liebenswürdiger Kern, und in seiner überdrehten Art ist er einfach er selbst.

»Mit wem schreibst du eigentlich die ganze Zeit?«, fragt er, und wieder kommt mir der Gedanke, er könnte SN sein. Vielleicht wollte er mir helfen, ohne sich mit unserer schrägen neuen Familiensituation rumschlagen zu müssen. Vielleicht habe ich es falsch interpretiert; vielleicht steckt hinter SNs Flirten nur Theos Eifer. Ich hoffe nicht.

»Das geht dich nichts an«, erwidere ich, was ihn nicht im Geringsten zu beeindrucken scheint.

»Wenn du nicht rauchen willst, was hältst du von Frustessen? Ich müsste hier irgendwo noch belgische Schokolade für Notfälle rumliegen haben«, sagt er und findet, was er sucht: eine riesige Tafel.

»Da bin ich dabei«, sage ich.

»Glaubst du, dein Dad hat einen Ehevertrag unterschrieben?«, fragt Theo, und in dem Moment hasse ich ihn sofort wieder.

Kapitel 16

SN: drei dinge: 1. ich hab heute morgen dir zu ehren waffeln gegessen. 2. wenn ich mit der schule fertig bin, will ich die getränkebranche ein bisschen aufmischen. mal ehrlich, wasser, kaffee, tee, saft, limo und dann noch ein paar sonderbare zwischenformen. DA GEHT MEHR. 3. ich habe ganz oft von meiner schwester geträumt und bin dann immer zitternd aufgewacht, was ätzend war, aber jetzt träume ich gar nicht mehr von ihr. und ich stelle fest, das ist noch schlimmer.

Ich: 1. Ich träume auch nicht mehr von meiner Mom, aber manchmal vergesse ich, dass sie nicht mehr da ist. Ich denke, oh, diese Geschichte wird ihr gefallen, ich werde sie ihr sofort erzählen, wenn ich nach Hause komme, und dann fällt es mir wieder ein. Das ist echt das Schlimmste. 2. Ich habe heute keine Waffeln zum Frühstück gegessen, stattdessen gab es irgend so ein Bio-Weizenkeimmüsli aus dem Reformhaus, auf das meine Stiefmutter steht, und auch wenn es echt lecker war, habe ich noch immer keine Ahnung, was genau ein Weizenkeim ist. 3. Ich habe das Wort »aufmischen« noch nie im Zusammenhang mit einer Branche benutzt. Was meinst du überhaupt damit? Bist du sicher, dass du 16 bist?

SN: 17 um genau zu sein. Und jetzt habe ich die eine-milliarde-dollar-idee: weizenkeimsaft!

Ich: Du bist ja so was von Wood Valley. Die Eine-MILLION-Dollar-Idee reicht dir wohl nicht?

Direkt nach der Schule mache ich mich auf den Weg zur Arbeit. Nicht dass ich Rachels Haus meide. Nicht wirklich. Aber was ist, wenn meine Taschen schon wieder gepackt sind – Gloria würde es sorgfältig und respektvoll machen, die BHs ordentlich falten und die Shampooflaschen in verschließbaren Tüten verstauen – und das ganze Rachel-Abenteuer damit vorbei wäre? Puff. Einfach so. Was wird dann aus mir?

Beim Frühstück war ich die Einzige am Tisch. Als Theo kam, um sich einen Saft zu holen, hob er nur schulterzuckend eine Augenbraue. Anscheinend wusste er genauso wenig wie ich. Einige Minuten später betrat Rachel die Küche. Geschäftig wie immer und laut vor sich hin redend, ohne jemanden speziell anzusprechen, wirbelte sie wie ein tanzender Derwisch voller nervöser Energie und rhetorischer Fragen durch den Raum.

»Kaffee! Wo ist der Kaffee?«, rief sie zum Beispiel, obwohl er dort war, wo er immer ist. In der Kaffeemaschine, die Gloria oder ein automatischer Timer frühmorgens in Gang gesetzt haben. Ich bin mir nicht sicher, wie es organisiert ist, tippe aber auf die erste Variante. Gloria ist super darin, Dinge zu erledigen, ohne dass man es mitbekommt, und darüber hinaus Dinge zu tun, von denen man gar nicht wusste, dass sie getan werden müssen. Ich gebe zu, wenn wir wirklich ausziehen, werde ich Gloria am meisten vermissen. Sie nennt mich Yessie, faltet meinen Pyjama unter dem Kopfkissen und besteht darauf, dass ich Kalziumkautabletten nehme. »Und die Schlüssel. Wo seid ihr, Schlüssel? In meiner Tasche. Verdammt, wo ist meine Tasche?«

Wie Rachels Habseligkeiten schien auch mein Dad abhandengekommen zu sein. Kurz fürchtete ich sogar, er könnte ohne mich abgehauen sein und wäre bereits wieder auf dem Weg zurück nach Osten. Wenn dir das Schlimmste widerfährt, das du dir vorstellen kannst, hältst du plötzlich auch andere, zuvor undenkbar schlimme Sachen für möglich. Nicht doch, er würde mich niemals sitzen lassen. Natürlich hätte ich auch nie gedacht, dass er eine Konferenz erfinden würde und verheiratet von seiner Reise zurückkäme, anstatt mit einem Berg Arzneimittelproben für seine Freunde wie ein normaler Mensch, aber trotzdem. Wenn man von den letzten Monaten absieht, ist er bisher ein guter Vater gewesen.

»Sonnenbrille?«, rief Rachel jetzt, und erst in dem Moment wurde mir bewusst, wie sehr sie der Streit vom Vorabend mitgenommen haben musste, denn sie begann, die leere weiße Arbeitsplatte abzutasten, als würde ihre Sonnenbrille wie von Zauberhand auf einmal dort liegen. Normalerweise ist die Sonnenbrille nicht Teil ihres morgendlichen Selbstgesprächs.

»In deinem Haar«, half ich ihr.

Kurz zuckte sie zusammen und sah mich an, als wäre sie überrascht, mich zu hören, und hätte noch gar nicht gemerkt, dass ich hier saß. Einen Moment lang wirkte sie deprimiert oder vielleicht auch enttäuscht. Doch dann zog sie sich die Brille vom Kopf und setzte sie auf, sodass die Hälfte ihres Gesichts verborgen und nichts mehr darin zu erkennen war.

* * *

Als ich zur Arbeit komme, sitzt Liam auf dem Kassentisch, spielt Gitarre und singt dazu vor einem nicht vorhandenen Publikum. Ich habe richtiggelegen: Bei *Buch Genau!* ist selten viel los. Hin und wieder kommen Stammkunden und ein Typ, der den Korb mit den Büchern zum Mitnehmen durchwühlt, aber nie etwas kauft, und das ist es dann auch schon fast.

»›Imagine‹ ... ein Klassiker.« Liams Stimme überrascht mich. Sie klingt weich und ernst, fast zart. Mit der Gitarre sieht er ganz anders aus. Langsam kann ich Dri verstehen.

»Tut mir leid, hab dich gar nicht kommen hören.« Liam nimmt Earl vom Bein und legt das Instrument in den mit lilafarbenem Fell ausgekleideten Kasten. Es ist eine elegante Bewegung, der man ansieht, dass er Übung darin hat.

»Du musst meinetwegen nicht aufhören.« Ich überlege, wie ich unauffällig mein Handy rausholen könnte, um ihn heimlich für Dri aufzunehmen, doch gerade noch rechtzeitig merke ich, dass es allzu krank und übergriffig wäre. »Du bist gut. Ehrlich.«

»Danke. Ich würde nächstes Jahr gern ans ›Berklee College of Music‹ gehen, wenn ich genommen werde, aber meine Mom will nicht, dass ich so weit weg bin«, sagt er.

»Wow«, antworte ich. »Das ist in Boston, oder?«

»Jep. Wenn ich ehrlich bin, würde ich am liebsten gar nicht aufs College gehen und versuchen, mit Oville groß rauszukommen. Aber meine Mom würde Amok laufen. Ich sage ihr immer wieder, dass Maroon 5 es genauso gemacht haben – sie sind von der Brentwood School –, aber sie reagiert darauf immer nur mit ›Maroon wie?‹.«

Ich lache und überlege, was ich darauf erwidern soll.

»Kommst du?«, fragt er und rettet mich aus der Leere in meinem Kopf.

»Was?«

»Zu unserem Auftritt. Auf Gems Party.«

»Wann ist das noch mal?« Natürlich weiß ich den Termin. Dri und Agnes haben mich bereits überredet, dass wir gemeinsam dort hingehen, und es wurde sogar schon entschieden, was ich anziehe. Sie meinen, Crystal und Gem würden an dem Abend so dicht sein, dass sie mich gar nicht bemerken.

»Nächsten Samstag«, antwortet Liam. »Okay, es ist kein richtiger Gig in einem Club oder so. Aber es wird cool. Versprochen.«

»Gut. Ich werde auf jeden Fall versuchen zu kommen.« Liam klopft auf die Tischplatte, damit ich mich neben ihn setze. Ich schwinge mich hinauf, lehne mich an die Wand und lasse den Blick über die Regale mit den Kinderbüchern hinter seinem Kopf schweifen. Den bunten Covern der frontal präsentierten Bücher kann man sich gar nicht entziehen.

»Bleibst du heute Nachmittag auch hier?«, erkundige ich mich.

Ich hoffe es nicht. Die Vorstellung, die ganze Zeit mit Liam zusammen hier zu sein, behagt mir nicht; sich drei Stunden am Stück mit ihm unterhalten zu müssen, wäre megaanstrengend. Unendlich oft kann er mir schließlich auch nicht vom angeblich superguten Essen während seines Google-Praktikums vorschwärmen. Aber wir brauchen ja auch nicht die ganze Zeit zu reden – zum Glück habe ich mein iPhone, das ich rausholen kann, sobald es beginnt unangenehm zu werden. Doch das wird auch nur bedingt etwas nützen. Ich verstehe nicht, warum wir zu zweit hier sein müssen. Über die wichtigsten Dinge weiß ich inzwischen Bescheid. Wirklich zu tun gibt es sowieso nichts.

»Ja, wenn es dir nichts ausmacht. Ich brauch gerade Geld, deshalb …«

»Oh, soll ich dann vielleicht lieber gehen?«, frage ich, werde aber leicht panisch. Dri und Agnes gehen jeden Tag nach der Schule zu Coffee Bean. So traurig es klingt, aber genau dafür brauche auch ich Geld.

Und außerdem will ich nicht nach Hause.

Werden SN und ich uns noch schreiben, wenn mein Dad und ich wieder umziehen müssen? Wird er mir dann endlich sagen, wer er ist?

»Nee, ich hab mir gedacht, wir können gemeinsam arbeiten. Meiner Mom ist es recht.« Ich frage mich, ob er Mitleid mit mir hat und genauso auf mich herabschaut wie seine Freundin und mich deshalb bleiben lässt. Inzwischen kann selbst ich diejenigen, die nur mithilfe eines Stipendiums nach Wood Valley gehen können, an ihrer Kleidung erkennen und daran, wie sie sich in designerfreien Grüppchen zusammenfinden. Die anderen beachten sie gar nicht. Neulich hatte ein Mädchen ein T-Shirt an, auf dem groß GAP stand. Doch Gem hat Crystal nicht einmal angestoßen. Aus welchem Grund auch immer scheinen sie es nur auf mich abgesehen zu haben.

»Bist du dir sicher?«, frage ich. Mist. Selbst in meinen Ohren klinge ich hoffnungsvoll.

»Ja, ich bin mir sicher.« Und dann nimmt Liam Earl wieder aus dem Kasten und beginnt zu spielen.

Dri: ICH FASS ES NICHT. Er singt dir was vor? JETZT GERADE? WAHNSINN. Ich komme.

Ich: Ich glaube, er spielt Oville-Songs?

Dri: OMG. Warte, wenn ich vorbeikomme, wäre das zu auffällig, oder? Ja, wäre es. Mist! Kannst du mich anrufen und das Mikro in seine Richtung halten?

Ich: Im Ernst?

Dri: Nein. Das wäre zu stalkerisch, selbst für meine Verhältnisse. AHHHHH.

Ich: Du hast recht. Er ist tatsächlich gut.

Dri: Du quälst mich gerade ziemlich.

Ich: Ich wünschte, du wärst jetzt an meiner Stelle hier, wenn du dich dann besser fühlst. Ich habe so viele Mathehausaufgaben. Wenn man mich dafür bloß bezahlen würde …

Dri: Gib's zu: Er ist sexy.

Ich: Nicht mein Typ, aber …

Dri: Aber was?

Ich: Sagen wir, ich kanns jetzt verstehen.

Liam beginnt einen neuen Song zu spielen, den ich noch nie gehört habe. Der Text heißt: »*The girl that no one knows, the one that secretly glows, all right, the girl that no one knows is mine, all mine, all mine …*« Er ist extrem ohrwurmverdächtig.

Scarlett: Soll ich mit Adam Kravitz nach dem Homecoming-Ball schlafen?

Ich: WAS?!?!?

Scarlett: Hab nur gedacht, es wäre vielleicht nett, mich von jemandem entjungfern zu lassen, der nicht ganz so einschüchternd ist. Dann ist es erledigt und kann abgehakt werden.

Ich: Ist es das, was du willst? Es einfach erledigen?

Scarlett: Vielleicht?

Ich: Ich sage nicht, dass Sex so eine riesige Sache ist, aber nichts ist es auch nicht.

Mir fällt auf, dass ich gerade Dri zitiere, doch ich finde, sie hat recht. Nichts ist es nicht. Auch wenn ich jetzt nicht mit der Elternleier kommen will, aber es gibt die Krankheitsgefahr und das Risiko einer Schwangerschaft. Ja, ich weiß, dass Scarlett ein Kondom benutzen würde – wir alle haben diese Sendungen über Teenagerschwangerschaften gesehen, und das sollte die beste Motivation für Verhütung sein –, aber trotzdem. Adam Kravitz? Mein alter Nachbar Adam Kravitz? Der einzige Kerl, der je Interesse an mir gezeigt hat, sofern man betrunken an einem Samstagabend auf der Bowlingbahn mit jemandem rummachen als solches bezeichnen kann?

Um mein Verhältnis zu ihm geht es hier allerdings gar nicht. Meinetwegen soll Scarlett in den Genuss einer Stippvisite oder auch mehr von Adam Kravitz' Penis kommen. Ich finde nur, dass sie ein bisschen zu pseudocool an die Sache rangeht. Eigentlich ist sie eher wie Dri und nicht wie Agnes' Schwester, auch wenn sie jetzt so tut. Es ist etwas anderes, über Sex zu reden (und sich sogar gut dabei zu fühlen), als es tatsächlich zu *tun*. In der Theorie ist Sex einfach – bestimmte Körperteile einer Person kommen in Kontakt mit entsprechenden Körperteilen einer zweiten –, die Realität hingegen sieht für einige von uns vollkommen anders und viel komplexer aus. Aufregend, aber gleichzeitig auch angsteinflößend. Ich kann nicht erklären, warum, doch so scheint es zu sein.

Scarlett: Du brauchst nicht gleich auszuflippen. War nur ein Gedanke.

Ich: Ich flippe nicht aus. Wenn du es tun willst, dann tu's. Aber wenn das erste Mal für dich keine große Sache ist, dann wäre es doch eigentlich auch keine große Sache, noch zu warten. Wenn du es getan hast, hast du es getan. Und ich weiß, dass ich dich nicht daran erinnern muss, unbedingt aufzupassen.

Scarlett: Adams Gesicht ist viel glatter geworden. Ich glaube, er benutzt Accutane.

Ich: Oh, das muss ich sehen. Schick mir Fotos!

Scarlett: Ich vermisse dich, J.

Ich: Ich dich auch, S. Du hast ja keine Ahnung …

Scarlett: ?

Ich: Dad und die Lady in der Villa hatten einen fetten Streit. Echt beängstigend.

Scarlett: Und?

Ich: Ich weiß es nicht. Für Frischverheiratete erscheinen sie mir nicht gerade glücklich.

Scarlett: Meine Eltern sind seit achtzehn Jahren verheiratet und streiten sich STÄNDIG. Manchmal habe ich das Gefühl, sie hassen sich, auch wenn sie etwas anderes behaupten.

Ich: Deinen Eltern macht Streiten Spaß. Es ist ihre Lieblingsbeschäftigung.

Scarlett: Wahrscheinlich werd ichs nicht mit Adam tun.

Ich: ?

Scarlett: Oder vielleicht doch?

Auf dem Ventura Boulevard ist viel Verkehr, weshalb ich erst nach acht Uhr zu Hause bin. Gloria hat mir das Abendessen aufgehoben: einen perfekt tranchierten Hähnchenschenkel mit grünen Bohnen unter einer Mandelkruste, dazu ein Klacks Kartoffelpüree und das alles hübsch unter einer Glasglocke angerichtet. Das Besteck liegt auf einer Stoffserviette daneben. In Chicago haben wir Küchenrolle verwendet. Meine Mom war keine außergewöhnlich gute Köchin – sie experimentierte ein wenig zu gern –, aber ich vermisse ihre herzhaften Eintöpfe, in denen sie alles Mögliche zusammengekocht hat, bis es nicht mehr zu identifizieren war. Das Auto meines Vaters steht in der

Einfahrt, Rachels Wagen hingegen ist nicht da, und ich höre auch von oben keine Geräusche, nicht einmal den normalerweise konstant dröhnenden Bass aus Theos Zimmer. Ich esse mein Hähnchen allein an der Kochinsel, wische mir den Mund ab und will mich gerade auf den Weg nach oben machen, als ich jemanden auf der Terrasse sitzen sehe.

Dad.

Ich öffne die Glastür und trete hinaus. Instinktiv schlinge ich die Arme um mich, da ein frischer Wind bläst und die Luft so kalt ist, wie ich es sonst nur aus Chicago kenne.

»Hi«, sage ich, und mein Dad schaut mich genauso an wie Rachel heute Morgen. Als würde ihn meine Existenz überraschen. *Ich bin hier*, hätte ich am liebsten geschrien. *Warum werde ich so leicht übersehen?*

»Hallo, Süße. Ich hab dich gar nicht kommen hören. Setz dich zu mir.«

Ich lasse mich auf den Loungesessel neben ihm fallen. Gern würde ich nach unserem Status fragen – *werden wir rausgeworfen?* –, traue mich aber nicht.

»Was machst du hier?«, frage ich.

»Ich denke nach.«

»Autsch«, sage ich, und mein Dad lächelt.

»Mir ist gerade klar geworden, dass ich nun doch in jeglicher Hinsicht ein erwachsener Mann bin. Was ich, wenn ich ehrlich bin, manchmal vergesse und mich für zweiundzwanzig halte. Weißt du, was ich meine?«, fragt er. Ich hoffe, er weiß, dass ich es nicht weiß. Wie sollte ich auch? Zweiundzwanzig klingt alt für mich.

»Wenn es dir hilft, klarer zu sehen, ich bin mir ziemlich sicher, dass du vierundvierzig und damit in meinen Augen schon ziemlich lange erwachsen bist«, antworte ich.

»Stimmt. Du bist inzwischen fast selbst eine Frau, und ich bin dein Vater. Aber verdammt noch mal. Ich weiß nicht. Ich weiß nicht, ob ich fürs Erwachsenenleben überhaupt gewappnet bin.« Seine Stimme zittert. Nie habe ich ihn nach dem Tod meiner Mom weinen sehen, nicht ein einziges Mal, aber in den ersten Monaten hatte er ständig glasige und gerötete Augen, als hätte er es kurz zuvor noch heimlich getan.

Ich sage nichts, weil ich nicht weiß, was ich sagen soll. Und meine Mom ist nicht hier, um uns zu helfen.

Auch ich bin nicht für dieses Leben gewappnet.

»Ich wünschte, jemand hätte zu mir gesagt, als du klein warst: Dies hier sind die guten Zeiten. Jetzt und hier. Das sind die guten Zeiten. Du bist jung, und alles ist einfach. Aber eines Tages wirst du Gegenwind bekommen, oder es wird dir der Boden unter den Füßen weggezogen, welche Metapher du auch immer verwenden willst – deine Mom hätte eine gute für uns parat –, deshalb entspann dich und genieße das Leben, solange es geht. Als junger Apotheker hatte ich Angst, das falsche Medikament rauszugeben. Dass Mrs Jallorari aus Versehen Valium statt ihrer Herztabletten bekäme. Oder dass ich das Lithium von Zackowitz' Jüngstem falsch dosieren würde. Doch zwischen deiner Mom und mir … der Teil war immer leicht.« Ich sehe, wie seine Schultern zu beben beginnen, und blicke stur geradeaus. Wenn er anfängt zu weinen, wenn er *ausgerechnet jetzt* zusammenbricht, nachdem er all diese Entscheidungen getroffen hat – er unser Haus verkauft und neu geheiratet hat, wir hierherziehen mussten, ohne dass ich auch *nur einmal* gefragt wurde –, werde ich ihn nicht ansehen. Auch wenn ich es noch so bedaure, das kann ich nicht für ihn tun.

»Ein weises Mitglied unserer Familie hat mal behauptet, was einen nicht tötet, härtet ab«, sage ich, weil ich mehr als diese hohle Umschreibung nicht zustande bringe.

Mom kommt mir nicht über die Lippen.

Auch das kann ich einfach nicht.

»Ich weiß, es ist nicht fair, dass du diejenige bist, die mich trösten muss«, erwidert er, den Blick auf die Häuser am Hügel gerichtet, bevor er wieder zu mir schaut. »Mir ist schon bewusst, dass du hier das Kind bist.«

»Bin ich das?«, frage ich. »Ist mir noch gar nicht aufgefallen.«

Er reibt sich mit geballten Fäusten die Augen, bevor er sie sinken lässt, als wäre er jetzt mit dem Selbstmitleid fertig.

»Du bist genauso weise wie deine Mom. Ich erinnere mich noch genau, wie du als Baby in der Wiege gelegen und zu mir aufgesehen hast und ich gedacht habe: *Oh Mann, dieses Kind durchschaut mich bereits.*« Ich sehe ihn an. Er irrt. Ich durchschaue ihn überhaupt nicht. Er ist tiefgründiger und vielschichtiger, als er zugeben möchte.

Ich habe schon oft erlebt, wie er einen Cabernet zum Steak bestellt hat. Viele Male. Und mit Vergnügen.

»Dad?« Wieder drängt sich die Frage in den Vordergrund. *Ziehen wir wieder um?* Doch ich schiebe sie fort. »Nichts. Schon gut.«

»Du findest vierundvierzig also wirklich alt?« Sein Gesicht hellt sich auf. Er hat abgeschüttelt, was ihn quält.

»Uralt«, bestätige ich.

»Dann soll Gloria am besten Inkontinenzeinlagen auf die Einkaufsliste schreiben.« Ich lache, auch wenn der Witz vielleicht albern war, aber das kann ich sehr wohl für ihn tun.

KAPITEL 17

SN: drei dinge: 1. ich lese die letzte seite eines buches, bevor ich vorn anfange, und die letzte szene eines films gucke ich mir auch zuerst an. 2. meine mom hat eine ganze apotheke in ihrem medizinschrank. xanax, vicodin, oxygesic, nur das beste, und sie nimmt alles, ununterbrochen. es ist ein echtes problem. 3. du hast schöne hände.

Ich: Nicht in der Reihenfolge, aber … 1. Ich habe die Hände meiner Mutter. Sie hat Klavier gespielt. Ich habe nach 2 Stunden wieder aufgehört, hätte aber dabeibleiben sollen. Manchmal höre ich mir ihre Lieblingsstücke an und bilde mir ein, sie würde spielen. Wow, ich kann kaum glauben, dass ich dir das gerade erzählt habe. 2. Wenn ich einmal mit einem Buch anfange, muss ich es auch beenden, aber die letzte Seite lese ich nie vorher. Ich finde es schrecklich zu wissen, wie es ausgeht. 3. Wenn das keine Ironie ist: Mein Dad ist Apotheker. Wirklich. Deshalb kenne ich all die Medikamente. Dass es deiner Mom so schlecht geht, tut mir leid.

* * *

»Hi, Schrumpelknolle«, sagt Ethan, als ich ihn in der Bibliothek treffe. Jeden Tag das gleiche T-Shirt, der gleiche Sessel in der Caffè-Corner und nun derselbe Tisch, an dem wir uns auch letztes Mal getroffen haben. Der Kerl pflegt seine Gewohnheiten. »Echt? Das hältst du also von mir?«, sage ich, lächele aber. Ich mag die Vertrautheit. Dass er mir überhaupt einen Kosenamen gibt. »Du meintest doch, es würde sich gut als Beleidigung eignen.«

»Ich habe beschlossen, dass wir das Wort noch mal überdenken sollten«, antwortet er und packt seine Bücher zusammen. Anscheinend gehen wir wieder spazieren. Das freut mich. Beim Gehen, wenn ich ihm nicht in die Augen schauen muss, lässt sich so viel besser reden. Ethan sieht heute anders aus, fast könnte man sagen beschwingt. »Wie wäre es mit Knolli? Oder Knolloni? Nicht?«

»Hast du heute Nacht ein paar Stunden geschlafen oder was?«, erkundige ich mich.

Er sieht mich erschrocken an. »Was?«, und fährt sich mit der Hand durchs Haar, dass es perfekt unperfekt aussieht. Wie gern würde ich es berühren, es verwuscheln, wie Gem es getan hat. Es ist dunkel und glänzt, als wäre es nass.

»Ich weiß nicht, aber normalerweise siehst du immer so müde aus. Heute wirkst du irgendwie wacher.«

»Ist das derart offensichtlich?« Er stupst mich mit der Schulter an.

»Soll ich ehrlich sein? Wie Jekyll und Hyde.« Ich grinse ihn an, um zu zeigen, dass ich es nicht böse meine.

»Sechs Stunden. Am Stück.« Er klingt so stolz, als hätte er

einen Preis gewonnen. »Leute wie mich bezeichnet man als schlaflich benachteiligt. ›Ich lese die halbe Nacht, im Winter muss ich nach Süden.‹«

»Hä?«

»Sorry, hab nur aus ›Das öde Land‹ zitiert. Ich lese nachts tatsächlich viel, gehe im Winter aber nirgends hin, außer manchmal zum Snowboarden nach Tahoe. Hast du es gelesen?«

»›Das öde Land‹?« Warum kann ich ihm nie folgen? Ich bin nicht doof und gönne mir mindestens siebeneinhalb Stunden Schlaf pro Nacht. Und könnte er bitte meine Schulter noch einmal anstupsen?

»›Der seltsame Fall des Dr. Jekyll und Mr Hyde‹.«

»Nee.«

»Solltest du tun. Ist ganz interessant. Es geht um einen Typen mit einer gespaltenen Persönlichkeit.«

»Dass dir das gefällt, kann ich mir vorstellen«, sage ich.

»Ha, ha.«

»Was ist mit Knollastisch?«, frage ich. Es fällt mir leichter, als es sollte.

»Knollastisch. Das ist es, Jessie.« Er hält inne, und ich warte darauf. »Holmes.«

Später sitzen wir bei Starbucks, aber nicht in dem, in dem Coffee Guy seine Texte lernt. Ethan winkt ab, als ich ihm Geld für den Vanilla Latte anbiete, und lädt mich ein. Zählt das jetzt als Date? Oder weiß jeder, dass ich, zumindest für Wood-Valley-Standards, finanziell benachteiligt bin? Aber es ist ja auch nur ein Kaffee, und er scheint eher der altmodische Typ zu sein. Jemand, der Gedichte zitiert, Türen aufhält und nicht ein einziges Mal das Handy herausholt, um eine Nachricht zu schreiben, während wir uns unterhalten. Man muss realistisch sein: Wahrscheinlich hat Ethan eine Freundin – eine mit französischem Flair, sexuell offen, natürlich und tolerant. Ich könnte Dri danach fragen, aber es ist mir peinlich. Auf Ethan zu stehen ist einfach zu klischeehaft.

»Ich nehme an, dass du am Samstag nicht zu Gems Party gehst«, sagt er und pustet in seinen Kaffee. Ich bin mir nicht sicher, ob ich beleidigt sein soll, dass er es für unwahrscheinlich hält, mich Samstagabend auch nur in der Nähe der beliebteren Schüler der Oberstufe anzutreffen. Und warum muss er dauernd die Superzwillinge erwähnen? Echt unangenehm.

»Doch, wahrscheinlich schon«, erwidere ich schulterzuckend und versuche so gelassen wie möglich rüberzukommen. Sollen die Zicken doch über meinen Laptop, meine Jeans und alles andere lästern, wie sie wollen. Deshalb bleibe ich sicher nicht zu Hause.

»Echt?«, sagt er. »Cool.«

»Ein Freund von mir spielt dort mit seiner Band, deshalb …« Liam als Freund zu bezeichnen ist ein wenig hochgegriffen, aber Ethan soll endlich aufhören, mich als Gems Opfer zu betrachten. Als dicke, fette Loserin.

»Du meinst Oville?«

»Ja.«

»Wen kennst du da?«, fragt er und klingt ein wenig fordernd, als wäre es absurd, dass jemand wie ich jemanden in der Band kennen könnte. Was hat er bloß für ein Problem?

»Er heißt Liam. Warum?«

»Ich bin selbst bei Oville.« Natürlich. Ist doch sonnenklar. Mist. Liam und er sind wahrscheinlich beste Kumpels, und jetzt wird Liam erfahren, dass ich mich mit seinem Namen geschmückt habe, als wäre er berühmt oder als wenn wir total eng miteinander wären. Zum Glück habe ich wenigstens nicht Oville gesagt. Das ist so megapeinlich.

»Im Ernst? Ich vergesse immer, wie klein diese Schule ist. Jeder kennt jeden, nur ich nicht.«

»Jeden zu kennen ist eindeutig überbewertet«, erwidert Ethan.

»Was spielst du?«, frage ich.

»E-Gitarre und ein bisschen singe ich auch, aber eigentlich ist Liam unser Sänger.«

»Er ist gut«, sage ich. »Die Band dann sicher auch.«

»Hast du ihn schon gehört?«, will er wissen, wieder in diesem befremdlichen Ton. Ist es wirklich so schwer zu glauben, dass ich mit Liam befreundet bin?

»Ähm, ja. Aber nur beim Üben.«

»Liam ist in Ordnung«, sagt Ethan und trinkt einen Schluck Kaffee, dann noch einen. Er überlegt. »Nein, du hast recht. Er ist gut«, sagt er und klingt jetzt wieder versöhnlicher.

»Und du?«, frage ich und versuche die ernste Stimmung aufzulockern. Mit Ethan hat man ständig das Gefühl, zwei Schritte vor und einen zurück zu machen.

»Ich bin auch nicht zu verachten«, antwortet Ethan, und da ist es wieder, dieses unvermittelte Grinsen. So strahlend und schön, als blickte man direkt in die Sonne.

Zu Hause unter der Glasglocke: Kabeljau »Nobu-Art«, ein edler Salat aus grünen Sojabohnen und kandierten Walnüssen, dazu klebriger Kokosreis. Gloria kann japanisch kochen? Schade, dass ich gegen Foodporn bin, denn dieses Mahl hätte sich auf Instagram gut gemacht. Wieder ist es überall im Haus dunkel, auch wenn Theo mit einem Glas Rotwein an der Kochinsel sitzt, als wäre er vierzig und käme nach einem langen Arbeitstag nach Hause. Dabei hat er vor drei Jahren noch eine Zahnspange getragen. Ich habe die Bilder im Jahrbuch gesehen.

»Zwischenstand? Sie reden nicht, sind aber noch verheiratet«, sagt Theo und gießt mir ungefragt ebenfalls ein Glas ein. Ich trinke einen Schluck und atme durch die Nase, wie Scarlett es mir beigebracht hat. Gar nicht so übel.

»Wo sind sie?«, frage ich.

»Wer weiß das schon? Paartherapie? Arbeitsessen? Früher ist meine Mom nie so viel ausgegangen.«

»Mein Dad auch nicht.«

»Sie sind beide Idioten.«

»Hör auf.«

»Sind sie aber. Sie haben geglaubt, mit *hier neuen Partner einfügen* wäre es getan und sie könnten vergessen, dass der Mensch, den sie geliebt haben, gestorben ist. Selbst ich bin emotional reifer.«

Ich trinke meinen Wein. Theo hat nicht unrecht.

»Und was passiert jetzt?«, frage ich. Zwei weitere Schlucke, und meine Arme beginnen zu kribbeln – dieses Gefühl, das mir verrät, dass sich der Alkohol einen Weg in mein Blut bahnt.

»Keine Ahnung. Aber den Scheiß hab ich echt nicht gebraucht. Als wär mein Leben nicht schon stressig genug!«

»Weshalb machst du dir Sorgen? Du bist in allen Fächern top, hast Nachhilfelehrer für die Collegetests – ich betone: ›Lehrer‹ im Plural – und ich bin mir sicher, dass deine Mom außerdem in jeder Zulassungskommission den Freund einer Freundin sitzen hat. Dein Leben ist ein Wunschkonzert.«

»Was du beschreibst, trifft auf fast jeden in der Schule zu. Und wie viele, glaubst du, nimmt Harvard aus Wood Valley an? Fünf.«

»Du willst nach Harvard? Im Ernst?«

»Was ist dabei?«

»Nichts. Es ist nur, dass ich nie auch nur auf die Idee gekommen bin, in Harvard angenommen zu werden. Ich glaube nicht, dass von meiner alten Schule *je* jemand dort reingekommen ist, nicht einmal die Jahrgangsbesten.« Ich erwähne nicht, dass ich in Chicago auf gutem Wege war, Jahrgangserste oder -zweite zu werden und mein Rang sich allein durch den Wechsel nach Wood Valley verschlechtert hat. Das Niveau war an meiner alten Schule eindeutig niedriger. Auch in der Beziehung hat mir der Umzug nur Nachteile gebracht.

»Tja, danke für diese kleine Lektion über das Leben«, sagt Theo und wirkt verärgert – als würde der nächste Wutausbruch unmittelbar bevorstehen –, doch dann ist es vorbei, und er seufzt lediglich.

»Ich meine ja nur, wenn es nicht Harvard wird, geht die Welt nicht unter«, erwidere ich, als hätte ich Ahnung von diesen Dingen. »Eins der Supercolleges nimmt dich auf jeden Fall.«

Der Wein tut seine Wirkung. Irgendwie macht er mich geschmeidig und sorgt dafür, dass die Worte besser fließen.

»Mein Dad ist in Harvard gewesen.« Er spielt die Toter-Vater-Karte aus, als könnte er sich damit etwas von mir erhoffen. Stattdessen lache ich. Ich kann nicht anders. Es ist lustig.

»Was ist? Warum lachst du?«

»Weil dein Dad in Harvard war«, sage ich.

»Was ist daran so komisch?«

»Weil du dann als Sohn eines Harvardabsolventen dort auch Vorteile hast, verdammt!«

Theo sieht mich an und beginnt ebenfalls zu lachen. »Du hast recht. Und sein Vater war auch in Harvard. Mein Leben hat wirklich etwas von einem Wunschkonzert. Abgesehen davon, dass ich schwul bin und meinen Dad verloren habe. Aber der Rest ist in Ordnung. Hast gewonnen.«

»Ich habe eine Idee: Du solltest dir einen YouTube-Kanal einrichten, in dem du in die Kamera jammerst: *Ich bin schwul, schluchz! Schluchz, mein Dad ist gestorben*«, sage ich zum Spaß. Theo lächelt.

»Ich habe schon einen. Ich schick dir den Link.« Theo stößt mit mir an. »Wenn du Lust hast, kannst du ja bei der Collegevorbereitung mitmachen.«

»Echt?«, frage ich.

»Freu dich nicht zu früh. Nur montags. Donnerstags nicht. Und Donnerstag ist der Tag, an dem Wunder geschehen.«

Kapitel 18

Ich: Drei Dinge: 1. Nicht dass du dich jetzt ekelst, aber ich habe superlange Zehen. Irgendwie unheimlich. 2. Ich schreibe schrecklich schlechte Gedichte, wenn ich in Selbstmitleid versinke. 3. Ich hasse Trickfilme, egal auf welchem Sender.

SN: 1. mein lieblingswochentag ist mittwoch. diese zwischenstellung finde ich faszinierend. 2. ich wette hundert dollar, dass deine zehen ziemlich sexy sind. 3. ich hab in der 9. eine phase gehabt, in der ich mir die fingernägel schwarz angemalt habe: ich fands ja SO COOL.

Ich: Gehst du heute Abend auf die Party?

SN: nicht doch.

Ich: Was nicht doch?

SN: du versuchst doch nicht herauszufinden, wer ich bin? bitte. tu's einfach nicht.

Ich: Ich begreif's nicht.

SN: vertrau mir einfach, okay?

Ich: VIEL SPASS HEUTE AUF DEM HOMECOMING-BALL! Du siehst umwerfend aus.

Scarlett: Danke. Ich muss selbst zugeben, es ist eins meiner besseren Selfies.

Ich: Tu nichts, was ich nicht auch tun würde. Moment, das nehme ich zurück. HAB EINFACH SPASS.

Scarlett: Oh, ich habe vor …

Scarlett: Hast du die drei Punkte bemerkt? Das war nämlich Absicht.

Ich: Hab sie bemerkt.

Scarlett: Gut. Ich wollte nur sichergehen.

Agnes schminkt mich mit mindestens fünfzehn verschiedenen Pinseln. Als sie fertig ist, wirft sie mein Haar über die Schultern und dreht mich zum Spiegel.

»Voilà!«, sagt sie wie in einer Vorher-Nachher-Fernsehshow. Ich blicke auf und lächele in ein Gesicht, das mir zublinzelt.

»Wow«, sagt Dri und klatscht vor Begeisterung in die Hände. »Um-wer-fend siehst du aus.«

»Danke, Sü-ße«, antworte ich. Wir stellen uns für ein Gruppenselfie auf, da wir alle drei verdammt gut aussehen, und sobald wir mit dem Bild zufrieden sind, nach nur drei Versuchen, postet Agnes es auf Instagram und taggt uns.

Dri hat sich als Fahrerin zur Verfügung gestellt, da Alkohol ihren Reizdarm verschlimmert. Sie hat offenbar eine Menge dieser Nerd-Gebrechen, wie sie es selbst nennt: Reizdarm, Asthma, Handwurzelprobleme, Kurzsichtigkeit. Als wir in das Auto ihrer Mom steigen und das Radio aufdrehen, fühle ich mich wie ein normaler Teenager auf dem Weg zu einer normalen Party an einem normalen Samstagabend. Als hätte ich mein streng geheimes Trauerpäckchen, das ich sonst mit mir herumtrage, zumindest für eine kurze Weile abgelegt.

Gem wohnt in einer riesigen Villa. Auf einem Hügel. Verborgen hinter mehr als drei Meter hohen Hecken. Wir gehen um das Haus herum und gelangen in den Garten, wo die Leute auf Loungesofas abhängen, die um den luxuriösen Pool gruppiert sind. Neben dem eingemauerten Grill befindet sich eine Bar, und auf dem Rasen ist eine richtige Bühne mit einem professionellen Soundsystem aufgebaut. Ich bin froh zu wissen, dass Gem und Crystal mich wahrscheinlich nicht einmal bemerken werden.

»Trinken wir was?«, fragt Agnes und zieht mich, ohne eine Antwort abzuwarten, am Handgelenk mit sich. Ich greife meinerseits nach Dris Arm, und so bahnen wir uns einen Weg zur Bar, auf der sich die Flaschen aneinanderreihen, die wahrscheinlich alle aus den elterlichen Vorräten der Anwesenden entwendet wurden.

»Du stellst mich Liam aber vor? Ja?«, will Dri sicherstellen.

»Klar«, antworte ich. »Na ja, so gut kenne ich ihn nun auch wieder nicht, aber wenn wir ihn sehen.«

Kurze Zeit später drehen wir mit grellroten Drinks in der Hand, die Agnes uns zusammengemischt hat, eine Runde durch die Menge. Ich bin froh, dass ich meine neuen Freundinnen über mein Outfit entscheiden lassen habe. Das kurze schwarze Kleid vom Homecoming-Ball im letzten Jahr kombiniert mit Dris Schmuck und Riemchensandalen erscheint mir recht passend.

Plötzlich spüre ich, wie mir jemand von hinten die Augen zuhält, und ich muss mich beherrschen nicht loszukreischen.

»Rate mal, wer ich bin?«

»Hi«, sage ich, während ich mich aus den Händen winde und umdrehe. Ich stehe ... Liam gegenüber. Hatte ich gehofft, dass es Ethan sein würde? Ja, ein bisschen vielleicht. Liam gibt mir ein Küsschen auf die Wange, was seltsam ist, weil wir es in der Buchhandlung nie machen, wenn wir uns sehen.

»Hallo«, begrüße ich ihn zum zweiten Mal.

Hi und hallo. Echt jetzt, Jessie? Was Besseres fällt dir wohl nicht ein?

»Hallo«, sagt er, und seine Stimme klingt schleppend und lallend. Er ist betrunken, wie ich feststelle, auch wenn ich noch nicht sicher bin wie sehr. Er taumelt nicht, lässt aber die Hände schwer auf meinen Schultern liegen. Er hat, was Scarlett und ich Penis-Finger nennen. Dri würde sie als männlich bezeichnen. »Ich freue mich sehr, dass du gekommen bist. Es geht gleich los.«

»Cool«, sage ich und merke, dass Dri neben mir steht. »Liam, kennst du meine Freundin Dri? Sie ist die Beste. Ihr beide habt einen sehr ähnlichen Musikgeschmack.«

»Jep«, sagt er und zieht einen unsichtbaren Hut vor ihr. Ja, ziemlich betrunken. Liam ist normalerweise nicht der Hutzieh-Typ. Dri erstarrt, weil Liam Sandler mit ihr spricht, und auch wenn ich weiß, dass sie sich diesen Moment unzählige Male ausgemalt hat, ist die Realität doch oft ganz anders. Agnes stößt sie mit dem Ellbogen in die Seite, um sie aus ihrer Erstarrung zu holen.

»Hi«, sagt Dri. »Oville ist, ähm … du, ich meine, ihr seid echt total, ähm, gut.«

»Das hört man gern«, antwortet er ein wenig großspurig. Vielleicht ist er doch nicht so viel anders, als die anderen Typen aus dem Abschlussjahrgang. Irgendwo pfeift jemand. »Das ist mein Zeichen, Ladys. Sehen wir uns noch, Jess?«

Liam entfernt sich in Richtung Bühne, und sobald er außer Hörweite ist, greift Dri nach meiner Hand.

»Ist das wirklich gerade passiert? Oh mein Gott, oh mein Gott, oh mein Gott«, stammelt sie.

»Er ist total dicht«, merke ich an.

»Ach nee«, sagt Agnes und sieht mich über Dris Kopf hinweg scharf an, allerdings bin ich mir nicht sicher, was sie mir damit sagen will.

»Komm, wir müssen näher an die Bühne.« Dri zieht uns hinter sich her durch die Menge, um einen Platz mit besserer Sicht zu ergattern.

»Was ist?«, flüstere ich Agnes zu.

»Nichts«, sagt sie, aber es ist die Sorte »nichts«, in der sehr viel Bedeutung mitschwingt.

Wir bahnen uns einen Weg nach vorn, und dann sehe ich die ganze Band, direkt vor mir auf der Bühne, und damit auch Ethan. Ich spüre ein Flattern in der Magengegend. Er hat eine blaue E-Gitarre um den Hals, sein Haar ist noch zerzauster als sonst, und er sieht aus wie ein echter Rockstar, trotz des Batman-Logos auf der Brust. Als wäre er für die Bühne geboren, dafür, dass Mädchen wie ich vollkommen hirnlos seinen Namen kreischen. Unsere Blicke treffen sich – eine Sekunde lang, dann noch eine und noch eine –, schließlich wende ich mich ab, denn mir wird gerade ziemlich heiß.

Ich möchte wieder zu ihm gucken. Ich will nichts lieber im Leben, als wieder zu ihm zu schauen und zu sehen, dass er zu mir schaut, aber ich weiß, dass er jetzt Wichtigeres zu tun hat, wie zum Beispiel Gitarre spielen und Augenflirts mit anderen Mädchen, und das halte ich einfach nicht aus.

»Sind sie nicht der Wahnsinn?«, fragt Dri, obwohl sie noch gar nicht angefangen haben zu spielen.

»Sie sehen aus wie eine echte Band«, sage ich, was die größte Untertreibung des Jahrhunderts ist. Sie sehen nicht aus wie eine echte Band. Sie sehen aus wie Rockgötter. »Nicht wie Schüler jedenfalls.«

»Ja, ich weiß. Alle dachten schon, sie würden aufhören, letztes Jahr nach Xanders Tod, aber dann ist Liam dazugekommen und hat seinen Platz eingenommen –« Dri spricht nicht weiter, weil die Band zu spielen beginnt, und nachzufragen ist im Moment auch nicht möglich. Wer ist Xander? War er der Typ, der an einer Überdosis Heroin gestorben ist? Habe ich ein vollkommen falsches Bild von Liam und Ethan? Leben sie auch wie, ja, wie Rockstars, die an der Nadel hängen und sich von leicht bekleideten Mädchen in ihren Tourbussen Blowjobs geben lassen? Sieht Ethan deshalb immer so erschöpft aus? Weil er zu viel feiert?

Das erste Stück, das Oville spielt, ist schnell. Alle kennen den Text, reißen die Arme hoch und tanzen. Liam schwitzt und singt aus vollem Hals: *We tried, I cried, you hide, and then we do it all over. Do it all over. We tried, I cried, you hide, and then we do it all over.*

Simple Worte, ja, mag sein, aber ehe ich mich versehe, tanze auch ich hemmungslos. Vielleicht liegt es am Alkohol – nicht vielleicht, natürlich liegt es am Alkohol –, aber ich merke, wie ich Ethan anstarre. Doch es ist mir egal, wenn er es bemerkt und mich für eine kranke Stalkerin hält; schließlich steht er auf einer Bühne und lädt dazu ein angestarrt zu werden. Plötzlich spüre ich, wie er mich ebenfalls ansieht – ich schwöre es und erschaudere –, bevor er den Blick wieder über die Menge schweifen lässt, und ich komme zu dem Schluss, dass ich es mir wohl eingebildet habe.

* * *

»Wir sind Oville, und wir kommen wieder«, ruft Liam und springt unter ohrenbetäubendem Jubel von der Bühne. Ich drehe mich zu Dri um und drücke ihre Schultern.

»Du hast ja so recht gehabt«, sage ich. »Oh. Mein. Gott.«

»Stimmt's? Es stimmt, nicht wahr?«

»Nicht du jetzt auch noch«, stöhnt Agnes and verdreht die Augen, auch wenn sie genauso wild getanzt hat wie wir.

»Nicht wegen Liam«, erwidere ich. »Aber –«

»Was ist nicht wegen Liam?«, fragt Liam und steht vor Schweiß und Stolz triefend erneut neben mir. Zum Glück habe ich den Satz nicht beendet. Es hätte mir noch gefehlt, dass Ethan über Liam herausfindet, wie sehr ich auf ihn stehe, dass ich hoffnungslos in ihn verknallt bin.

»Nichts. Ihr wart super. Echt«, antworte ich und stoße Dri an, damit sie sich an dem Gespräch beteiligt. Doch bevor sie auch nur ein Wort sagen kann, kommt Gem angerannt, wirft sich Liam in die Arme und schlingt sich um seinen Oberkörper. Als sie ihn küsst, kann jeder ihre Zunge sehen.

»Wow, wofür war das?« Liam stellt sie langsam auf den Boden. Betrunken klingt er jetzt nicht mehr. Vielleicht hat er bei dem Auftritt alles verbrannt.

»Baby, ihr wart megageil«, sagt Gem und hakt sich dann bei ihm unter, als bräuchten wir einen weiteren Beweis, dass sie seine Freundin ist. *Wir haben es verstanden. Er poppt dich.*

»Danke. He, kennst du eigentlich Jessie? Ich hab dir von ihr erzählt. Erinnerst du dich? Sie arbeitet bei *Buch Genau!*«, sagt Liam.

Als sich Gem daraufhin zu mir umdreht und mich anlächelt,

wirkt sie so aufrichtig, dass mein erster Gedanke – abgesehen davon, dass ich angewidert bin – ist, dass sie sicher eines Tages berühmt werden wird. Sie ist die geborene Schauspielerin. Klar, dass Liam Gem mag; er hat sie noch nicht richtig kennengelernt. Ich frage mich, was er sagen würde, wenn er wüsste, dass sie täglich über mich lästert.

»Du bist neu, oder? Haben wir nicht Englisch oder so zusammen?«, fragt sie. Total unschuldig. Ich zucke mit den Schultern und kann mich nicht dazu überwinden zu antworten. Agnes drückt mir einen weiteren Drink in die Hand, und ich kippe ihn auf ex in mich hinein, obwohl ich ihn nicht wirklich brauche.

»Liam, das Riff, das du bei ›Before I can Go‹ neu reingenommen hast, gefällt mir. Es passt super«, sagt Dri, und ich hätte am liebsten geheult vor Freude, dass sie sich zu Wort meldet.

»Findest du? Ethan meint, es ist ein bisschen plump«, erwidert Liam.

»Nee, diese Pause ist genau richtig in dem Moment. Irgendwie war es vorher zu spannungsgeladen.«

»Das habe ich ihm auch gesagt.«

»Lee-lee, wir müssen. Crystal ruft«, drängt Gem und beginnt Liam fortzuziehen wie einen ungehorsamen Hund, der an etwas Ekligem schnuppert.

»Ich komm gleich«, verspricht Liam.

»Nun mach schon, ich bin scharf auf deinen speziellen Wodka-Red-Bull-Mix.« Sie klingt, als wollte sie mehr von ihm als nur einen Drink. Wie macht sie das? So zweideutig zu reden? Werde ich es je lernen können oder ist es eine Fähigkeit, mit der sie geboren wurde, ein weiterer Bonus in ihrem ohnehin schon prall gefüllten genetischen Bündel?

»Ich mache nämlich saugute Cocktails. Sehen wir uns später noch?«, fragt Liam und lächelt uns breit an, so breit, dass Dri jetzt *Liam Sandler lächeln sehen* auf ihrer Liste von Dingen abhaken kann, die sie vor dem Lebensende gemacht haben will.

SN: du siehst wunderschön aus.

Ich: Bist du hier? Wo bist du?

Auf das Kompliment gehe ich nicht ein, denn Lügen ist allzu leicht. Vielleicht hat Agnes doch recht: Schreiben ist etwas anderes, als mit jemandem persönlich zu sprechen. Meine Mom wurde nicht müde mir zu versichern, dass ich schön sei, doch ich habe immer das Gefühl gehabt, sie meinte es eher allgemein, da ihr eigener Körper sie im Stich gelassen hatte. Und vielleicht sollte es auch ein öffentliches Statement sein, um mein mangelndes Selbstbewusstsein aufzubessern. Scarletts Mutter hingegen sagte öfter, Scarlett sähe super aus, wenn sie fünf Kilo abnehmen würde, was natürlich hart war, aber gleichzeitig war es auch eine Ehre, weil ihre Mom sie einer ehrlichen Einschätzung für würdig erachtete.

Ich sehe mich um und erblicke in einer Ecke einen großen, gut aussehenden Typen mit Brille. Er trägt ein graues T-Shirt und starrt auf sein Handy. Es dauert einen Moment, bis ich ihn einordnen kann. Er war der erste Mensch, den ich in Wood Valley wahrgenommen habe: Mr Kilimandscharo, der den Sommer damit verbracht hat, Berge zu erklimmen und Schulen in Tansania zu bauen. Ich glaube nicht, dass er SN ist – SN stelle ich mir sesshafter vor und nicht wie jemanden, der in der Weltgeschichte herumspringt –, aber dem wäre dennoch nachzugehen.

»Wer ist das?«, frage ich Dri und deute auf den Typen in der Ecke.

»Caleb. Mit ihm ist Agnes letztes Jahr zum Abschlussball gegangen, aber nur so als Freunde. Er ist in Ordnung. Warum?«

»Ich versuche herauszufinden, wer SN ist«, antworte ich. Dri klettert auf einen der Loungesessel, um einen besseren Überblick zu haben. Ich versuche sie herunterzuziehen. Ich will nicht, dass er sieht, wo und wer auch immer er ist, wie man ihn ausspioniert. Dri hat viele gute Eigenschaften, aber Feingefühl gehört nicht dazu.

»Ich würde sagen, drei Viertel aller Jungs auf dieser Party tippen gerade auf ihren Smartphones rum«, berichtet sie. »Aber es könnte Caleb sein. Er ist manchmal ein bisschen komisch.«

»SN ist nicht komisch«, sage ich.

»Okay«, erwidert Dri. »Ist ja auch gar nicht komisch, jemandem dauernd Nachrichten zu schreiben.«

SN: guter versuch. ich bin ein profi, wenns ums verstecken geht. ein meister der camouflage.

Ich: Schön für dich. Hast du Spaß?

SN: bisschen langweilig, deshalb schreib ich dir.

Ich: Du könntest dich auch mit mir unterhalten. PERSÖNLICH.

SN: irgendwann, aber nicht heute.

Ich: Bei mir zu Hause gibt es solche Partys nicht. Mit einer richtigen Band.

SN: hat dir Oville gefallen?

Ich: Ich fand sie super.

SN: ja, aber früher waren sie noch besser.

Ich: Ich glaube, ich bin betrunken.

SN: ich auch.

Ich: Dann lass uns treffen. Komm schon. Was soll denn schon passieren? Du musst nicht mal mit mir reden …

SN: was willst du damit sagen?

Ich: Ich weiß nicht. Ich habe dich gewarnt, dass ich betrunken bin.

SN: die alte ich-war-betrunken-entschuldigung.

Ich: Keine Entschuldigung. Eine Erklärung.

SN: ich liebe es, wie du immer so genau bist, wenns um worte geht.

Ich: Ich versteh's nicht. Was soll das?

SN: ?

Ich: Was wir hier machen. Ist es dir peinlich, mit mir gesehen zu werden? Befürchtest du, ich könnte dich nicht mögen? Ich versteh's einfach nicht.

SN: nichts von alldem. mir machts eben spaß so, sehr viel sogar. es funktioniert einfach. aber im moment bin ich zu betrunken, um es zu erklären.

Ich: Die alte Ich-war-betrunken-Entschuldigung.

SN: ich versprechs. wir werden uns treffen. bald.

Ich: Das sagst du schon die ganze Zeit.

SN: weißt du, was ich manchmal gern machen würde?

Ich: Was denn?

SN: diese haarsträhne, die dir immer in die augen fällt, die die nicht mehr wirklich zum pony gehört. ich würd sie dir gern hinters ohr streichen. sehr gern sogar. und ich möchte dich treffen, wenn ich mich gut genug dafür fühle.

Ich: Du hast echt einen an der Waffel.

SN: du bist nicht die erste, die das sagt.

Ich: Aber bin ich die Erste, die sagt, dass sie genau das an dir mag?

Wieder schaue ich zu Caleb und versuche mir SNs Worte aus seinem Mund vorzustellen, versuche ihn bei einer so romantischen Geste, wie mir das Haar hinters Ohr zu streichen, vor mir zu sehen. Wobei ihm bewusst wäre, dass es eine gewisse Intimität erfordert, mein Haar zu berühren. Nein, es funktioniert nicht. Caleb kann ich mir gut als zukünftigen Präsidenten einer Studentenverbindung vorstellen, jemand, der mit dröhnender Stimme seinen Fuchs auffordert, ein Bier auf ex zu trinken. Wahrscheinlich verbirgt sich also nicht Mr Kilimandscharo hinter SN. Aber wer zum Teufel ist er dann?

»Ich bin betrunken«, teile ich Dri und Agnes mit.

»Das sagtest du bereits«, erwidert Dri. »Ungefähr tausend Mal.«

»Tut mir leid. Anscheinend gehöre ich zu den Betrunkenen,

die unbedingt anderen Leuten davon erzählen müssen«, sage ich.

»Sehr sympathisch«, kommentiert Agnes in ihrer typischen trockenen Art. »Ich bin auch ein bisschen betrunken. Aber so wie du lass ich mich nicht gehen.«

»Ich lass mich nicht gehen«, widerspreche ich. Ich blicke an mir hinunter. Lasse ich mich gehen?

Alles an mir scheint normal zu sein, außer mein Kopf, der sich wie verrückt dreht. Ich bin nicht zum ersten Mal betrunken, aber sonst war ich immer allein mit Scarlett. Ich fürchte, mehr als zwei Agnes-Specials vertrage ich nicht.

»Ihr lasst euch beide gehen«, verkündet Dri und legt die Arme um unsere Schultern, wofür ich dankbar bin, weil es mir hilft, das Gleichgewicht zu halten.

»Glaubst du, man kann auf zwei Leute gleichzeitig stehen?«, frage ich – und stelle damit eine der peinlichsten Fragen überhaupt, was ich im nüchternen Zustand nie getan hätte. Vielleicht sollte ich nie mehr etwas trinken.

»Logo. Bei mir sind es normalerweise immer ungefähr fünf«, antwortet Agnes. »Ich mag es abwechslungsreich. Damit optimiert man seine Chancen.«

»Und um wen handelt es sich? SN, klar, aber wen noch? Bitte, bitte sag jetzt nicht Liam.«

Ich bin kurz davor, den Namen laut auszusprechen, *Ethan* zu sagen und damit einzukalkulieren, in Kürze geballt alles über ihn zu erfahren, da ich weiß, dass Dri nicht auch nur ein Detail für sich behalten kann. Sie wird mir seine gesamte Lebensgeschichte auftischen, wie er in der Sechsten war, ob er eine Freundin hat und ob er ein Arschloch ist. Vielleicht sorgt sie sogar dafür, dass wir umgehend in seiner Nähe stehen, damit ich ihn begrüßen kann. Bislang hat er lediglich »Hi« zu mir gesagt, als er nach dem Auftritt an mir vorbeiging, was weder unfreundlich noch besonders freundlich gewesen ist, aber auch keine Einladung, sich weiter zu unterhalten: genauso verschlossen, wie er sich allen anderen gegenüber gibt. Ich dachte eigentlich, wir wären schon weiter. Wahrscheinlich habe ich mich getäuscht.

Gerade als ich ansetze, den Namen tatsächlich zu sagen – »Ethan«, was sehr schön klingt, oder? –, stürmt Gem auf mich zu.

»Du lässt meinen Freund in Ruhe, du alte Schlampe«, faucht sie mich an und schiebt ihre Giftfresse direkt vor mein Gesicht – nie zuvor bin ich in die Verlegenheit gekommen, diesen Begriff auch nur zu denken.

»Ähm ...«, beginne ich und wünschte, ich könnte die Zeit zurückdrehen und hätte die beiden Drinks nicht zu mir genommen, denn ich komme nicht ganz mit, was hier vor sich geht. Warum schreit Gem mich an? An ihre fiesen, hinterhältigen Sticheleien habe ich mich inzwischen gewöhnt und bin ganz gut darin geworden, so zu tun, als hätte ich sie nicht gehört. Aber wenn sie mich so überfällt, ist es kaum möglich. Und »Schlampe«? Meint sie das wirklich ernst? »Was?«

Ich versuche mir ihren Atem aus dem Gesicht zu wischen, eine eklige Mischung aus Zwiebel und Alkohol. Ich will weg von hier, am liebsten ins Bett. Kalifornien ist mir zu anstrengend.

»Lass. Liam. In. Ruhe. Verdammt«, wiederholt Gem und

wirft ihr Haar zurück wie in einem Zickenfilm, dann stakst sie davon. Ich nehme es zurück. Sie ist keine gute Schauspielerin. Sie trägt zu dick auf.

Ich schaue mich um, wie viele Leute es wohl mitbekommen haben, doch in dem weitläufigen Garten steht sonst niemand in der Nähe unseres eingeschworenen Trios – Dri, Agnes und mir.

»Heilige Scheiße, war das gerade echt?«, fragt Agnes und kichert.

»Das ist nicht lustig«, sage ich, auch wenn ich es mir wünschte. »Was sollte das?«

»Gem ist total neben der Spur, seit ihr Vater letztes Jahr verhaftet wurde. Es war in allen Medien«, erzählt Agnes. »Na ja, sie war auch vorher nicht supernett, aber seitdem ist sie echt zur Oberzicke geworden. Angeblich muss er sogar ins Gefängnis.«

»Wofür wurde er denn verhaftet?«, erkundige ich mich, auch wenn es mich eigentlich gar nicht interessiert. Ich hasse dieses Biest. Keine noch so rührselige Wood-Valley-Story würde mich dazu bringen, Mitgefühl für sie zu empfinden.

»Ihr Dad hat eine Prostituierte bedrängt«, antwortet Dri. »Und irgendwas war da auch noch mit Steuerbetrug.«

»Echt?«

»Ist doch egal«, meint Agnes.

»Nur eins noch«, beharrt Dri, und ich bemerke das Flehen in ihrer Stimme. »Wolltest du vorhin gerade sagen, dass du Liam magst?«

»Nein, natürlich nicht«, beruhige ich sie, bin mir aber nicht sicher, ob sie mir glaubt.

Ich: Ich bin TOTAL ZU.

Scarlett: Ich auch.

Ich: Alles gut bei dir?

Scarlett: MEGA.

Ich: Bei mir auch.

Trotz meines Zustands ist mir bewusst, dass ich lüge. Meine Hände zittern. Meine Zähne klappern. Ich will nur noch nach Hause. Nein, ich habe gar kein *Zuhause* mehr. Ich senke meine Ansprüche. Ich will nur noch ins Bett.

Ethan sehe ich noch einmal kurz, bevor wir gehen, als wir bereits auf dem Weg zur Tür sind. Er liegt auf einem der Loungesessel – allein. Ich glaube, er schläft. *Gut*, denke ich. *Er braucht es*. Ich muss mich beherrschen, um ihm nicht das Haar aus dem Gesicht zu streichen.

Kapitel 19

Ich: Drei Dinge: 1. Ich habe Kopfschmerzen. 2. Der Raum dreht sich. 3. Ich werde nie wieder etwas trinken.

SN: 1. ich werd den größten teil des tages mit meiner Xbox verbringen und nur zwischendurch mal pause machen, um ne pizza zu essen. am liebsten mit auberginen, was viele leute eklig finden. aber das ist mir total egal. ich mag dafür keine pepperoni. hab ich noch nie gemocht und werd ich auch nie mögen. 2. ich war früh wach und hab den ganzen morgen Flume gehört. 3. meine mom schläft noch. als wär sie der teenager bei uns im haus.

Ich: Du bist aber schon Amerikaner, oder?

SN: ja. warum?

Ich: PEPPERONI! Wie kann man keine Pepperoni mögen? Das ist wie keinen Apfelkuchen zu mögen.

SN: sollte man sich diese analogie für die collegetests merken?

Ich: Dann BIST du also in der Elften?

SN: entspann dich, miss marple.

Ich: Ich muss heute Hausaufgaben machen. Mathe geht mir ja so was von auf den Sack.

SN: oh. wie gewählt wir uns ausdrücken.

Ich: Halt den Rand.

SN: war das jetzt irgendwie abwertend? dann tuts mir leid.

Ich: Habe ich in letzter Zeit mal erwähnt, dass du einen an der Waffel hast?

SN: könnte gut sein, dass du so was schon mal erwähnt hast.

Ich: Ich muss nachher noch arbeiten. Hast du auch einen Job?

SN: nee. meine eltern wollens nicht. sie geben mir lieber taschengeld, und ich soll mich auf die schule konzentrieren.

Ich: Wie typisch Wood Valley von ihnen. Ich bin wirklich froh, dass sie deine Xbox-Sucht unterstützen.

SN: ich weiß, dass wir alle lächerlich auf dich wirken und kann dir nur zustimmen. wo arbeitest du?

Ich: Ich bin mir nicht sicher, ob ich dir das sagen will.

SN: ?

Ich: Zu stalkerisch.

SN: gestern hast du noch gebettelt, dass wir uns treffen, und jetzt findest du es zu stalkerisch mir zu erzählen, wo du arbeitest?

Ich: Ich habe nicht gebettelt.

SN: tut mir leid. schlechte wortwahl. drum gebeten.

Ich: Rate.

SN: wo du arbeitest?

Ich: Ja.

SN: ok, aber erst stell ich dir noch ein paar fragen. 1. machts dir spaß? 2. bist du schmutzig, wenn du nach hause kommst?

Ich: 1. Ja, es macht mir sehr viel Spaß. 2. NEIN!

SN: im café?

Ich: Nein.

SN: bei Gap?

Ich: Machst du dich über mich lustig?

SN: nein! warum?

Ich: Vergiss es.

SN: jetzt weiß ichs. kurz war mir entfallen, dass du ja so ein bücherfreak bist. Barnes and Noble, hab ich recht??? ja, ich habe recht.

Ich: Fast. Bei *Buch Genau!* Auf dem Ventura Boulevard. Solltest mal vorbeikommen.

SN: wie wankelmütig. jetzt soll ich doch vorbeikommen?

Ich: Vielleicht. Vielleicht auch nicht.

Ich: Und …

Scarlett: Wenn du es unbedingt wissen willst …

Ich: JA, MUSS ICH

Scarlett: Das Jungfernhäutchen ist noch intakt.

Ich: Ein bisschen weniger direkt wär auch okay gewesen.

Scarlett: Ich weiß, aber nicht so lustig.

Ich: Ich bin total verkatert.

Scarlett: Ich auch. Und mein Gesicht ist voll wund von Adams Bartstoppeln. Anscheinend hat er viel geübt, seit er mit dir geknutscht hat.

Ich: Wie kommst du darauf?

Scarlett: WEIL DER KERL KÜSSEN KANN, verdammt.

Als ich runterkomme, steht mein Dad mit einer Schürze in der Küche, auf der KÜCHEN(SCH)LAMPE steht. Wahrscheinlich gehört sie Rachel, es könnte aber genauso gut Theos sein. Im Hintergrund spielt Musik, irgendein supersentimentaler Countrysong, eine Ode an Pick-ups und Hot Pants. Scarlett bezeichnet so etwas gern als WPM: White People Music.

»Pfannkuchen, mein Schatz?«, fragt mein Dad mit übertriebener, nerviger Morgenfröhlichkeit. Er passt nicht in diese Küche. Und er hat noch nie Pfannkuchen gebacken. Dafür war immer meine Mom zuständig. Ahornsirup und Mehl kleben auf der edlen Marmorarbeitsplatte. Fühlt er sich hier zu Hause, heimisch genug, um sich an den Herd zu stellen und barfuß Pfannkuchen zu servieren? Ich fühle mich schon unwohl, wenn ich auch nur die Mikrowelle benutze. Ich will hier keine verdächtigen Spuren hinterlassen oder sonst irgendwelche Beweise meiner Existenz.

»Ähm …« Werde ich die Pfannkuchen runterbekommen, ohne mich übergeben zu müssen? Ich habe keine Wahl. Ich habe noch nie ein Kohlehydrat abgelehnt, und es wäre mir alles andere als recht, wenn mein Vater auf die Idee käme, ich könnte getrunken haben. »Klar«, antworte ich. Was ich nicht sage: *Was geht hier vor sich? Bleiben wir? Ist plötzlich wieder alles in Ordnung, oder tust du nur so?* »Du hast Frühstück gemacht? Das ist ja wohl ein Novum.«

»Gloria hat heute ihren freien Tag.«

»Verstehe.«

»Hör zu, wir müssen reden«, sagt er. Mir dreht sich der Magen um, und ich bin kurz davor zu würgen. Diese Küchenaktion ist eindeutig ein trauriges Abschiedsgeschenk. Rachel und mein Dad trennen sich, und wir ziehen aus. Sie lösen auf, was niemals hätte verbunden werden sollen. Deshalb diese aufgesetzte, fröhliche Fassade: Er will mich besänftigen, bevor er mir die Nachricht überbringt. Ich lege den Kopf auf den kalten Tresen. Ist eh alles egal. Soll er doch mitkriegen, dass ich getrunken habe. Er hat viel schlimmere Verfehlungen begangen. Ehrlich gesagt hat er bislang Glück gehabt, dass ich nie die Kraft gehabt habe, ernsthaft zu rebellieren. Ich sollte einen Preis dafür bekommen, einen Tapferkeits-Oscar oder eine Plakette, die ich mir an die Wand hängen kann.

Dieses Frühstück ist sein letzter Auftritt, bevor wir uns auf den Weg machen werden. Logisch, dass mein Dad wenigstens ein Mal die edle Küche mit den schweren Pfannen und dem organisch gepressten Kokosöl aus der perfekt dosierbaren Sprühflasche ausprobiert. Ich sollte nach oben laufen und mir die Hände mit der feinen Monogramm-Seife waschen, auf der noch das Preisschild klebt. Erleben, wie sich eine Hundert-Dollar-Seife anfühlt.

»Hier, das wird deinem Magen guttun.« Mein Dad stellt einen Teller mit einem Stapel kreisrunder Pfannkuchen vor mich. Sie riechen ungewohnt, irgendwie nicht echt, sondern wie die Imitation eines Pfannkuchens, die Duftkerzenversion. »Sag mir nur, dass du gestern Abend nicht gefahren bist.«

»Natürlich nicht. Dri ist gefahren«, antworte ich.

»Dri?«

»Dad, ich habe Freunde. Tu nicht so verwundert. Hast du geglaubt, dass ich nie wieder mit jemandem sprechen würde?« Ich weiß nicht, warum ich so gemein bin, aber ich kann nicht anders. Dieses Mal sind die Worte schneller als mein Kopf und nicht andersherum.

»Nein, ich ... ich freue mich nur für dich, das ist alles. Ich weiß, dass es nicht einfach war.«

Ich lache – aber es ist kein echtes Lachen, eher ein widerliches Wiehern. Nein, einfach war es wirklich nicht. Schon seit Langem ist nichts mehr einfach. Selbst der gestrige Abend, an dem ich zum ersten Mal, seit wir hierhergezogen sind, versucht habe mich zu amüsieren, endete damit, dass mich eine gestörte Blondine als Schlampe bezeichnet hat.

»Wahrscheinlich habe ich es verdient«, sagt mein Dad.

»Und was ist jetzt? Ziehen wir aus?«

»Was? Nein. Wie kommst du darauf?« Er scheint ehrlich überrascht zu sein. Hat er nicht gemerkt, dass ganz Los Angeles seinen Streit mit Rachel mitbekommen hat? Dass er an dem Abend sozusagen zugegeben hat, dass die ganze Sache ein riesiger Fehler war? Weiß er denn nicht, dass ich die ganze Woche damit verbracht habe, mich geistig für einen weiteren Abschied zu wappnen?

»Dein Streit mit ihr.«

»Das war doch nur eine Meinungsverschiedenheit, Jess. Nicht das Ende der Welt.«

»Aber sie hat gesagt –«

»Manchmal vergesse ich, dass du noch ein Teenager bist. Aber ich erinnere mich selbst noch daran – wie einem alles viel größer vorkommt oder, ich weiß nicht, irgendwie einfach *elementarer*, wenn man in deinem Alter ist.«

»Ausgerechnet du solltest nicht so herablassend mit mir reden«, erwidere ich. Meine Stimme klingt scharf, und natürlich ist es ein Witz, dass ich ihn beschuldige, mich von obenherab zu behandeln, während ich mich selbst abfällig und schmollend verhalte, wie ein typischer Teenager eben.

Aber scheiß auf ihn.

Wirklich.

Scheiß. Auf. Ihn.

Mein Dad seufzt, als wäre ich unmöglich, als wäre ich diejenige, deren Verhalten nicht nachvollziehbar ist.

»Sie hat gesagt ›dann geh doch und komm bloß nicht zurück‹. Ich hab's genau gehört.«

»Hör auf, immer von ›sie‹ zu reden. Rachel. Sie heißt Rachel. Und man sagt eben dumme Sachen, wenn man wütend ist.«

»Und man tut eben dumme Sachen, wenn man trauert, wie zum Beispiel heiraten und auf die andere Seite des Landes ziehen und das Kind dabei total zu übergehen.«

»Hör auf.«

»Womit?« Inzwischen brülle ich. Ich weiß nicht genau, wann ich die Kontrolle verloren habe. Denn das habe ich. Ich mache meinem Ärger Luft, voll und ganz. Hitzig und ungelenk. Roh.

»Willst du weg von hier? Ist es das, was du sagen willst?«, fragt er.

Ich denke an SN, an Dri und Agnes und an Ethan mit seiner blauen E-Gitarre und dem nichtssagenden »Hi«. Nein, ich will nicht weg, aber so wie im Moment will ich mich auch nicht fühlen. Wie ein Eindringling in einem fremden Haus. Wenn ich mich heute übergebe, was zurzeit ziemlich wahrscheinlich ist, möchte ich mir keine Sorgen darum machen müssen, Rachels Badezimmer zu beschmutzen. Ich will nicht ständig mit der Angst leben müssen, rausgeschmissen zu werden.

Nein, nichts von alldem ist wichtig. Was will ich wirklich? Ich möchte meinem Dad ins Gesicht schlagen – meine Faust auf seiner Nase spüren, knack, knirsch, ihn bluten lassen. Mit voller Wucht nach ihm treten und dann zusehen, wie er sich krümmt und windet und die Worte schreit: »Es tut mir leid.«

Dieses Gefühl ist neu. Dieser Zorn. Bislang habe ich immer einen Weg um den Schmerz herum gefunden, nicht einfach stur mittenrein.

Heute Morgen kommt mir mein Dad alles andere als labil

vor, nicht wie neulich Abend, nicht wie fast immer in den letzten Jahren. Warum bin ich diejenige gewesen, die ihn so lange mit Samthandschuhen angefasst hat?

»Ich will überhaupt nichts sagen. Vergiss es, Dad. Worüber wolltest du reden?« Meine Hände ballen sich zu Fäusten. Ich werde mich doch wohl hoffentlich beherrschen können und nicht wirklich zuschlagen, oder?

»Ich wollte nur wissen, wie es dir geht. Wie du in der Schule zurechtkommst. Einfach mal nachfragen. Ich weiß, dass ich zu viel mit anderen Dingen beschäftigt war. Und neulich Abend habe ich mich nicht einmal erkundigt, wie dein Tag war. Im Nachhinein habe ich mich deswegen schlecht gefühlt.«

»Beschäftigt? Ich kann die Gespräche, die wir geführt haben, seit wir hierhergezogen sind, an einer Hand abzählen.« Der Zorn ist nach wie vor stark, grell und glühend rot. Wie die Drinks auf der Party. Hat er überhaupt eine Ahnung, wie es in meinem Leben ausgesehen hat? Sehr bemerkenswert, dass er genau zu dem Zeitpunkt nachfragt, als ich langsam einen Fuß auf die Erde bekomme.

Zu wenig, zu spät.

»Ich wollte nur ... ja, ich wusste nicht –«

»Was wusstest du nicht? Dass der Umzug schwer für mich war? Meinst du das jetzt ernst?«

»Lass uns –«

»Lass uns was? Später darüber sprechen? Klar, super Idee.« Ich schiebe den Teller weg und widerstehe dem Drang, meinem Vater ins Gesicht zu kotzen und dann aus dem Raum zu stürmen.

»Ärger im Paradies?«, fragt Theo, weil er natürlich gerade die Treppe runterkommt, als ich sie, zwei Stufen auf einmal nehmend, hinaufhaste. Ich zittere vor Wut, vibriere rhythmisch. Ich schmecke Galle und erwäge das Ziel zu wechseln und meine Faust gegen Theos Kinn zu rammen. Sein ach so hübsches Gesicht zu ruinieren.

»Halt die Klappe«, fauche ich ihn an.

Verblüfft zuckt er mit den Schultern.

»Wütend steht dir.«

* * *

Später bei *Buch Genau!* schlürfe ich Kräutertee und spiele auf dem Handy *Candy Crush*. Bislang haben nur zwei Leute etwas gekauft, und dann hat noch irgend so ein Idiot ein Buch fotografiert, um es online zu bestellen. Am späteren Nachmittag, als mir langsam langweilig wird, es draußen dämmert und ich mich zunehmend einsam fühle, meldet das Klingeln der Glocke an der Eingangstür einen neuen Kunden. Reflexartig hebe ich den Kopf und hole überrascht Luft.

Caleb.

Mr Kilimandscharo. Der auf der Party auf seinem Handy herumgetippt hat. Abgesehen von Liam ist noch nie jemand in die Buchhandlung gekommen, während ich gearbeitet habe, nicht einmal Dri, auch wenn sie versprochen hat mal vorbeizuschauen. Gerade heute Morgen habe ich SN davon erzählt. Also liegt es eigentlich auf der Hand, dass er es ist, der jetzt endlich und wahrhaftig vor mir steht. Mein Herz zieht sich zusammen – das ist also der Mensch, dem ich die letzten zwei Monate mein Herz ausgeschüttet habe –, und ich warte, dass die Enttäuschung einsetzt. Doch nichts dergleichen.

Eher fühle ich mich orientierungslos – als würde ich jemanden nach dem Weg fragen und dann vergessen zuzuhören, was mich genauso hilflos zurücklässt wie zuvor. Es ist schwer sich SNs Worte aus Calebs Mund vorzustellen. Er sieht gut aus, ja, sehr sogar, keine Frage, aber irgendwie normal und gewöhnlich. Austauschbar. Eine Variante des Anwärters auf den Titel des Ballkönigs, den man an jeder x-beliebigen Highschool Amerikas findet. Nichts Besonderes. Wie soll ich ihn ansprechen? Soll ich mich vorstellen? Mich dumm stellen? So tun, als wäre das alles ein seltsamer Zufall?

Er trägt das gleiche graue T-Shirt wie am Abend zuvor und wie am ersten Schultag, als ich ihm buchstäblich applaudiert habe, weil er einen Berg erklommen hat. Er muss Mitleid mit mir gehabt haben, muss gemerkt haben, dass ich Hilfe brauchte, weil ich nicht einmal in der Lage war, den richtigen Kurs zu finden. Hoffentlich hat er wenigstens nichts von dem Gras an meinem Hintern mitbekommen.

Wow, ich bin echt überrascht.

Mr Kilimandscharo also.

»Hi, ist Liam da?«, erkundigt er sich und lächelt von oben auf mich herab, als wüsste er Bescheid. Mir ist alles andere als zum Lachen zumute, und ich fühle mich nur noch unwohl. Wollte er mich deshalb bis jetzt nicht treffen? Weil er wusste, dass es sich so peinlich und willkürlich anfühlen würde?

»Ähm, nein, tut mir leid. Er arbeitet heute nicht.« *Jessie, das ist SN. Streng dich an.*

»Ach schade, ich glaube nämlich, dass er noch mein Handy hat«, sagt er. »Ich habe es gestern Abend auf der Party liegen lassen. Du gehst auch auf unsere Schule, oder?«

»Ja, ich bin Jessie«, antworte ich und strecke ihm, viel zu formell, wie mir einen Moment zu spät einfällt, die Hand entgegen. Seine Finger sind lang und trocken. Sein Händedruck ist ein wenig schwach, was überhaupt nicht zu seiner Stimme passt.

»Caleb«, stellt er sich vor. »Nett, dich kennenzulernen.«

»Ganz meinerseits.« Ich lächele zurück und versuche mit dem Blick zu sagen, was ich mit dem Mund nicht herausbringe: *Ich weiß, dass du es bist.* Was für ein seltsames Spiel, aber sich anonym zu schreiben wohl auch.

»Und wie gefällt es dir bislang? Die Schule, meine ich?«

»Ich bin noch dabei mich einzugewöhnen, glaube ich.«

»Klar, cool ... cool.« Caleb wendet sich zum Gehen – ist er genauso nervös wie ich? – und plötzlich habe ich das dringende Bedürfnis ihn zum Bleiben zu bewegen, die Verbindung zwischen uns wiederherzustellen. Ich scheine schon alles vermasselt zu haben. Eine halbe Minute von Angesicht zu Angesicht reichte dafür aus.

Soll ich ihn nach Tansania fragen? Da liegt doch der Kilimandscharo, oder?

»Ähm, sollen wir vielleicht mal einen Kaffee trinken gehen?« *Habe ich das wirklich gerade gesagt? Laut? Tief Luft holen. Ganz langsam.* »Ich meine nur, ich versuche gerade neue Leute kennenzulernen, mehr nicht.«

Er wirkt überrascht und neigt den Kopf zur Seite, als wolle er sich ein besseres Bild von mir machen. Er mustert mich und zwar nicht gerade unauffällig.

Das Ganze ist fast schon beleidigend.

Wir sollten eindeutig lieber beim Schreiben bleiben.

»Klar, warum nicht? Was soll schon passieren?«, fragt er mit einem vielsagenden Grinsen und spielt damit eindeutig auf die Frage an, die ich ihm am Abend zuvor gestellt habe. Gerade will ich antworten, mir fallen tausend Dinge ein, als ich merke, dass die Frage rhetorisch gemeint war und er bereits zur Tür hinaus ist.

SN: wie wars bei der arbeit?

Ich: War nett von dir, vorbeizukommen.

SN: sehr witzig.

Ich: Das hätte ich jetzt nicht so bezeichnet.

SN: ?

Ich: ?

SN: okay. nächstes thema. ich hab heute so viel zeit mit meiner Xbox verbracht, dass mir langweilig geworden ist. #hättniegeglaubtdertagkäme

Ich: Tun dir die Daumen weh?

SN: da geh ich jetzt mal nicht drauf ein. bist du stolz auf mich?

So gehen wir also damit um. Wir tun so, als wäre heute Nachmittag nie passiert. Vielleicht ist es das Beste. Vielleicht hat SN/Caleb von Anfang an recht gehabt. Schreiben ist besser.

Im echten Leben miteinander reden? Total überbewertet.

Kapitel 20

»Das Gedicht ist echt ewig lang«, stellt Ethan fest. »Und irgendwie anstrengend und schwierig. Ich komme ständig mit den ganzen verschiedenen Stimmen durcheinander.«

Wir sitzen mal wieder bei Starbucks, den ich inzwischen insgeheim als »unseren« Starbucks bezeichne, was ich Ethan gegenüber jedoch niemals laut äußern würde. Ich trinke den Latte, den er mir mitbrachte, nachdem er mich gefragt hatte, ob ich das Gleiche nehme wie letzte Woche. Er hat sich sogar noch daran erinnert, dass ich ihn gern extraheiß mag. Er tat das alles so selbstverständlich – bestellen, Kreditkarte zücken –, dass mir gar nicht in den Sinn kam, ihm anzubieten zu bezahlen. Nächstes Mal werde ich etwas sagen wie »Den übernehme ich.« oder »Heute bin ich dran.« Vielleicht auch nicht.

»Stimmt. Ich schreibe selbst auch ab und zu Gedichte. Sie sind grottenschlecht, aber ich weiß nicht, ich könnte nie mit einer anderen als meiner eigenen Stimme schreiben. Ich bin, wer ich bin wer ich bin. Ob es mir gefällt oder nicht.«

»Eine Rose ist eine Rose ist eine Rose. Jessie ist Jessie ist Jessie.«

»Erzähl mir jetzt nicht, dass du Gertrude Stein gelesen

hast?«, frage ich verwundert. Meine Mom war ein riesiger Fan von ihr, und als sie krank geworden ist, habe ich ihr laut Gertrude Stein vorgelesen. Meistens aus der *Autobiographie von Alice B. Toklas*, aber manchmal auch ihre Gedichte. »Heilige Emily« zum Beispiel, das wie ein beruhigender Kinderreim klingt und aus dem, man höre und staune, *eine Rose ist eine Rose ist eine Rose* stammt. Und nicht von Shakespeare, wie man sonst vielleicht angenommen hätte.

Ich habe zu der Zeit noch weitere Dinge gelernt: Chemo macht blind. Nimmt dir die Haare und macht blind. Meine Mutter konnte am Ende nicht einmal mehr lesen.

Eine Rose ist eine Rose ist eine Rose.

»Nicht viel. Nur *Toklas*. So viel zum Thema mit der Stimme von jemand anderem schreiben.« Woher nimmt er die Zeit, all das zu lesen? Hatte ich das Projekt nicht unbedingt selbst übernehmen wollen? Ganz sicher *hätte* er dafür gesorgt, dass ich eine gute Note bekomme. Wenn ich darüber nachdenke, reiße ich sie vielleicht sogar runter.

»Meine Mom war Englischdozentin auf einem College bei uns in der Nähe und hat dauernd Gertrude Stein zitiert. Sie hat sie immer G.S. genannt, als wären sie Freunde. Zu ihrem vierzigsten Geburtstag haben mein Dad und ich ihr eine antiquarische Ausgabe von *Die Welt ist rund* geschenkt. Das ist ein ganz eigentümliches Kinderbuch von ihr. Komisch, dass mir das gerade einfällt.« Ich starre aus dem Fenster, um die Fassung wiederzuerlangen. Ich spreche sonst mit niemandem über meine Mom, nicht einmal mit Scarlett. Und mit meinem Dad erst recht nicht. Über sie zu sprechen ist wie anzuerkennen, dass sie nicht mehr da ist, ein Sprung ins Bodenlose. Als würde damit wahr werden, was nicht sein darf.

Doch wir reden über Gertrude Stein und damit automatisch über meine Mom, und irgendwie sprudelten die Worte einfach aus mir heraus.

Ethan sieht mich an und wartet einen Moment. Er kann gut mit Stille umgehen, merke ich. Er kann mit allem gut umgehen.

Ethan ist Ethan ist Ethan.

»Das mit deiner Mom tut mir leid. Ich habe davon gehört. So etwas ist einfach nur ätzend«, sagt er. »Ich weiß, das ist noch untertrieben, es ist so verdammt beschissen, dass Leute sterben und man nichts dagegen tun kann. Und ja, deshalb wollte ich wenigstens Manns genug sein, dir zu sagen, dass es mir leidtut.«

»Das ist nett«, sage ich in meinen Kaffeebecher, denn ich kann ihn nicht ansehen. Ich wage es nicht, da ich nicht weiß, was mich erwartet: Mitleid oder Mitgefühl. Ich füge »mutig« zu meiner inneren Ethan-Liste hinzu und »ehrlich« und »recht haben«, denn es ist wirklich verdammt beschissen, und er ist der erste Mensch, der es mir gegenüber offen ausspricht. In meiner alten Schule haben alle ein »Tut mir leid« gemurmelt, wahrscheinlich von ihren Eltern dazu aufgefordert, und waren dann offensichtlich erleichtert, es hinter sich gebracht zu haben und damit wieder zum Tagesgeschehen übergehen zu können. Ich konnte das nicht. Nicht dass ich es ihnen übelnehme. Der Tod lässt alles schwierig werden.

»Wir müssen auch nicht darüber reden, aber ich finde es schrecklich, wenn so etwas passiert und die Leute so tun, als wäre es nicht so, weil es unbequem und unheimlich ist und sie nicht wissen, was sie sagen sollen. Nicht zu wissen, was man am besten tun soll, ist keine Entschuldigung dafür, überhaupt nichts zu tun. Deshalb«, erklärt er.

»Deshalb«, wiederhole ich und tue es doch. Ich hebe den Blick und sehe ihn an. »›Ich zeig dir die Angst in einer Handvoll Staub.‹«

»Und ich bin nicht der einzige Nerd, der ›Das öde Land‹ auswendig kann. Der erste Teil heißt ja auch ›Die Bestattung der Toten‹.«

»Ich weiß.« Ich lächele, weil ich Ethan mag. Mir gefällt, dass er vor nichts Angst hat, außer vor dem Schlafen vielleicht. Und ein Lächeln ist in gewisser Hinsicht das Gleiche wie Danke zu sagen.

»Natürlich weißt du es«, sagt er und lächelt zurück.

* * *

Eine Stunde später sitzen wir noch immer hier. Die Aufgabe für diese Woche ist schon lange erledigt – eine Seite darüber, dass T. S. Eliot wiederholt auf Schmutz Bezug nimmt – und wir unterhalten uns einfach nur. Vielleicht werden wir richtige Freunde und nicht nur Lernpartner.

»Du hast mir noch gar nicht erzählt, was du von Oville hältst«, sagt Ethan, nachdem er seine Tasse zum dritten Mal nachgefüllt hat. Er trinkt den Kaffee schwarz. Kein Firlefanz. Pures, nicht verfälschtes Koffein.

»Echt nicht? Ihr wart super.« Wenn ich Gem oder Crystal

wäre, würde ich wahrscheinlich so schlau sein, auf cool zu machen und nicht auf Groupie. Aber egal. Sie haben es einfach gerockt. »Ihr seid alle sehr talentiert.«

»Mir wäre am liebsten, wenn wir nur in unserem Gästehaus spielen und gar keine Auftritte machen würden, aber das ist nicht meine Entscheidung. Vorher haben wir es so gemacht.« Er sagt es, als wäre das »vorher« nicht nur wegen des Satzanfangs großgeschrieben. Vorher und Nachher.

»Vor was?«

»Nichts. Ich meine, bevor Liam dazugekommen ist. Er will musikalisch voll durchstarten, während ich nur einfach Musik machen will. Spaß haben.« Ethan rührt seinen Kaffee mit einem Stäbchen um, gedankenlos, denn es gibt darin nichts umzurühren.

»Hast du Lampenfieber?«, frage ich.

Er lässt sich Zeit für die Antwort, als wäre die Frage so bedeutend, dass sie genauer Überlegung bedarf.

»Nein, eigentlich nicht. Ich fühle mich nur, ich weiß auch nicht, noch einsamer, wenn mich alle anstarren. Es ... isoliert einen irgendwie. Und stressig ist es auch.«

»Ich dachte immer, die meisten Leute empfinden auf der Bühne das genaue Gegenteil. Dass sie sich nur dort gerade nicht allein fühlen«, sage ich. »Alle wollen auf der Bühne sein.«

Ethan zuckt mit den Schultern.

»Wenn ich selbst auf ein Konzert gehe und es voll ist und niemand etwas von mir will und es nur noch mich und die Musik gibt ... *dann* fühle ich mich nicht allein. Ich glaube, ich bin nicht so gut mit Menschen«, bekennt er.

»Wirklich? Sag das mal den Leuten in Wood Valley«, erwidere ich.

»Hä?«

Merkt er nicht, dass alle Mädchen der Schule scharf auf ihn sind? Dass sie Schlange stehen, um mit ihm zu reden?

»Nun hör aber auf! In der Mittagspause hast du doch einen richtigen Harem um dich herum.« Wieder rede ich zu viel. Ich brauche wirklich Nachhilfe im Flirten.

»Nee. Das hat nichts mit mir zu tun. Das ist nur, weil ... ach egal. Lange Geschichte.«

Ich will etwas sagen wie »Ich habe Zeit«, merke aber, dass die Sache ziemlich klar ist: Wenn er reden will, redet er. Wenn nicht, dann nicht. Und ich kenne ihn noch nicht gut genug, um ihn zu drängen.

»Wer schreibt bei euch die Texte?« Eigentlich interessiert mich, wer »The Girl No One Knows« geschrieben hat, aber ich will nicht zugeben, dass ich Ovilles gesamte Playlist kenne. Dri hat mir alle Songs geschickt, doch den einen höre ich immer wieder, so oft, dass ich im Boden versinken würde, wenn es jemand mitbekäme. Im Laden hat Liam nur den Refrain gesungen – einfache, eingängige Sätze, die total irreführend sind, da der Rest des Liedes vollkommen anders ist. Nachdenklich, wunderschön, verzweifelt.

Ein Gedicht fast. Eine Elegie. Poesie.

»Das hängt vom Lied ab. Die meisten schreibe ich. Manche sind von Liam. Ach ja und einige auch von Caleb, der eigentlich nicht in der Band ist, aber mit uns abhängt und ab und zu Beiträge liefert.« Sofort blicke ich auf. Caleb? Hat er »The Girl

No One Knows« geschrieben? Wenn ja, passt alles zusammen. SN ist der Typ, der Liedtexte schreibt, noch dazu melancholische und ergreifende, aber nicht der Typ, der sich auf die Bühne stellt und sie zum Besten gibt. Vor anderen Leuten.

»Caleb ist der Große, oder?«

»Ja, kennst du ihn?«

»Nicht wirklich. Ein bisschen. Hab ihn neulich bei der Arbeit getroffen.«

»Ja, er und Liam sind ziemlich dicke.« Anscheinend weiß Ethan, dass ich in der Buchhandlung von Liams Mom arbeite. Ich muss es ihm letzte Woche erzählt haben, als ich gesagt habe, dass ich Liam kenne. Oder hat Liam es vielleicht erwähnt? Oh scheiße. Haben sie über mich geredet? Ich bekomme schwitzige Hände, als ich mir vorstelle, wie Ethan und Liam darüber lachen, dass ich so getan habe, als wären Liam und ich enge Freunde.

Hat Gem mich deshalb als Schlampe bezeichnet? Glauben alle, dass ich auf Liam stehe? Glaubt Liam es? Und Caleb?

»Meinst du, ich werde jemals verstehen, wie diese Schule tickt?«, frage ich Ethan. Es ist anstrengend, dass hier jeder jeden kennt. Mein bester Freund hier ist SN – oder soll ich gleich Caleb sagen? –, und unsere Beziehung besteht einzig und allein aus geschriebenen Nachrichten. Ich muss Dri bitten, mich über den kompletten Hintergrund von jedem Einzelnen aufzuklären, damit ich nicht dauernd in ein Fettnäpfchen trete.

»Sicher nicht«, antwortet Ethan. »Mir ist es immer noch nicht gelungen, und ich gehe seit der ersten Klasse dorthin. Aber weißt du, was ich inzwischen weiß?«

»Was denn?«

»Dass man es gar nicht wissen muss.«

»Nein?«

»Ganz sicher nicht.«

»Echt?« Ich rühre in meinem Kaffee, obwohl er leer ist, sodass ich Luft umrühre. Aber ich muss meinen Händen etwas zu tun geben. Das Verlangen, Ethans Haar zu berühren oder auch nur seine Hände, ist kaum noch zu kontrollieren. Ich möchte ihm ins Ohrläppchen beißen, das aussieht, als wäre dort einmal unbedacht ein Ohrring hindurchgestochen worden. Ich möchte ihn fragen, wie er so gnadenlos zwischen heiß und kalt wechseln kann, wie er – gerade jetzt – so beruhigend wirken kann, fast wie ein Freund, während er es auf der Party nicht einmal für nötig gehalten hat, stehen zu bleiben und mehr als eine Silbe, ein desinteressiertes »Hi« an mich zu richten.

»Klar. Wer interessiert sich schon für all diese Idioten? Es sind tolle Typen darunter, aber den Großteil kannst du vergessen, und am Ende musst du du selbst bleiben. Wenn sie dich nicht mögen, vergiss sie.«

»Jessie ist Jessie ist Jessie.«

»Genau. Jessie ist Jessie ist Jessie.«

Okay, ich gebe es zu: Ich bin traurig, als Ethan aufhört meinen Namen zu sagen.

Ich bin wieder zu Hause. Oder vielmehr an dem Ort, an dem ich esse und schlafe. Unter der Glocke: Marbella- oder Marsala- oder irgendetwas mit »M«-Hähnchen, Spargel und eine Portion Wildreis.

SN: dein tag? schieß los.

Ich: Sehr gut. Und deiner?

SN: unvergesslich.

Caleb habe ich heute nur ein einziges Mal gesehen. Er lehnte an einem Schließfach, und als er mich sah, winkte er mir mit seinem Handy und flüsterte dann dem Typen neben sich etwas zu, einem Mitschüler, ebenfalls aus dem Abschlussjahrgang, dessen Gesicht mit einem leichten Flaum überzogen ist und an die Muppets erinnert. Sein Gruß mit dem Handy sollte wohl etwas bedeuten wie »Lass uns weiter auf diesem Weg reden«, da er keine Anstalten gemacht hat, ein Date im wirklichen Leben vorzuschlagen. Stattdessen hörte ich dreißig Sekunden später den Ton, der das Eintreffen einer Nachricht für mich verkündete.

SN: drei dinge. 1. Hendrix war der beste gitarrist, den es je gab. noch besser als Jimmy Page. 2. manchmal, wenn ich musik höre, fühl ich mich plötzlich leichter. 3. und manchmal, wenn ich Xbox spiele, fühl ich überhaupt nichts.

Ich: Was magst du lieber? Musik oder Xbox?

SN: ahh, gute frage. für meine mom ist jedenfalls der medizinschrank ihre Xbox. deshalb sag ich musik, denn es gibt nichts schrecklicheres als die vorstellung, wie meine mutter zu werden.

SN: aber ehrlich?

SN: Xbox.

Es wird immer deutlicher, dass Caleb und ich uns nie bei einem Heißgetränk unterhalten werden, niemals laut aussprechen werden, dass hinter SN Caleb steckt und Caleb SN ist, und vielleicht ist es besser so. Vielleicht haben wir online bereits zu viele unkontrollierbare Dinge gesagt und mit dem, was wir voneinander wissen, nach so viel Ehrlichlichkeit, ist es unmöglich, persönlich miteinander zu reden.

Schade ist es dennoch, denn seine Art macht mich schon ziemlich an. Ihm gegenüberzusitzen wäre nicht so verwirrend wie bei Ethan. Er ist klarer, simpler. Eine ebenmäßige Leinwand. Wie Rachels einheitlich weiße Wände.

Ich: Dein Tag war also unvergesslich? Unvergesslich = gut? Oder unvergesslich = schlecht?

SN: gut. was war heut unter der glocke?

Ich: Schickimickihuhn. Und du? Sag nicht, dass du schon wieder Sushi von Whole Foods gegessen hast? Ich mache mir langsam Sorgen, dass du dir eine Quecksilbervergiftung zuziehst.

SN: meine mom hat heut tatsächlich mal gekocht. Und das ist ungewöhnlich, wie du weißt. aber es war gut. Selbst gemachte käsemaccaroni. mein lieblingsessen als kind und immer noch, glaub ich.

Ich: Das ist lieb von ihr.

SN: ja. es fühlte sich an wie eine entschuldigung. als wenn sie weiß, dass sie … abwesend war.

Ich: Wirkte sie, na ja, klar?

SN: schwer zu sagen, aber ich glaub jetzt einfach mal ja. zumindest heute abend.

Ich: Gut.

SN: aber weißt du, was das deutlichste anzeichen für eine quecksilbervergiftung ist?

Ich: Was denn?

SN: optimismus.

In dieser Nacht träume ich von Ethan und Caleb, die beide in meinem Zimmer auf dem Kanapee sitzen und ihre T-Shirts getauscht haben. Ethan trägt grau und Caleb Batman, und keiner von beiden spricht mit mir. Caleb ist mit seinem Handy beschäftigt und schreibt jemandem – vielleicht mir, aber nicht dem Ich in diesem Raum –, und Ethan spielt auf seiner Gitarre, vollkommen versunken in die schwierigen Griffe, genau wie er manchmal vollkommen versunken aus dem Bibliotheksfenster schaut. Ich sitze still hinter ihnen, betrachte sie, bewundere die Rückseite ihrer sehr unterschiedlichen Hälse und versuche mich nicht daran zu stören, dass ihnen meine Anwesenheit gar nicht bewusst ist.

Kapitel 21

»Was haltet ihr davon, wenn ich mir eine pinke Strähne färben lasse? Nur so ein bisschen exzentrisch?«, will Dri wissen und fährt sich mit den Fingern durch das widerspenstige braune Haar. Wir haben eine Freistunde und sitzen draußen. Wie Pflanzen in einem Comic recken wir unsere Gesichter zur Sonne. Inzwischen besitze auch ich eine Sonnenbrille – Dri und Agnes haben mir eine nachgemachte Designerbrille ausgesucht, und ich bin total glücklich damit. Ich habe das Gefühl, sie verändert mich, als wäre ich mit den großen Plastikscheiben vor den Augen ein anderer Mensch.

»Pink?«, fragt Agnes nach.

»Pink mit Ausrufezeichen statt mit ›i‹?«, frage ich.

»Vielleicht«, antwortet Dri. »Entweder oder. Am besten beides.«

»Nein«, befindet Agnes nachdrücklich und ohne Raum für Möglichkeiten. Klarer Einspruch, genauso hatte Scarlett reagiert, als ich auf die Idee kam, mir ein Piercing innen im Ohr stechen zu lassen. Nachdem sie mir geraten hat, den Namen des Körperteils zu googeln, der durchstochen werden sollte, und sich gleichzeitig die Worte »innen im Ohr« verbat, konnte ich sie ehrlich gesagt verstehen.

Der Teil nennt sich »Tragus« oder »Ohrknorpel«, was beides irgendwie eklig klingt. Niemand sollte sich seinen Tragus oder Ohrknorpel piercen lassen.

»Und wie ist es mit komplett pink?«, fragt Dri weiter. »Den ganzen Kopf.«

»Ich weiß nicht«, antworte ich. »Ich mag dein Haar, so wie es ist.«

»Warum? Warum willst du dir das antun?«, will Agnes wissen, und weder Dri noch ich trauen uns, sie darauf hinzuweisen, dass ihr rotes Haar genauso künstlich ist wie Dris wäre, wenn sie es pink färben würde. Doch bei Agnes wirkt es irgendwie anders, als das Pink bei Dri ausähe. Wenn es um Haare geht, ist der Unterschied zwischen Rot und Pink ziemlich groß.

»Ich will nur eine Veränderung«, erwidert Dri.

»Das ist wie mit der Ukulele. Du willst vor allem auffallen«, stellt Agnes unverblümt, aber nicht unfreundlich fest. »Ich weiß Bescheid.«

»Ich fühle mich … ich weiß nicht, irgendwie unsichtbar im Moment. Außer euch würde es noch nicht einmal jemand bemerken, wenn ich nicht mehr zur Schule käme«, jammert Dri, lässt sich nach hinten auf den Rücken fallen und schaut in den blauen Himmel, in dem nicht eine Wolke zu sehen ist, so weit das Auge reicht. Ich überlege, ob ich ihr sagen soll, dass SN mir geraten hat, mich mit ihr anzufreunden, weil er anscheinend sehr wohl bemerkt hat, wie cool und lustig sie drauf ist, aber aus irgendeinem Grund ist es mir peinlich. Sie soll glauben, dass unsere Freundschaft ganz natürlich entstanden ist.

»Ehrlich, ich würde alles dafür geben unsichtbar zu sein«, bekenne ich. »Gem und Crystal lassen mich einfach nicht in Ruhe.«

»Vergiss die Schnepfen«, sagt Agnes. »Die wollen doch nur so cool sein wie du.«

»Ich bin nicht cool. Ich bin das Gegenteil von cool«, entgegne ich.

»Du bist cool. Jetzt, da ich dich kenne, weiß ich, dass du noch viel mehr bist als cool. Aber irgendwie wirkst du immer so unnahbar, als würdest du über den Dingen stehen. Und du bist sexy«, sagt Agnes. »In Gems Welt darf niemand sexy sein außer ihr selbst.«

»Echt jetzt? Von wem sprichst du eigentlich gerade?«, frage ich.

»Sie sind nur neidisch, weil Liam auf dich steht. Ganz ehrlich? Darauf bin ich auch neidisch«, gesteht Dri.

»Liam steht doch gar nicht auf mich«, widerspreche ich. »Ich arbeite nur zufällig in der Buchhandlung seiner Mutter.«

»Ist ja auch egal«, sagt Dri.

»Nein, im Ernst, wir sind nur Kollegen. Und damit es ein für alle Mal klar ist, ich mag ihn nicht. Jedenfalls nicht so.« Ich hoffe, dass Dri mir glaubt. Sie muss mir glauben.

»Dann bist du verrückt«, erwidert sie. »Er ist megahot.«

»Bitte lass dir nicht wegen Liam Sandler eine pinke Strähne färben«, mischt sich Agnes wieder ein. »Er ist es nicht wert.«

Ich entdecke Ethan auf der anderen Seite des Rasens mit einem Kaffee in der Hand. Er geht in Richtung Parkplatz, obwohl es erst zwölf Uhr ist. Und wie jedes Mal, wenn ich ihn zufällig sehe, *in freier Wildbahn*, wie ich es nenne, habe ich das Gefühl, ihn herbeigewünscht zu haben, als wäre er nur da, weil ich die ganze Zeit an ihn gedacht habe. Denn genauso war es, da ich fast ständig an ihn denke. Ich kann mich über pinkfarbene Haarsträhnen oder Liam Sandler unterhalten und dabei trotzdem eigentlich denken *Ethan ist Ethan ist Ethan*.

Ich frage mich, wohin er geht und ob er rechtzeitig zur Englischstunde zurück sein wird. Ich hoffe es. In der Schule sprechen wir nie viel miteinander, aber mir gefällt der Gedanke ihn hinter mir zu wissen, mich umdrehen und ihn anlächeln zu können, wenn ich mich trauen würde.

Mist. Er hat gemerkt, dass ich ihn beobachte. Ich hoffe, dass ich weit genug entfernt bin, damit er mein blödes Grinsen nicht sieht. Er grüßt mich kurz mit einem Peace-Zeichen und öffnet dann sein Auto.

»Ethan Marks hingegen«, sage ich und gestehe meinen Freundinnen endlich, was ich für ihn empfinde. Scarlett habe ich es natürlich auch erzählt, aber sie ist nicht seit der ersten Klasse mit ihm zur Schule gegangen, deshalb zählte es nicht wirklich.

Hätte ich Ethan mit einem Peace-Zeichen antworten sollen? Nein, das bringe ich nicht. Das ist wie »okidoki«.

»Echt? Du stehst auf Ethan? Mit dem war ich in der Mittelstufe ganz gut befreundet«, kreischt Dri mit mädchenhafter Begeisterung und setzt sich auf, um mich an den Händen zu fassen. Vielleicht ist sie aber auch einfach nur erleichtert, dass ich kein Interesse an Liam habe. Sie neigt den Kopf und scheint zu überlegen. »Allerdings keine besonders originelle Wahl, wenn man ehrlich ist. Und –«

»Und er ist vorbelastet«, beendet Agnes den Satz für sie.

»Außerdem ist er noch nie mit jemandem aus der Schule zusammen gewesen. Noch nie«, bekräftigt Dri, und ich muss schlucken. Nicht dass ich geglaubt hätte eine Chance bei ihm zu haben, aber trotzdem. Jetzt erscheint es mir schon allein technisch unmöglich.

»Aber er ist voll der Frauenschwarm«, sagt Agnes. »Das steht fest.«

SN: drei dinge. 1. wenn ich deine nachrichten lese, hör ich deine stimme. 2. als tier wäre ich ein maki. okay, das stimmt wahrscheinlich nicht, aber ich hab mich heut danach gefühlt, das wort maki zu benutzen. und bevor du es sagst … ja, ich weiß, dass ich einen an der waffel habe. 3. ganz ehrlich? ich wär lieber ein chamäleon und würde meine farbe der umgebung anpassen können.

Ich: 1. Den Film *Footloose* (das Remake, nicht das Original) habe ich so oft gesehen, dass es schon peinlich ist. Aber der Film ist megarührend. EIN GESETZ GEGEN DAS TANZEN. Doch sie kämpfen und gewinnen. Schwärm! 2. Ich sollte an meinen Autofahrkünsten arbeiten. Das mit dem Links-abbiegen-wenn-die-Ampel-auf-Rot-umspringt hier macht mich wahnsinnig. 3. Ich bin nicht mehr besonders scharf auf Kaffee.

SN: das leben ist zu kurz für schlechten kaffee.

Ich: Hä?

SN: war ein scherz.

Ich: Nicht komisch.

SN: es ging nur um kaffee. entspann dich.

Ich: Schon gut.

SN: tut mir leid. hab vergessen, dass du sauer wirst, wenn ich sag, du sollst dich entspannen.

Ich: Ich bin gar nicht sauer.

SN: bist du wohl. das hör ich an deiner virtuellen stimme.

Ich: Wenn du jemandem sagst, er soll sich entspannen, heißt das, du hältst ihn für verklemmt. Ich bin aber nicht verklemmt.

SN: wow. jetzt legst du aber viel in mein entspann-dich rein. chill mal, wollt ich doch nur sagen. vergiss nicht, dass ich ein california boy bin, und hier sagt man so was.

Ich: Namaste.

SN: ah, langsam kapierst du es, aber nun hör auf zu schreiben und sieh zu, dass du zum unterricht kommst. sonst bist du zu spät.

»Hexe«, niest Gem absichtlich, als ich den Klassenraum für die Englischstunde betrete. SN hat recht, ich bin zu spät. Alle anderen sind schon da, haben die Laptops geöffnet und beobachten mich, während mir auf dem Weg zu meinem Platz Beschimpfungen und Bakterien entgegengeschleudert werden.

»Hure«, niest sie noch einmal, auch wenn ich mich frage, warum sie es nicht gleich offen macht. Jeder versteht, was sie sagt, sogar Mrs Pollack, da bin ich mir sicher. »Fette Sau.«

Tu einfach so, als würdest du Theos geräuschunterdrückende Kopfhörer tragen. Als würdest du weder Crystal noch Dri noch Theo bemerken, wie sie dich anstarren. Nein, nicht aufblicken, nicht feststellen, dass auch Ethan längst, von wo auch immer, wieder da ist und hier sitzt, dass er zu dir sieht und in seinen Augen so etwas wie Mitleid zu erkennen ist.

Nichts ist schlimmer als Mitleid.

Fast da. Nur noch bei Gem vorbei. Ich kann es schaffen.

Doch ich schaffe es nicht. Im nächsten Moment schlägt meine Nase mit einem lauten Knacken gegen den Tisch, und ich stürze mit einem Bauchklatscher aufs Linoleum. Mein Kopf befindet sich nur wenige Zentimeter von Ethans Chucks entfernt.

»Geht's?«, fragt er. Ich antworte nicht, weil ich mir nicht sicher bin. Ich liege flach auf dem Boden, mein Gesicht tut noch viel stärker weh als an dem Tag, an dem ich mit Liams Gitarrenkoffer Bekanntschaft gemacht habe, und alle starren mich an. Gem und Crystal höre ich wie Disney-Hexen gackern, und ich wage es nicht, aufzustehen. Ich weiß nicht, ob meine Nase blutet und ich womöglich gerade inmitten einer roten Lache

Ethan zu Füßen liege. Aber was ich weiß, ist, dass mein Hintern dick und breit in die Luft ragt und ich mich in einer Stellung befinde, in der mich nie jemand öffentlich sehen dürfte, schon gar nicht jemand wie Ethan.

Zum Glück sind die Schmerzen so dominant, dass das Schamgefühl kaum durchkommt.

Gem hat mir ein Bein gestellt. Keine Frage. Ich bin so blöd und habe es verdient, hier das Linoleum zu küssen.

Ethan hockt sich neben mich und streckt mir eine Hand entgegen, um mir aufzuhelfen. Ich hole tief Luft. Je schneller ich wieder stehe, desto schneller ist das alles hier vorbei. Ohne Ethans Hand zu nehmen – ich kann mir nichts Schlimmeres vorstellen, als mein Blut an ihm abzuwischen, nichts Schlimmeres, als dass wir uns auf diese Weise zum ersten Mal berühren –, vertraue ich lieber auf den guten alten Fußboden, um mich zu erheben. Langsam stehe ich auf, nur um mich sofort darauf als die *Fette Sau*, die ich bin, auf meinen Platz fallen zu lassen, was alles andere als elegant aussieht.

»Blute ich?«, erkundige ich mich leise bei Dri. Sie schüttelt den Kopf. Ihr bestürzter Blick verrät mir, dass das, was gerade passiert ist, tatsächlich so übel und peinlich ist, wie ich denke. Nein. Noch schlimmer.

»Meinst du, du musst ins Krankenzimmer?«, fragt Mrs Pollack fast flüsternd, als wolle sie vermeiden, dass sich die Aufmerksamkeit noch mehr auf mich richtet.

»Nein«, antworte ich, auch wenn ich viel für ein Kühlpack und eine Schmerztablette geben würde. Aber noch einmal aufzustehen und an Gem vorbei nach draußen zu gehen ist eine schier unerträgliche Vorstellung. Das Lachen hinter meinem Rücken zu hören, sobald sich die Tür schließt. *Nein, danke.*

»Gut, dann zurück zu *Schuld und Verrat*«, wendet sich Mrs Pollack wieder an die Klasse. Ich spüre Ethan hinter mir, bringe es aber nicht fertig, mich umzudrehen und mir wenigstens ein lächerliches Danke abzupressen, denn ich fürchte, dass mein Gesicht schrecklich aussieht und ich anfangen muss zu heulen.

Deshalb halte ich den Kopf gesenkt. Als könnte ich mich unsichtbar machen, indem ich Blickkontakt vermeide. Hier gibt es nichts zu sehen. Ich denke an SN, der ein Chamäleon sein und mit dem Hintergrund verschmelzen will. Irgendwie werde ich die Stunde schon überstehen. Ununterbrochen starre ich auf den Tisch vor mir. Jemand hat ins Holz geritzt: *Axel liebt Fig Newtons.* Da hat sich doch tatsächlich jemand die Mühe gemacht, den Tisch zu verunstalten, um seine Vorliebe für Feigenkekse zu offenbaren. Es sei denn, Fig Newtons ist der Name eines Mädchens, was angesichts der Tatsache, dass es hier drei Hannibals, vier Romeos und zwei Apples gibt, gar nicht unwahrscheinlich ist. Sobald es klingelt, greife ich nach meiner Tasche und renne zur Tür. Nicht einmal auf Dri warte ich.

»Jessie, ich würde dich gern kurz sprechen«, hält mich Mrs Pollack auf, kurz bevor ich den Raum verlasse.

»Jetzt gleich?« Ich möchte fort von hier, so weit weg wie möglich von diesen Leuten, an einen Ort, an dem ich allein sein und heulen kann, am besten mit einem Kühlpack auf der Nase. Ich versuche mich auf Axel und seine Liebe zu Fig zu konzentrieren – ihre gesamte Liebesgeschichte habe ich mir in der Stunde ausgemalt –, doch stattdessen laufen Gems Worte in

Dauerschleife: *Hure. Hexe. Fette Sau.* Wie ein Songtext, der sich in meinen Kopf ohrwurmt. Mit automatischer Tonhöhenkorrektur klingt es sicher gar nicht schlecht. *Hure. Hexe. Fette Sau.* Vielleicht sollte ich es Oville anbieten.

»Ja, wenn's geht.« Eigentlich geht es nicht. Gar nicht, aber ich finde die Worte nicht, um es laut zu äußern. Mrs Pollack deutet auf einen Stuhl vorn im Klassenzimmer. Ich setze mich und warte, bis der Rest des Kurses einer nach dem anderen an mir vorbeigegangen ist. Theo. Crystal. Gem. Dri. Ethan zögert eine Sekunde – und überlegt, ob er etwas zu mir sagen soll? Oder zu Mrs Pollack? –, doch dann klopft er kurz mit seinem Buch auf die Stuhllehne und verlässt ebenfalls den Raum, sodass ich schließlich mit der besorgt dreinblickenden Lehrerin allein bin und mir nichts sehnlicher wünsche, als die nächsten fünf Minuten ohne Heulen zu überstehen. *Bitte, lieber Gott,* bete ich, auch wenn ich mein Verhältnis zu Gott nicht ganz geklärt habe, *bitte, lass mich hier rauskommen, ohne dass ich mich noch mehr blamiere, als ich es ohnehin schon getan habe.*

Von hier kann ich nicht auf Axels Liebeserklärung starren, deshalbe starre ich stattdessen auf ein Poster von Shakespeare mit Rüschenkragen, darunter ein Zitat: »Sein oder nicht sein, das ist hier die Frage.«

Nein, das ist eigentlich überhaupt nicht die Frage. Zu sein scheint mir das Einzige, wofür wir nicht wirklich selbst verantwortlich sind.

»Ich habe nichts getan«, sage ich, auch wenn mir klar ist, dass es darum gar nicht geht. Sie ist nicht sauer auf mich – dass ich hier das Opfer bin, ist offensichtlich –, aber Zorn ist besser als Heulen. Ein bisschen weniger erniedrigend und passt besser zu dem Eindruck, den ich laut Agnes vermittle: unnahbar und über den Dingen stehend.

Mrs Pollack zieht den Stuhl unter ihrem Pult hervor und setzt sich so darauf, dass sie die Lehne vor sich hat. Auch sie will locker und cool erscheinen. Wie eine Schülerin, nicht wie eine Lehrerin.

»Ich wollte nur mal fragen, wie's bei dir so läuft. Ob es vielleicht etwas gibt, worüber du reden willst«, beginnt sie.

»Nein.« Ich wische mir die Nase mit dem Handrücken ab. Tränen schießen mir in die Augen, doch noch halten sie sich dort, fallen nicht. Aber sie befinden sich auf der Schwelle. Wenn ich je meine Memoiren schreibe, werde ich sie so nennen: *Auf der Schwelle*. »Ich bin gestolpert. Das kommt vor.«

»Schule wechseln kann schwer sein.«

»Geht schon.«

»Und so ungern ich es auch sage, aber besonders Mädchen können in deinem Alter wirklich grausam sein.«

»Geht schon.«

»Ich bin mir nicht sicher, was hier am besten wäre. Ich könnte natürlich mit dem Direktor sprechen. Bei Mobbing kennen wir auf dieser Schule null Toleranz.«

»Es geht schon.«

»Ich habe aber das Gefühl, dass es die Sache in deinem Fall nur noch schlimmer machen könnte. Gems Vater unterstützt die Schule mit beträchtlichen Summen und –«

»Wirklich, es geht schon.« Sie sieht mich erwartungsvoll an. Was will sie von mir?

Hure. Hexe. Fette Sau.

»Hast du etwas getan, was sie dazu veranlasst, solche Sachen zu sagen? Ich versuche nur zu verstehen«, redet Mrs Pollack weiter und stützt sich mit den Armen auf die Lehne. Als wollte sie sagen: »Wir haben Zeit, kein Problem.«

»Wollen Sie von mir wissen, ob ich etwas getan habe, wofür ich verdient hätte, von Gem ein Bein gestellt zu bekommen und als Hure, Hexe und fette Sau bezeichnet zu werden? Fragen Sie mich das wirklich?« Ich vergesse, dass diese Frau zu einem Sechstel für meine Abschlussnote verantwortlich ist, dass sie mir ein Stipendium vermasseln kann. Ich sollte freundlich bleiben, doch zornig zu sein ist nicht nur angenehmer, sondern auch einfacher. Natürlicher.

»Ich wollte nicht ... es tut mir leid, ich versuche nur zu verstehen –« Sie wirkt verletzt, und ich habe plötzlich den Eindruck, dass sie den Tränen näher ist als ich. Als wäre sie es, die vor der ganzen Klasse auf die Nase gefallen ist.

»Die Antwort ist nein. Ich habe kein einziges männliches Wesen auf dieser Schule je angefasst, eigentlich überhaupt noch nie jemanden, nicht dass das rechtfertigen würde, mich als Hure oder Hexe zu bezeichnen. Und was die ›fette Sau‹ angeht? Das ist wahrscheinlich subjektiv.« Wenn ich nicht so sauer gewesen wäre, hätte ich mich einen Moment lang daran gefreut, endlich einmal die passenden Worte gefunden zu haben, genau das gesagt zu haben, was ich sagen wollte. Aber mir ist nicht nach Freuen zumute. Eher nach Weglaufen. »Brauchen Sie meinen Body Mass Index? Das ließe sich sicher einrichten.«

»Nein, das hast du total falsch verstanden. Ich wollte nicht –«

»Sind wir jetzt fertig?«, frage ich. Meine Noten werden auf dieser Schule ohnehin nicht grandios ausfallen. Ich bin mir inzwischen ziemlich sicher, dass ein Collegestipendium ein Wunschtraum bleiben wird. Und immerhin ein Mysterium ist jetzt gelüftet: Gem kann tun und lassen, was sie will, weil ihr Vater die Schule schmiert. So etwas springt bei einem kleinen Steuerbetrug wohl raus.

»Ich versuche nur zu helfen«, verteidigt sich Mrs Pollack. »Ich will nicht alles noch schlimmer machen –« Den Rest ihres Satzes höre ich nicht mehr, weil ich bereits aus dem Raum gerannt bin.

Kapitel 22

Kopf gesenkt halten. Keine zehn Meter mehr, dann bin ich an meinem Auto. *Jessie, du schaffst es*. Fünf Meter. Meine Hände zittern, doch ich habe sie in den Taschen vergraben, sodass sie niemand sehen kann. Drei Meter. *Fast geschafft*. Ich werde in mein Auto steigen, ich werde den Schlüssel ins Zündschloss schieben, ich werde losfahren und nicht stehen bleiben, bis die Tankleuchte angeht. Ich werde nach Osten fahren, ich werde den Highway finden, der mich nach Chicago bringt. Ich werde rechtzeitig für das selbst gemachte Kimchi von Scarletts Mutter bei ihnen aufschlagen.

»He, alles in Ordnung?« Ich sehe erst seine Schuhe und dann den Riemen der Gitarre vor seiner Brust, sein Gesicht aber sehe ich nicht, was allerdings daran liegt, dass ich bewusst nicht weiter hinaufschaue. Liam ist der Letzte, den ich jetzt sehen will, abgesehen vielleicht von seiner schrecklichen Freundin, aber bei Gem würde ich mich zumindest abreagieren können, indem ich Blut fließen ließe. Ich würde ihr mit den Fingernägeln das Gesicht zerkratzen. Ihr die für eine sechsstellige Summe operativ geformte Nase brechen. Ihre Veneers zerschmettern.

»Lass. Mich. Bitte. Einfach. In. Ruhe.« Mit Tränen ist es letztendlich wie mit Urin. Man kann sie nur bis zu einem bestimmten Punkt zurückhalten. Mein Auto ist noch zwei Meter entfernt. Zwei kurze Meter, dann kann ich losfahren und heulen, ohne dass je jemand davon erfährt. Ich freue mich schon darauf, die Grenze des Bundesstaates zu überqueren.

Ich sehe das Schild vor mir: SIE VERLASSEN JETZT KALIFORNIEN.

»Warte, was ist denn los?«, fragt Liam und hält mich an der Schulter fest. Ich zucke mit den Achseln, aber er lässt nicht locker. »Soll ich jemanden anrufen oder so?«

»Nein. Weißt du, was du sollst? Du und deine Freundin, ihr sollt mich verdammt noch mal in Ruhe lassen!« Ich bin stinksauer, eigentlich nicht auf Liam, doch das ist mir im Moment egal. Lange waren Gems und Crystals Sticheleien eher subtil und ziemlich albern gewesen – es ging um meine Klamotten oder die Aufkleber auf meinem Laptop. So was eben. Doch seit ich zwei Minuten lang mit Liam auf der Party geredet habe, ist handfestes Mobbing daraus geworden. Tut mir leid, aber so spannend ist der Smalltalk mit ihm nicht. Das war es wirklich nicht wert.

Kurz spiele ich das Spiel, mit dem ich mich manchmal beruhigen kann: *Was würde ich jetzt gerade machen, wenn ich in Chicago wäre und wir nie umgezogen wären?* Ich wäre auf einem Treffen für die Schülerzeitung oder das Jahrbuch, würde Bilder zurechtschneiden und Schriften aussuchen. Glücklich wäre ich auch dort nicht, aber so wie hier würde ich mich nicht fühlen.

»Wovon redest du?« Liam sieht mich verständnislos an. Ich frage mich, ob er vielleicht nicht besonders helle ist. Dri zufolge ist er seit einem halben Jahr mit Gem zusammen, was fünf Monate und neunundzwanzig Tage mehr sind, als ich gebraucht hätte, um herauszufinden, dass diese Freundin eine fiese Schlange ist.

Liam nimmt die Gitarre ab und stellt Earl neben einem Auto auf den Boden. Es ist ein Tesla. Ich glaub's nicht, jemand hier in Wood Valley fährt allen Ernstes einen Tesla. Was sind das für Leute auf dieser Schule?

»Vergiss es. Lass mich einfach in Ruhe. Wenn du mit mir redest, hilfst du mir ganz bestimmt nicht«, versuche ich ihn abzuwimmeln.

»Ich verstehe gar nichts mehr.«

»Wenn du wissen willst, warum ich so frustriert bin, frag doch Gem«, schiebe ich noch hinterher, als ich endlich, endlich vor meinem Auto stehe.

»Warte«, sagt er. »Arbeitest du, ähm, heute Nachmittag?«

Natürlich werde ich heute nicht nach Chicago fahren oder fliegen. *Sie verlassen jetzt Kalifornien* werde ich weder lesen noch erleben. Ich muss erst einmal sparen, im Moment reicht mein Geld kaum aus, um meinen Tank zu füllen.

Ich sinke in mich zusammen – ich kann nicht weglaufen, mich nicht verstecken.

Dies hier ist mein Leben.

Das hier.

»Ja, ich werde da sein.« Ich steige ins Auto und parke so schnell rückwärts aus, dass ich befürchte, die Reifen könnten Spuren auf dem Asphalt hinterlassen haben.

Ich warte, bis die Schule im Rückspiegel nur noch ganz klein ist. Dann erst fange ich an zu heulen.

SN: hab mir gestern *Footloose* angeguckt. beide versionen, deinetwegen.

Ich: Und?

SN: sie ergeben keinen sinn. man kann tanzen nicht per gesetz verbieten. das ist eine einschränkung unserer ausdrucksfreiheit. darauf haben wir ein recht. von der sache mit kirche/staat ganz zu schweigen.

Ich: Oh Mann.

SN: und selbst wenn man die unglaubwürdigkeit dieses ENTSCHEIDENDEN punkts in der handlung einfach akzeptiert … was soll ich sagen?

Ich: JA, WAS?!?!

SN: es sind einfach keine guten filme.

Ich: Sag mir, was du wirklich denkst.

SN: trotzdem gefiel mir die vorstellung, dass du sie magst. ergibt das einen sinn?

Ich: Nein, ganz und gar nicht, aber macht nichts. Ich habe heute einen Scheißtag. War kurz davor, nach Chicago abzuhauen.

SN: NEIN!

Ich: Ha. Ich liebe es, wenn du die Umschalttaste benutzt. Und wie war dein Tag?

SN: meine mom ist kein einziges mal vom sofa aufgestanden. hab ihr mittagessen gebracht. hat sie aber nicht gegessen. sie ist so weit weg, dass sie mich nicht mal angesehen hat.

Ich: Das tut mir sehr leid. Ich wünschte, ich könnte helfen. Was ist mit deinem Dad?

SN: er redet davon, sie in eine entzugsklinik zu bringen. aber wenn du mich fragst, die pillen sind nicht das problem. schon. aber sie sind eher ein symptom des problems.

Ich: Was meinst du damit?

SN: sie hat ein kind verloren. das schüttelt man nicht so leicht ab.

Ich: Aber sie hat doch noch dich.

SN: was war an deinem tag denn so schlecht?

Ich: Nicht wichtig. Nur einer dieser Tage eben.

SN: geh nicht weg aus L. A. bitte. das kannst du einfach nicht machen. versprochen?

Ich zögere. Was bedeutet es, Caleb etwas zu versprechen? Dass er nicht auf meinen Vorschlag, Kaffee trinken zu gehen, eingestiegen ist, haben wir hinter uns gelassen, haben einfach weitergemacht, als wäre es nie geschehen. Dennoch würde ich lügen, wenn ich behauptete, es ließe mich kalt, dass er überhaupt nicht gewillt ist, mich im echten Leben zu treffen.

Heute hat er mich auf dem Gang wieder nicht vernünftig begrüßt. Wieder hat er nur kurz das Handy gehoben.

Ich sage mir immer wieder, dass er wahrscheinlich Angst hat, unser endloses Gespräch zu zerstören, aber ich sage mir viele Dinge, an die ich nicht wirklich glaube.

Deshalb lüge ich.

Ich: Versprochen.

Als ich in die Buchhandlung komme, steht Liams Mutter an der Kasse. Ich bin total erleichtert, dass Liam nicht da ist. Anstatt mich zu begrüßen, reicht sie mir einen Karton Bücher, die ich einsortieren soll.

»Klar«, sage ich und schaue sie mir an. Es sind Finanzratgeber. *Über Nacht Millionär. Den Markt besiegen. Geld – jetzt!* Ich gehe zu dem Regal, das Liams Mutter mit einem Schild SCHNELL REICH WERDEN! versehen hat und beginne die Bücher alphabetisch nach Autor einzusortieren. Kurz überlege ich, eins für meinen Dad mitzunehmen, doch dann erinnere ich mich daran, dass wir 1. nicht mehr miteinander sprechen und 2. mein Dad eigentlich selbst eins dieser Bücher schreiben könnte, auch wenn es ziemlich kurz wäre: *Heirate dich reich*.

»Ich mag deine zupackende Art«, kommentiert Liams Mom mein zügiges Einsortieren. Ich tue alles, um mich abzulenken. Sie lächelt mich mit Liams Lächeln an. Obwohl ich seit mehreren Wochen hier arbeite, kann ich mir ihren Vornamen nicht merken. Für mich ist sie einfach Liams Mom oder manchmal vielleicht noch Mrs Sandler. Ich wette, wenn ich ihr irgendwo anders begegnen würde, außerhalb der Buchhandlung, würde ich sie nicht erkennen. Sie sieht ziemlich genauso aus wie die Mütter bei mir zu Hause: praktische Frisur, alles eher funktionell als darauf bedacht, attraktiv zu sein. Wie eine echte Mom und nicht wie eine alternde Schauspielerin.

Ich versuche mir Calebs Lächeln vorzustellen, bin mir aber nicht sicher, ob ich es überhaupt schon einmal gesehen habe. Gut möglich. SN ist nicht unbedingt der fröhliche Typ. Ethans Lächeln hingegen kann ich mir leicht vorstellen, wie es sich über sein ganzes Gesicht ausbreitet, von links nach rechts wie ein perfekter Satz.

Ich muss unbedingt aufhören mit dieser Ethan-Besessenheit. Das ist nicht gesund.

»Alles in Ordnung? Du siehst ein bisschen ... verschmiert aus«, sagt Mrs Sandler und reicht mir ein Taschentuch. »Willst du darüber reden?«

Mist. Ich habe ganz vergessen, dass ich heute Morgen mit Mascara experimentiert hatte. Agnes hat sich über meinen Protest, ich könne mich mit Make-up nicht anfreunden, einfach hinweggesetzt und behauptet, es würde mein Leben verändern, wenn sie das magische Bürstchen über meine Wimpern schwingt. Allerdings ist inzwischen kaum noch zu unterscheiden, was verschmierte Mascara und was ein blauer Fleck war.

»Nicht wirklich.« Ich frage mich, ob Mrs Sandler die Freundin ihres Sohnes wohl mag, ob sie Gem überhaupt kennt? Muss Liam seine Zimmertür offen lassen, wenn sie zu Besuch kommt? Irgendwie bezweifele ich es. Das mochte im Mittleren Westen noch üblich sein, in L. A. sicher nicht, wo die Jugendlichen offen Gras rauchen, fabrikneue Autos fahren und Eltern haben, die Geld spenden, um ihnen Ärger vom Hals zu halten. Liams Mom kauft ihm wahrscheinlich Kondome und scherzt mit ihm bei Take-away-Sushi darüber, dass er aufpassen und keine kleinen Liams zeugen soll.

Ich denke an Calebs Mom, wie sie auf dem Sofa liegt und so weggetreten ist, dass sie nicht einmal mehr Interesse daran hat zu essen. Was hat er ihr zum Mittag gebracht? Ich frage mich, wie seine Mom wohl aussieht, ob sie auch so groß und attraktiv ist. Ob sie auch am liebsten Grau trägt.

»Besser?«, frage ich und wende mich Mrs Sandler wieder zu, nachdem ich mir das Gesicht abgewischt habe. Das Taschentuch ist schwarz und wahrscheinlich auch ein bisschen salzig.

»Deutlich. Du bist wirklich ein schönes Mädchen. Von innen und von außen. Weißt du das eigentlich?«

»Ähm, danke?«, sage – oder vielmehr frage – ich. Wie seltsam am selben Tag als »fette Sau« und als »schön« bezeichnet zu werden, zwei Begriffe, die ich sonst eher selten im Zusammenhang mit mir höre, noch dazu am gleichen Tag. Ersteren, weil die meisten Leute entweder nicht so gemein oder so ehrlich sind. Letzteren, weil er nie auf mich zutraf. Außerdem hat Agnes mich heute als »sexy« bezeichnet – noch ein Wort, das noch nie jemand für mich verwendet hat –, auch wenn sexy meiner Meinung nach etwas vollkommen anderes ist als schön. Sexy sagen Jungs, die auf dich stehen. Schön sagen Jungs, die finden, dass du gut aussiehst.

Klar, Liams Mom ist alt genug, um alle sechzehnjährigen Mädchen schön zu finden. Gem hingegen hat einen schärferen Blick.

»Du kannst den Nachmittag freinehmen und nach Hause gehen, wenn du magst«, bietet Liams Mom an, und dass sie so freundlich ist, tut mir fast weh. Es erinnert mich daran, dass »nach Hause gehen« für mich Rachels Haus bedeutet. Meine Mom ist nicht mehr da, um mich wiederaufzubauen. Es gibt niemanden mehr auf der Welt, der sich für alles interessiert, was ich sage, nur weil es aus meinem Mund kommt. Scar versucht es, aber es ist nicht das Gleiche.

Nie wieder wird mir meine Mom eine Tasse Kakao mit Mini-Marshmallows zubereiten, zu der wir uns einen Teller Schokokekse teilen, mehr als ein Dutzend zu zweit, eine Sünde, die wir uns nur an schlechten Tagen gönnen. Meine Mom war nicht besonders streng damit, was als ein solcher galt: eine nicht ganz so gute Note in der Mathearbeit, in der ich glaubte, eine

Eins geschrieben zu haben oder der Tag, an dem ich mein Lieblingsbettelarmband verloren habe. Doch als sie dann selbst Aufmunterung brauchte, wendeten wir das Ritual nur noch für wirklich schlimme Fälle an: nach der Krebsdiagnose oder später, wenn die Anzahl der T-Zellen niedrig war oder beim Wort »streuen« aus dem Mund eines Arztes, nachdem er sich die Röntgenaufnahme ihres Körpers angesehen hatte.

Zuletzt habe ich den Kakao gekocht und beide Tassen getrunken. Alle Kekse gegessen.

»Danke, aber ehrlich gesagt kann ich das Geld ganz gut gebrauchen.« Ich sehe den Keller von Scarletts Eltern vor mir. Das war nicht zu Hause, sicher nicht, aber mehr als das, was ich hier habe. Eine großes L-förmiges Sofa und ein riesiger Fernseher aus dem vorigen Jahrhundert, so tief wie hoch. Ein ganz leichter Schimmelgeruch liegt in der Luft, der fast, aber doch nicht ganz vom Geruch frischer Wäsche überdeckt wird. So übel wäre es nicht. Die Schule wäre vertraut und leicht im Vergleich zu Wood Valley. Ich hätte Scarlett wieder und vielleicht sogar meinen alten Job bei Smoothie King. Mein Dad würde kaum merken, dass ich nicht mehr da bin. Vielleicht wäre er sogar erleichtert, dass er sich um mich keine Sorgen mehr zu machen braucht. Ich könnte fragen. Ich könnte wirklich fragen.

Ich: Ist das Sofa bei euch im Keller frei? Für die nächsten Monate vielleicht?

Scarlett: Echt jetzt?

Ich: Echt jetzt.

Scarlett: ABSOLUTÜRLICH. Auch wenn du vielleicht erst mal alles abwischen musst.

Ich: Wieso?

Scarlett: Na ja, weil Adam und ich da gerne, ähm, ein bisschen Spaß haben.

»Alles in Ordnung? Willst du irgendwo hin?«, unterbricht Liams Mom meinen intensiven Nachrichtenaustausch mit Scarlett. Ich sollte so schnell wie möglich mein Handy wegstecken und die Bücher zu Ende einsortieren. Heute ist nicht der richtige Tag, um gefeuert zu werden.

»Tut mir leid«, antworte ich unsicher. Sie deutet hinter mich, und erst jetzt fällt mir auf, dass ich mich, ohne es zu merken, in die Reiseabteilung bewegt hatte.

Kapitel 23

Dad: Hallo, mein Schatz, können wir heute Abend mal reden?

Ich überlege. Seit unserem Pfannkuchenstreit vor einer Woche habe ich meinen Dad erfolgreich gemieden. Nicht einmal im Flur von Rachels Haus bin ich ihm begegnet. Dies ist sein erster Annäherungsversuch, aber er kann mir gestohlen bleiben. Warum soll ich immer nach seiner Pfeife tanzen? Bereitstehen, wenn es ihm plötzlich passt? Die gute Tochter spielen, für die nichts ein Problem ist? Diejenige sein, die alles mitmacht, damit er sich angesichts schlechter Entscheidungen besser fühlt? Was ist, wenn ich ihn brauche? Wo ist er dann?

Ich mache das nicht mehr mit.

Er hat Rachel geheiratet. Das ist jetzt ihre Sache.

Ich bin durch mit ihm.

Ich: Tut mir leid, muss heute lange arbeiten.

Dad: Ich vermisse dich.

Nein, ich bin durch mit ihm.

KAPITEL 24

Und dann ist er da: der »Wood Valley Giving Day«. Ich nehme SN beim Wort und ziehe meine Vans an, vor allem, weil ich nichts habe, was als Arbeitsstiefel durchgehen könnte, und für meine Winterstiefel ist es zu warm. Sie sind zwar bequem, aber potthässlich, und Gem würde wahrscheinlich vor Freude laut aufschreien, wie leicht ich mich zum Ziel des Gespötts mache. Außerdem trage ich das alte »University of Illinois«-T-Shirt von meiner Mom, auf dem die Schrift verblasst ist, weil es so oft gewaschen wurde, und dazu eine alte, zerrissene Jeans. Das Haar habe ich zu einem Zopf zusammengebunden. Alles andere als schick, aber ich gehe davon aus, dass man für gemeinnützige Arbeit auch nicht schick zu sein braucht, nicht einmal in Wood Valley. Über den Bluterguss auf dem Nasenrücken gehe ich mit dem Abdeckstift. Keine Mascara, die Lektion habe ich gelernt.

Die Schule bleibt heute geschlossen; anstatt zum normalen Unterricht zu gehen, sollen wir uns bei »Habitat for Humanity« zum Dienst melden. Auf einmal wollte Theo mit mir fahren, da er offenbar fürchtet, sich in der Gegend zu verirren und im Auto bedroht zu werden, auch wenn die Straßen nicht viel anders aussehen als dort, wo ich aufgewachsen bin. Doch anscheinend werden genau hier unbedingt zweihundert reiche

Teenager gebraucht, die noch nie einen Hammer angefasst haben.

Wir sollen aus Holz den Rahmen eines Hauses errichten.

Die Sache erscheint mir nicht bis zum Ende durchdacht zu sein.

Gem ist auch da. Sie und Crystal sind überall, und es gibt nichts, was ich gegen ihre Omnipräsenz tun könnte. Sie trägt ein Tanktop mit riesigen Armlöchern und darunter einen paillettenbesetzten Sport-BH, eins dieser Kleidungsstücke, die es eigentlich nicht geben dürfte, für die ein Prozent der Bevölkerung aber dennoch bereit ist, viel Geld auszugeben. Auf ihrem Top prangt die Aufschrift, und das ist kein Scherz: IM LEBEN KRIEGT MAN NICHTS GESCHENKT.

Und auch wenn das Gelände ziemlich groß ist – ein ganzes Haus soll darauf gebaut werden –, fühlt sich Gem offenbar aus irgendeinem Grund von dem, was sie hasst, magisch angezogen. Sie geht direkt an mir vorbei, so dicht, dass ich nicht hätte überrascht sein dürfen, als ihre Schulter mit meiner kollidiert. Trotzdem bin ich es. Es ist ein unangenehmer stechender Schmerz, und ich kann mir gut vorstellen, dass es ihr genauso wehgetan hat wie mir.

Vielleicht sogar mehr, weil sie so dürr ist.

»Entschuldige«, sagt sie übertrieben empört. Theo und ich sind gerade angekommen, sodass ich noch gar keine Chance hatte, mich zumindest mit meinen Leuten zu umgeben. Nicht dass Dri und Agnes unbedingt etwas hätten ausrichten können, aber trotzdem.

Was will Gem von mir? Dass ich ihr eine Szene mache? Zuschlage? Zu heulen anfange? Oder gebe ich ihr genau, was sie haben will, wenn ich sprachlos vor ihr stehe? Auch sie schweigt, nicht einmal einen der netten Kosenamen, die sie sonst immer für mich parat hat, bekomme ich zu hören.

»Was soll das?«, fragt Theo. Zuerst glaube ich, er meint mich, und ich fühle mich so allein, dass ich auf der Stelle heulen könnte. Damit hätte ich den Leuten endlich gegeben, was sie haben wollen. »Wenn du Jessie noch einmal berührst, mache ich dich fertig, das schwöre ich dir.«

Theo meint Gem, er zeigt sogar mit dem Finger auf sie und sieht fast bedrohlich aus in seiner Interpretation eines Arbeitsoutfits: Holzfällerflanellhemd, Designer-Jeans und makellose, bewusst nicht geschnürte Timberlands. Ungläubig starrt sie ihn mit offenem Mund an, dass ich ihren Kaugummi sehe.

»Einmal blinzeln, damit ich weiß, dass du mich verstanden hast«, sagt er.

»Lass mich in Ruhe«, faucht Gem. In dem Moment kommt Liam gut gelaunt zu uns herübergeschlendert und versperrt ihr ahnungslos den Weg.

»Hi, Leute. Happy Wood Valley Giving Day!« Liam lächelt uns an – mich an –, als wäre gestern nie passiert. Und als wäre es das Schönste der Welt, den Morgen mit »Freunden« an der frischen Luft zu verbringen. Er hat bereits einen Hammer in der Hand, bereit loszulegen. Ich kann seine Mom förmlich hören, wie sie von seiner zupackenden Art schwärmt. Auf der Bühne mag er wirken wie ein Rockstar. Im Moment sieht er eher aus wie ein pickeliger Pfadfinder. Mich überzeugt keiner der beiden Looks wirklich, aber wo ist Dri? Sie würde sich die Finger danach lecken.

»Liam, halt dein Mädchen lieber an der kurzen Leine, okay?«, sagt Theo noch, bevor er sich entfernt, wahrscheinlich mit dem Gefühl, seine Sache gut gemacht zu haben. Auch wenn ich es zu schätzen weiß, dass er sich für mich einsetzt, bin ich wie erstarrt. Und bleibe hier stehen, wie bestellt und nicht abgeholt.

»Was meint er damit?«, fragt Liam Gem, doch dann merke ich, dass er mich dabei ansieht.

»Nichts«, antworte ich und entdecke Caleb auf der anderen Seite des Rasens, der in sein Handy vertieft ist. Verdammt. Mein erster Impuls war, SN zu schreiben – er heitert mich immer auf –, aber eigentlich könnte ich auch gleich zu ihm gehen und mit ihm persönlich reden. So frustriert, wie ich bin, komme ich mit diesem anonymen Unsinn nicht weiter. Außerdem fällt mir ein, dass Caleb vielleicht der einzige Mensch hier ist, der weiß, was er tut. Immerhin hat er schon mal eine Schule gebaut. »Später, Liam.«

Während ich bereits den Rasen überquere, höre ich noch, wie Gem und Liam zu streiten beginnen.

»Hi«, grüße ich, als ich vor Caleb stehe. Statt seiner üblichen Uniform trägt er ein Sweatshirt von der University of Southern California und eine Jeans mit Farbspritzern, dazu eine tief ins Gesicht gezogene Baseballkappe, als wolle er verbergen, wie gut er aussieht. Allerdings wirkt er noch immer wie Barbies Ken, heute eben im Bauarbeiter-Outfit. »Am Handy, mal wieder«, sage ich lächelnd und so flirtend, wie ich kann, auch wenn es mir wie eine Sonderform des leeren Geredes vorkommt. Ich hoffe, dass ihm nicht auffällt, wie lädiert mein Gesicht ist.

»Ja«, antwortet er. »Zum Glück hat Liam es auf der Party gefunden. Ich weiß nicht, wie ich ohne überleben würde.«

»Puh«, stöhne ich und wische mir in einer übertriebenen Geste mit der Hand über die Stirn wie der letzte Idiot.

»Wegen dem Kaffee –«, sagt er.

»Wie gesagt, es muss nicht sein. Ich dachte nur –« Eigentlich will ich sagen: *Ich tausche mich gern jeden Tag mit dir aus. Ich bin immer gespannt auf deine drei Dinge. Ich denke an dich. Viel. Lass es uns in der echten Welt ausprobieren.*

Doch natürlich tue ich es nicht. Aus welchem Grund auch immer will er die virtuelle Trennung aufrechterhalten.

»Nein, meinetwegen gern. Es ist bestimmt lustig, einer Neuen zu erklären, wie hier alles läuft. Donnerstag nach der Schule vielleicht?«

»Klar«, antworte ich.

»Cool«, sagt er und hebt zum Abschied wieder sein Handy, diese eigentümliche Wir-schreiben-später-Geste. Ich komme mir blöd vor, weil er mich so schnell abgefertigt hat – offensichtlich will er nicht, dass wir länger zusammenstehen und reden –, doch eine Minute später meldet sich mein Handy.

SN: lass uns die welt retten. nagel für nagel.

Ich: Heute Abend gehe ich mit dem Wissen ins Bett, meine gute Tat für dieses Jahr erfüllt zu haben.

SN: dein sarkasmus ist reizend.

Ich: Echt?

SN: ja. echt.

Dri umarmt mich, als wäre es nicht gerade einmal 24 Stunden oder sogar noch weniger her, seit wir uns das letzte Mal gesehen haben, und als wenn sie mir gestern Abend nicht zehn Mal geschrieben hätte, um sich zu erkundigen, wie es mir geht. Sie hat eindeutig ein schlechtes Gewissen, weil sie mir nicht geholfen hat, aber was hätte sie tun können? Ich habe mir schließlich ein Bein stellen lassen.

»Ich liebe den ›Wood Valley Giving Day‹. Ich könnte das jeden Tag machen, viel besser, als zum Unterricht zu gehen«, sagt sie und schielt zu Liam, der inzwischen ohne Hemd auf einer Leiter steht und einen beeindruckenden, wenn auch nicht vollständig ausgeprägten Sixpack und unzählige Sommersprossen zur Schau stellt. »Keine schlechte Aussicht.«

»Ich weiß. Sie wiederholt sich«, kommentiert Agnes und sieht mich entschuldigend an. »Von dem Drama mit Gem gestern habe ich gehört. Du Arme! Soll ich ihr dafür in den Arsch treten?«

»Würde ich gern sehen, aber nein, danke.« Ich überlege, wie viele Leute mir inzwischen angeboten haben, jemandem für mich in den Arsch zu treten, seit ich hier wohne, und bin sofort dankbar. Selbst wenn ich mir wünschte, man müsste mich nicht verteidigen, ist es doch schön zu wissen, dass es Leute gibt, die mir den Rücken freihalten. »Heute ist Theo schon als mein Ritter in glänzender Rüstung aufgetreten.«

»Im Ernst? Theo?«, fragt Dri.

»Ja, ich war genauso überrascht wie du.«

»Sieh mal einer an. Familie geht eben doch über alles«, stellt Agnes fest.

»Vielleicht«, antworte ich und blicke zu Theo, der Ashby gefunden hat – ihr Haar ist nicht mehr pink, sondern weiß gebleicht. Die beiden stehen am Rand des Geschehens und lachen, ohne auch nur einen Gedanken daran zu verschwenden aktiv teilzunehmen. Ich bin mir sogar ziemlich sicher, dass er gerade dabei ist, sich einen ziemlich fetten Joint zu bauen.

Zum Mittagessen gibt es ein Buffet, das in Aluminiumbehältern über Rechauds warm gehalten wird. Keine kalten Lunchpakete. Man hätte fast glauben können, Gloria wäre hier gewesen – vielleicht als Rachels Beitrag zu diesem besonderen Tag. Doch nein, wie sich herausstellt, hat Gems Vater das Essen gespendet. Auf dem Tisch steht sogar ein Schild, auf dem steht: *Wir danken Familie Carter für dieses reichhaltige Mahl (aus kontrolliert biologischem Anbau).*

Mist. Ich überlege, ob es bedeutet, dass ich nichts davon essen sollte.

»Ach, hör auf. Lass es dir von der Zicke nicht verderben«, sagt Ethan, und ich erschrecke, zum einen, weil ich nicht gemerkt habe, dass er hinter mir steht, aber auch, weil er offenbar meine Gedanken gelesen hat.

»Ich weiß, dass es albern ist, aber –«

»Nee, albern ist es nicht, aber wenn das Essen so gut ist wie letztes Jahr, dann willst du es dir nicht entgehen lassen. Sicher nicht. Auch aus Stolz nicht.«

»Es ist kein Stolz. Ich will ihr bloß nicht wieder einen Grund geben mir nahe zu kommen.«

»Im Ernst? Ich hätte dich für stärker gehalten«, erwidert Ethan, nimmt zwei Teller und belädt sie. Dann reicht er einen davon mir.

»Wie kommst du darauf?«, frage ich. Er zuckt mit den Schultern und bedeutet mir, ihm zu folgen, was ich natürlich tue. Mir ist schon öfter aufgefallen, dass Ethan die Gabe hat, spezielle Orte für sich zu finden. Das ist ihm auch hier gelungen, obwohl wir nur einen einzigen Tag auf dieser Baustelle verbringen. Hinter einer halbfertigen Wand der zukünftigen Küche lässt er sich im Schatten eines riesigen Grapefruitbaums nieder. Ein Stück entfernt vom Rest unseres Jahrgangs und doch nicht vollkommen außer Sichtweite, allerdings in einer Richtung, in die niemand guckt.

»Also, das mit gestern tut mir leid«, beginnt Ethan.

»Warum? Du hast doch gar nichts gemacht«, entgegne ich und fange ebenfalls an zu essen – seinem Beispiel folgend. Er hat recht: Es schmeckt köstlich. Cheeseburger, deren Käse weder gelb noch geraspelt ist und der wahrscheinlich einen französischen Namen hat. Das Fleisch hat nur in der Form mit dem eines Burgers zu tun. Dem kleinen Fähnchen nach, das in der Mitte steckt, handelt es sich um Kobe-Rind, als wäre diese Bezeichnung ein kleiner Schritt für einen Menschen, aber ein großer für die Menschheit.

Im Leben kriegt man nichts geschenkt, sicher doch.

Das ist Gems Welt, denke ich, und zwar nicht zum ersten Mal. *Wir anderen dürfen nur gnädigerweise mit darin leben.*

»Genau das ist es ja. Ich habe tatenlos dagesessen, während die Zicke diesen Mist von sich gegeben hat, als hätte ich es nicht gehört, weil mir das alles viel zu blöd vorkam, um sich darüber aufzuregen. Aber ich weiß nicht. Ich hätte doch etwas sagen sollen. Und ich wünschte, ich hätte ihren Fuß gesehen.«

»Es ist nicht deine Aufgabe, mich zu beschützen«, sage ich und greife mir instinktiv an meine lädierte Nase.

»Trotzdem. Ich hätte es tun sollen. Tut es weh?«, fragt er und streckt eine Hand aus, als wollte er mein Gesicht berühren, doch dann überlegt er es sich offensichtlich anders und lässt sie wieder sinken.

»Ja, ein bisschen«, gebe ich zu.

»Du verdienst ... ich weiß nicht ...« Ethan zuckt mit den Schultern, und kurz sieht es aus, als würde er erröten. Ich höre Agnes und Dri in meinem Kopf: *Er ist vorbelastet. Er ist noch nie mit jemandem aus der Schule zusammen gewesen.* »Nicht dass ...«

»Weißt du, was ich verdiene? Eine sehr gute Note in Englisch«, reiße ich ihn aus den Gedanken, und Gem kann uns gestohlen bleiben, weil Ethan und ich uns jetzt mit unseren Gourmet-Cheeseburgern zuprosten.

»Danke«, sage ich später auf dem Heimweg zu Theo, als wir an den niedrigen Häusern und kleinen Geschäften mit koreanischer Beschriftung vorbeifahren, an Autowaschanlagen und allen möglichen Fastfoodläden. Eine Million Hamburger zur Auswahl, aber nicht mit Kobe-Rind.

»Dafür nicht.«

»Ich weiß es jedenfalls zu schätzen. Das war nicht selbstverständlich«, erwidere ich und tue so, als müsste ich mich voll aufs Linksabbiegen konzentrieren, obwohl ich eigentlich verlegen bin. Dieses Bedanken fühlt sich irgendwie an wie eine Entschuldigung, auch wenn ich nicht weiß wofür. Doch in letzter Zeit habe ich das Gefühl, allen anderen allein durch meine Existenz zur Last zu fallen.

»Gem hat mich mal als Schwuchtel bezeichnet«, sagt er, so leise, dass ich zuerst nicht sicher bin, ob ich ihn richtig gehört habe.

»Im Ernst?«

»Ja. Das ist ewig her, und damals habe ich das Wort zum ersten Mal gehört. Deshalb bin ich nach Hause gegangen und habe meinen Dad gefragt, was es heißt. Ich habe zu ihm tatsächlich irgendwas gesagt wie: ›Daddy, was ist eine Schwuchtel?‹« Theo schaut aus dem Fenster. Die Hand hat er an die Scheibe gelegt wie ein Kind auf einer langen Autofahrt, das danach lechzt mit einem Menschen in einem anderen Wagen Kontakt aufzunehmen.

Nichts wirkt einsamer als eine Hand an einer Fensterscheibe. Vielleicht, weil die Geste so selten erwidert wird.

»Was hat dein Dad geantwortet?« Ich bin neugierig, wie Theos Vater war, ob Rachel vielleicht einen bestimmten Typ favorisiert. Dennoch stelle ich ihn mir größer und besser aussehend vor als meinen Dad. Als jemanden, der Shirts mit kleinen

Polospielern darauf trägt und von Gloria gebügelte Khakihosen. Im Haus gibt es keine Bilder von ihm, was auch seltsam wäre, aber dann fällt mir auf, dass es überhaupt kaum Fotos gibt. Theo ist, was sein äußeres Erscheinungsbild angeht, fast ausgewachsen, und es gibt nirgends einen Beweis, dass er einst ein schrumpeliges Baby gewesen ist.

In unserem alten Haus waren die Wände voll mit Familienfotos. Alle meine Schulfotos wurden gerahmt und in chronologischer Reihenfolge aufgehängt, selbst die, auf denen ich mit geschlossenen Augen oder schrecklicher Frisur zu sehen war, und jene aus der grässlichen Phase, in der ich mich nicht nur mit einer Zahnspange, sondern auch noch mit Babyspeck herumplagen musste. Meine persönliche Zeitleiste auf dem Weg die Treppe hinauf.

Vielleicht meint Rachel, dass Familienfotos, genau wie bunte Farben, nicht zu ihrer Einrichtung passen. Wer weiß?

»Mein Dad ist übrigens super damit umgegangen. Er hat gemeint, dass es kein schönes Wort ist und dass es bessere Bezeichnungen gibt für Jungs, die Jungs mögen. Und er hat gesagt, dass es okay wäre, wenn ich eines Tages beschließen würde, dass ich auch auf Jungs stehe, aber auch okay, wenn es nicht so wäre. Dass er mich lieben würde, egal –« Theos Stimme bricht. Ich sehe ihn nicht an, halte den Blick auf die Straße gerichtet. Gebe ihm Zeit. »Ich habe echt Glück gehabt. Ich meine, ich musste mich meinen Eltern gegenüber nie richtig outen. Sie haben es immer gewusst, und es ist immer okay für sie gewesen. Oder sogar mehr als das. Es war nichts, was bewertet werden musste. Es war einfach so. Wie braunes Haar.«

»Dein Dad war anscheinend ziemlich cool drauf.«

Theo nickt.

»Hast du dir je gewünscht, es wäre andersherum gewesen?«, fragt er mich.

»Was meinst du?«

»Ich meine, dass es deinen Dad und nicht deine Mom erwischt hätte?«

»Ständig, wenn ich ehrlich bin.«

»Es würde meiner Mom das Herz brechen, wenn sie das hören würde, aber mein Dad wusste, wie ich tickte, weißt du? Er hat mich verstanden. Immer.«

»Mein Dad weiß, dass ich tauschen würde, wenn ich könnte, glaube ich. Vielleicht will er deshalb keine Zeit mehr mit mir verbringen. Weil er es mir ansieht.« Noch während ich es ausspreche, wird mir bewusst, dass es nicht wirklich stimmt. Ich habe nur das Gefühl, dass er Rachel interessanter findet.

Meine Mom wurde ungefähr zu der Zeit krank, in der man normalerweise aufhört, mit den Eltern Zeit verbringen zu wollen – wenn das Drängeln plötzlich von den Eltern und nicht mehr von den Kindern ausgeht –, doch das ist bei uns nie passiert. Ich habe meine Mom nicht nur geliebt, ich habe sie auch gemocht. Und selbst wenn sie genetisch sozusagen verpflichtet war mich gernzuhaben, bin ich mir ziemlich sicher, dass sie mich ebenfalls gemocht hat.

»Vielleicht erinnerst du ihn zu sehr an deine Mom, und er versucht nach vorn zu schauen«, sagt Theo, was ich süß finde, weil er meinen Dad verteidigt.

»Vielleicht«, antworte ich, dabei glaube ich auch daran nicht wirklich. Meine Mom und ich sahen uns weder ähnlich noch waren wir es. Sie war mutig und extrovertiert, eher wie Scarlett als wie ich. Und sie hat immer Witze darüber gemacht, dass sie, wenn sie bei der Geburt nicht dabei gewesen wäre, nie geglaubt hätte, dass ich ihr Kind war – weil wir körperlich in allem das genaue Gegenteil voneinander waren.

Ich erinnere meinen Dad nicht an meine Mom, das weiß ich, aber zum ersten Mal frage ich mich, ob er uns nicht ebenfalls tauschen würde – mich für meine Mutter –, wenn er die Möglichkeit dazu hätte.

»Ethan und du, ihr versteht euch gut, oder?«, fragt Theo aus heiterem Himmel, doch ich bin dankbar für den Themenwechsel. Ich will nicht länger über meine Eltern nachdenken. Darüber, wie wenig Kontrolle wir über unser eigenes Leben haben.

»Ja, ich weiß nicht, schon irgendwie, glaube ich.«

»Ich habe gesehen, wie ihr gemeinsam Mittag gegessen habt.«

»Wir machen ein Englischprojekt zusammen. Das über ›Das öde Land‹.«

»Aha. Es ist nur – und ich will hier jetzt nicht den großen Bruder raushängen lassen –«

»Ich bin mir ziemlich sicher, dass ich älter bin«, unterbreche ich ihn.

»Wie auch immer. Sei vorsichtig bei ihm. Ich will ihn nicht schlechtmachen, aber ich habe das Gefühl, dass er ... Trouble bedeutet.«

»In Taylor Swifts Sinn? Oder wirklich?« Dri hatte ihn als

»vorbelastet« bezeichnet, was für mich irgendwie fast wie »vorbestraft« klingt.

»Ich weiß nicht, vielleicht sind es auch nur Gerüchte. Aber es ist nicht ausgeschlossen, dass er ganz schön Scheiße baut. Wie sein Bruder.«

»Was meinst du damit? Drogen?« Ethans Bruder ist anscheinend älter und wohnt nicht mehr zu Hause, denn er hat ihn nie erwähnt. Da ich selbst keine Geschwister habe und auch keine Onkel und Tanten (meine Eltern waren beide Einzelkinder), vergesse ich witzigerweise immer, dass es bei anderen anders sein kann. Für mich ist es einfach unnatürlich, wenn mehr als drei Leute zu einer Familie gehören, wenn sie nicht der Form eines Dreiecks entspricht, auch wenn meine jetzt streng genommen nur noch 2D ist – eine Linie.

»Genau.«

»Ich glaube nicht, dass Ethan Drogen nimmt.« Natürlich fehlt mir für diese Behauptung jegliche Grundlage. Ich habe keine Ahnung, was er treibt oder wohin er immer abhaut. Allein diese Woche habe ich ihn das Schulgelände drei Mal vor der Mittagspause verlassen und erst gerade rechtzeitig zum Unterricht wiederkommen sehen. Er wirkte dann immer ziemlich geistesabwesend, aber eigentlich wirkt er immer geistesabwesend. Und auf der Bühne kam er mir ohnehin fremd vor wie jemand, bei dem man sich durchaus vorstellen konnte, dass er sich Tag und Nacht was spritzt.

»Ich hoffe, dass du recht hast. Aber er sieht ständig fertig aus, und seine Familie ist so was von kaputt. Das kannst du dir nicht vorstellen.«

»Ich habe langsam keinen Bock mehr, all dieses Wood-Valley-Wissen nachzuholen«, jammere ich und frage mich, wie anders es wäre – wie anders *ich* wäre –, wenn ich mit diesen Leuten hier aufgewachsen wäre und mit ihren Familien und ihren Problemen so vertraut wäre wie mit mir selbst. Das jetzt nachträglich zu verstehen, erscheint mir fast unmöglich.

»Ich meine ja auch nur, dass du vorsichtig sein sollst, das ist alles«, sagt Theo.

Ich denke an Ethans Augen – die dunklen Ringe darunter, die geschwollenen Lider und dazwischen das leuchtende Blau –, und ich frage mich, ob ich in der Lage sein werde, vorsichtig zu sein. Denn wenn ich an seine Augen denke, wie sie mich offen ansehen oder auch in geschlossenem Zustand, auf Gems Party beispielsweise, wenn ich an seine Hände denke, die mir einen Teller füllen und fast mein lädiertes Gesicht berührt hätten, dann kann ich nur noch daran denken, wie sehr ich ihn küssen möchte: seine Augen, seine Hände.

Alles an ihm.

Auch was belastet ist.

Alles an ihm.

Kapitel 25

Ich: Pommes oder Chips?

SN: das ist leicht. pommes gehn immer. ketchup oder salsa?

Ich: Ketchup. Harry Potter: die Filme oder die Bücher?

SN: du wirst meine antwort nicht mögen … aber ganz ehrlich? die filme.

Ich: Echt?

SN: ich weiß. man darf nie zugeben, den film lieber zu mögen als das buch, aber komm schon! ich sag nur: Emma Watson. Starbucks oder Coffee Bean?

Ich: Starbucks.

SN: Ich auch.

Ich: Star Wars oder Star Trek?

SN: KEINS DAVON.

Ich: ☺ ich auch nicht.

Als ich nach Hause komme und Rachel in meinem Zimmer vorfinde, wird mir wieder einmal vor Augen geführt, dass es gar nicht mein Zimmer ist. Es ist Rachels Gästezimer, und dass ich hier übernachte, bestätigt nur, was ich bereits weiß: dass ich ein Eindringling bin. Ich sehe mich um und überlege sofort, ob ich meinen Laptop offen gelassen haben könnte. Den Chat mit SN muss sie nicht unbedingt sehen und den Googleverlauf schon gar nicht, der viel zu viele Fragen mit dem Anfang »Ist es normal, dass …« enthält. Puh, der Deckel ist zugeklappt, sogar von der Tür aus sehe ich die Tattoos. Nein, hier gibt es nichts für sie zu sehen. BHs und Tangas befinden sich in der Schublade, die schmutzigen in dem Korb, den Gloria umsichtigerweise für mich besorgt hat. Die Tampons liegen ebenfalls nicht offen herum. Selbst meine Zahnbürste steht zusammen mit meinem Make-up, im Badezimmerschrank verborgen, sodass die Stellfläche, von den selbstgefälligen Seifen abgesehen, leer ist.

»Oh, hi«, grüßt sie und tut so, als würde sie nicht auf die einzige Sache, die ich aufgestellt habe, schauen: das Bild von meiner Mom und mir. »Ich habe auf dich gewartet.«

»Okay«, antworte ich, kühl, aber nicht unhöflich. Ich bin sauer auf meinen Dad, was eventuell auch auf Rachel auszuweiten wäre, doch ich bin mir nicht sicher, wie es sich bei Stiefeltern verhält. Meine Eltern sind normalerweise immer als

Einheit aufgetreten und waren sehr rigoros, wenn ich einen gegen den anderen ausgespielt habe. Wenn ich auf einen von ihnen sauer war, dann meistens auf beide. Rachel hingegen ist nach wie vor eine Fremde. Daran hat auch ihre Heirat mit meinem Vater wenig geändert.

»Dein Dad sagt, dass du nicht mehr mit ihm redest«, sagt sie und setzt sich auf mein Bett beziehungsweise ihr Bett, je nachdem, wie man es sieht. Sie sitzt genau dort, wo ich schlafe, was mir nicht behagt.

»Ich weiß nicht, ob dich das etwas angeht«, sage ich, bereue es allerdings sofort. Wenn man den aktuellen Konflikt mit meinem Dad außer Acht lässt, vermeide ich Konfrontationen, so gut es geht. Wenn ich im Gang mit jemandem zusammenstoße, ist mein erster Reflex, mich zu entschuldigen.

Aber jetzt ist mir nicht nach Entschuldigen zumute. Was bildet sie sich eigentlich ein, sich in unsere Angelegenheiten einzumischen? Ich habe sie nicht geheiratet.

»Du hast recht. Das ist eine Sache zwischen deinem Dad und dir. Ich wollte dir nur etwas geben. Na ja, wir wollten es dir geben, aber dein Dad dachte, da es meine Idee war, sollte ich diejenige sein ... hier.« Rachel reicht mir ein gefaltetes Blatt Papier.

»Was ist das?«, frage ich und fürchte bereits, dass es ein Schulverweis oder Ähnliches ist. Schon auf den ersten Blick erkenne ich, dass es jedenfalls kein Scheck ist. Schade. Den hätte ich gut gebrauchen können.

»Schau nach«, sagt sie, und ich gehorche. Ein Flugreiseplan: L. A. – Chicago am nächsten Wochenende. Hin- und Rückflug.

»Ich versteh nicht ganz.«

»Wir haben gedacht, du würdest vielleicht gern mal nach Hause fliegen. Scarlett sehen, ein paar Tage Zeit mit deinen Freunden verbringen. Mir ist zu Ohren gekommen, dass du Heimweh hast«, sagt sie und nimmt das Foto in die Hand – eine bewusste Entscheidung, meine Mom zusammen mit mir zu betrachten und mich wissen zu lassen, dass sie es tut. Sie achtet auf Details: wie ich mich am Bein meiner Mom festhalte, als wäre es ein Anker. Vielleicht guckt sie aber auch gar nicht mich an, sondern versucht einen Eindruck von meiner Mom zu bekommen, der ersten Frau ihres Mannes. Ich will, dass sie es wieder abstellt – ihre Finger hinterlassen leichte Abdrücke, was mir gar nicht gefällt.

»Wer hat behauptet, dass ich Heimweh habe?«, erkundige ich mich, auch wenn es eine dumme Frage ist. Natürlich habe ich Heimweh, manchmal ist die Sehnsucht so stark, dass ich nur staunen kann, wie passend das Wort ist. Sie überkommt mich wie eine Magen-Darm-Grippe. Brutal und erbarmungslos und ohne dass es ein Heilmittel dagegen gäbe. Man kann nur abwarten, bis das Gefühl wieder nachlässt.

»Scarletts Eltern haben deinen Dad angerufen«, sagt Rachel und stellt endlich das Foto ab. Ich muss mich beherrschen, es nicht zurechtzurücken, damit es wieder zum Bett anstatt zur Tür zeigt. Ich habe das Bedürfnis, das Glas abzuwischen. Es zurückzuerobern. »Aber wie sollte es auch anders sein? Das war eine riesige Veränderung. Für uns alle.«

Ist in ihrem Gesicht Bedauern zu erkennen? Wünscht sie sich, meinen Vater nie geheiratet zu haben, einen leichten

Ausweg, um ihren gemeinsamen Fehler rückgängig zu machen?

»Moment mal, was?« Scarletts Eltern haben meinen Dad angerufen? Haben sie ihm womöglich von meinen Plänen in ihrem Keller erzählt? Was hat Scarlett zu ihnen gesagt? Ich bin mir nicht sicher, ob ich wütend oder begeistert sein soll, denn immerhin halte ich gerade ein Flugticket in den Händen, ein echtes Flugticket, das mich von hier nach Hause bringen wird, zu Scarlett und einem Leben, das mir vertraut ist, in weniger als sechs Stunden von Tür zu Tür. Auf dem Weg hierher sind wir nicht geflogen. Nein, mein Dad und ich haben mit unseren zwei Autos im Mini-Konvoi zahllose Staaten durchquert, sind durch flache, menschenleere Landschaften gefahren, meilenweit nichts als Staub. Ab und zu haben wir bei McDonald's zum Pinkeln und Essen gehalten, haben getankt und in billigen Motels geschlafen. Mein Kopf war so leergefegt wie die Straßen. So benommen, wie sich SN beim Xbox-Spielen fühlt.

Wir haben kaum miteinander geredet auf der Fahrt, mein Dad und ich. Vielleicht hat er es versucht, ich weiß es nicht. Rachel ist nur ein einziges Mal Thema gewesen, bei einem Mittagessen auf irgendeiner Raststätte. Es wirkte wie die Antwort auf eine Frage, die ich nie gestellt hatte.

»Rachel ist eine außergewöhnliche Frau. Du wirst sehen. Keine Sorge, du wirst schon sehen«, begann er, auch wenn ich nie gesagt hatte, dass ich mir Sorgen machte. Ich hatte gar nichts gesagt.

»Scarletts Mom macht sich anscheinend Gedanken um dich. Und ehrlich gesagt ich auch«, fährt Rachel jetzt fort. »Flieg.

Genieß es, und dann komm frisch zu uns zurück. Dein Dad hat … ja, er hat mir das Leben gerettet. Er ist vollkommen real und normal und versteht, was ich durchgemacht habe, und dafür könnte ich ihm dankbarer nicht sein. Wir sind sehr verschieden, aber gemeinsam sind wir stärker. Allerdings ist mir sehr wohl bewusst, dass dir damit – mit allem hier – viel abverlangt wurde.«

Sie trifft den Punkt. Ihre Stimme hat heute eine normale Lautstärke.

»Jeder hier im Haus versteht, wie schwer es sein kann neu anzufangen«, sagt sie.

Ich blicke auf mein Ticket. Freitagmorgen fliege ich los und Sonntagabend zurück.

»Was ist mit der Schule?«

»Theo mailt dir seine Notizen, und wir entschuldigen dich bei den Lehrern. Du hast es dir verdient.«

Rachel klopft neben sich auf das Bett, damit ich mich zu ihr setze. Erst jetzt, mitten in der zweiten Runde, merke ich, dass ich durch den Raum gelaufen war.

Ich setze mich und starre auf das Ticket. Kaffee mit SN/Caleb am Donnerstag, wo er hoffentlich die Maske fallen lässt, und dann geht's los. Ich werde mein wöchentliches »Das öde Land«-Meeting mit Ethan absagen müssen, aber er wird mich verstehen. Scarlett und ich werden uns schlechte Fernsehsendungen angucken, Popcorn in der Mikrowelle machen und richtige Pizza essen, nicht diese dünnen Vollkornbretter, die sie einem hier in Kalifornien servieren. Ich werde erzählen und sie wird zuhören, und es wird nicht notwendig sein, alles zu erklären oder sich etwas erklären zu lassen; dafür kennen wir uns schon zu lange. Ich freue mich sogar auf den grünen Tee ihrer Mom, der meiner Meinung nach ein bisschen nach Urin schmeckt, doch jetzt erinnert er mich an zu Hause.

»Danke«, sage ich und zwinge mich, Rachel in die Augen zu sehen. Das war nicht auf Dads Mist gewachsen. Große Gesten sind nicht seine Sache, früher zumindest nicht, bevor er Rachel geheiratet hat. Und ein Flugticket kauft man nicht einfach so nebenbei. »Ich ...«

Mein Blick verschwimmt, und ich sehe stur geradeaus, um die Tränen unter Kontrolle zu halten. Nicht hier, nicht jetzt. Sie scheinen immer dann zu kommen, wenn man sie am wenigsten gebrauchen kann. In der stillen Tiefe der Nacht, wenn sie tatsächlich eine Erleichterung wären, weil die Leere so real ist, dass sie sich wie ein Phantomarm anfühlt, kommen sie nie.

»Gern geschehen«, sagt Rachel und steht auf. »Aber eine Bedingung habe ich.«

Ich warte darauf. Was kann sie von mir wollen? Miete? Dass ich mich mit meinem Dad vertrage?

»Du musst zurückkommen.«

Ich: OMG! OMG! OMG! 2 Übernachtungen!

Scarlett: Juchhu! Juchhu!

Ich: Was hast du deinen Eltern erzählt? Sie sind ausgetickt, stimmt's?

Scarlett: Sie haben überlegt, den Keller in einen Fitnessraum umzuwandeln. Da habe ich ihnen gesagt, sie sollten vielleicht warten, ob du nicht zurückziehst, und sie daraufhin: WAS?

Ich: Egal. Ich komme nach Hause! Ich komme nach Hause!

Scarlett: Ich kann's kaum erwarten. Du hast doch nichts dagegen, wenn Adam auch dabei ist, oder? Ich hatte mich für Samstag schon mit ihm verabredet und …

Ich: Ähm, klar. Kein Problem.

Scarlett: Vielleicht sollte ich eine kleine Willkommensparty machen.

Ich: Du weißt ja, dass ich nicht unbedingt ein Partymensch bin.

Scarlett: Keine Party-Party. Eher ein Sit-in.

Ich: Ich komme nach Hause! KREISCH!

Ich: Weißt du was?

SN: das war knapp.

Ich: ?

SN: sorry. was ist?

Ich: ICH FLIEGE NACH HAUSE. Nur für drei Tage, aber immerhin.

SN: !!!! freut mich für dich. aber?

Ich: Aber was?

SN: ABER DU KOMMMST WIEDER, ODER?

Ich: ☺

SN: smileys sind mir zu kryptisch. sag: ich komme wieder.

Ich: Ich komme wieder. Meinetwegen auch ausgeschrieben, auch wenn ich nicht weiß, warum dir das so wichtig ist. Wir können uns doch genauso schreiben, wenn ich in Chicago bin.

SN: das ist nicht dasselbe, und ich mag es, dich jeden tag zu sehen.

Ich: Du siehst mich jeden Tag?

SN: du machst ne gute figur, ms holmes.

Ich: Hi. Müsste Freitag verschieben. Fliege am WE nach Hause.

Ethan: »Doch als wir wiederkamen aus dem Hyazinthengarten, es war schon spät/Du hattest die Hände voll, dein Haar war naß, da konnte ich nicht mehr/Sprechen, ich sah auch nichts mehr, ich fühlte mich weder/Tot noch lebendig, und alles war weg,/Als ich ins Herz des Lichts sah, die Stille.«

Ich: Das ist meine Lieblingsstelle. Die kann ich nachempfinden. Nicht in der Lage zu sein zu sprechen. Sich weder tot noch lebendig zu fühlen.

Ethan: Ich auch.

Ich: Wenn du vielleicht mehr schlafen würdest …

Ethan: Haha! Du bist sicher total happy.

Ich: Bin ich. Es ist mega.

Ethan: Gut. Iss ein dickes Stück Chicago-style Pizza für mich mit.

Ich: Mach ich. Können wir uns nächste Woche treffen, um die Arbeit fertigzumachen?

Ethan: Klar. Montag nach der Schule?

Ich: Gern. Bis dahin kannst du wahrscheinlich den ganzen Text auswendig.

Ethan: Kann ich jetzt schon.

Würde sich ein Drogensüchtiger die Zeit nehmen, Gedichte zu lernen? Theo muss sich irren. Ethan nimmt keine Drogen. Ethan ist jemand, der nicht schläft und irgendwie vorbelastet ist, was auch immer das heißt. Eigentlich weiß ich genau, was es heißt, denn wer macht hier wem etwas vor? Auch ich bin vorbelastet.

Kapitel 26

Mittags kann ich nichts essen. Zu nervös. In wenigen Stunden habe ich mein erstes Date mit Caleb, auch wenn es nicht wirklich ein Date ist und ich noch nicht einmal sicher bin, ob man es als ein »erstes« bezeichnen kann, weil wir schon die ganze Zeit online in Kontakt sind. Gestern Abend haben wir noch so lange geschrieben, dass ich mit dem Laptop auf dem Schoß eingeschlafen bin und von dem Ton, der neue Nachrichten auf meinem Bildschirm ankündigt, aufgewacht bin. *drei dinge*, schrieb er: *1. guten morgen. 2. ich habe abdrücke der tastatur auf dem gesicht. hab auf sdfgh geschlafen. 3. du fliegst in 24 stunden, und ich werde dich vermissen.*

»Ich glaube nicht, dass Caleb SN ist«, sagt Agnes, als ich ihre Pommes zum fünften Mal ablehne, mit der Begründung, ich hätte Angst, mich übergeben zu müssen. »Dri hat zwar recht, er ist in der Beziehung irgendwie komisch, aber ich weiß nicht. Er ist überhaupt nicht, du weißt schon, schüchtern. Er ist der direkteste Typ, den ich kenne.«

»Aber ich habe ihm gesagt, wo ich arbeite, und dann ist er prompt dort aufgetaucht. Und auf Gems Party habe ich ihn gesehen, wie er genau zu der Zeit etwas in sein Handy getippt hat, als wir uns geschrieben haben. Und wann immer ich mit ihm rede, macht er so eine komische Geste mit dem Handy in der Hand, als wollte er sagen: ›Ich schreibe dir‹, was er dann eine Sekunde später auch tut. Und er hat mich zitiert. Er muss es sein«, sage ich.

»Eindeutig. Er ist es«, bestärkt mich Dri. »Und ich bin beeindruckt, dass du den ersten Schritt gemacht hast. Du packst Dinge an!« Während sie spricht, schaut sie nicht zu uns, sondern zu Liam, der auf der anderen Seite der Cafeteria sitzt, ganz woanders als Gem. »Glaubt ihr, sie haben sich getrennt?«

»Keine Ahnung«, antworte ich und zucke mit den Schultern. »Und es ist mir ehrlich gesagt auch egal.«

»Vielleicht hast du Gemiam zu Fall gebracht.«

»Gemiam?«

»Gem und Liam. Gemiam.«

Augenrollend sehe ich sie an.

»Ich würde viel lieber über Jessaleb reden. Ich bin mir nämlich ziemlich sicher, dass ich gehört hätte, wenn seine Schwester gestorben wäre«, ergreift Agnes wieder das Wort, und mein Magen zieht sich zusammen.

»Du hast gesagt, dass er nie wirklich über sie geredet hat«, gibt Dri, das Multitaskingtalent, zu bedenken, ohne Liam aus den Augen zu lassen. Ich an ihrer Stelle hätte Angst, dass es auffällt, doch Liam ist vollkommen ahnungslos. Ich hoffe nur, dass Gem nichts bemerkt. »Und es gab Gerüchte.«

»Na ja, ich habe gehört, dass sie sich dauernd geritzt hat und eine massive Essstörung hatte, also wer weiß. Aber ich habe gedacht, ihre Eltern hätten sie in irgendeine Psychoklinik an der Ostküste geschickt, damit sie sich nicht, ihr wisst schon, selbst um die Ecke bringt«, erzählt Agnes so selbstverständlich, als würde sie über eine Figur aus einem Buch und nicht über einen echten Menschen sprechen. Ob die Person nun lebendig ist oder tot. Mir wird plötzlich bewusst, wie abgestumpft wir alle sind, wie leichtfertig wir mit den Problemen anderer Leute umgehen. *Sie hat sich dauernd geritzt. Massive Essstörung.* Wie locker sagen wir so etwas.

Ich wünschte, ich hätte seine Schwester nie erwähnt. Jetzt habe ich das Gefühl, Caleb betrogen und Geheimnisse verraten zu haben, was mir nicht zustand. Ich bin nur froh, dass ich nie etwas von seiner Mom erwähnt habe.

»Vielleicht hat er es im übertragenen Sinn gemeint? Dass es sich *anfühlte*, als wäre seine Schwester gestorben«, überlegt Dri, doch ich schüttele den Kopf. Caleb ist ziemlich klar gewesen. »Vielleicht hat er es aber auch nur gesagt, um sich mit dir zu verbünden, du weißt schon, wegen deiner Mom?«

Ich nehme eine Pommes von Agnes' Teller und knabbere langsam und bedächtig daran. Ich werde Caleb später fragen, wenn ich mich traue. Ich wünsche niemandem den Tod, aber wenn er das erfunden hat, wäre es alles andere als cool. Nein, Caleb hat jemanden verloren, der ihm nahestand. Wir sind ein erlesener Club, der Club der toten Familienmitglieder, und ich glaube, ich erkenne, wer dazugehört. Er zählt die Tage, die Tage *seitdem*, genau wie ich.

Niemand sonst würde auf die Idee kommen.

In Englisch setzt sich Gem auf ihren Platz, ohne mich auch nur eines Blickes zu würdigen. Ich bekomme lediglich ihren geraden Rücken, den missbilligend geschwungenen Pferdeschwanz und das äußerste Ende ihrer perfekt geformten Augenbraue zu Gesicht. Sie ist so klassisch schön, dass es fast unmöglich ist, nicht zu ihr zu schauen. Ich hasse mich dafür, aber insgeheim wünsche ich mir so auszusehen wie sie und alle zu verzaubern, ohne überhaupt den Mund zu öffnen. Eine Figur zu haben, die sich aus schlanken, wohlproportionierten Einzelteilen zusammenfügt, wie Männer sie sich erträumen.

Ich frage mich, ob Ethan wohl auch zu ihr schaut. Ob er anders kann.

Ob er nachts an Gem denkt, so wie ich an ihn denke.

Ich versuche es nicht zu tun. An ihn zu denken, meine ich. Ich habe versucht, Calebs Gesicht einzusetzen, wann immer ich Ethan vor mir sehe, doch es funktioniert nicht. Selbst wenn ich meine Abende damit verbringe, mit Caleb zu schreiben, meine Träume verbringe ich mit Ethan. Darin ist er wach, seine Hände wissen, was sie wollen, und sein Blick ruht auf mir. Darin habe ich keine Angst vor Sex, vor Intimität, vor gar nichts. Darin fühle ich mich nicht hässlich oder vergleiche meinen Körper mit Gems. Ich fühle mich stark und schön und bin mutig.

Morgens wache ich mit glühenden Wangen auf und bin enttäuscht, wenn das Gefühl von der Realität des Tages fortgewischt wird. Wenn ich mein Gesicht beim Waschen im Spiegel betrachte und gelbe Pickel, rote Flecken und Pausbacken sehe.

»Ms Holmes?«, spricht Mrs Pollack mich an, und ich frage mich, wie lange sie es schon tut.

»Ähm ja?«

»Wäre es wirklich zu viel verlangt, die Frage zu beantworten?« Plötzlich erinnere ich mich daran, dass sie uns der Reihe nach aufgerufen hat. Ich hätte also vorgewarnt sein müssen, dass ich bald drankomme, aber irgendwie habe ich mich dennoch meinen Gedanken hingegeben. Ich blicke zu Mrs Pollack auf; sie ist attraktiv und sah früher, als sie selbst noch auf der Highschool war, wahrscheinlich so ähnlich aus wie Gem. Ich wette, sie hat nie auch nur einen einzigen Pickel gehabt.

»Es tut mir leid, ich –« Die ganze Klasse sieht mich an, Gem und Crystal kichern im Duett, und mein Gesicht läuft knallrot an, ein Schweißtropfen droht an meiner rechten Schläfe hinabzulaufen. Ich wische ihn fort und versuche mein klopfendes Herz zu beruhigen. In Chicago war Englisch mein bestes Fach. »Ich, ich habe nicht aufge-«

»Die Szene mit Raskolnikow in seinem Haus mit Mutter und Schwester. Wie es ihm gelingt so zu tun, als wäre alles normal, obwohl er in Wirklichkeit innerlich fast verrückt wird«, unterbricht mich Ethan, und auch wenn ich keine Ahnung habe, wovon er spricht, gibt sich Mrs Pollack mit diesem Beitrag zufrieden und geht nach vorn, um etwas an die Tafel zu schreiben.

»Genau«, sagt sie und sieht mich noch einmal an. Ich bin überrascht, denn in ihrem Blick ist nichts Gehässiges. Und auch kein Mitleid, sondern etwas ganz anderes. Mitgefühl.

* * *

»Danke«, sage ich nach dem Unterricht zu Ethan, sobald wir draußen auf dem Gang stehen. »Du hast mich gerettet.«

»Gern geschehen, Knollastisch.«

»Ich hoffe, ich ruiniere dir mit unserem Projekt nicht die Note.« Ich verschiebe den Riemen meiner Tasche auf der Schulter. Sie fühlt sich schwer an. »Zumal ich dich gezwungen habe, mit mir zusammenzuarbeiten.«

»Darüber mache ich mir keine Sorgen.« Er lächelt, und ich zwinge mich, ihm direkt in die Augen zu sehen, im Blau zu schwelgen. Nein, sie sind nicht wie die eines Serienmörders, wie ich zuerst geglaubt habe. Viel komplexer. Wie ein tiefes Becken. Ich höre Theos Warnung in meinem Kopf und suche nach geweiteten Pupillen, doch sie sehen meiner Meinung nach ganz normal aus.

»Gut«, sage ich. Weder clever. Noch flirtend. Nichts dergleichen. Vielleicht fällt mir in einer Stunde etwas Besseres ein. Etwas Leichtes, Spritziges für einen gelungenen Abgang.

Aber jetzt: nichts.

Ethan reibt sich den Kopf, als wollte er sein Haar aufwecken. Lächelt wieder.

»Guten Flug morgen.«

»Danke.«

»Vergiss uns nicht«, sagt er, und bevor ich nachfragen kann – Was meint er mit *uns*? Wood Valley? L. A.? Sich und mich? –, ist Ethan fort, durch die große Tür verschwunden und schon fast bei seinem Auto.

In der Eingangshalle der Schule warte ich auf Caleb. Tatenlos stehe ich an der Treppe. Er hat drei Uhr vorgeschlagen, und jetzt ist es Viertel nach drei, und ich tue so, als würde ich nicht langsam nervös werden, ob er überhaupt kommt. Ich starre auf mein Handy, als wäre ich tief in Gedanken versunken, als hinge mein Leben von den Worten ab, die ich gerade tippe. Dabei schreibe ich niemandem, denn der Mensch, mit dem ich normalerweise in solchen Situationen schreibe, ist Caleb. Deshalb tippe ich einfach nur immer wieder: *Bitte versetz mich nicht. Bitte versetz mich nicht. Bitte versetz mich nicht*. Ich überlege, wie lange ich noch warten soll und wann es eindeutig ist, dass ich einfach zu doof für diese Welt bin.

Gem erscheint auf der Treppe, denn natürlich, wenn es jemanden gibt, der meine Blamage live miterlebt, dann ist sie es. Einen Moment lang wird mir ganz anders bei dem Gedanken, Gem könnte hinter SN stecken, dass es die ganze Zeit ein Scherz auf meine Kosten gewesen ist, doch dann beruhige ich mich wieder und lasse den Gedanken fallen. Nein, Gem hat Besseres zu tun, als mir nur aus Jux bis spät in die Nacht zu schreiben. Meine Freundschaft mit SN ist echt, selbst wenn Caleb noch nicht bereit ist, mich persönlich zu treffen.

»Ich wünschte, du würdest wieder dorthin zurückkehren, wo du herkommst«, sagt Gem. Scharf wie Pfeile schießt sie die Worte über die Schulter, während sie die Stufen hinunterläuft.

»Ich auch«, sage ich so leise, dass sie es nicht hören kann.

»Ich auch, was?«, fragt Caleb, der plötzlich neben mir steht, und ich kann nicht anders, als von einem Ohr zum anderen zu grinsen. Er hat mich nicht versetzt. Er ist hier, die Autoschlüssel baumeln abfahrbereit an seinen langen Fingern. Wir werden Kaffee trinken und endlich reden, und es wird so selbstverständlich sein wie mit den übers Display fliegenden Daumen. *Drei Dinge*, beginne ich in meinem Kopf zu schreiben: *1. Du ver-*

stehst mich. 2. Erzähl mir vom Kilimandscharo. 3. Hast du Angst gehabt da oben?

»Nichts«, sage ich. »Hab nur Selbstgespräche geführt.«

»Machst du das oft?«

»Soll vorkommen«, antworte ich. Caleb ist so groß, dass ich zu ihm aufblicken und meinen Hals in einem ungünstigen Winkel nach hinten biegen muss. Vielleicht mache ich später ein Selfie, um zu gucken, wie ich für ihn von dort oben aussehe – viel Stirn und dann die ganze Länge des Gesichts runter, von den Augenbrauen bis zum Kinn. Schön kann das nicht sein. Sicher keine Barbie für diesen menschgewordenen Ken.

»Hör zu, wegen des Kaffees«, beginnt er, und die Enttäuschung trifft mich mit voller Wucht, bevor er die Worte ausspricht. *Das hat man davon, wenn man einmal etwas anpackt.* Wie lächerlich von mir, so optimistisch und gutgläubig zu sein, davon auszugehen, dass es stattfinden wird. Ich lasse mich immer wieder erwischen und werde dann fallen gelassen, wie ein Stofftier in einer altmodischen Greifmaschine. Für mich wird sich nie jemand freiwillig entscheiden, schon gar nicht jemand, der aussieht wie er. »Ich glaube, wir sollten es lassen.«

»Kaffee trinken? Okay.« Zu gern würde ich wieder nach meinem Handy greifen. SN schreiben. Tippen, was so schwer zu sagen ist: *Warum nicht? Warum bin ich im realen Leben nicht gut genug für dich?*

Ich denke an den gelben Pickel auf meinem Kinn, den ich erst vor einer halben Stunde auf der Toilette mit Make-up zu überdecken versucht habe. Ich denke an meine Arme, blass und weich, statt gebräunt und trainiert wie Gems. Meine Augenbrauen, die immer leicht unterschiedlich aussehen, egal wie viel Zeit ich vor dem Spiegel verbringe. Meine Klamotten, die fast so unauffällig sind wie Calebs, aber als Mädchen strebt man nicht danach, unauffällig zu sein. Meine breite Nase – die mich bis gerade eben nie gestört hat –, der abgeblätterte Nagellack; selbst meine Ohrläppchen empfinde ich als zu lang, wie herabhängende Früchte. Und natürlich die immer wieder enttäuschenden Brüste, die nicht nur klein sind, sondern auch noch an schlaffe Tüte erinnern.

Caleb soll nicht sehen, wie enttäuscht ich bin. Ich gebe mich genauso selbstverständlich wie er. Zucke mit den Schultern, als wäre es kein Problem. Lächele weiter. Tue so, als würde ich den kleinen, harten Knoten in mir nicht spüren, der sich anfühlt, als hätte jemand in mich hineingegriffen und die Gedärme unangenehmst zusammengeschnürt. Ich grinse durch den Schmerz hindurch – ein realer, tief sitzender Schmerz.

»Weißt du, es ist wegen Liam«, sagt Caleb, was mich kein bisschen schlauer macht. Es ist, als spräche er eine fremde Sprache, die ich noch nie zuvor gehört habe. Eine übertrieben betonte und aggressive Sprache, die einfach grässlich ist, weil jeder einzelne Buchstabe hart und gefühllos klingt.

»Liam? Warte mal ... warum?«

»Ich glaube nur, dass er dann falsche Schlüsse zieht. Und er ist mein bester Freund, deshab, du weißt schon ...« Aber ich weiß gar nichts. Was hat Liam damit zu tun, wenn ich einen Kaffee mit Caleb trinke?

»Ich ... ich verstehe immer noch nicht. Was für falsche Schlüsse? Was hat Liam mit alldem zu tun?« Mein Gehirn ist wie blockiert. Vielleicht hat Caleb doch recht, und wir sollten lieber bei Worten auf dem Bildschirm bleiben, wo sie so viel leichter fließen. Wo sie klar sind und gespeichert werden können, sodass man im Falle eines Missverständnisses später darauf zurückgreifen kann.

»Du weißt doch, dass er sich von Gem getrennt hat, oder? Deinetwegen.« Caleb klingt so nüchtern, als wüsste es jeder in Wood Valley. Und auch, als würde es ihn ziemlich kaltlassen.

»Ähm, nein. Ich wusste nicht, dass sie sich getrennt haben, und wenn es so ist, ich habe nichts damit zu tun.« Ich schlucke und beginne noch einmal, weil ich merke, dass ich klinge, als müsste ich mich verteidigen, auch wenn ich nicht wüsste wofür. »Ja, sie ist eine Oberzicke, und vielleicht hat er ja mitbekommen, wie fies sie mir gegenüber gewesen ist. Stimmt, dann könnte es indirekt, am Rande, doch mit mir zu tun haben. Aber warte mal, was?« Ich fange an zu faseln, weil ich nervös bin. Ich halte inne. Mein Kopf muss sich erst einmal sortieren. Caleb sagt nicht, was ich glaube gehört zu haben, oder? Nein. Liam konnte sich nicht von Gem getrennt haben, weil er auf mich steht?

Nein, das ist unmöglich.

Oh Mann. Ich taste nach dem Papier in meiner Tasche. Mein Flugticket nach Chicago. Morgen kann gar nicht schnell genug kommen. Ich muss weit weg von diesem Ort. Ich denke daran, wie Dri bereits behauptet hat, es durch dieses undurchschaubare Wood-Valley-Netzwerk aufgeschnappt zu haben, das mir für immer ein Rätsel bleiben wird, und wie sie dachte, ich würde unsere neue Freundschaft verraten. Sie weiß doch, dass ich kein Interesse an Liam habe, oder?

Nichts von alldem ergibt einen Sinn. Gem gehört zu der Sorte Mädchen, nach der sich *Männer*, nicht nur Jungs, sondern *Männer*, zwei Mal umdrehen. Es gibt kein Universum, in dem jemand meinetwegen mit ihr Schluss machen würde. Es sei denn ... Oder ist Liam vielleicht SN? Haben wir womöglich eine intellektuelle Verbindung, die ihn dazu bringt, dieses riesige Gefälle zwischen Gem und mir überwinden zu wollen?

Nein. Liam ist Einzelkind. Keine toten Schwestern – ob nun real oder nicht. Und wir haben auch nicht wirklich einen Draht zueinander, wenn wir uns von Angesicht zu Angesicht unterhalten. Das war bislang zumindest immer mein Eindruck.

Liam hat neulich beim Arbeiten behauptet, dass man mit mir »gut reden könne« und ich eine »wirklich gute Zuhörerin« sei. Mir kam es ein bisschen dahergesagt vor, weil so etwas bei jemandem, der ein bisschen schüchtern ist, eben gut ankommt. Eigentlich bin ich keine besonders gute Zuhörerin. Ich bin nur gut darin, andere Leute reden zu lassen.

Nein, Caleb muss es falsch verstanden haben.

»Gut, wie auch immer, aber es geht nicht«, verabschiedet er sich jedoch bereits und beginnt sich zu entfernen.

»Warte mal«, versuche ich ihn aufzuhalten, weil mir tausend Fragen unter den Nägeln brennen, doch dann wird mir bewusst, dass ich ihm wahrscheinlich lieber schreiben sollte – es scheint direkter und wirkungsvoller zu sein.

»Was ist?« Caleb dreht sich um und wackelt wieder mit seinem blöden Handy, als würde mich das zufriedenstellen: die Aussicht auf eine Nachricht.

»Nichts«, erwidere ich. »Ich rede nur mit mir selbst.«

SN: bist du aufgeregt wegen deiner reise?

Ich: ICH KANN ES KAUM ERWARTEN HIER WEGZUKOMMEN.

SN: so schlimm heute?

Ich: Ich habe nur. Weißt du was? Egal.

SN: kann ich was tun?

Ich: Nein, nicht wirklich.

Ich habe mich also geirrt. Aufzuschreiben, was man sagen will, es Buchstabe für Buchstabe beim Namen zu nennen, ist nicht einfacher: *Du hast heute meine Gefühle verletzt. Ich stehe nicht auf Liam. Meine Finger haben keine Lust mehr hierzu. Es ging doch nur um einen gemeinsamen Kaffee.*

Oder so: *Wie kannst du mich schriftlich so gern mögen und dich im realen Leben so wenig für mich interessieren?*

Oder vielleicht sogar, um hundertprozentig sicher zu sein: *Du bist doch Caleb, oder?*

Ich lasse mich mit dem Rücken aufs Bett fallen. Eigentlich sollte es mich nicht überraschen, dass SN im echten Leben keine Zeit mit mir verbringen will. Mein eigener Vater wollte kaum mit mir reden, und das schon, bevor ich aufgehört habe mit ihm zu reden.

Selbstmitleid überkommt mich, langsam, schleichend, gierig, wie ein Monster, das unter dem Bett hervorkriecht. Ich versuche, nicht an meine Mom zu denken, weil der Gedanke an sie in Momenten wie diesen ein ziemlich simpler und sicherer Auslöser ist. Ein Weg, um zu rechtfertigen, dass ich mich selbst bemitleiden muss: die Loserin mit der toten Mutter. Eine Vereinfachung, die für sie genauso erniedrigend ist wie für mich.

Dri: OMG! OMG! OMG!

Ich: ?

Dri: Ich hatte recht! Gemiam ist SO WAS VON VORBEI.

Ich: Wow. Cool.

Dri: Etwas mehr Begeisterung hätte ich mir schon gewünscht. Und stell dir vor: ER HAT SCHLUSS GEMACHT.

Ich: Aha. Wahrscheinlich hat er rausgefunden, wie sie wirklich ist.

Der zweite Teil der Neuigkeit ist offenbar noch nicht zu ihr durchgedrungen. Vielleicht hat Caleb unrecht. Vielleicht habe ich gar nichts damit zu tun. Vielleicht habe ich missverstanden, was er gesagt hat. Dann würde alles viel mehr Sinn ergeben. Wie dem auch sei, von mir wird sie dieses blöde Gerücht nicht erfahren, insbesondere da ich selbst hoffe, dass es nicht stimmt.

Noch vor zwei Monaten, als ich die Mittagspause allein auf der Bank verbracht habe, wäre der Gedanke, dass jemand aus dem Abschlussjahrgang – egal wer – mit mir etwas anfangen will, nicht nur unvorstellbar gewesen, sondern vor allem aufregend. Mehr als schmeichelnd, der Stoff, aus dem meine albernen Mädchenträume sind. Immerhin handelt es sich um den Leadsänger der coolsten Band der Schule. Doch jetzt zerstört Liam vielleicht alles: meine Freundschaft mit Dri, meinen Job, womöglich sogar mein Verhältnis zu Ethan, der immer komisch wird, wenn es um Liam geht. Und dann ist da natürlich noch die Sache mit Caleb, der jetzt eine willkommene Entschuldigung gefunden hat, unsere Freundschaft nur online stattfinden zu lassen.

Diese neue Jessie, die kalifornische Jessie, lebt auf dünnem Eis. Ich brauche Dri und SN und sogar *Buch Genau!*. Dri befürchtet, unsichtbar zu sein. Was ich befürchte, ist ein entfernter Verwandter davon: dass ich ohne diese drei Dinge, die mein Leben hier ausmachen, vielleicht einfach verschwinden würde.

Dri: WIE WAR DEIN TREFFEN? Tut mir leid, dass ich erst jetzt frage. War so high wegen L und G.

Ich: Hat nicht stattgefunden. Er hat's abgeblasen.

Dri: Tut mir echt leid. Geht's?

Ich: Es ist, wie es ist.

Dri: Sehr entspannte Haltung.

Ich: Ich bin eins mit dem Universum, und das Universum ist eins mit mir.

Dri: Vergiss ihn.

Ich: Das auch.

KAPITEL 27

Mein Handy ist ausgeschaltet und sicher in dem kleinen Reißverschlussfach der Reisetasche verstaut. Obwohl ich es erst seit wenigen Minuten nicht mehr in der Hand habe, vermisse ich es bereits. Ich muss mich beherrschen, es nicht wieder herauszuholen. Stattdessen schaue ich aus dem Fenster und sehe zu, wie L. A. immer kleiner wird. Eine Ansammlung von Büro- und Wohngebäuden, dazu Fahrzeuge auf dem Freeway. Von hier oben erscheint alles so harmlos und neutral wie jeder andere Ort der Welt, der nicht mein Zuhause ist. Ich habe das Buch zur Vorbereitung für die Collegetests auf dem Schoß, kann mich aber nicht aufraffen, darin zu lesen. In vier Stunden wird Scarlett mich vom Flughafen abholen und mit mir auf direktem Weg zu DeLuccis fahren, wo jeder von uns zwei Stücke Pizza bestellen wird, und wir Cola light aus großen eisgekühlten Gläsern trinken werden. An den wackeligen Klapptischen werden wir unsere gemeinsame Geschichte und die über die Jahre entstandenen Insidersprüche wieder lebendig werden lassen. Die zwei Monate, die ich fort war, werden wie ausradiert sein. Ich werde ihr von dem Chaos erzählen, das ich verursacht habe, und wie mein neues Leben droht, aus den Fugen zu geraten, und sie wird mir sagen, wie ich es wieder in Ordnung bringen kann. Wie ich mit Dri befreundet bleiben kann, wie ich Caleb dazu bringe, mit mir, ja, *im echten Leben zusammen zu sein*, wie es mir gelingt, meinen Job nicht zu verlieren. Wie ich meine lächerlichen, nicht erwiderten Gefühle für Ethan in den Griff bekomme, der angeblich vorbelastet und möglicherweise sogar gefährlich ist und darüber hinaus unerreichbar.

Und sie wird mich daran erinnern, dass einem am Anfang, wenn etwas neu ist, immer alles schwierig vorkommt, dass das meiste, vielleicht sogar alles, in meinem Kopf stattfindet.

In vier Stunden werde ich wieder zu Hause sein. Auch wenn meine Mom nicht da ist, zumindest werde ich an einem Ort sein, der mir vertraut ist.

Ich bin so erleichtert, dass mir jetzt, da niemand es sehen kann, die Tränen über die Wangen rollen. Ich lasse sogar zu, dass die dicken Tropfen mein Vokabelheft nass machen und die Wörter dadurch unleserlich werden.

Später, im Auto, sehe ich Scarlett von der Seite an. Sie sieht anders aus, älter irgendwie. Ihre Gesichtszüge erscheinen mir markanter. Das Haar trägt sie jetzt kurz, in einem aufgelockerten, asymmetrischen Bob. Sie hat nie erwähnt, dass sie beim Friseur war. Ich frage mich, ob sie wohl vorher auf Pinterest verschiedene Ideen zusammengestellt hat, wie wir es immer getan haben, oder ob es eine spontane Entscheidung war. Auf jeden Fall steht es ihr super. Scar klopft zu einem Song, den ich nicht kenne, aufs Lenkrad des verbeulten Hondas ihrer Eltern. Musik und Heizung laufen auf vollen Touren. Draußen braucht man um diese Jahreszeit in Chicago Jacke und Schal, doch im

Auto bekomme ich, noch dazu vom Gurt eingepfercht, fast einen Hitzeschlag. Ich hätte beides vor dem Einsteigen ausziehen sollen.

Ich denke an das Wetter in Kalifornien, wo ich nie auf die Wettervorhersage achte. Blauer Himmel, kurze Ärmel jeden Tag. Dazu ein Lüftchen so lau, dass es auf der Haut kitzelt.

»Ich fühle mich, als wäre ich gerade aus dem Gefängnis entlassen worden«, sage ich, während ich das Fenster einen Spaltbreit öffne und das Radio leiser drehe, damit wir uns unterhalten können. Ich nehme den vertrauten Scarlett-Geruch wahr: Kokos und Mango von ihrer Bodylotion und dazu noch irgendwas wie Pfeffer. »Echt.«

»Wenn Gefängnis für dich bedeutet, in einer riesigen Villa in Beverly Hills zu leben und ein Dienstmädchen und einen persönlichen Koch zu haben, dann sicher«, antwortet Scarlett, und ich meine, einen neuen, leicht ungeduldigen Unterton in ihrer Stimme wahrzunehmen.

»Erstens wohne ich nicht in Beverly Hills. So ist es nun auch nicht.«

»Entspann dich, war nur ein Witz«, erwidert sie und dreht am Radio. Sie stellt es zwar nicht so laut wie zuvor, aber doch so, dass es nervt. »Also, was willst du machen, während du hier bist?«

»Ganz ehrlich? Nur mit dir abhängen. Pizza essen. Reden. Lachen. Ich habe, du weißt schon, ich habe uns vermisst.«

»Ja. Mir war gar nicht bewusst, wie viel Zeit wir miteinander verbracht haben, bis du nicht mehr da warst.« Sie hält den Blick auf die Straße gerichtet, und ich frage mich, ob ich vielleicht paranoid bin. Ist Scar irgendwie sauer auf mich? Natürlich, wir haben unsere gesamte Zeit miteinander verbracht. Das machen beste Freundinnen so.

»Dein Haar sieht super aus, total cool.«

»Ich brauchte was Neues«, sagt sie und dreht das Radio wieder ganz auf.

Während wir bei DeLuccis Pizza essen – zumindest die schmeckt noch so gut, wie ich sie in Erinnerung habe –, bringe ich sie auf den neuesten Stand in Sachen L. A.. Berichte alles, von Anfang bis Ende. Wie ich herausgefunden habe, dass sich Caleb hinter SN verbirgt. Und von Liam und Dri. Sogar dass Theo meint, Ethan sei drogenabhängig, obwohl ich ihr das zuerst nicht erzählen wollte, weil ich möchte, dass sie ihn sympathisch findet, auch wenn sie sich nie kennenlernen werden. Schließlich erzähle ich es ihr aber doch, denn vor Scar konnte ich noch nie etwas geheim halten. Ich gerate ein wenig ins Faseln, bin nervös. Wahrscheinlich wegen des Koffeins. Im Flugzeug habe ich eine Tasse Kaffee getrunken. Schwarz, als albernen Tribut an Ethan.

»Und was soll ich jetzt tun?«, frage ich, da Scar immer weiß, was zu tun ist. Sie ist wie eine alte, erfahrene Ratgeberin, die in einem jungen Körper steckt. Ihr zweiter Name ist tatsächlich, und das ist kein Witz, Sage, was so viel heißt wie »weise«.

»Wieso? Wo ist das Problem?«, fragt sie und saugt die Zitrone ihrer Cola light aus. »Ein Typ hat mit seiner Freundin Schluss gemacht und will jetzt mit dir zusammen sein? Hört sich nach einem Luxusproblem an.«

»Na ja, ich … ich will nicht –«

»Ich glaube, du solltest das alles noch mal überdenken, J.« Einen Moment lang mustert sie mich von oben bis unten, wahrscheinlich um festzustellen, inwieweit ich anders aussehe als vor zwei Monaten. Sie wiegt die Veränderungen ab. Mein Haar ist länger, weil ich keine Lust hatte zum Friseur zu gehen, und ich habe ein bisschen abgenommen, weil Rachel nicht auf Kohlehydrate steht. Ansonsten sehe ich genauso aus wie vorher.

»Vielleicht. Es ist nur –«

»Apropos, nachher kommt Adam noch vorbei. Und Deena auch«, unterbricht mich Scar mitten im Satz.

»Bist du jetzt mit Deena befreundet?«

»Eigentlich ist sie ganz in Ordnung.«

»Aha.« Ich beiße ein Stück von meiner Pizza ab und weiche ihrem Blick aus. Scar weiß, dass ich Deena nie gemocht habe. Damals in der Neunten hat sie versucht, einen Keil zwischen Scar und mich zu treiben. Sie hat ihr gegenüber behauptet, ich würde hinter Scars Rücken schlecht über sie reden, was natürlich nicht stimmte. Und sie hat immer Kommentare gemacht, die als Witz daherkamen, aber eigentlich Sticheleien waren. Kein ausgeklügeltes, zu einer Kunstform erhobenes Mobbing, wie Gem es praktiziert, aber dennoch eindeutig einer Zwischenform zuzuschreiben.

»Weißt du, das alles war nicht nur für dich schwer.« Scarlett stellt mit Schwung ihre Cola ab und einige Spritzer landen auf ihrem Teller, von dem sie bislang nicht einen Bissen gegessen hat. »Ich musste mir auch neue Freunde suchen.«

Ich versetze mich in ihre Situation, denke darüber nach, wie es gewesen wäre, wenn Scar gegangen und ich zurückgeblieben wäre. Wie es gewesen wäre, mit den Leuten, die wir schon ewig kennen, ganz von vorn anzufangen. Mit all den Leuten, *gegen* die wir uns aus dem einen oder anderen Grund entschieden hatten. Bis jetzt bin ich nie auf den Gedanken gekommen, dass von meinem Umzug noch jemand anderes betroffen sein könnte, außer mir selbst.

»Es tut mir leid. Darüber habe ich noch nicht nachgedacht.«

»Ja, nein verdammt.«

»Scar!« Ich schaue ihr in die Augen und versuche herauszufinden, was hier gerade vor sich geht. Streiten wir uns? Scar und ich haben uns noch nie gestritten. So ist unsere Freundschaft nicht: dieses Gezicke, das machen wir nicht mit. Wir waren immer die beste Freundin der anderen. Das hier ist neu und der Schock, dass Scar wütend auf mich ist und vielleicht sogar neue Freunde gefunden hat, sorgt dafür, dass ich mich fürchterlich einsam fühle. »Was ist los?«

Ihre Augen füllen sich mit Tränen und meine ebenfalls. Ich habe mich so sehr auf Zuhause gefreut, darauf, in dieser Ecke des Restaurants zu sitzen, wo wir hunderte Male gesessen haben, und zum ersten Mal seit Monaten einfach nur zu entspannen. Und nun will ich plötzlich überall sein, nur nicht hier.

Nein, eigentlich will ich nirgendwo anders sein, denn, wohin auch immer ich gehe, ich selbst werde auch dabei sein. Ich stecke in diesem Kopf fest, in diesem Körper, in diesem ekligen Sumpf menschlichen Daseins.

Wie hatte ich es nur geschafft, alles so zu vermasseln?

Mein erster Gedanke ist, SN zu schreiben und ihm zu sagen, wie schlecht hier alles läuft, wie anders es ist, wie sich zu Hause gar nicht mehr wie zu Hause anfühlt, doch dann erinnere ich mich an gestern, als er nicht einmal einen Kaffee mit mir trinken gehen wollte.

»Nichts. Vergiss es.« Scar ist mit ihrer Pizza beschäftigt – streut geriebenen Käse, roten Pfeffer und Salz darauf.

Isst aber noch immer kein Stück.

»Scar.« Meine Stimme hat einen flehenden Unterton. *Lass uns noch mal von vorn anfangen.* Ich habe keine Energie, mich zu streiten. Nein, Energie ist nicht das Problem. Es ist Mut. Ich kann den Gedanken nicht ertragen, dass wir uns anschreien, die Schwächen der anderen sezieren und die Dinge laut aussprechen, die diejenigen, die dich am meisten lieben, niemals sagen sollten. Dinge wie die, die sie gerade angedeutet hat: *Du denkst nur an dich.* Ich kann den Gedanken nicht ertragen, dass wir nach solchen Worten vielleicht keine Freundinnen mehr sind.

»Lass uns einfach nicht mehr darüber reden, okay?« Scarlett beißt abermals in ihre Zitrone, und ein Tropfen des bitteren Safts läuft ihr übers Kinn. Ich reiche ihr eine Serviette.

»Okay.« Ich esse mein zweites Pizzastück auf, während Scarlett ihre beiden, gewürzt, wie sie sind, ungegessen in den Müll schmeißt.

Scarlett sitzt neben Adam auf dem Sofa, ihre Beine liegen auf seinem Schoß. Deenas Bruder Joe, der gerade hier auf dem Community College angefangen hat und genauso nervig ist wie seine Schwester, hat eine Palette Bier mitgebracht, vielleicht ist das der neue Preis, um Zugang zum Keller von Scars Eltern zu bekommen. Deena reicht die Dosen herum, die allerdings warm sind. Auch Adams bester Freund Toby ist gekommen, mit dem ich mich wahrscheinlich noch nie unterhalten habe, obwohl ich ihn schon seit der Vorschule kenne.

Alle sehen wie früher und doch anders aus. Adams Gesicht ist glatter – Scar hatte recht –, und er wirkt weniger schlaksig und kindlich, weshalb die Vorstellung nicht mehr ganz so abwegig ist, dass er eine Freundin hat. Dass Scar mit ihm etwas angefangen hat. Ich stelle mir vor, wie Adam Hanteln stemmt, in seinem Keller, der genauso aussieht wie der in unserem ehemaligen Haus – mit niedriger Decke und Linoleumfußboden, der perfekte Ort für ein so auf sich selbst konzentriertes Projekt. Auch Deena wirkt älter, vielleicht liegt es aber nur daran, dass sich ihre Haltung gebessert hat und damit die Skoliose weniger auffällt. Jedenfalls flüstert sie Scar ständig etwas ins Ohr und lacht. Okay, ich hab's verstanden, würde ich am liebsten sagen. Ihr seid jetzt beste Freundinnen.

»Wie ist L. A.?«, fragt Adam, und alle im Raum sehen mich an. Während ich mich in dieser Gruppe gerade noch als Außenseiterin gefühlt habe, bin ich plötzlich zu sehr im Zentrum des Geschehens. Wenn ich von L. A. erzähle, wird Scar womöglich noch wütender auf mich, besonders, wenn man bedenkt, von wem die Frage kommt – von ihrem Lover? Dem Freund mit gewissen Vorzügen?

»Ach, weißt du«, sage ich und trinke einen großen Schluck Bier. »Vor allem sonnig.«

»Scar meint, du wohnst in so einem richtigen Palast«, meldet sich Toby zu Wort und stößt mit seiner Bierdose gegen meine, als wäre der Umzug nach L. A. eine Art persönlicher Coup, vergleichbar mit einem Platz am College meiner Wahl.

»Ja, na ja, nicht wirklich. Klar, es ist ein schönes Haus, aber es ist nicht unseres. Ich vermisse das hier.« Ich suche Scars Blick. Aber sie sieht mich nicht, weil sie zu sehr damit beschäftigt ist, mit Adam zu knutschen. Ich denke an Rachels Haus – die bodentiefen Fenster, die dich förmlich anflehen hinauszuschauen –, und dann sehe ich mich in diesem Keller um. Erinnere mich daran, dass wir uns unter der Erde befinden.

»Und sie hat auch erzählt, dass du auf so eine schicke Privatschule gehst, wo alle superreich sind und von Paparazzi verfolgt werden.« Tobys Stimme überrascht mich; sie ist tiefer, als ich sie mir vorgestellt habe. Ich nehme seinen Chicagoer Dialekt wahr, der für mich bis jetzt nie ein Dialekt gewesen ist. Klinge ich für die Leute in L. A. auch so? Tiefe, weiche Ds statt Ths.

»Ich weiß nicht. Die Leute dort sind eindeutig anders.« Hat Scarlett die ganze Zeit gedacht, ich hätte nur so getan, als würde ich meine neue Glitzerwelt verachten? Sie und ich haben immer die gleiche Sprache gesprochen. Sie muss doch verstanden haben, dass ich so viel lieber in ihrem Keller bin, vielleicht nicht gerade, wenn wir mit Deena, Adam und den anderen seltsamen Leuten hier warmes Bier trinken, sondern wenn ich mit ihr allein Popcorn esse und Filme auf Netflix schaue. Dass genau das, was Wood Valley interessant und cool erscheinen lässt, der Grund ist, weshalb ich mich dort so einsam fühle. Mich kann man nicht mit hohen Decken und Kobe-Rind beeindrucken.

Ich stelle mir vor, meine neuen Freunde wären hier in Chicago, und frage mich, ob sie sich in meinem alten Leben zurechtfänden, so wie ich versucht habe, mich in ihrem zurechtzufinden. Trotz der unglaublichen Summen, die sie für Kaffee ausgeben, ihren privaten Nachhilfelehrern und der Tatsache, dass sie noch nie einen Fuß in einen Goodwill oder einen Secondhandladen gesetzt haben, hätten Dri und Agnes keine Probleme damit, sich hier eine Dose Bier zu nehmen und darüber zu diskutieren, ob sich Scar das Haar wieder wachsen lassen sollte. Auch Caleb würde, unauffällig, wie er ist, nicht herausstechen. Kaum jedenfalls. Sie würden sich anpassen.

Der Einzige, den ich mir hier nicht vorstellen kann, ist Ethan, was aber vielleicht daran liegt, dass ich mir Ethan kaum irgendwo anders vorstellen kann als in seinen Schlupflöchern. Er ist eher wie ich, denke ich: Auch er weiß, dass er irgendwie anders tickt als alle anderen. Selbst als diejenigen, die uns nahestehen.

Und mir wird auch bewusst, dass man nicht zu lange darüber nachdenken kann, da der Gedanke – die Wahrheit über unsere Isolierung – ziemlich unerträglich ist.

Ich bin betrunken, und das warme Bier stößt mir sauer auf. Scar und Adam haben sich in die Waschküche verzogen. Die Tür ist geschlossen, und den Geräuschen nach zu urteilen, die aus der Richtung herüberdringen, haben sie Sex, und wahrscheinlich nicht zum ersten Mal. Vielleicht hat sie Deena in allen Einzelheiten darüber berichtet, und ihre neue beste Freundin konnte ihr alle möglichen Tipps geben und wertvolle Informationen zu dem liefern, was mir unglaublich kompliziert erscheint. Nicht nur die Sache mit dem Kondom auf der Banane, wie es uns in Sexualkunde präsentiert wurde, sondern auch die Wies und Warums und das Was-fühlt-sich-gut-an, wovon ich noch keine Ahnung habe. Vielleicht will Scarlett deshalb nicht mehr mit mir befreundet sein, weil ich sie in diesem Bereich nicht adäquat beraten kann. Und weil ich Ausdrücke wie »adäquat beraten« benutze, wenn ich betrunken bin.

Wenn ich so darüber nachdenke, würde ich auch nicht meine Freundin sein wollen.

Deena und Toby knutschen in der Ecke des L-förmigen Sofas, genau an der Stelle, an die ich mich vor einer Woche geträumt habe, als wieder nach Chicago zu ziehen und hier unten zu wohnen die Antwort auf all meine Probleme zu sein schien. Joe, der sich Kopfhörer um den Hals tätowieren lassen hat – das blödste Tattoo, das man sich vorstellen kann, da sich die Technik immer weiterentwickelt und es bald so wirken wird, als hätte er sich ein Wählscheibentelefon stechen lassen –, versucht sich mit mir zu unterhalten und rückt mit jeder Frage näher. Natürlich ist eine dümmer als die nächste à la *Hast du Brad und Angelina gesehen? Und kann man auf den Buchstaben des Hollywood-Schriftzugs sitzen?* Ich glaube, er geht davon aus, dass wir aufgrund des Ausschlussverfahrens an diesem Abend füreinander bestimmt sind, da niemand anderes mehr übrig ist und ich doch sicher durch einen einfachen Algorithmus entscheide, mit wem ich rummache.

Ich hole mein Handy heraus. Ich kann nicht anders, ich muss SN schreiben.

Ich: Bist du wach?

SN: für dich immer. wie ist Chicago?

Ich: Ganz ehrlich? Beschissen.

SN: ?

Ich: Es ist nur … Erstens bin ich betrunken und neben mir sitzt so ein nerviger Kerl, der mich nicht in Ruhe lässt.

SN: echt? geht's? soll ich die polizei rufen?

Ich: NEIN! So war das nicht gemeint. Nein. Er ist einfach nur nervig. Und Scar ist sauer auf mich, ohne dass ich weiß, warum. Anscheinend ist Deena jetzt ihre neue beste Freundin. Und ich fühle mich so –

SN: allein.

Ich: Allein.

SN: ich bin da.

Ich: Bist du nicht. Nicht wirklich.

SN: doch.

Ich: Du bist ja nicht einmal da, wenn ich da bin.

SN: wirst du immer so grundsätzlich, wenn du betrunken bist?

Ich: Du wolltest mit mir nicht mal einen Kaffee trinken. Es ging doch nur um einen Kaffee.

Mir laufen die Tränen über die Wangen, und das ist der Grund – das Weinen und nicht das Schreiben oder dass ich Joes Hand von meinem Bein nehme –, dass er schließlich von mir ablässt und zur Seite rückt. Anfängt, auf dem Handy zu zocken, als Ersatz fürs Knutschen mit mir. Ich höre das Gedudel. Mein Weinen ist zumindest lautlos. Alle anderen sind zu beschäftigt, um es überhaupt wahrzunehmen.

SN: wovon redest du?

Ich: DU WEISST GENAU, WOVON ICH REDE.

SN: nein. wirklich nicht.

Ich: HÖR AUF SO ZU TUN, ALS WÜSSTE ICH NICHT, WER DU BIST.

SN: warte mal, Jessie, im ernst, ich verstehe gar nichts mehr. du weißt, wer ich bin? neulich dachte ich, du wüsstest es, aber dann habe ich wieder gedacht, niemals. ich wollte es dir schon sagen, aber –

Ich: Es ging nur um einen Kaffee. Bin ich so, ich weiß nicht, schrecklich, dass … ach, egal.

SN: ich hab keine ahnung, wovon du sprichst. ehrlich nicht. sollen wir vielleicht warten, bis du wieder nüchtern bist und dann noch einmal darüber reden? es läuft grad nicht so, wie ich es mir wünschte –

Ich: Ja. Geht mir genauso.

Ich schalte das Handy ab. Renne die Treppe hinauf in das winzige Badezimmer. Kotze DeLuccis Pizza und das Bier aus und habe keinerlei nostalgische Gefühle, als ich Scars Duschvorhang mit der Weltkarte sehe oder den »Der Kater mit Hut«-Seifenspender, der dort schon so lange steht, wie ich denken kann. Ich setze mich auf den flauschigen alten Vorleger und versuche mich nicht zu bewegen, während sich die Welt weiterdreht.

Kapitel 28

»Aufwachen, du Schlafmütze«, dringt Scars Stimme zu mir. Ich öffne ein Auge. Sie trägt einen Flanellpyjama, hat ihr Haar zu einem Minizopf zusammengebunden und wirkt kein bisschen verkatert. An ihrem Hals ist ein fetter Knutschfleck zu sehen, den sie hoffentlich abdecken wird, bevor sie ihren Eltern gegenübertritt. Mit überkreuzten Beinen sitzt sie am Fußende ihres Bettes, in dem ich anscheinend geschlafen habe, auch wenn ich mich nicht wirklich daran erinnere, wie ich dort hineingekommen bin. Sie reicht mir ein Glas Wasser. »Bitte, sag mir nicht, dass du was mit Joe gehabt hast.«

»Ihh. Nein. Natürlich nicht.« In meinem Kopf pocht es, ein Schmerz, der von innen nach außen strahlt, als würde mein Gehirn verfaulen. Ich setze mich auf, lasse mich aber sofort wieder zurückfallen. Zu schnell. Mir ist alles viel zu schnell. »Ich habe überlegt, früher zurückzufliegen.«

Der Satz ist ausgesprochen, bevor ich ihn noch einmal überdenken kann. Aber ich kann es einfach nicht ertragen, in Scarletts Nähe zu sein, ohne dass wir noch wir sind. So stelle ich es mir vor, wenn man mit jemandem Schluss macht.

»Tu's nicht, J. Wirklich nicht. Nicht so.«

»Ich weiß nicht, warum du mich plötzlich so schrecklich

findest.« Meine Augen sind geschlossen, weil mir das Sprechen leichter fällt, wenn die Worte in die Dunkelheit gleiten. Die Tränen habe ich am Abend anscheinend vollständig verbraucht, denn jetzt kommen sie nicht. Alles, was ich spüre, ist das übwältigende Gefühl, etwas verloren zu haben.

»Ich finde dich nicht schrecklich.« Schnell rutscht Scar das Bett hinauf, bis sie neben mir sitzt, und legt den Arm um meine Schulter. »Oh Mann, du stinkst.«

Ich lache. »Schönen Dank auch. Ich hab mich übergeben.«

»Ach nee.«

»Scar –«

»Ich finde dich nicht schrecklich.« Sie hält inne. Sucht nach Worten. »Aber du bist gegangen. Nicht ich. Du bist diejenige, die mich verlassen hat.«

Ich schaue aus dem Fenster, an Scars Kopf vorbei, und sehe, dass die Bäume bereits fast kahl sind, auch wenn noch gar nicht Winter ist. Sie haben ihre Blätter eins nach dem anderen abgeworfen, und die Äste ragen nackt und ungeschützt in den kalten Himmel. Fröstelnd ziehe ich die Decke hoch.

»Das ist nicht fair. Ich wollte nicht gehen. Das weißt du.«

»Aber du hast eigentlich nie gefragt, wie es mir geht. Als du gegangen bist, hast du mich allein zurückgelassen.«

»Ich glaube, ich bin wohl einfach davon ausgegangen, dass sich bei dir nicht viel verändert. Bei mir ist so viel passiert, dass ich dir von meinem Leben erzählen wollte. So haben wir es doch immer gemacht«, erwidere ich, und meine Unterlippe beginnt zu zittern. Vielleicht hat sie recht und ich unrecht, und alles ist meine Schuld. Scarlett, mein Dad, SN, bald auch Dri.

Vielleicht sogar das mit meiner Mom auf irgendeine seltsame, kosmische Art. Vielleicht haben ich-bezogene Narzisstinnen wie ich keine Mütter verdient.

»Weißt du, wie schwer es für mich gewesen ist? Glaubst du, dass ich mit Deena abhängen wollte? Aber als du nicht mehr da warst, hatte ich niemanden. Niemanden«, sagt Scar. »Und du hast nie gefragt, nichts, nie.«

»Es tut mir leid. Du hast recht. Ich hatte echt nur mich selbst im Kopf.«

»Ich fühle mich total schlecht, dass ich sauer auf dich bin, nachdem erst deine Mom gestorben ist und du dann auch noch umziehen musstest, um jetzt mit einer bösen Stieffamilie zusammenzuleben. Obwohl, so übel hören sie sich gar nicht an. Trotzdem brauche ich auch noch meine beste Freundin. Es geht nicht nur um dich.«

Scar rollt sich zusammen und beginnt so heftig zu weinen, dass ihr Körper bebt. Ich lege die Arme um sie und drücke sie an mich, auch wenn ich nicht wirklich verstehe, was hier gerade vor sich geht.

»Scar, schon gut. Alles wird gut. Rede mit mir«, sage ich, aber sie ist nicht in der Lage zu sprechen. Zu viele Tränen und zu viel Rotz. Deshalb warte ich. Das ist das Mindeste, was ich tun kann. Ich kann warten und ihr dann zuhören.

»Adam macht mit mir Schluss«, schluchzt sie, nachdem ich aus dem Bett gestiegen und ihr ein Taschentuch gereicht habe, damit sie sich das Gesicht abwischen kann. Der Boden schwankt, doch für Scarlett überwinde ich meinen Kater.

»Warum? Ich meine, wie kommst du darauf? Ich habe den

Eindruck, er ist voll auf dich fixiert«, sage ich, denn so kam es mir vor. Bevor sie sich nicht gerade unauffällig in die Waschküche verzogen haben, hat er die ganze Zeit zu ihr geschaut und jedes Mal geprüft, wie sie auf einen Witz von ihm reagierte. Nicht nur, weil er sie lachen sehen wollte, sondern auch, weil er es genoss, derjenige zu sein, der sie dazu brachte.

»Ich, ich weiß nicht. Teilweise ist es die Sache mit dem Sex.«

»Welche Sache mit dem Sex?« Ist ihr nicht einmal bewusst, dass sie mir nie erzählt hat, dass sie mit ihm geschlafen hat? Haben wir uns so sehr auseinandergelebt?

»Du weißt, dass wir es noch nicht getan haben, oder? Deena war doch letztes Jahr total panisch, weil sie Angst hatte, schwanger zu sein, und ich bin irgendwie noch nicht so weit. Es ist mir peinlich, aber ich habe Schiss. Ich weiß nicht, was ich tun soll.«

»Beim ersten Mal weiß niemand, was er tun soll.«

»Und ich bin einfach so –« Sie hält inne und zieht sich die Decke über den Kopf. Ich erkenne Scar nicht wieder. Bislang habe ich sie immer als furchtlos erlebt und nicht wie mich selbst, jemand, der Angst vor allen Dingen im Leben hat, die nicht logisch zu begreifen sind, wie Jungs und ihre Männlichkeit.

Ich ziehe ihr die Decke weg und zwinge sie, mich anzusehen. »Erzähl's mir.«

»Ich bin so in ihn verschossen, dass ich es kaum ertragen kann. Am Anfang konnte ich mir überhaupt nicht vorstellen, ihn auch nur ein bisschen zu mögen und jetzt, verdammt. Ich weiß nicht, was ich tun soll. Ich kann nur noch an ihn denken«, jammert sie, und ich weiß genau, was sie meint. Mir geht es mit Ethan nicht anders – dem vorbelasteten Ethan, der noch nie mit jemandem zusammen war. Die ganze Zeit denke ich an ihn, auch wenn ich es gar nicht will. Selbst wenn er nichts mit dem zu tun hat, was ich gerade mache, wie zum Beispiel, mir mit dem nervigen Joe die Birne zuzusaufen und mich dabei zu fragen, ob Ethan hierherpassen würde. Wahrscheinlich käme er nie nach Chicago. Würde Scars Keller nie zu Gesicht bekommen. Doch in meinen Gedanken war er sehr wohl hier.

Und so blöd es auch sein mag, mit SN geht es mir genauso. Nicht mit Caleb, der realen Version von SN, aber mit dem auf dem Display schon. Er ist lediglich mein virtueller Vertrauter, das ist mir klar.

»Scar, das ist doch wunderbar.«

»Nein, es ist fürchterlich. Ich komme mir total idiotisch vor. Wir reden hier über Adam, verdammt – deinen alten Nachbarn, den schlechtesten Küsser der Welt. Auch wenn er inzwischen besser küsst.« Wieder zieht sie sich die Decke über den Kopf, und ich reiße sie herunter.

»Sieh mich an. Er ist genauso in dich verschossen. Ehrlich, er hat trainiert, das sieht man. Warum sollte er sonst plötzlich anfangen Sport zu machen? Und er kann die Finger nicht von dir lassen und guckt dich die ganze Zeit an. Wirklich. Die. Ganze. Zeit.« Ich schlinge die Arme um sie, weil ich mich so sehr für sie freue. Sie hat einen Freund, der sie liebt, verdient und alles, was sie sich sonst noch wünscht, ebenso. Ich gönne ihr das Happy End mit dem Jungen von nebenan von ganzem Herzen, auch wenn er streng genommen mein Nachbar war und nicht ihrer. Doch das ist nah genug dran.

Und sie hat recht: Ich bin gegangen und habe nicht auch nur

einen Gedanken daran verschwendet, was sich damit für sie verändert. Ich habe mich nicht genug nach Adam erkundigt, nach ihrem neuen Leben, und mich nur darauf konzentriert, über meins zu meckern.

»Es tut mir so leid, dass ich nicht für dich da war. Das war total daneben. Aber jetzt bin ich hier, okay?«

»Okay«, sagt sie und schluchzt in meine Schulter.

»Also, erzähl mir alles«, sage ich, und das tut sie.

Später essen wir die scharfe Tofu-Nudelsuppe von Scars Mom, die angeblich ein altes Heilmittel gegen Kater ist. Ich behalte sie in mir, was ich als positives Zeichen werte.

»Adam will, dass ich ihm Tattoo-Sticker für seinen Laptop mache«, sagt Scar, und ich lächele sie an. Es hat sie wirklich erwischt. Egal, worüber wir reden, sie findet einen Weg, ihn ins Gespräch zu bringen.

»Die Sticker sind echt super. Du solltest versuchen, sie auf Etsy zu verkaufen.«

»Ja, er hat sich schon ein Motiv ausgesucht, aber ich möchte ihm einen machen, der eine Bedeutung hat. Irgendwie für ihn steht oder so. Aber ich weiß nicht. Wahrscheinlich ist es noch zu früh.«

Wir schlürfen unsere milchige Suppe und starren dabei in die Schüsseln. Ich weiß nicht, ob es zu früh ist. Damit kenne ich mich nicht aus, und ich will ihr nichts vermasseln.

»Ist das eigentlich dein Handy, das die ganze Zeit piept?«, fragt Scar. Seit wir angefangen haben zu essen, habe ich mindestens zehn neue Nachrichten erhalten.

»Ja«, antworte ich.

»Und willst du nicht nachsehen?« Ich habe das Handy absichtlich in meiner Reisetasche gelassen. Ein bewusstes, kein von der Nationalen Luftfahrtbehörde vorgegebenes Loslösen. Als ich es heute Morgen angestellt habe, hatte ich bereits einen Haufen neue Nachrichten erhalten, die ich nicht zu lesen wagte. Einige waren von Agnes und Dri, aber wenn sie nicht mehr mit mir befreundet sein wollen, kann es auch bis Montag warten. Am meisten fürchte ich mich vor SNs Nachricht. Ich weiß nicht, wie ich so dumm sein konnte, ihm betrunken zu schreiben. Ich sollte mir einen Alkoholtester besorgen, der automatisch mein Handy sperrt. Gibt es so etwas überhaupt? Wenn nicht, werde ich es erfinden, die Branche *aufmischen* und Millionen von Dollar scheffeln.

»Glaub nicht.«

»Es könnte etwas Dringendes sein.« Scar lässt nicht locker.

»Was sollte denn dringend sein? Wenn mein Dad mich erreichen muss, hat er eure Festnetznummer. Im Moment bin ich nur für dich da. Der Wood-Valley-Kram kann warten.«

»Mich interessiert der Wood-Valley-Kram aber. Wirklich«, entgegnet Scar, steht auf und streckt sich auf eine Art, dass ich mich frage, ob sie mit Yoga angefangen hat. »Nur möchte ich ab und zu eben auch über mich reden.«

»Es tut mir leid.« Mein neues Mantra. Ich hoffe, das Wiederholen der Worte – ich habe sie heute Morgen wahrscheinlich schon hundertmal gesagt – schwächt sie nicht ab. Als meine Mom gestorben ist, gingen mir genau diese Worte total auf den Wecker, weil die Leute es sich damit leicht gemacht haben, das

Thema abzuhaken und wieder zur Normalität zurückzukehren. Hübsch verpackte, aber leere Worte, die nicht anerkannten, was ihr Tod bedeutete: dass sie jetzt tot war, jeden Tag und für immer.

»Ich hol dir dein Handy.«

»Nein. Bitte nicht.«

»Bringen wir es hinter uns.« Sie zieht mein Handy aus der Tasche und wischt übers Display. »Wie ist dein Code?«

Meine Zunge brennt, und meine Augen tränen von der scharfen Suppe. Dennoch esse ich einen weiteren Löffel. Weiche Scars Blick aus. Rühre Nudeln und Seegras zu einem festen Knoten zusammen. »Ich weiß ihn sowieso.«

»Tust du nicht«, widerspreche ich, auch wenn sie ihn sehr wohl weiß.

»Eins-zwei-drei-vier. Ups, bin drin. Wie oft habe ich dir schon gesagt, dass du ihn ändern sollst?«

Ich lache, aber ich habe Angst. Was erwartet mich in meinem Handy? Was hat SN zu sagen? Warum melden sich Dri und Agnes, wenn sie doch wissen, dass ich nicht da bin? Ich hoffe, sie wollen mir sagen, dass Liam jetzt klar im Kopf ist und Gem und er wieder zusammen sind, und nicht, dass sie sauer auf mich sind. Es ist seltsam, dass Wood Valley bis hierher reicht, durchs halbe Land.

»Gibt's doch nicht!«, kreischt Scar und klatscht in die Hände. »Ich habe so gehofft, dass er es nicht ist!«

»Was meinst du?«

»Guck mal!« Scar reicht mir das Handy. Der Gruppenchat mit Agnes und Dri ist geöffnet.

Agnes: BIG NEWS. Habe gerade Caleb in der Stadt gesehen.

Dri: Und?

Agnes: ER WAR MIT SEINER SCHWESTER UNTERWEGS!

Dri: Sie ist gar nicht tot?

Agnes: Nein. Quicklebendig und gerade dabei, sich eine Handtasche für tausend Dollar zu gönnen.

Dri: JESSIE!!!! OMG!!! OMG!!!

Agnes: Ich hab ja immer gesagt, dass Caleb nicht SN ist.

»Warte mal, was ist passiert?« Ich sehe Scarlett an. Ich bin verwirrt. Natürlich ist SN Caleb. Es kann gar nicht anders sein. Er kleidet sich doch schon so wie jemand, der unerkannt bleiben will. Und auf der Party war er die ganze Zeit mit seinem Handy zugange. Und er ist in die Buchhandlung gekommen, direkt nachdem ich ihm gesagt habe, dass ich dort arbeite. Außerdem schreibt er mir immer, kurz nachdem wir uns persönlich unterhalten haben. Nicht zuletzt dieser Tick mit dem Wackeln des Handys. Hat er seine tote Schwester erfunden?

Und haben SN und ich die Sache mit dem Kaffee nicht auch einmal besprochen, als ich einen Rückzieher gemacht habe?

Ich suche die Nachricht. Und da ist sie:

Ich: 3. Ich bin nicht mehr besonders scharf auf Kaffee.

SN: das leben ist zu kurz für schlechten kaffee.

Ich: Hä?

SN: war ein scherz.

Ich: Nicht komisch.

SN: es ging nur um kaffee. entspann dich.

Ich gebe Scar das Handy zurück, als wäre es giftig. Habe ich total falschgelegen? Hat SN wirklich geglaubt, es wäre eine allgemeine Aussage? Darüber, dass ich Kaffee nicht so gern mag? Und ich dachte, er meinte, dass es doch nur um einen gemeinsamen Kaffee ginge und ihn persönlich zu treffen keine große Sache wäre.

»Jipie! Ich war von Anfang an nicht für Caleb. Ich fand ihn schon immer irgendwie komisch – nichts für ungut. Kilimandscharo hin oder her. Wenn er die ganze Zeit mit dir schreibt, sollte er auch ein Interesse daran haben, dich persönlich zu treffen«, sagt Scar.

»Warte mal, du glaubst also wirklich, dass er es nicht ist. Echt jetzt?« Mein Kopf beginnt sich wieder zu drehen. Scar hat sich geirrt. Die Suppe half nicht gegen den Kater. Ich merke, wie sich die saure Schärfe wieder ihren Weg die Kehle hinaufbahnt und brennt, höllisch brennt.

»Natürlich nicht. Wer würde eine tote Schwester erfinden?«

»Seltsame Typen, die ihren Mitschülern anonym schreiben«, antworte ich.

»Niemals. Es ist offiziell. SN ist nicht Caleb«, beschließt Scar.

»Aber wer zum Teufel ist er dann?«, will ich wissen.

»Sieh mal hier.« Scar reicht mir noch einmal das Handy.

SN: ich mach mir sorgen, alles okay? auch wenn du sauer bist, sag mir wenigstens, dass du okay bist.

SN: hallo?

SN: gut. ich versuch mich zu beruhigen, auch wenn es mitten in der nacht ist und ich nicht in der lage bin, klar zu denken. Ich red mir einfach ein, dass dein akku leer ist oder du dein handy ausgemacht hast, weil du nicht mit mir reden wolltest, was okay ist, auch wenn ich es nicht verstehe, solange du nicht mit diesem scheißkerl, der dich nicht in ruhe lässt, irgendwo betrunken im graben liegst.

SN: inzwischen ist morgen. bei dir ist alles okay, ja? JA?

SN: drei dinge: 1. ich hab dich nur ein einziges mal angelogen. der rest, alles andere, stimmt, und auch wenns eine ziemlich große lüge war, wirst du verstehen, warum. oh mann, ich kanns nur hoffen. 2. DAS HIER ist wichtiger als alles andere. das hier ist real. auch wenn sich alles andere meistens nicht so anfühlt. 3. ich hab die ganze nacht darüber nachgedacht, hab deine nachrichten hunderttausendmal gelesen und bin mir ziemlich sicher, dass ich weiß, für wen du mich hältst, und du irrst dich.

SN: nur heute gibts einen drauf. 4. treffen wir uns.

»Es ist also doch Caleb. Weil er sagt, dass er gelogen hat. Es muss also doch Caleb sein«, sage ich. »Das mit seiner Schwester war gelogen, aber alles andere stimmt.«

»Niemals. Die Lüge war etwas anderes. Vielleicht war das mit seiner Schwester auch gelogen, aber jedenfalls war es nicht Caleb, der gelogen hat. Das passt einfach nicht zu ihm. Ich weiß es«, behauptet Scar, und aus irgendeinem Grund, obwohl sie niemanden von den Leuten je getroffen hat, glaube ich ihr. Caleb war mir gegenüber so abweisend – nicht einmal zu dem kleinsten bisschen Smalltalk ist er bereit gewesen. SN ist das Gegenteil – will immer noch mehr wissen, jede Kleinigkeit, die meinen Tag ausmacht. »Ich glaube, es ist Liam.«

»Niemals«, widerspreche ich.

»Das würde erklären, warum er Gem für dich sitzen lässt.«

Ich lächele Scar an, aber nicht, weil ich insgeheim auch nur ein bisschen hoffe, dass sich hinter SN Liam verbirgt. Das wäre aus vielen Gründen schlecht, nicht zuletzt wegen Dri.

»Du hast mir zugehört«, stelle ich fest und bin so dankbar, dass sie noch meine Freundin ist und es hoffentlich für immer bleiben wird. Sie kannte meine Mutter. Und mein früheres Ich. Das ist ziemlich viel.

»Natürlich habe ich dir zugehört.«

Ich: Tut mir leid wegen gestern Abend. Ich war nicht ich selbst. Lange Geschichte. Aber ja … lass uns treffen. Ich glaube, es ist an der Zeit.

SN: eindeutig und unzweideutig, es ist an der zeit.

Kapitel 29

»Weißt du, was komisch ist? Auf der Schule gibt es so viele seltsame Typen. SN könnte jeder sein. Er könnte dieser Ken Abernathy sein, der ein echtes Furzproblem hat. Wirklich schlimm. Sogar Mr Shackleman könnte sich dahinter verbergen!« Scar und ich fahren herum. Ohne Ziel. Cruisen einfach nur durch die Straßen, die mir so vertraut sind. Im Gegensatz zu meinen ehemaligen Mitschülern sieht die Umgebung noch genauso aus wie früher: Die Bäume mögen hier kahler sein, aber genauso kahl waren sie letzten Herbst und den Herbst davor ebenfalls. Selbst unser Haus sieht noch fast genauso aus, wie ich es in Erinnerung habe, auch wenn jetzt eine andere Familie darin wohnt. Der einzige Unterschied ist, dass ein Dreirad mit Fransen an den Griffen im Vorgarten steht und ein Ball im Gebüsch liegt. Als wir vorbeifahren, kneife ich die Augen zu, damit diese Neuerungen aus meinem Blickfeld verschwinden.

Zu Hause und doch nicht wirklich.

Mom, wo bist du? Wie dumm von mir zu glauben, dass du eher hier als dort bist.

»Wer ist Mr Shackleman?«, erkundigt sich Scar.

»Mein Sportlehrer. Er ist total pervers.«

»Oh Mann. Wie lustig, wenn sich herausstellen würde, dass SN irgendein alter Knacker mit Nackenhaar ist?«

»Igitt. Er kriegt schon eine Glatze und hat einen Bierbauch.«

»Ich glaube, du solltest dich auf Liam einstellen. Er ist SN, ziemlich sicher.« Scar parkt vorm 7-Eleven, und wir bleiben im Auto sitzen und starren auf das Geschäft mit den großen Fenstern, durch die man die von Neonlicht beleuchteten Lebensmittelregale und die glänzenden Hot Dogs auf den Spießen erkennen kann. Ich fühle mich wohl hier im Auto. Ein Kokon aus Plastik und Metall.

Mom, ich vermisse dich. Ich liebe dich.

»Ich bin ... ich bin mir immer noch nicht sicher«, erwidere ich und versuche mich zu sammeln. »Ich sehe Liam einfach nicht *so*. Er ist nett und alles, aber ... es ist irgendwie komisch mit ihm. Ja, ich weiß, das klingt seltsam und ziemlich eingebildet. Ich sollte froh sein, dass mich überhaupt jemand mag –«

»Hör auf, das ist lächerlich. Wenn du nicht auf ihn stehst, stehst du eben nicht auf ihn. Ich sage ja nicht, dass du *jeden* nehmen sollst. Ich sage nur, dass du vielleicht nicht siehst, was auf der Hand liegt. Wie bei Adam und mir.« Ich lache, ich kann nicht anders. Adam und Scar. Scar und Adam. Das Ganze ist irgendwie süß. »Okay, gut. Lach du nur. Lass es lieber jetzt raus, denn ich habe noch lange nicht genug.«

»Scarlett und Adam sitzen in 'nem Baum, knutschen und küssen, man glaubt es kaum. Sind ein Paar, Traumhochzeit, und der Kinderwagen steht bereit.«

»Bitte nicht.«

Gern würde ich Folgendes sagen, wenn es nicht sogar für mich selbst seltsam klingen würde: *Von Liam fühle ich mich wahrgenommen, aber nicht verstanden. Und ich will verstanden werden*. Und vielleicht ist dies ein weiterer Grund, weshalb ich nicht glaube, dass Liam SN ist. Denn SN versteht mich. Davon bin ich fest überzeugt. Er begreift, was ich durchgemacht habe. Wir haben eine Verbindung.

»Was ist nun eigentlich mit dem Sex? Willst du darüber reden?«, frage ich. Sex – die Hast-du-oder-hast-du-nicht-Frage – ist das einzige Thema in ihrer Beziehnung zu Adam, das wir noch nicht haarklein besprochen haben.

»Ich würde es gern tun. Also, mein Körper will es eindeutig. Aber was ist, wenn ich nicht gut bin oder ich ihn anekele oder wenn ich schwanger werde?«

»Denk an Bio letztes Jahr! Mit den Kondomen? Ich sag nur Banane. Penis. Ein und dasselbe. Und du ekelst ihn ganz bestimmt nicht an.«

»Selbst wenn ich das alles hinkriege – ihm das Kondom überzuziehen –, die Dinger können reißen oder einfach nicht funktionieren oder was auch immer. Die Pille wäre eine Möglichkeit, aber ich weiß nicht, wie ich darankommen soll, ohne mit meiner Mom zu sprechen, und sie würde total austicken.« Scar starrt stur geradeaus. Dieses Gespräch kann man am besten führen, wenn unsere Köpfe in die gleiche Richtung zeigen. Ohne Blickkontakt.

»Drängt Adam? Hast du mit ihm darüber gesprochen?«, frage ich.

»Nicht wirklich. Ich meine, ich weiß, dass er – es sofort tun würde –, ich meine, nicht darüber sprechen wollen würde. Obwohl er das wahrscheinlich schon tun würde.«

»Warum wartest du nicht einfach ab, wie sich alles entwickelt? Wahrscheinlich hat er es auch noch nie getan. Und wenn deine Mom sieht, dass ihr die ganze Zeit zusammen seid, spricht sie es ja vielleicht irgendwann von selbst an.«

»Du kennst doch meine Mom, oder?«

»Ich weiß nicht, aber ich glaube, du musst es noch nicht endgültig entscheiden.«

»Du meinst, ich sollte es nicht tun?«, fragt sie. Es ist seltsam, sie so zu erleben. So verletzlich und zweifelnd. Verliebt. Ich überlege, wie meine Mom sich verhalten würde, angenommen, dass wir uns nahe genug wären, um über so etwas zu sprechen, wenn sie noch am Leben wäre. Was wahrscheinlich nicht der Fall gewesen wäre. Ich habe das Gefühl, wenn man sechzehn wird, geschieht etwas mit einem. Plötzlich sind die Eltern nicht mehr die Verbündeten, sondern werden zu den größten Hindernissen. Ich bin der einzige Teenager, den ich kenne, der sich nichts sehnlicher wünscht, als von der Mutter Hausarrest aufgedrückt zu bekommen. Für mich wäre es das Gegenteil einer Bestrafung.

»Aber es ist egal, was ich dazu meine. Du solltest tun, womit du dich wohlfühlst.«

»Feige Antwort, Jess.« Ich lache und versetze ihr einen Stoß in die Rippen. Mir wird bewusst, dass Scar jetzt eine Freundin bräuchte, wie sie selbst eine ist: jemand, der die Sache analysiert und sagt, wie es ist.

»Wenn ich ehrlich bin, und ich weiß, dass es aus meinem

Mund komisch klingt, aber ich glaube, du denkst zu viel darüber nach. Entspann dich. Tu, was du tun möchtest, wenn du bereit dafür bist. Wenn du es wirklich willst, dann tu's und genieße es. Wenn nicht, ist es auch total in Ordnung. Es kommt dir jetzt wie eine riesige Sache vor, aber vielleicht ist es das gar nicht.« Ich klinge weise und besonnen und sage Worte, die mir selbst fremd sind, noch dazu bei diesem Thema. »Du musst einfach herausfinden, ob du Angst hast, weil es dein erstes Mal ist – und das erste Mal ist eben immer ein bisschen unheimlich – oder weil du noch nicht bereit dafür bist. Es gibt hier wirklich keine richtige Antwort.«

»Du klingst wie ich«, sagt Scar und dreht den Kopf jetzt doch in meine Richtung. Sie hat Tränen in den Augen, was mich traurig macht, weil sie doch glücklich sein sollte. Sie hat, was sie immer haben wollte: Sie ist verliebt und wird geliebt, auch wenn es nicht ganz so ist, wie sie es sich vorgestellt hat.

»Ich hatte das beste Vorbild«, antworte ich lächelnd, und dann öffnen wir zeitgleich, wie die alten Freundinnen Scar und J, die Türen des Autos und betreten den 7-Eleven. Und genau wie wir es immer getan haben, bevor alles so kompliziert geworden ist, gehen wir direkt zum Slurpee-Automaten.

Dri: Hat Liam dich um ein Date gebeten?

Ich: Nein!

Moment, ist das gelogen? Wenn er SN ist und wir uns treffen, gilt das als Date? Und angenommen Caleb hat recht und ich bin tatsächlich der Grund dafür, dass Gem und Liam nicht mehr zusammen sind – ich kann sie einfach nicht Gemiam nennen –, muss ich es Dri dann nicht sagen?

»Sag's ihr nicht!«, beantwortet Scar die Frage für mich und liest nicht nur meine Gedanken, sondern gleichzeitig über meine Schultern hinweg auch meine Nachrichten. Wir sind wieder im Keller, und im Fernseher retten gut aussehende männliche Vampire hilflose Teenagerinnen vor anderen mörderischen Vampiren. Wir essen Popcorn. Ich könnte zufriedener nicht sein. »Im Ernst, es macht sie nur fertig. Und es ist keine Lüge. Liam hat dich nicht um ein Date gebeten!«

Dri: Ich bin mir ziemlich sicher, dass er es tun wird. Er mag dich.

Ich: Ich bin aber nicht interessiert.

Dri: Was ist, wenn er SN ist?

Ich: Er ist nicht SN.

Dri: Aber was ist, wenn doch?

Ich: Dri!

»Wenn es nach ihr geht, sollst du sagen, dass du nicht mit ihm losziehst. Aber das kannst du nicht. Wenn er SN ist, musst du ihm eine Chance geben. Das ist einfach so«, argumentiert Scar, die ihre Selbstsicherheit zurückgewonnen hat. So erkenne ich meine beste Freundin wieder: eine, die die Wahrheit sagt und nichts beschönigt. »Und wenn sie wirklich deine Freundin ist, wird sie es verstehen.«

»Sie *ist* meine Freundin, aber noch nicht besonders lange. Es ist anders. Wir haben noch kein gegenseitiges Vertrauen aufbauen können, weißt du?«

»Trotzdem.«

»Liam ist nicht SN.«

»Hör auf. Natürlich ist er es«, widerspricht Scar abermals. Ich muss lächeln, weil ich es lustig finde, wie sie über meine Wood-Valley-Freunde redet, als entstammten sie einer Fernsehserie und sie würde sich überlegen, welches wohl die nächste überraschende Wendung in der Handlung wäre. In gewisser Hinsicht geht es mir nicht anders. Manchmal kommt mir Wood Valley wie mein gespieltes Leben vor.

Dri: Liam hat keine Schwester.

Ich: Siehst du.

Dri: Ich weiß nicht. Ich glaube immer noch, das Liam SN ist. Ich geb's zu. Ich bin supereifersüchtig.

Ich: Bitte. Nicht.

Dri: Gut. Ich mag dich trotzdem. Ich höre mir jetzt »The Girl No One Knows« in Dauerschleife an und bemitleide mich selbst.

Theo: WAS??? Liam hat mit Gem Schluss gemacht, um mit dir zusammen zu sein?

Ich: Wer hat das behauptet?

Theo: ALLE. Liam ist der STAR der Schule. Wie hast du den aufgerissen?

Ich: Ich habe niemanden aufgerissen.

Theo: Du überraschst mich immer wieder, meine Liebe.

Ich: Nicht wirklich.

Theo: Er erzählt jedem, du seist »wie eine frische Brise«.

Ich: Das ist nett von ihm, klingt aber, als wäre ich ein Deo.

Theo: Dein Dad hat mich übrigens gebeten, dich vom Flughafen abzuholen, also komm nicht auf die Idee, Gepäck einzuchecken. Lass mich nicht warten.

Ich: Drei Dinge. 1. Ich weiß nicht, wer du bist. Ich wünschte, ich wüsste es, und Scar hat ihre Theorie, aber ich bin mir einfach nicht sicher. Ich dachte, du wärst jemand anders, aber jetzt weiß ich, dass ich mich geirrt habe. 2. Ich habe dich noch nie angelogen, glaube ich. Na ja, außer am ersten Tag, als ich behauptet habe, ich hätte einen schwarzen Gürtel in Karate. Ich kann überhaupt kein Karate. Ich bin eine total schlechte Lügnerin. Ich glaube, es fällt mir leicht, mit dir zu reden, weil ich nicht weiß, wer du bist. Für dich ist es wahrscheinlich anders? 3. Ich weiß nicht mehr, wo ich zu Hause bin.

SN: vielleicht muss ein zuhause gar kein ort sein.

Ich: Vielleicht nicht.

Kapitel 30

Ich bin wieder in der Luft. Dieses Mal verschwindet Chicago unter mir und wird immer kleiner, bis ich es gar nicht mehr sehen kann, mein Zuhause ist einfach so verschwunden. Jetzt sehe ich nur noch große Felder, eine braun-grüne Patchworkdecke aus Erde. Wieder habe ich das Buch für die Collegetests auf dem Schoß – aufgeschlagen, aber ungelesen. Stattdessen starre ich aus dem Fenster und versuche herauszufinden, in welche Richtung ich lieber fliegen würde: nach Osten, zurück zu Scar, die jetzt ihr eigenes Leben hat, in dem weniger Raum für mich ist, oder nach Westen, zurück zu Rachel und meinem Dad, der mit anderen Dingen beschäftigt ist und wo mich schwierige Zeiten erwarten: Liam gegenüberzutreten und, wenn er nicht doch noch abspringt, SN. Was meinen Vater angeht, habe ich seine Anrufe und Nachrichten in der letzten Woche konsequent ignoriert. Langsam wird unser Schweigen zu laut. Mein Schmollen ist zu etwas Greifbarem, Hartem und Bösartigem geworden.

Ich warte, bis das Anschnallzeichen erloschen ist, um den Umschlag herauszuholen, den Scar mir noch in letzter Minute zugesteckt hat. *Ein Abschiedsgeschenk*, sagte sie. Ich drehe ihn immer wieder in der Hand um und habe Angst, ihn zu öffnen. Ich hoffe, er enthält weise Worte, zukunftsweisende Ratschläge, worin Scar schon immer gut war. Als meine Mom gestorben ist, saßen Scar und ich auf meinem Bett, kurz bevor sie den Vollzeitjob antrat, mich von meiner Trauer abzulenken – was sie so wunderbar gemacht hat, dass ich noch nicht einmal gemerkt habe, wie viel Aufwand sie betrieben haben muss –, und da sagte Scar das Einzige, was zu der Zeit einen Sinn ergab, vielleicht das Einzige, was seitdem überhaupt einen Sinn ergab: *Nur, damit du es weißt, mir ist bewusst, dass das, was geschehen ist, alles andere als okay ist, aber ich glaube, wir müssen so tun, als wäre es so.*

Denn es war nicht okay und wird es nie sein. Wir bahnen uns einen Weg dort hindurch, ich werde mir weiterhin einen Weg dort hindurchbahnen – durch die träge und seelenzerstörerische Trauer –, doch okay wird es niemals sein, dass meine Mom nicht da ist. Dass sie meine Abschlussfeier nicht erleben wird; dass sie mir *den* Vortrag nicht halten wird, bei dem ich deshalb auch nicht so tun kann, als wäre es mir peinlich, um dann zu sagen, *Komm schon, Mom*; dass sie nicht da sein wird, wenn ich die Zusage für ein bestimmtes College erhalte (oder die Absage); dass sie mich nicht als Erwachsene sehen wird – wenn dieses große Mysterium, wer ich bin und was meine Bestimmung ist, endlich gelüftet und beantwortet wird. Ich werde allein in die unbekannte Zukunft marschieren.

Ich öffne den Umschlag, und ein neues Laptop-Tattoo fällt heraus. Es ist größer als die vorherigen, die Scar für mich gemacht hat. Ein Schwarz-Weiß-Bild. Ein Ninja, der mit feurigen, dunklen Augen entschlossen ein Samurai-Schwert schwingt.

Dazu ein kleiner Zettel: *Ich wollte, dass du dich siehst, wie ich dich sehe: als Kämpferin. Zäh und stark. Einfach klasse. Ganz und gar die Tochter deiner Mutter. Ich hab dich lieb, Scar.*

Ich presse das Tattoo gegen meine Brust und nehme es als Omen, es geht nur vorwärts. Ich werde aufhören, ständig Angst zu haben, gekränkt und abgewiesen zu werden, vor der widersprüchlichen Haltung meines Vaters, davor, Dris Gefühle zu verletzen und Liam beziehungsweise auch Gem gegenüberzutreten. SN persönlich zu treffen. Mich Tag für Tag – nackt und ungeschützt – weiter in die strahlend helle Sonne vorzuwagen.

Kapitel 31

Theo trägt ein dunkelgraues Nadelstreifenjackett mit passenden Shorts und eine Chauffeursmütze auf dem Kopf. Vor sich hält er ein handgeschriebenes Schild mit meinem Namen darauf. Nicht zum ersten Mal frage ich mich, ob er wohl für jeden Anlass das entsprechende Kostüm parat hat. Hängt so etwas in seinem riesigen Kleiderschrank oder hat er sich dieses Outfit extra gekauft, weil es perfekt passt, um Jessie vom Flughafen abzuholen? Wie dem auch sei, ich erkenne den Aufwand an, den er meinetwegen betrieben hat, auch wenn es nicht wirklich für mich war.

»Hallo, Mylady. Ihr Wagen wartet bereits«, begrüßt mich Theo, während er nach meiner Tasche greift und sie sich über die Schulter wirft. »Das ist alles, was du dabeihast? Und wo sind die Schuhe?«

Ich deute auf die Vans an meinen Füßen.

»Du bist ein hoffnungsloser Fall«, kommentiert er und führt mich aus dem klimatisierten Terminal in die sanfte, warme Abendluft hinaus. »Ich habe nur angeboten dich abzuholen, weil ich hoffe, dass du mir alles brühwarm erzählst. Also … schieß los.«

»Ah, du hast es also angeboten? Ich dachte, mein Dad hätte dich gebeten.«

»Keine Ahnung. Manchmal bin ich eben nett. Aber niemandem sagen. Jetzt erzähl schon.«

»Was denn? Es gibt nichts zu erzählen«, erwidere ich und weiche seinem Blick aus, obwohl es die Wahrheit ist. Dass Liam mit Gem Schluss gemacht hat, um mit mir zusammen zu sein ist nur ein Gerücht. Liam hat weder angerufen noch geschrieben, um sich mit mir zu verabreden. Ich habe ihm nie Anlass gegeben zu glauben, dass wir zusammenkommen könnten, und so soll es auch bleiben. Warum sie sich getrennt haben, ist für mich ebenso ein Rätsel wie die Frage, wie sie irgendwann einmal ein Paar geworden sind. Außerhalb der Arbeit haben Liam und ich nichts miteinander zu tun. Es sei denn, er ist SN. Doch der ist er nicht, Scars großer Theorie zum Trotz.

»Okay, dann erzähle ich dir jetzt, was ich weiß. Anscheinend hat es unsern Liam übel erwischt. Megaverschossen in dich soll er sein. Angeblich meint er, du könntest sehr gut zuhören«, sagt Theo und malt Anführungszeichen in die Luft, während er mich über die volle Straße zum Parkplatz führt. Er legt sogar den Arm um mich, um mich vor dem Verkehr zu schützen. Das muss man Theo lassen: Galant ist er.

»Das ergibt keinen Sinn«, erwidere ich. »Ich meine, er hatte das attaktivste Mädchen der Schule. Buchstäblich. Ich habe die Liste der Schülerwahlen vom letzten Jahr gesehen. Sie ist zur attraktivsten Schülerin gewählt worden. Im Jahrbuch ist sogar ein Bild davon.«

»Die Welt ist verrückt. Und über Geschmack lässt sich bekanntlich streiten.« Er wirft einen weiteren abfälligen Blick auf meine Vans. Ich kratze mir mit dem Mittelfinger am Kinn.

»Ich will mit Liam nichts anfangen.« Theo führt mich zu seinem Auto und öffnet mir mit einer kleinen Verbeugung sogar die Beifahrertür. Er zieht die Show bis ins Letzte durch, nur dass er mich hinten einsteigen ließe, hätte noch gefehlt. Das Innere seines Wagens ist blitzblank, der totale Gegensatz zum Honda von Scars Eltern, in dem überall Bonbonpapier und Tankquittungen herumfliegen. »Auch wenn ich mich eigentlich geschmeichelt fühlen sollte.«

»Warum nicht? Er ist ein cooler Typ. Vielleicht nicht der Hellste, aber sonst –« Theo parkt lässig aus und biegt vom Parkplatz und auf den Freeway ein. Er ist ein besserer Fahrer als ich und wechselt die Spuren, als würde die Straße ihm gehören und er nur so freundlich sein, sie auch für andere Autos freizugeben. »Scheiße, erzähl mir jetzt nicht, es ist wegen Ethan.«

»Es ist nicht wegen Ethan. Und er ist nicht der, für den du ihn hältst«, antworte ich und ärgere mich über den defensiven Ton in meiner Stimme.

»Du stehst voll auf ihn.«

»Ich bin mit ihm befreundet.«

»Du bist nicht hier gewesen.« Theos Gesicht verfinstert sich, und zuerst glaube ich, er spielt. Probiert eine neue Rolle: sich besorgt geben. »Und vertrau mir, wenn ich dir sage, dass du es nicht erleben willst.«

»Was meinst du damit, ich bin nicht da gewesen?«

»Als Xander starb. Na ja, wir wussten alle, dass er Drogen nahm, aber Heroin? Das Zeug ist megagefährlich. Und an der Schule wurde er vergöttert. Wegen Oville.« Theo schneidet einer Frau in einem Minivan den Weg ab und ignoriert ihr Hupen. »Damals fing es gerade mit den ersten richtigen Gigs an, auf dem Sunset Festival und so. Wir waren alle schockiert, als er an einer Überdosis starb. Aber dann auch wieder nicht, du weißt schon, wie ich das meine?«

»Was hat Ethan damit zu tun? Ja, sie haben in einer Band zusammen gespielt, aber das bedeutet doch nicht, dass Ethan auch süchtig ist.« Ich frage mich, wie es wohl für ihn war, mitzuerleben, das sich Bandmitglied langsam zugrunde gerichtet hat. Ob er sich genauso hilflos fühlte wie ich, als ich meiner Mom dabei zusehen musste, wie sie gegen eine unsichtbare Armee sich ausbreitender Krebszellen kämpfte?

»Xander war Ethans älterer Bruder.«

»Was?«, frage ich, obwohl ich ihn sehr wohl verstanden habe. Ich habe nur nie beim Namen genannt, was ich von mir selbst in Ethans Augen gesehen habe – diesen Blick, wenn er aus dem Fenster starrt, den Wahnsinnsschock, die Schlaflosigkeit. Trauer. »Ethans Bruder ist gestorben? An einer Heroinüberdosis?«

Ich spreche es laut aus, um es sacken zu lassen und damit es einen Sinn ergibt. Denn ein Gedanke entsteht in meinem Kopf, und wenn ich mich nicht täusche, wird er alles verändern. Ich bin ein Ninja, und ich werde zäh und bedächtig vorgehen. Kämpfen für das, was mir wichtig ist. Allerdings bin ich nicht wirklich ein Ninja und weiß nicht, wo mir der Kopf steht. Alles dreht sich. Das Puzzle fügt sich allzu schnell zusammen, während mein Herz viel zu langsam schlägt. Ich zerre mein Handy aus der Tasche, weil ich SN sofort fragen muss und nicht bis zu unserem Treffen warten kann.

Drei einfache Worte: »Bist du Ethan?«

Ethan, Ethan, Ethan.

Das neue Mantra in meinem Kopf, mit dem ich *hurehexefettesau* nur zu gern ersetze.

War die Lüge so simpel? Schwester statt Bruder? Und wie konnte ich nicht daraufgekommen sein? Wie blind war ich für alles und jeden um mich herum.

Ethan, Ethan, Ethan.

Ich habe es nicht einmal zu hoffen gewagt. Ich wage es auch jetzt kaum zu hoffen.

Ich stecke mein Handy wieder ein und schüttele den Kopf, um meine Gedanken zu sammeln. Ich habe mich schon einmal geirrt und sollte keine vorschnellen Schlüsse ziehen. Abwarten.

Aber. Ethan.

»Alles in Ordnung?«, erkundigt sich Theo. »Du siehst ein bisschen grün im Gesicht aus.«

»Ja«, antworte ich. »Alles in Ordnung.«

SN: wusstest du, dass es in ganz Kalifornien kein Waffle House gibt? wir müssen nach Arizona fahren.

Ich: Warum müssen wir das?

SN: WAFFELN. dein lieblingswort. meine lieblingsspeise. das ist fügung. ich dachte, es hätte einen gewissen charme, wenn wir uns dort träfen.

Ich: Die Geste in allen Ehren, aber ich fahre sicher nicht mit dir nach Arizona.

SN: gut. dann lass uns im IHOP treffen, pfannkuchen sind doch eigentlich waffeln in anderer form.

Ich: Bist du live auch so seltsam?

SN: warts ab.

Ich: Ich warte bereits seit einer Weile. Ich habe übrigens meine Theorien über dich. Neue Theorien.

Bist du Ethan? Bitte. Sei. Ethan. Doch das sage ich nicht. Wenn ich darüber nachdenke, sind wir sehr gut darin geworden, bestimmte Themen zu umgehen und nie direkt auf den Punkt zu kommen. Ich denke darüber nach, wie ich mit Ethan an dem Englischprojekt gearbeitet habe und an unsere Gespräche bei Starbucks, und ich frage mich, ob er mir jemals auch nur einen einzigen Tipp gegeben hat. Nein, mir ist nichts aufgefallen, selbst mit hundertprozentig geschärftem Blick zurück nicht.

Ich scrolle durch einige alte Nachrichten von Ethan. Mist. Er schreibt korrekt, benutzt Großschreibung.

Ich liege auf meinem Bett und schließe die Augen. Schicke einen Wunsch ins Universum. Nicht an Gott, denn wenn es ihn gibt, hat er mich schon zu viele Male zuvor nicht erhört.

SN: ach ja? hoffe, du bist dann nicht enttäuscht.

Ich: Ha, ha. Du hoffentlich auch nicht.

SN: du hast es immer unfair gefunden, dass ich wusste, wer du bist und umgekehrt nicht, aber wenn wir uns treffen, ich weiß nicht. ich habe das gefühl, dann dreht sich alles um.

Ich: Hör auf zu waffeln. Also, wann machen wir das mit dem Umdrehen?

SN: morgen nach der schule?

Oh nein! Morgen nach der Schule bin ich schon mit Ethan verabredet, um an »Das öde Land« weiterzuarbeiten. Ist das ein Trick? Um herauszufinden, für welche Version von ihm ich mich entscheide? Vielleicht täusche ich mich doch. Vielleicht ist SN doch nicht Ethan. Langsam beginnt sich die Enttäuschung breitzumachen.

Ich: Da kann ich nicht. Ich hab einen Termin wegen einer Sache für die Schule. Dienstag muss ich arbeiten. Mittwoch?

SN: du bist eine vielbeschäftigte frau, wie ich sehe, aber ich bin mir sicher, es lohnt zu warten.

Ich: Bin ich. Bist du's?

Da ist er wieder, dieser seltsam flirtende Ton, in dem ich ihm am Anfang immer geschrieben habe, den ich inzwischen aber weitestgehend abgelegt habe. Dieser Ton, der nicht meiner ist, der sich nur einschleicht, wenn ich mich krampfhaft bemühe. Haben wir unseren guten Draht bereits verloren, weil ich zu nervös bin, um mich jemandem gegenüber, den ich vielleicht mag, normal zu verhalten? Nein. Ich fahre mit dem Finger an dem Ninja entlang, der jetzt auf meinem Laptop klebt. Ich habe keine Angst. Es ist SN. Und ist es wert, wofür auch immer, für wen auch immer – Ethan oder nicht, wahrscheinlich eher nicht – zu kämpfen.

Kapitel 32

»Was ist?«, fragt Ethan, nachdem er mir den Kaffee gereicht hat und ich nicht angeboten habe zu bezahlen, wie ich es vorher im Kopf durchgespielt habe. Wir sitzen in den großen Sesseln bei Starbucks, Ethan mir direkt gegenüber. Ich bringe kaum irgendetwas heraus, weil ich zu sehr damit beschäftigt bin, das alles zu verstehen. Ich komme mir blöd vor, weil ich SN für Caleb gehalten habe. Denselben Fehler will ich nicht noch einmal begehen.

»Was? Was ist? Ich habe doch gar nichts gesagt.«

»Du guckst mich so komisch an. Habe ich was im Gesicht?« Ethan wischt sich über die Lippen, wo ein winziger Krümel seines Blaubeermuffins klebt, aber deshalb starre ich ihn nicht an.

»Tut mir leid. Stehe heute etwas neben mir.« Ich halte mich an meinem Becher fest, umfasse ihn mit beiden Händen, als wäre er etwas sehr Empfindliches: ein verletztes Vogeljunges. »Ich glaube, ich bin noch müde vom Wochenende.«

»Wie war's denn?«, erkundigt sich Ethan und lächelt, als würde er es wirklich wissen wollen. Was mich darin bestärkt, dass er SN ist, denn SN will immer alles wissen. Und mich gleichzeitg daran zweifeln lässt, weil SN bereits weiß, wie mein Wochenende gewesen ist.

Doch vor allem glaube ich, dass er nicht SN sein kann, weil

ich will, dass er SN ist, und das ist der sicherste Weg, damit etwas nicht eintrifft: Wenn ich es unbedingt *will*.

»Super. Na ja, der Anfang war ein bisschen holprig. Lange Geschichte. Aber danach war es toll. Es war schwer, wieder wegzufahren.« Was wahr und unwahr zugleich ist. Wegzufahren war schwer, doch zu bleiben, wäre auch schwer gewesen. Das Gefühl nirgends hinzugehören, hat dazu geführt, dass ich jetzt ständig in Bewegung sein muss; stillzustehen kommt mir gefährlich vor, als würde ich darum betteln, Zielscheibe zu sein. Vielleicht ist das der Grund, warum Ethan nicht schläft. Acht Stunden an einem Ort sind riskant.

»Ja, kann ich mir vorstellen. Ist der Sticker neu?« Ethan deutet auf meinen Ninja und mir wird bewusst, dass er der Erste ist, der ihn bemerkt, obwohl er schon den ganzen Tag in der Schule auf meinem Laptopdeckel klebte. Nicht einmal Gem ist er aufgefallen. Der einzige Seitenhieb, den ich heute von ihr bekommen habe, war, dass sie mich als »verschwitzt« bezeichnet hat, was ich angesichts der Tatsache, dass hier im November über 30 Grad sind, nicht besonders kreativ finde.

»Ja, meine beste Freundin von zu Hause, Scarlett, hat ihn für mich gemacht. Diese Sticker sollen wie Tattoos aussehen. Ich finde sie super.«

»Sie sind echt cool. Sie sollte sie verkaufen, auf Etsy oder so.«

»Das habe ich ihr auch schon gesagt!« Ich blicke auf, aber als sich unsere Blicke treffen, schaue ich sofort wieder hinunter. Das ist alles zu viel für mich. Am liebsten würde ich auf Mittwoch vorspulen, SN endlich treffen und dann weitersehen.

Wenn er nicht Ethan ist, werde ich diese albernen Gefühle abstellen. Theo hat schon recht: Es ist ein Spiel mit dem Feuer. Ich bin einfach zu gern mit ihm zusammen.

Auch Ethan hält seinen Kaffeebecher jetzt ziemlich fest umklammert. Ich habe irgendwo gelesen, dass jemand, der deine Körpersprache imitiert, dich mag. Wenn das wahr wäre, hätte ich allerdings längst die Beine überkreuzt und schon vor langer Zeit Ethans nervöse Angewohnheit übernommen, sich übers Haar zu streichen. Anstatt ihn nachzuahmen, würde ich ihm am liebsten auf den Schoß kriechen. Meinen Kopf an seine Brust legen.

»Ja, zwei Doofe …«

»Zwei Doofe …«

Bist du SN?

Warum trägst du jeden Tag dieses Batman-T-Shirt?

Warum schläfst du nicht?

»Warum schläfst du nicht?«, frage ich, weil es mir die unkomplizierteste meiner Fragen zu sein scheint. Die am wenigsten persönliche, obwohl wir das vielleicht bereits hinter uns gelassen haben. Ich wünschte, Gespräche hätten Ampeln: ein deutliches Signal, wann man stoppen muss, wann man weitergehen kann und wann man vorsichtig sein sollte.

»Ich weiß nicht. Ich habe noch nie wirklich gut geschlafen, aber im letzten Jahr kommt mir Schlaf wie ein rasender Zug vor, der nur ab und zu, zwei Mal pro Nacht oder so, vorbeikommt, und wenn ich nicht wirklich schnell renne, um ihn zu erreichen, verpasse ich ihn ganz. Ich weiß, dass ich einen an der Waffel habe.«

Er schaut aus dem Fenster. Das »einen an der Waffel haben« hat er so beiläufig gesagt, dass es eine Anspielung auf unsere virtuellen Unterhaltungen sein könnte, aber genauso gut könnte er die Redewendung zufällig verwendet haben. So ungewöhnlich ist sie nicht. Es muss nichts zu bedeuten haben.

»Wie poetisch, diese Zugmetapher. Vielleicht solltest du etwas nehmen – um zu schlafen, meine ich.«

Ethan sieht mich an und hat ein Fragezeichen in den Augen, oder ist es eine Antwort. Vielleicht beides. »Nein, das möchte ch nicht.«

»Kannst du wirklich das ganze Gedicht auswendig?«

»Den ersten Teil, ja. Ich mag die vielen verschiedenen Stimmen darin. Es ist irgendwie laut.« Ich stelle mir vor, wie Ethan mit Oville übt, seine Gitarre schlägt und sich die Seele aus dem Leib singt. Lärm zur Beruhigung. Ich höre sie über Kopfhörer jeden Tag nach der Schule in Dauerschleife. Versuche Ethans Stimme zu erkennen, wie eine Mittelstufenschülerin, die auf irgendeine Boyband steht. Er klingt kräftiger, rauer als Liam. Gebrochener. Wütend und schicksalsergeben zugleich.

»Das mit deinem Bruder tut mir leid«, platze ich heraus, und er wirkt genauso überrascht wie ich, dass ich derart vorgeprescht bin. »Ich meine, ich weiß, dass man sich für ein ›tut mir leid‹ auch nichts kaufen kann, aber ich habe es gerade erfahren – ich bin anderthalb Jahre zurück, was Wood Valley angeht –, und wie du vor ein paar Wochen gesagt hast, ich wollte nie eine von denen sein, die etwas nicht sagt, nur weil es unbequem ist. Auf jeden Fall ist es schrecklich und durch nichts, was ich sage, wird es besser. Aber trotzdem, es tut mir ehrlich leid.«

Ich höre auf zu reden, obwohl mir noch mehr einfiele. Ich würde ihm gern versichern, dass er wieder schlafen können wird, dass es irgendwie doch leichter wird, auch wenn es nie okay sein wird. Dass sich dieser Spruch, *die Zeit heilt alle Wunden*, nach und nach ein bisschen zutreffender anfühlt, aber sich doch nie wirklich bewahrheiten wird. Ich möchte ihm klarmachen, dass ich ihn verstehe, bin mir aber ziemlich sicher, dass er das bereits weiß.

»Danke«, sagt er, und sein Blick geht wieder zum Fenster. Er ist jetzt so weit weg, dass er es nicht einmal spüren würde, wenn ich meinem Bedürfnis ihn zu berühren nachgäbe – mit der Hand über seinen Arm und seine Wange streichen, mit den Fingern durch sein Haar fahren würde. »Du bist der einzige Mensch, der mich vorher nicht gekannt hat. Alle anderen gehen automatisch davon aus, dass ich wie er bin oder sie fragen sich, warum ich nicht mehr so sein kann wie vorher. Aber ich bin nicht er und auch nicht mehr derselbe wie vorher, weißt du?«

»Ethan ist Ethan ist Ethan. Wer auch immer er jetzt sein mag«, sage ich.

Ethan dreht sich ruckartig zu mir zurück, als wäre er gerade wieder zu sich gekommen. Das Fenster ist vergessen. Stattdessen schaut er mich an; sein stechender Blick bohrt sich in mich hinein, fast flehend, auch wenn ich nicht genau weiß, was er von mir will. Oh Mann, wie gern würde ich ihn berühren, aber ich wüsste nicht einmal, wo ich anfangen sollte. Was ist, wenn er es nicht möchte? Was ist, wenn er nur ab und zu einen Kaffee mit jemandem trinken möchte, der ihn vorher nicht kannte? Vielleicht bin ich nicht mehr für ihn.

Ich kann es verstehen. Chicago zu verlassen – nicht jeden Tag von Leuten umgeben zu sein, die mich schon immer gekannt haben, die davon ausgegangen sind, dass ich die gleiche Jessie geblieben bin wie die, die sie seit Ewigkeiten kennen – schien einst die Lösung zu sein, bis sich herausstellte, dass es nicht so war.

»Genau. Du verstehst mich. Ich bin, wer ich bin, wer auch immer ich jetzt sein mag.«

»Ich wünschte, ich könnnte aus ›Das öde Land‹ zitieren, weil ich das Gefühl habe, es wäre jetzt angemessen.« Ich lächele, was dem Gefühl, seine Haut auf meiner zu spüren schon sehr nahe kommt, aber nein, es ist ganz und gar nicht das Gleiche.

»Liam will ein Date mit dir. Ich dachte, das solltest du wissen.«

»Was?« Ich habe ihn verstanden, natürlich habe ich ihn verstanden, aber ich weiß nicht, was ich darauf sagen soll. Liam hat nichts mit dem zu tun, was hier gerade geschieht. Ich bin noch immer nicht sicher, ob Ethan SN ist, doch ich bin auch nicht sicher, ob es überhaupt wichtig ist. Denn Ethan ist real und sitzt vor mir, und das ist mehr, als mit Bedacht geschriebene Worte auf einem Bildschirm.

Ich lag falsch. Ich werde diese albernen Gefühle nicht abstellen, denn sie sind nicht albern. Kein bisschen. Meine Gefühle für SN sind vielleicht albern. Er könnte jeder sein. Schreiben ist leicht. Aber so zu reden wie Ethan gerade eben? Das ist nicht leicht.

Er zuckt mit den Schultern. Er weiß, dass ich verstanden habe, was er gesagt hat.

»Ich … ich möchte es aber nicht«, sage ich mit flehendem Blick, selbst wenn dieses Mal ich nicht genau weiß, was ich von ihm will. Dass er mich berührt? *Bitte berühre mich. Deine Hand liegt doch direkt da.*

Ethan scheint sich wieder wahnsinnig für seinen Kaffee zu interessieren; er rührt darin, obwohl er schwarz ist. Er berührt mich nicht. »Dann solltest du wohl Nein sagen.«

Später liege ich auf meinem Bett und gehe das Gespräch immer wieder durch. *Dann solltest du wohl Nein sagen.* Ich überlege, wie groß der Abstand zwischen uns wohl gewesen sein mochte – wohl nicht mehr als 30 Zentimeter, wahrscheinlich weniger – und frage mich, ob wir ihn je überwinden werden.

SN: nur noch achtundvierzig stunden. bin nervös.

Ich: Ich auch. Aber ich sage mir, wenn es ein Desaster wird, können wir immer wieder zu dem hier zurückkehren. Auf diese Weise befreundet sein.

SN: glaubst du? bin mir nicht sicher.

Scarlett: Wusstest du, dass man die Pille online bestellen kann?

Ich: Medikamente soll man NIE online bestellen. Wenn du die Pille haben willst, GEH ZUM GYN.

Scarlett: Ich hasse diese Stühle. Das ist so erniedrigend. Und sie wollen immer so viel Persönliches wissen …

Ich: Komm schon, jetzt stell dich nicht so an. DU SCHAFFST DAS. Vielleicht sollte ich mal anfangen, dir kraftspendende Tattoos zu machen. Im Moment habe ich in unserer Beziehung anscheinend gerade deine Rolle übernommen.

Scarlett: Ich habe mir Oville angehört.

Ich: UND?

Scarlett: MEGA.

Ethan: Ich glaube, wir müssen bald anfangen, unseren Text zu schreiben. Und nicht immer nur darüber reden.

Ich: Meinst du?

Ethan: Ja. Wir müssen zwar erst im Frühling abgeben. Aber es ist ein langes Gedicht, und wir sollten wenigstens mal beginnen. Und uns vielleicht mehr als einmal in der Woche treffen.

Tanze ich gerade in meinem Zimmer herum und flippe total aus, während mein ganzer Körper strahlt? Vielleicht. Vielleicht ist es so.

Ich: Ja. Gern.

Ethan: Cool.

Ich: Okidoki.

SN: tatsache des tages: im zeitalter des telegraphen verwendeten die leute auch codes. genau wie wir unsere abkürzungen heute. cu. so etwas.

Ich: Das wusste ich nicht.

SN: ich weiß nicht warum, aber ich hab mir gedacht, dass du die beliebigkeit daran magst.

Ich: Schon cool, auf wie viele Arten man sich unterhalten kann.

SN: FIND ICH AUCH. cu .

Kapitel 33

»Du solltest mal mit deinem Dad reden«, sagt Theo und wirft mir einen grünen Saft aus dem Kühlschrank zu. Inzwischen schmeckt mir das Zeug richtig gut, aber nicht, weil es selbst entsaftet ist und erst recht nicht wegen des Lifestyles. Im Gegensatz zu Theo brauche ich allerdings trotzdem noch etwas zu essen. Deshalb ist es auch nicht mein Frühstück, sondern nur ein Appetitanreger.

»Warum?« Wir sind allein in der geräumigen Küche, nur wir beide sind zu Hause. Rachel und mein Dad sind schon vor Stunden gegangen. Rachel macht vor der Arbeit Pilates, und mein Dad hat Frühschicht. Bald wird er seine Prüfung machen und damit wieder die Position haben, die er schon in Chicago innehatte.

»Weil er dein Dad ist.«

»Ach ja?«

»Wie alt bist du eigentlich?«

»Ernsthaft? Und das aus dem Mund von Mr Launisch Jähzorn?«

Wie sich herausstellte, ließ sich der Sojasoßenfleck auf dem Esstischstuhl, der auf Theos Konto ging, weil er mit der Gabel geworfen hatte, nicht mehr entfernen. Egal, der Stuhl wird gerade neu bezogen.

»Ein Mal, du Schlaumeierin. Ich kann mit Veränderungen nun mal nicht gut umgehen.«

»Warum interessierst du dich überhaupt für mich und meinen Dad?« Ich trinke einen Schluck von dem Saft und stelle mir vor, wie er mich innerlich reinigt, wie ein Peeling für meinen Darm. Yeah, flüssiger Kohl lässt mich sofort zum Snob werden.

»Du bringst negative Energie in dieses Haus. Wir haben hier sowieso schon genug schlechte Schwingungen.«

»Nun hör aber auf.«

»Du weißt nicht, was morgen passiert. Wie lange sie zusammenbleiben. Jeder hat nur zwei Eltern, und wir beide haben jeder nur noch einen Teil davon. Deshalb sollten wir lieber nett zu ihnen sein, solange es noch möglich ist.« Theo greift nach einem Holzlöffel und beginnt, damit auf die Arbeitsplatte zu klopfen. Er hat Taktgefühl. Ich frage mich, ob es etwas gibt, worin er nicht gut ist.

»Mir egal.«

»Im Ernst. Du klingst schon wie eine alte Wood-Valley-Zicke.«

»Gut.« Theo hat natürlich recht. Genau wie Scar. Ich muss mich bessern, stärker und tapferer werden. Ein Ninja, nicht wirklich, denn wir müssen reden, nicht kämpfen.

»Was ist gut?«

»Gut, ich werde mit ihm reden.«

»Sehr schön. Ich bin froh, dass wir darüber gesprochen haben.« Er tätschelt mich unterm Kinn, als befänden wir uns in den fünfziger Jahren und ich wäre sein Sohn, der einen Home-Run in einem Little-League-Baseballspiel erzielt hätte.

»Du bist einfach nur lächerlich. Weißt du das eigentlich?«, sage ich zu ihm.

»Man hat mir schon schlimmere Dinge an den Kopf geworfen.«

Ich: Gut. Lass uns reden. Wie geschickt, Theo anzuheuern.

Dad: Ich habe Theo gar nicht angeheuert, freue mich aber, dass du reden willst. Es war SCHRECKLICH. ICH VERMISSE DICH.

Ich: Jetzt bist du aber ein bisschen melodramatisch.

Dad: Ich habe einen Elternratgeber gelesen, in der Hoffnung, dass er mir helfen würde. Taugte aber nichts.

Ich: Was stand darin?

Dad: Dir mehr Raum zu lassen.

Ich: Hmmm. Die haben wahrscheinlich die Größe dieses Hauses nicht bedacht.

Dad: Wann können wir reden? Und wo?

So weit ist es also gekommen: Mein Dad und ich müssen einen Termin für unsere Versöhnung ausmachen. Ich erinnere mich daran, wie normal es immer zwischen uns gewesen ist. Nicht nur normal, sondern natürlich. Früher, ja, *früher*, hat meine Mom jeden Abend gekocht – etwas Einfaches, aber immerhin –, und wir haben alle zusammen am Tisch gesessen und geredet. Wir hatten dieses Spiel, bei dem jeder etwas erzählen sollte, das sich seit dem letzten Abend ereignet hatte, und ich weiß noch, wie ich die kleinen Geschichten regelrecht gesammelt habe – wie Mr Goodman mich in Chemie aufgerufen hat und ich die Antwort nicht wusste, wie Smoothie Bandit mal wieder bei Smoothie King war und den Kindern ihr Getränk geklaut hat, dass Scar und ich bei den Naturwissenschaftstagen unbedingt einen Vulkan bauen wollten, weil es manchmal Spaß macht, dem Klischee zu entsprechen. Ich weiß noch, wie ich den Tag immer durchgegangen bin, um mich, als würde ich einen Filter für ein Foto auswählen, für eine Geschichte zu entscheiden, die ich meinen Eltern dann darbot wie eine Gabe. Nicht viel anders als die drei Dinge mit SN, wenn ich's mir recht überlege.

Was würde meine Mom von den letzten vierundzwanzig Stunden wissen wollen? Vielleicht würde ich ihr von dem Kohlsaft erzählen. Oder von SNs Nachricht heute Morgen, in der er die Minuten bis zu unserem Treffen zählte. Am besten aber von Ethans Worten: *Dann solltest du wohl Nein sagen*, die noch immer wie ein Mantra in meinem Kopf klingen. Sechs perfekte Worte.

Vielleicht doch nicht. Vielleicht würde ich den Schatz lieber für mich behalten.

Ich: Keine Ahnung. Später?

Dad: Abgemacht.

»Jessie, könntest du noch kurz bleiben?«, fragt mich Mrs Pollack nach der Englischstunde, und mir wird ganz anders. Was ist jetzt wieder los? Crystal hat erzählt, dass Gem mit einem Magen-Darm-Virus im Bett liegt und »sich die Seele aus dem Leib kotzt, du weißt schon, Hashtag eifersüchtig«, weshalb der Tag zu meiner großen Erleichterung bislang ereignislos verlaufen ist. Immerhin trage ich ein gestreiftes Baumwollkleid, an dem sie bestimmt etwas gefunden hätte. Es ist ein wenig mädchenhafter als mein normaler Stil, aber es ist eben verdammt warm hier.

Während der Rest des Kurses den Raum verlässt, bleibe ich also sitzen. Ethan wirft mir beim Hinausgehen noch einen fragenden Blick zu, und als ich mit den Schultern zucke, lächelt er, und ich lese ein lautloses »Viel Glück« von seinen Lippen ab. Am liebsten würde ich dieses Lächeln und seine Worte festhalten und als Talisman bei mir tragen. Auch nachdem er schon längst fort ist, grinse ich noch blöd weiter. Ethans Schuld.

»Ich wollte mit dir noch einmal über letzte Woche sprechen. Ich muss mich bei dir entschuldigen«, beginnt Mrs Pollack und setzt sich dieses Mal nicht lässig auf den umgedrehten Stuhl. Stattdessen bleibt sie in Lehrermanier hinter dem Pult stehen. Die Freundinnenmasche hat sie aufgegeben, was allerdings gar nicht das Problem war. Viel schlimmer war die Unterstellung, ich trüge eine Mitschuld an Gems Verhalten. »Ich habe das ganze Wochenende über unser Gespräch nachgedacht, und mir ist klar geworden, dass ich vollkommen falsch damit umgegangen bin.«

Ich starre sie an und überlege, wie ich am besten darauf reagiere. »Danke«?, »Kein Problem«?, »Keine Ursache«?

»Schon gut, es ist ja nicht Ihr Fehler, dass Gem so eine Zicke ist«, sage ich und blicke erschrocken auf. Den zweiten Teil des Satzes hatte ich nicht laut aussprechen wollen. Zum Glück lächelt Mrs Pollack, denn ich hätte nicht gewusst, was ich Ethan sagen sollte, wenn wir eine schlechte Note für unser Projekt bekämen, nur weil ich so vorlaut gewesen bin. Bis letzte Woche war Mrs Pollack noch meine Lieblingslehrerin und das nicht nur, weil ich ihr dankbar war, dass ich am ersten Tag nicht hatte aufstehen und nach vorne kommen müssen.

»Als ich in der Schule war, war ich nicht gerade beliebt. Nein, das ist gelogen«, korrigiert sie sich und zuckt mit den Schultern. »Ich wurde gequält. Regelrecht gemobbt. Und als ich gesehen habe, was zwischen Gem und dir lief, wusste ich nicht, was ich tun sollte. Ich wollte nur helfen.«

Mrs Pollack sieht aus, als wäre sie den Tränen nahe. Vielleicht kommt man wirklich nie über die Highschool hinweg. Sie ist hübsch, hat glänzendes Haar, eine erwachsene Gem eben. Es ist schwer sich vorzustellen, dass es je anders gewesen sein könnte.

»Ich wollte nur ... egal, ich wollte mich nur entschuldigen. Ich habe dich beobachtet und bin beeindruckt, wie gut du schon weißt, wer du bist. Die meisten Mädchen in deinem Alter wissen das noch nicht so genau, und gerade deshalb empfindet Gem dich wahrscheinlich als Bedrohung«, sagt sie, und ich frage mich, wovon sie redet. Ich verstehe gar nichts mehr. »Wie dem auch sei. Die Highschoolzeit ist einfach nur ... schrecklich.«

»Interessant, dass Sie dann trotzdem Lehrerin geworden sind«, merke ich an, und sie lacht abermals.

»Das sollte ich wahrscheinlich mit meinem Therapeuten besprechen. Apropos, vielleicht ist es keine schlechte Idee, wenn du dich mal mit dem Schulpsychologen unterhältst. Ein Psychiater und ein Lifecoach stünden dir hier auch zur Verfügung.«

»Echt?«

»Ich weiß. Irgendwie müssen die hohen Gebühren ja gerechtfertigt werden. Wie dem auch sei, wenn du das nicht willst, kannst du auch jederzeit zu mir kommen. Wegen Schülern wie dir habe ich beschlossen, Lehrerin zu werden.«

»Danke.«

»Ich bin übrigens gespannt auf Ethans und deine Arbeit zu ›Das öde Land‹. Ihr seid zwei meiner besten Schüler. Ich habe große Erwartungen.« Wenn das kein literarisches Wortspiel sein soll – als Nächstes steht wahrscheinlich Dickens auf dem Lehrplan. Kein Wunder, dass Mrs Pollack in der Schule fertiggemacht wurde.

»Wir gehen mit Verstand und Gefühl vor«, antworte ich, und als ich beim Rausgehen bei ihr vorbeikomme, hebt sie die Hand, und ich kann nicht anders – Freaks unter sich! Nerdpower! –, als mich mit einem High Five zu verabschieden.

Später in der Buchhandlung sitze ich hinter dem Kassentisch und schreibe mit SN, da keine Kunden da sind. Ich bin froh, dass Liam heute nicht arbeitet. Bislang ist es mir gelungen, ihm aus dem Weg zu gehen, seit ich aus Chicago zurück bin. Wenn er wirklich vorhat, sich mit mir zu verabreden, weiß ich nicht, wie ich Nein sagen soll.

Ich: Bist du dir sicher, dass wir uns treffen sollen?

SN: ja, ich glaub schon. warum? kriegst du kalte füße?

Ich: Nein, es ist nur, dass du jeder sein könntest. Bei dir ist es etwas anderes. Du weißt, wer kommen wird.

SN: ich versprech dir, ich bin kein serienmörder oder so was.

Ich: Serienmörder geben meistens nicht zu, dass sie Serienmörder sind. Wäre das nicht das Erste, was ein Serienmörder sagen würde: »Ich bin kein Serienmörder. Nein, ich sicher nicht.«

SN: stimmt. verlass dich lieber nicht drauf. wir sollten uns an einem öffentlichen ort treffen, und ich werde weder den unheimlichen weißen lieferwagen noch bonbons mitbringen.

Ich: Und wo sollen wir uns treffen, Dexter Morgan? Wirklich im IHOP?

SN: klar. ich liebe IHOP. da gibts pfannkuchen in form von smileys. um 15 h hab ich noch kurz was anderes, aber wie wärs mit 15.45 h?

Ich: Okay. Woran werde ich dich erkennen?

SN: ich werd dich erkennen. schon vergessen?

Ich: Und?

SN: ich werde mich dir vorstellen, Ms Holmes.

Ich: Du bist ein mutiger Mann.

SN: oder frau.

Ich: !!!

SN: spaß.

Die Glocke an der Tür läutet. Ich hebe den Kopf. Es ist ein Reflex geworden. *Bitte, lass es nicht Liam sein*, denke ich.

Glücklicherweise ist er es nicht.

Unglücklicherweise ist es mein Dad.

»Hier arbeitest du also«, sagt er, sieht sich um und fährt mit den Fingern über die Buchrücken, genau wie ich es immer tue. Er ist kein so großer Leser, wie meine Mom es gewesen ist, aber auch für ihn sind Bücher etwas Besonderes. Als ich klein war, hat er mir immer vorgelesen. Durch ihn habe ich *Die Chroniken von Narnia* kennengelernt. »Einen besseren Job gibt's ja gar nicht. Ich freue mich für dich.«

»Mir gefällt es«, sage ich und überlege, ob es darauf hinauslaufen wird, dass wir so tun, als hätten wir uns nie gestritten und nicht zwei Wochen oder so nicht miteinander geredet.

»Ist hoffentlich besser als Smoothies machen?« Mein Dad trägt noch das Plastikschild, auf dem unter den Worten *Wie kann ich Ihnen helfen?* sein Name steht. Zu sehen, wie es an der Sicherheitsnadel hängt, lässt mich plötzlich schwach werden. Als wäre er mit einem Milchbart hier erschienen.

»Ja, obwohl, beim Smoothie King war Scar. Ich vermisse sie.« Er nickt. Wir haben noch nicht einmal über mein Wochenende zu Hause gesprochen. Er hat nicht danach gefragt – na ja, das ist nicht ganz wahr; er hat mir Nachrichten geschrieben, auf die ich nicht reagiert habe, und ich habe mich immer noch nicht bedankt. Vielleicht hat Theo recht: Ich werde mehr Wood Valley, als mir lieb ist. Ich frage mich, ob Scars Mom ihn wohl angerufen und ihm berichtet hat, als ich wieder fort war. Ich glaube nicht, dass sie gehört hat, wie ich mich übergeben habe und dass sie überhaupt wusste, was im Keller alles getrunken worden war. Die wenigen Male, die wir uns begegnet sind, hat sie mich umarmt und gesagt: »Ich habe meine zweite Tochter vermisst«, was ich lieb fand, egal, wie viel daran wahr war.

»Ich weiß.« Kurz blickt mein Dad sich um, und als er sicher ist, dass wir allein sind, nickt er, als wolle er sagen: *Dann können wir ja reden*. »Ich vermisse alles.«

»Alles« bedeutet meine Mom. Komisch, dass wir es nicht laut aussprechen können. Doch es geht nicht. Einiges kommt einem schwerer über die Lippen als anderes, auch wenn es noch so richtig sein mag.

»Kannst du begreifen, dass es hier im November noch immer über dreißig Grad warm ist? Das ist doch nicht normal«, sagt er und setzt sich mit angezogenen Beinen auf den Boden, den Rücken ans Schnell-reich-werden-Regal gelehnt. »Ich hätte nie geglaubt, dass ich mal die Kälte vermissen würde, und eigentlich vermisse ich sie auch nicht. Aber dieses Wetter macht mich nervös. Und die Pizza taugt nichts. Pizza darf nicht glutenfrei sein. Das passt einfach nicht.«

»Es gibt vieles, woran man sich gewöhnen muss«, sage ich. Soll ich weitersticheln? Soll ich ihm Feuer unterm Hintern machen? Sagen: *Dad, du hast uns hierher übergesiedelt, ohne mich überhaupt zu fragen. Hast mich einfach in eine neue Schule, ein neues Leben gesetzt, »Ta-da!« gerufen und mich dann den Wölfen überlassen.*

Ich schweige. Er soll den ersten Schritt machen.

»Ja, ich weiß, dass es schwer gewesen ist. Und ich war so sehr damit beschäftigt, selbst hier anzukommen und hier alles zu organisieren, dass ich meinen Job als Dad total vernachlässigt habe. Ich hätte gedacht, dass es einfacher wäre. Ich weiß nicht. Alles. Ich war naiv. Oder verzweifelt. Ja, das ist es. Nicht naiv, aber verzweifelt.« Er gesteht dies dem Bücherregal vor sich, der Kinderbuchabteilung – eine Anordnung, die mir immer seltsam vorkam und die doch so typisch L. A. ist: Geld direkt gegenüber von Kindern. Mein Dad starrt auf das Cover eines Buches über Stifte, die streiken. Die Grundfarben sind sauer auf ihren Besitzer, weil sie sich überlastet fühlen.

Ich zucke mit den Schultern. Ich wünschte, wir könnten dieses Gespräch schriftlich führen, am besten auf dem Bildschirm, und Nachrichten hin- und herschicken, wie ich es mit SN mache. Es wäre so viel sauberer und leichter. Ich würde genau das sagen, was ich sagen will, und wenn die Worte nicht richtig klingen, könnte ich daran arbeiten, bis ich zufrieden bin.

»Willst du wieder nach Chicago? Wenn ja, dann können wir zurückziehen. Ich möchte nicht, dass du bei Scar wohnst. Wir würden uns eine Wohnung mieten, bis du die Schule beendet hast, und sobald du aufs College gehst, kann ich wieder herkommen. Natürlich nur, wenn es für dich dann in Ordnung wäre. Rachel und ich bekommen das schon hin. Du bist für mich das Wichtigste auf der Welt. Wenn du nicht glücklich bist, kann ich auch nicht glücklich sein. Ich weiß, dass es in den letzten Monaten nicht so ausgesehen hat, aber es ist wahr.« Ich denke an das Wochenende in Chicago, an Scar und Adam und ihr neues Leben ohne mich. Wie wir uns alle entwickelt haben – *weiter*entwickelt – und wie dorthin zurückzugehen in gewisser Hinsicht ein Rückschritt wäre. Meine Mom wäre auch dann nicht bei uns, und Erinnerungen, so gut man sie eben festhalten kann, sind nicht ortsgebunden. Klar, Chicago würde bedeuten, nicht mehr gemobbt zu werden, was sehr angenehm wäre, doch so angsteinflößend, dass ich gleich die Stadt verlassen muss, ist Gem nun auch nicht.

Ich denke an das Leben, das ich mir hier aufgebaut habe. SN und Ethan oder vielleicht sogar SN/Ethan, Dri und Agnes, auch Theo gehört dazu. Selbst Liam irgendwie. Mir kommt in den Sinn, wie meine neue Englischlehrerin zu mir gesagt hat, ich sei eine ihrer besten Schülerinnen, und das in einer Schule, aus der jedes Jahr *fünf* Schüler nach Harvard gehen. Schließlich überlege ich mir, dass es in Wood Valley zwar von reichen Sprösslingen nur so wimmelt, es dafür aber eine wunderschöne Bibliothek gibt, ich in einer Buchhandlung arbeiten kann und mit einem Typen aus meinem Jahrgang auf Collegeniveau Lyrik behandle, die dieser auswendig aufsagen kann. L. A. hat sich in gewisser Weise als Nerdparadies entpuppt, und das habe ich nicht zuletzt Rachel zu verdanken.

Ich denke an Ethans Lächeln und dass ich es gern jeden Tag sehen würde. Nein, ich will nicht zurück.

»Nee, ich denke zwar dauernd an Chicago, und für eine Weile wollte ich nichts lieber als nach Hause, aber deshalb bin ich nicht sauer auf dich. Es würde sich sowieso nicht mehr wirklich wie zu Hause anfühlen. Ich bin nur so, na ja –« Mir steigen Tränen in die Augen, und ich starre auf die Kasse. Die Taste mit der 9 kann meinem Blick kaum noch standhalten. Ich hasse es, dass ich nicht weiß, wie ich sagen soll, was ich sagen will.

»Du weißt, dass du mit mir über alles sprechen kannst, ja? Ich will nicht, dass du zu irgendeiner Zeit denkst, du wärst allein.« Und jetzt, da er es für mich gesagt hat, kann ich es auch sagen.

»Dad, du hast mich zur Waise gemacht. Als hätte ich euch beide verloren, und Scar noch dazu. Ich musste alles allein rausfinden.«

Aber ich habe es rausgefunden.

Das meiste zumindest. Vielleicht hat Scar recht. Ich bin zäher, als ich mir selbst zugestehe.

»Dad, kannst du dir vorstellen, wie einsam es für mich gewesen ist? Jetzt nicht mehr, jetzt geht's. Aber vor nicht allzu langer Zeit hatte ich das Gefühl, niemanden mehr auf der Welt zu haben. Und du warst jeden Abend mit Rachel unterwegs oder hast dich mit deinem Laptop zurückgezogen. Es ist ja nicht so, dass ich sie hasse. Eigentlich kenne ich sie gar nicht. Wahrscheinlich ... sag ihr Danke für die Tickets.« Ich hole Luft. Das sollte ich natürlich selbst machen, und ich werde es tun.

»Es ist nur, ich bin in dieses Haus gezogen und habe dieses seltsame Zimmer bekommen mit diesen überdimensionierten Bildern an der Wand, die aussehen, als hätte ein Drittklässler sie gemalt. Was soll das? Egal, es geht auch gar nicht um die Kunst und auch nicht um die teure Seife, von der meine Hände so gut riechen – echt ungewohnt, aber gut. Trotzdem, es ist nicht mein eigenes, verstehst du? Und ich habe nur ... es war ätzend, Dad, es war einfach nur ätzend«, sage ich. Nein, die Tränen haben sich nicht verflüchtigt; sie sind wieder da und laufen mir über die Wangen, und ich stehe in der Buchhandlung und hoffe nur, dass die Glocke jetzt nicht läutet. Ich glaube, in den letzten dreißig Sekunden habe ich meinem Dad mehr erzählt, als in den letzten drei Monaten. Manchmal, wenn ich anfange, wenn ich die Worte endlich finde, kann ich nicht anders.

»Oh, meine Süße.« Mein Dad steht auf, und ich glaube, dass er mich umarmen will, deshalb winke ich ab. Ich will mich nicht an seiner Schulter ausweinen. Noch nicht. Dafür bin ich noch nicht bereit. »Es tut mir so leid«, sagt er.

»Ich will keine Entschuldigung. Ich will gar nichts. Ich bin sauer auf dich, und ich habe ein Recht sauer auf dich zu sein. Aber bald werde ich damit aufhören. Du bist mein Dad, und natürlich werde ich damit aufhören. Ich hab's verstanden. Unsere Welt ist gesprengt worden. Und du hattest einfach nicht genug Kraft. Ich habe mich Scar gegenüber ähnlich verhalten. Und ich wünschte, ich wäre stärker oder besser oder was weiß ich was gewesen und hätte von dir nichts gebraucht. Aber so war es nicht, und ich brauche dich immer noch. Es wäre schön gewesen, wenn wir es gemeinsam gemeistert hätten. Doch so ist es nicht gekommen. Und jetzt ist es zu spät. Jetzt sind wir hier und machen das Beste daraus. Aber zwischenzeitlich war es echt ätzend.«

»›Echt ätzend‹ ist wahrscheinlich noch untertrieben. Es war scheißätzend«, sagt mein Dad, und als er anfängt, leicht zu grinsen, kann ich nicht anders als zurückzulächeln. Denn ich weiß, dass er Kraftausdrücke hasst. Früher hätte er nie so geredet. »Okay, meinetwegen darfst du noch sauer auf mich sein. Das verstehe ich. Aber du darfst nicht wieder nicht mehr mit mir sprechen. Das halte ich nicht aus. Ich vermisse es, dir jeden Tag von einem Erlebnis zu berichten. Ich habe Dinge aufgeschrieben, damit ich sie dir erzählen kann, wenn du wieder mit mir sprichst. Wir müssen jetzt Zeit miteinander verbringen.«

»Igitt, nein. Ich bin sechzehn. Ich kann doch nicht mit meinem Vater abhängen.« Ich lächele, während ich das sage. Ich vermisse meinen Dad, wahrscheinlich noch mehr, als er mich vermisst. »Das ist ja so uncool.«

»Wenn ich dir einen elterlichen Rat geben darf. Cool sein ist total überbewertet.«

»Sagt der Typ, der ein Namensschild aus Plastik auf der Brust trägt.«

»Eins zu null für dich.«

»Du liebst sie wirklich, oder?«, frage ich, nur scheinbar aus heiterem Himmel.

»Rachel? Ja, das tue ich. Ich gebe zu, es war sicher etwas überstürzt, und natürlich stellen wir fest, dass nicht alles perfekt ist, aber doch, ich liebe sie. Das bedeutet allerdings nicht –« Ich lächele ihn an und fege den Rest des Satzes mit einer Handbewegung weg. Er braucht ihn nicht zu beenden. Ich bin kein Kind mehr. Ich weiß, dass es nichts mit mir zu tun hat, was er für sie empfindet. Und mit meiner Mom auch nicht.

Ich weiß, dass Liebe nicht endlich ist.

Und dann ist da noch Folgendes: In weniger als zwei Jahren werde ich aufs College gehen. In gewisser Hinsicht werde ich dann froh sein, dass er nicht allein ist.

»Ich hab's verstanden.«

Abermals sieht mein Dad sich um und atmet den Papiergeruch ein.

»Mom hätte sich hier sehr wohlgefühlt. Sogar den albernen Namen hätte sie gemocht. Wahrscheinlich aber ohne das Ausrufezeichen.«

»Ich weiß.«

»Ich liebe dich, Möhrchen.«

»Ich weiß.«

Mein Handy meldet sich. Nachricht von Scarlett.

Scarlett: Verdammte Scheiße. Wir haben's getan.

Ich: Echt? Das?

Scarlett: Jep.

Ich: Und?

Scarlett: Ich würde uns eine 7 geben, vielleicht eine 8, was fürs erste Mal nicht schlecht ist. Ein bisschen hat's weh getan. Und das mit dem Kondom war nicht ganz einfach, viel schwieriger als mit der Banane, und ich hab mich irgendwie komisch gefühlt, aber trotzdem, es war gut. Ich glaube, wir tun's gleich noch mal.

Ich: WO BIST DU?

Scarlett: Auf dem Klo. Ich musste es dir sofort erzählen und weil ich pinkeln musste, mache ich beides gleichzeitig.

Ich: ADAM IST ALSO NOCH IN DEINEM BETT?!?!

Scarlett: Jep.

Ich: Wolltest du mir gerade ein Emoji schicken?

Scarlett: Was soll ich sagen? Es hat mich übel erwischt. Nächste Woche fange ich mit der Pille an, damit wirklich nichts passieren kann.

Ich: Ich freue mich für dich, du liederliche Schlampe!

Scarlett: Hab dich lieb.

Ich: Ich dich auch. xoxo. Gratulier Adam von mir.

»Weshalb lächelst du?«, fragt mein Dad, da ich anscheinend blöd das Display meines Handys angrinse. *Scar ist gerade entjungfert worden!* Am liebsten hätte ich es laut ausgesprochen, weil es so aufregend ist und ich mich so sehr für sie freue, doch ich verkneife es mir.

»Nichts, nur etwas Lustiges von Scar.«

»Ihre Mom hat mir erzählt, dass sie einen Freund hat«, sagt mein Dad, und ich muss lachen, als ich mir vorstelle, wie Mrs Schwartz und mein Dad über Scar und Adam tratschen.

»Ja.«

»Ist sie echt mit Adam Kravitz zusammen? Der war doch immer so ein Schmächtiger.«

»Er trainiert jetzt.«

»Schön für sie.«

»Sie sind glücklich.«

»Gibt's in deinem Leben auch einen Jungen?«

»Dad«, sage ich und erröte. Selbst wenn ich ihm von Ethan

erzählen wollte, von SN, von alldem, es wäre viel zu verwirrend und kompliziert.

»Gut«, wechselt er das Thema. »Weißt du noch, als du klein warst, haben wir dich immer gefragt, wie du so schnell so groß werden konntest, und du hast geantwortet: ›Ich bin gewachst!‹?«

Mein Dad blickt auf seine Hände, die kein Handy halten wie meine und damit nichts haben, um die Nervosität abzuarbeiten. Meine Eltern haben oft Geschichten aus meiner Kindheit erzählt und sie mit »Weißt du noch?« begonnen, bevor sie ausführten, was ich früher getan hatte, und dann haben sie sich angelächelt, als hätte es nichts mit mir zu tun, als ginge es ihnen vor allem darum festzustellen: *Sieh mal, was wir zustande gebracht haben*.

Ich schüttele den Kopf. Ich kann mich nicht erinnern.

»Tja, meine Süße, du bist wirklich gewachst. Es tut mir leid, dass ich nicht da war. Aber ich bin so stolz auf dich. Und deine Mom wäre es auch. Das weißt du, oder?«

Weiß ich es? Ich weiß, dass sie nicht nicht stolz wäre, was nicht das Gleiche ist wie stolz sein. Ich bin mir nicht sicher, ob ich schon bereit dafür bin, so über sie zu denken, die »wäre«-Haltung vollständig anzunehmen.

»Ja«, sage ich, vor allem wegen seiner leeren Hände, des Namensschilds und seines Blicks. Vielleicht war die Umstellung für ihn sogar schwieriger als für mich. »Natürlich weiß ich das.«

SN: was war heute unter der glocke?

Ich: Irgendein köstlicher Fisch mit diesem groben Couscous. Wie heißt der noch gleich?

SN: Ptitim.

Ich: Ha, ha, weiß ich doch. Ich wollte nur, dass du die Umschalttaste benutzt. Am liebsten würde ich dir ein T-Shirt mitbringen, auf dem steht: »Kein Eigenname ohne Großbuchstabe.«

SN: wer hat hier einen an der waffel?

Als ich nach oben komme, sitzt Rachel in meinem Zimmer auf dem Schreibtischstuhl und starrt wieder auf das Foto von meiner Mom und mir.

»Sie war so schön«, sagt Rachel zur Begrüßung. Sie sieht niedergeschlagen und matt aus. Neben ihr steht ein großes Glas Rotwein. Und sie ist wieder leiser als normal.

»Ja«, antworte ich, bin aber nicht bereit, mit Rachel über meine Mom zu sprechen. Ich bin mir nicht sicher, ob ich jemals stark genug dafür sein werde. »He, du hast ja die Bilder abgenommen.«

Ich sehe mich um. Die Grundschulmalereien, die, wie mir erst jetzt bewusst wird, wahrscheinlich von einem berühmten Künstler stammen, den ich kennen sollte, stehen in einer

Ecke und die Wände sind, von einigen Nagellöchern abgesehen, strahlend weiß.

»Es tut mir leid. Ich habe sie gar nicht bemerkt. Mein Mann – Theos Dad – war fürs Dekorieren des Hauses zuständig. Er hat sie ausgesucht. Für das Zimmer eines Teenagers sind sie wahrscheinlich nicht unbedingt passend.« Rachel nimmt einen Schluck aus ihrem Glas und reibt sich die Arme, die in edlem Kaschmir stecken. »Du solltest deine Sachen hier aufhängen. Irgendwelche Poster oder so. Mach es zu deinem Zimmer.«

»Danke für das Ticket nach Hause. Nach Chicago, meine ich. Das war wirklich nett.«

Rachel winkt ab, als wäre es keine große Sache. Vielleicht ist es das für sie auch nicht, für mich schon.

»Und wir besorgen dir ein neues Bett. Ein breiteres vielleicht? Mir ist erst heute aufgefallen, was für ein lächerliches Ding dieses hier ist. Und ich habe bei den Nachhilfelehrern von Theo Bescheid gesagt, dass du in Zukunft auch an den Stunden teilnehmen wirst. Ich weiß auch nicht, warum ich nicht früher darauf gekommen bin. Tut mir leid.« Sie sieht erschöpft aus, und ich merke, dass sie den Tränen nahe ist. Was ist los mit ihr? Ich bin mir nicht sicher, ob ich mit der Situation umgehen kann.

»Danke. Das Bett ist bequemer, als es aussieht. Ist alles in Ordnung?« Ich muss sie das fragen, wenn sie gleich anfängt zu weinen. Das wäre sonst falsch.

»Es gibt schlechte Tage und gute Tage. Du weißt, wie das ist. Nur weil ich deinen Vater gefunden habe, der ganz wundervoll ist – wirklich, der Beste –, bedeutet es nicht, dass es nicht trotzdem schwer oder kompliziert ist und dass ich nicht –« Sie holt tief Luft, aus dem Bauch heraus, so wie man es nur beim Yoga in Kalifornien lernt. »Ich weiß, dass Theo ihn auch vermisst und ich ihm nicht genug bin. Das ist einfach so. Deshalb ist es manchmal schwer. Sorry noch einmal für alles, was ich falsch gemacht habe. Ich sollte nicht hier sein.«

»Schon in Ordnung«, erwidere ich, auch wenn ich selbst total verunsichert bin. Dieses Haus ist voller Schmerz, voller schlechter Schwingungen, wie Theo sagen würde, doch gleichzeitig steht es für einen Neubeginn. Vielleicht sollten wir Kerzen anzünden. Oder besser noch, anfangen, die weißen Wände zu dekorieren. »Weißt du, dieses Haus ist total schön, aber vielleicht solltest du auch ein paar Bilder aufhängen. Von deinem Mann – ich meine, deinem anderen Mann. Theos Dad. Und von Theo als Kind. Damit er sich erinnert.«

Rachel sieht mich an und wischt sich mit dem Ärmel die Tränen ab. Ich versuche nicht zusammenzuzucken, denn sie trägt Mascara, und ihren Pullover kann man sicher nicht in der Maschine waschen.

»Das ist eine super Idee«, sagt sie und sieht mich an. Fast erkenne ich ein Lächeln. »Nicht ganz einfach mit uns beiden, oder?«

»Ja, ist wohl so.«

»Ich habe mich bemüht, mich nicht zu sehr um dich zu bemühen, habe mir dann aber dauernd Vorwürfe gemacht, mich nicht genug zu bemühen, weißt du?« Sie erhebt sich und geht zur Tür. Dann dreht sie sich noch einmal zu mir um.

»Ja«, sagt sie. »Wir schaffen das.«

Kapitel 34

Ich bin früh dran, deshalb setze ich mich in die vorderste Nische, das mag feige sein, aber ich will SN sehen können, bevor er mich sieht. Der Rest des IHOP samt der Berge von Pfannkuchen befindet sich in meinem Rücken, während ich den Parkplatz durch die Glasflügeltür beobachte. In nur fünfzehn Minuten werde ich SN treffen. Er wird sich mir gegenübersetzen und sich vorstellen, und unsere virtuelle Beziehung wird auf einmal real werden. Wird ans Licht geholt, ins Hier und Jetzt. Auf zugleich mehr und weniger Greifbarem basieren: gesprochenen Worten.

Natürlich kann es im Desaster enden. Vielleicht haben wir uns von Angesicht zu Angesicht nichts zu sagen. Wahrscheinlich handelt es sich nicht um Ethan. Das wird mir jetzt bewusst, während ich mit schwitzigen Händen und Achselhöhlen hier sitze. Das wäre zu viel des Guten.

Zuerst habe ich das Haar offen gelassen, dann doch zusammengebunden, denke aber inzwischen, ich sollte es wieder öffnen. Fast den ganzen gestrigen Abend habe ich damit verbracht zu überlegen, was ich anziehen soll.

Dri meinte: *Sei ganz normal.*

Agnes meinte: *Sei legendär.*

In den frühen Morgenstunden habe ich beschlossen, dass es seltsam wäre, etwas anderes als meine alltäglichen Sachen anzuziehen, dass ich nicht aussehen will, als würde ich mich allzu sehr bemühen.

Scar meinte: *Sei du selbst*.

Doch jetzt komme ich mir in Jeans und T-Shirt zu normal vor. Ich hätte mich stärker schminken und etwas unternehmen sollen – irgendetwas –, um mich hübscher zu fühlen. Was ist, wenn SN mich bislang nur von Weitem gesehen hat und jetzt enttäuscht ist, sobald er mir gegenübersitzt? Bin ich eine, die von Weitem einen falschen Eindruck erweckt?

Hier zu sitzen und meine Mängel durchzugehen, macht mich fertig. Mein Kinn ist pickelig. Meine Nase voller Mitesser. Meine Oberschenkel breiten sich auf dem Plastiksitz aus. Nein, das hilft ganz und gar nicht, um meine Nerven zu beruhigen.

Die Kellnerin bringt mir eine Tasse Kaffee, und ich reiße die Deckel aller Milchdöschen in der Schüssel auf. Aus den Verpackungen baue ich einen Turm, den ich dann umstoße und wieder aufstelle. Ich erwäge, mich zu erheben und zu gehen. Ich muss SN nicht treffen. Machen wir lieber weiter wie bisher. Er bleibt mein bester Phantomfreund – allerdings einer, mit dem ich gern flirte.

Dri: VIEL GLÜCK! Und wenn sich herausstellt, dass es Liam ist … dann trotzdem, keine Hemmungen.

Ich: Meinst du das ernst?

Dri: Ja, bei mir ist es einfach nur eine Schwärmerei. Was ihr habt, SN und du, das ist real.

Ich: Ich habe Angst. Ich glaube übrigens nicht, dass es Liam ist.

Dri: Ich auch nicht.

Ich: Du bist eine echte Freundin.

Dri: Vergiss das nicht, wenn ihr dann total verliebt seid und glaubt, keine Zeit mehr für jemand anderen zu haben, okay?

Ich: Ha, ha!

Dri: Ist er schon da?

Ich: Nein.

Dri: Ist er jetzt da?

Ich: Nein.

Dri: Ist er jetzt da?

Gerade will ich *Nein* tippen – das Spiel macht Spaß, es lenkt ab und ist irgendwie lustig –, als er plötzlich da ist. Mir rutscht das Herz in die Hose. Ich merke, wie sich meine Kehle zuschnürt und mir die Tränen in die Augen schießen. Gleichzeitig fühle ich mich schlecht, mich so zu fühlen. Ich will mich nicht so fühlen, aber ich kann nicht anders. Wie habe ich mich so irren können?

Es ist Liam.

Okay.

SN ist Liam.

Ich versuche die Fassung wiederzugewinnen, ruhig an die Sache heranzugehen. Immerhin ist es nicht Mr Shackleman oder Ken Abernathy. Liam ist ein netter Kerl, der vom hübschesten Mädchen der Schule begehrt wird. Das muss doch gut sein.

Er sieht mich noch nicht. Er steht an der Kasse und nimmt sich einen der Pfefferminzbonbons, die dort offen in einer Schale stehen und angeblich einen hohen Anteil Fäkalien enthalten, doch ich erkenne ihn von hinten. Es ist Liam.

Liam ist Liam ist Liam.

Er dreht sich um, und sein Gesicht verändert sich, als er mich erblickt. Er lächelt so strahlend, dass ich mich frage, womit ich seine gute Laune verdient habe.

Die ganze Zeit: Liam.

»Wie schön, dich hier zu sehen, fremdes Mädchen«, sagt er. »Darf ich mich setzen?«

Ich bleibe stumm und bin kurz davor mein Handy herauszuholen, um SN zu schreiben. *Klar. Nur zu.* Und: *Ich verstehe es nicht*. Aber ich beschränke mich auf ein Nicken. Zumindest weiß ich, dass Dri nicht sauer auf mich ist. Zumindest das.

Ich möchte tippen: *Du bist nicht Ethan. Ich wünschte, du wärst Ethan.*

Doch ich weiß, das wäre grausam. Als würde er zu mir sagen: *Ich wünschte, du wärst hübscher.*

»Schön, dich zu sehen«, sagt Liam und lässt sich mir gegenüber in der Nische auf dem Sitz nieder. Seine Bewegungen sind geschmeidig, genau wie auf der Bühne: selbstsicher und wendig. Menschliches Origami.

»Ja, finde ich auch«, antworte ich und versuche zurückzulächeln. Meine Augen machen nicht mit.

»Das ist mir jetzt fast ein bisschen unangenehm, und vielleicht ist es auch nicht der richtige Moment, aber ich wollte dich schon länger fragen, ob du, na ja, ob du irgendwann mal mit mir essen gehen würdest?« Da ist es: Liam will mit mir ausgehen. Echt. Im realen Leben. Nicht auf dem Bildschirm, sondern SN aus Fleisch und Blut.

Doch ich höre nur Ethans Stimme, seine Worte, die er ebenfalls laut ausgesprochen hat: *Dann solltest du wohl Nein sagen.*

Doch das war, bevor SN Liam und Liam SN war. Das war vor den letzten zehn Sekunden, die alles verändert haben. Und was ist, wenn das hier real ist – Liam und ich und nicht Ethan und ich? Vielleicht habe ich wieder einmal falschgelegen. Vielleicht ist es egal, dass in der Buchhandlung manchmal unangenehmes Schweigen zwischen uns herrscht und ich nicht das Gefühl habe, als hätten Liam und ich uns viel zu sagen? Vielleicht ist es egal, dass er mit jemandem wie Gem zusammen war? Menschen fällen immer wieder seltsame Entscheidungen.

»Ich –« Ich trinke einen Schluck Kaffee und schaue tief in die Tasse, schlucke den Schrecken hinunter, der in mir aufsteigt, das Bedürfnis von diesem Tisch zu fliehen. Ich brauche die Extrazeit, die mein Handy mir geben kann. Auch wenn es nur ein paar Sekunden sind, um meine Gedanken zu ordnen. Ich versuche mir vorzustellen, was ich jetzt schreiben würde. Schreiben würde die Sache leichter machen. Daumen statt Mund. *Ja*, würde ich tippen. Oder auch: *Klar.* Oder *Cool.* Oder ...

Doch bevor ich weiß, wie ich reagieren soll, nehme ich einen Schatten über unserem Tisch wahr. Mein erster Gedanke ist, dass Gem gekommen ist und mir eine reinhaut, und damit wäre die Sache beendet. Ich, zusammengeschlagen auf dem Boden. Was lächerlich ist, denn es ist nicht Gem. Und Zuschlagen ist nicht ihr Stil. Sie agiert subtiler.

Es ist Ethan.

Ethan ist Ethan ist Ethan.

Ethan ist ebenfalls hier, und ich verstehe gar nichts mehr, ich weiß nicht, was ich tun soll. Er sieht Liam mir gegenübersitzen, und seine Miene verfinstert sich, bevor sie vollkommen ausdruckslos wird. Ich möchte sein Lächeln sehen, ihn diese sechs Worte noch einmal sagen hören. *Dann solltest du wohl Nein sagen.*

Das würde mir sicher helfen, all das hier zu begreifen. Es würde mir einen guten Grund geben, SN den Rücken zuzukehren und damit auch den »drei Dingen« und den nächtlichen Unterhaltungen, die ich so sehr genossen habe, und alldem, was mich in den letzten Monaten am Leben gehalten hat.

SN ist Liam, und Liam ist SN. Eine einfache Gleichung. Nachhilfe in Mathe. Es ist Zeit, das zu akzeptieren.

»Hi«, grüßt Ethan, und ich sehe ein Flehen in seinen Augen. Er sagt die sechs Worte, ohne sie auszusprechen. Und deshalb antworte ich Liam einfach nicht – noch nicht jedenfalls – und wende mich stattdessen Ethan zu. Erkaufe mir auf diese Weise Zeit.

»Hi«, grüße ich zurück, und im nächsten Moment glaube ich erst recht, gar nichts mehr zu verstehen und zu träumen, denn auf einmal ist auch noch Caleb hier, direkt hinter Ethan. Natürlich sind alle drei zur großen SN-Enthüllung gekommen. Ich befinde mich in einem Traum. Es muss ein Traum sein, denn die drei können nicht SN sein, und ich habe auch vorher schon solche Träume gehabt, in denen sie alle da sind – Liam, Ethan, Caleb – und in die Haut des jeweils anderen schlüpfen, T-Shirts tauschen.

Aber nein, Caleb trägt sein graues. Ethan ist Batman. Und Liam im Hemd, denn im Gegensatz zu seinen Freunden wechselt er seine Garderobe. Ein Punkt für Liam.

Wenn dies ein Traum ist, werden sie als Nächstes anfangen, im Chor »The Girl No One Knows« zu singen.

Niemand singt.

Es ist kein Traum.

Ich bohre die Fingernägel in meine Handflächen, nur um sicherzugehen. Es tut weh.

»Hallo«, grüßt jetzt auch Caleb und blickt von Liam zu mir und dann wieder lächelnd zu Liam, als wollte er sagen: *Hol sie dir, Mann.* Wissen er und Ethan, dass SN Liam ist, und sind sie hier, um zu sehen, was passiert? Vielleicht sind sie aber auch alle drei Teil davon, haben sich die SN-Adresse geteilt und mir abwechselnd geschrieben. War das Ganze doch ein mieser Scherz? Alles frei erfunden? Waren sie zu dritt?

Sofort überdenke ich das Angebot meines Dads, nach Chicago zurückzuziehen, und frage mich, ob es darauf hinauslaufen wird: Ich, erniedrigt und verletzt in einem Flugzeug.

»Warte«, sagt Ethan und tritt einen Schritt vor und dann wieder zurück. Ein seltsamer Tanz, den er da vollführt, und sein Gesicht errötet dabei. »Du bist zu früh.«

»He, wir besprechen hier gerade etwas«, geht Liam dazwischen und schaut mich an, wie um seine Frage zu wiederholen. *Ja. Zum Essen einladen*. Wenn ich nicht so enttäuscht wäre, hätte ich es süß gefunden, dass SN unser erstes persönliches Gespräch damit beginnt, mich um ein richtiges Date zu bitten.

»Liam«, sagt Ethan und legt eine Hand auf Liams Schulter. Doch dieser schüttelt sie unwirsch ab. Ich bin so blöd. Es ist nicht zu übersehen, dass die beiden ein Problem miteinander haben. *Eine Weile war es echt schwierig,* hat Dri mal gesagt. Liam hat Ethans Bruder in der Band ersetzt.

Dann solltest du wohl Nein sagen.

Ich habe den Satz total falsch verstanden: Er hieß nicht, dass Ethan selbst Interesse an mir hatte. Er hasst Liam einfach. Die Erkenntnis ist niederschmetternd.

»Warum musst du immer Schatten werfen?« Liam erhebt sich, um Ethan auf Augenhöhe zu begegnen. Monate, vielleicht Jahre aufgestauter Aggressionen bahnen sich ihren Weg nach draußen, und ich habe leider das Pech, mittendrin zu sein.

Liam ballt die Hände zu Fäusten, als wäre er bereit, sich hier im IHOP zu prügeln – ein ganz blöder Ort für so etwas. Zwischen Kindern, Polyestersitzen und Smiley-Pfannkuchen.

Mehreren Sorten Sirup. Einige der Getränke werden sogar mit kandierten Kirschen garniert.

Caleb stellt sich zwischen Liam und Ethan, und Ethan hebt die Hände. Er hat kein Interesse an einer Schlägerei. Vielleicht hat er allerdings auch kein Interesse an mir.

»Es ist alles ganz anders«, verteidigt sich Ethan, lässt die Hände sinken und steckt sie in die Tasche. Dann zieht er sein Handy hervor. »Warte mal ganz kurz.«

Ethans Blick ist auf mich, nicht auf Liam gerichtet, und er spricht mit mir, ohne zu sprechen. Ich weiß nicht, was er sagt. Ich weiß nur, dass ich ihn immer weiter ansehen will. Wieder geschieht alles zu schnell für mich, als dass ich es verstehe, und gleichzeitig zu langsam, weil ich mein Herz klopfen und das Blut in meinen Ohren rauschen höre, die Wärme der Kaffeetasse in meinen zitternden Händen spüre.

Mein Handy meldet eine Nachricht. Ich senke den Blick und nehme es in die Hand.

SN: ich bins.

Ich schaue wieder hoch. Ethan lächelt mich nervös an. Er schreibt, ohne hinzusehen.

SN: ich. nicht er. ich.

SN: und jetzt noch mal in großbuchstaben: ICH.

»Du?«, frage ich laut und ohne Daumen, die Worte sind genau dort, wo ich sie haben will. Endlich, endlich wird es klar. Ich lasse Ethan nicht aus den Augen und kann nicht anders; ich grinse. »Echt? Du bist es?«

»Ich«, bestätigt Ethan und hält sein Handy hoch. »Du warst zu früh. Wir hatten hinten eine Besprechung mit Oville, die länger gedauert hat als geplant, und dann ist er mir zuvorgekommen.«

Ich sehe Liam an, der auf den Fersen vor und zurück wippt – verwirrt und immer noch wütend. Er verfolgt unser Gespräch, versteht aber nicht alles. Wie sollte er auch? Ich verstehe es ja selbst kaum.

Ethan ist Ethan ist Ethan.

Ethan ist SN.

»Liam, es tut mir leid. Ich kann nicht. Er ist es doch. Es ist Ethan«, sage ich, was keinen Sinn ergibt, aber das ist jetzt egal, denn jetzt sitzt Ethan mir gegenüber. Und wir lächeln uns an, albern und aufgeregt, und es ist ganz leicht, viel leichter, als es sein sollte.

Liam wirkt inzwischen eher verwirrt als wütend. Caleb zuckt mit den Schultern und deutet dann augenrollend in Richtung Tür, als wolle er sagen: *Gib's auf, Mann. Sie ist es nicht wert.*

»Okay«, sagt Liam lässig über die Schulter zurück im Hinausgehen, nachdem er Calebs Hinweis verstanden hat. Caleb wackelt mit dem Handy in Ethans und meine Richtung. Anscheinend macht er das bei jedem, wenn er geht. Dann beeilt er sich, hinter Liam herzukommen.

»Du?«, frage ich Ethan abermals, denn ich habe das Gefühl, dass es noch ein letztes Mal gesagt werden muss. Um sicherzugehen, dass ich keine falschen Schlüsse ziehe und nicht träume.

»Nett, dich wiederzusehen, Jessie, Jessie Holmes. Ich bin der komische Kauz, der dir geschrieben hat.« Ethan wirkt nervös und sieht mich fragend an. »Das lief ja nun überhaupt nicht so, wie ich es mir vorgestellt habe.«

Ich lache, denn ich fühle mich mehr als erleichtert.

»Was? Du hast nicht damit gerechnet, fast in eine Schlägerei zu geraten?«

»Nein, nein, das habe ich nicht.«

»Ich kann noch immer nicht glauben, dass du es bist.« Ich atme Luft aus, von der ich gar nicht gemerkt habe, dass ich sie angehalten habe. Mein Handy meldet eine neue Nachricht.

SN: bist du enttäuscht?

Ich: NEIN!!!

SN: darf ich mich neben dich setzen?

Ich: JA!!!

Ethan wechselt die Seiten, und jetzt sitzen wir Oberschenkel an Oberschenkel. Ich nehme seinen typischen Geruch wahr. Ich wette, er schmeckt nach Kaffee.

»Hallo«, sagt er, hebt die Hand und streicht mir das Haar hinters Ohr.

»Hallo«, antworte ich.

Nachdem wir uns eine Weile unterhalten haben, ist es wie all die anderen Male, die ich mich mit Ethan getroffen habe und doch total anders, denn wir arbeiten nicht an unserem Projekt, sondern sind einfach nur zusammen, weil wir zusammen sein wollen und weil ich ihn jetzt kenne, wirklich kenne, denn wir haben die letzten zwei Monate damit verbracht, uns mit unseren Daumen miteinander zu unterhalten.

»Warum?«, frage ich. Er schließt die letzte Lücke zwischen uns und legt seine Hand auf meine. Ethan und ich halten Händchen. Ich bin mir nicht sicher, ob ich ihn je wieder loslassen werde.

»Warum was?«

»Warum hast du mir an dem ersten Tag gemailt?«

»Seit das mit meinem Bruder passiert ist ... habe ich das Gefühl, ich habe vergessen, wie man mit anderen Leuten redet. Mein Dad hat mich bei dieser Therapeutin angemeldet, und sie hat gesagt, dass schreiben vielleicht hilft. Und dann sah ich dich am ersten Schultag, und du hattest so etwas an dir, dass ich dich unbedingt kennenlernen wollte. Du wirktest auf eine Art und Weise verloren, die mir absolut bekannt vorkam. Deshalb habe ich beschlossen, dir zu mailen, und inkognito zu bleiben erschien mir sicherer.« Er schüttelt den Kopf, als wollte er sagen. *Ja, ich weiß, ich habe einen an der Waffel.*

»Hast du auch noch anderen geschrieben?«, frage ich.

»Na ja, ein bisschen, ab und zu. Ich beobachte gern Leute. Einigen habe ich so nett wie möglich ein paar Dinge verklickert. Ken Abernathy habe ich zum Beispiel erzählt, dass Gem in Mathe von ihm abschreibt. Aber bei dir war es etwas anderes. Wir haben ein über zwei Monate andauerndes Gespräch geführt.«

»Was du also sagen willst, ist, dass du sozusagen der Batman von Wood Valley bist.«

Er grinst. Senkt den Blick.

»Nicht wirklich. Das T-Shirt ist von meinem Bruder. Es ist albern, aber trotzdem.«

»Ich mag es, dir Fragen stellen zu können, die du dann auch beantwortest.«

»Und ich mag es, wenn du mir Fragen stellst.«

»Erzähl mir drei Dinge«, sage ich, weil ich unsere drei Dinge liebe. Ich will nicht, dass wir damit aufhören, nur weil wir sie jetzt laut sagen können.

»Erstens: Im Gegensatz zur allgemeinen Meinung nehme ich keine Drogen. Ich habe eine totale Abneigung dagegen. Nicht einmal eine Kopfschmerztablette krieg ich runter. Zweitens: Ich habe den ersten Teil von ›Das öde Land‹ nur auswendig gelernt, um dich zu beeindrucken. Normalerweise spiele ich nachts Xbox oder lese, wenn ich nicht schlafen kann, aber ich dachte, es würde mich, ich weiß auch nicht, cooler oder so erscheinen lassen.«

»Hat funktioniert. Es war traumhaft.« Meine Stimme lächelt, dabei wusste ich gar nicht, dass sie dazu in der Lage ist.

»Drittens: Meine Mom ist seit gestern in der Entzugsklinik. Ich bin nicht so naiv, optimistisch zu sein – wir haben diese

Tortur schon ein paar Mal mitgemacht – aber immerhin ist es etwas.«

»Ich, ich weiß nicht, was ich sagen soll. Wenn wir schreiben würden, wäre es wahrscheinlich ein Emoticon.« Ich drücke seine Hand, auch ein Weg miteinander zu sprechen. Kein Wunder, dass Ethan nicht schlafen kann; seine Familie ist noch zerrütteter als meine.

»Du bist dran. Drei Dinge ...«

»Gut. Erstens: Ich habe wirklich gehofft, dass du es sein würdest. Ich war mir ziemlich sicher, und dann war ich mir ziemlich sicher, dass du es nicht bist, und in dem Moment, in dem ich geglaubt habe, du wärst Liam, hätte ich fast geheult.«

»Liam ist kein schlechter Mensch. Ich sollte netter zu ihm sein. Besonders jetzt. Oh Mann, er wird mir die Beine brechen.« Ethan lächelt. Er hat keinerlei Angst vor Liam.

»Nein, wird er nicht. Er wird zu Gem zurückkehren, und sie können Ballkönig und -königin oder was auch immer werden, wenn es so etwas hier überhaupt gibt, und alles wird gut. Schade eigentlich, ich würde ihn nämlich zu gern mit Dri verkuppeln.«

»Wie richtig lag ich übrigens damit, dass Dri und du euch gut verstehen würdet?«

»Sehr richtig. Du hast bei vielen Dingen richtiggelegen.«

»Zweitens ...«

»Zweitens ...« Ich zögere. Was will ich sagen? Dass ich zum ersten Mal, so lange ich mich erinnern kann, das Gefühl habe, genau dort zu sein, wo ich sein will. Dass ich froh bin, nur hier zu sitzen. Genau hier. Mit ihm.

»Zweitens, danke dafür, dass du zu einer Zeit, in der ich sonst niemanden hatte, mein erster Freund hier gewesen bist. Das war wirklich ... sehr hilfreich.«

Jetzt drückt er meine Hand, und es fühlt sich so gut an, dass ich beinahe die Augen geschlossen hätte.

»Und drittens? Mir fällt keine dritte Sache ein. Mein Kopf dreht sich noch immer.«

»Ich weiß was.«

»Dann sag.«

»Drittens: Ich würde dich gern küssen, sehr gern. Bitte!«

»Ist das so?«

»Ja«, antwortet er, und so wende ich mich ihm zu und er sich mir, und es ist uns total egal, dass wir uns in diesem nichtssagenden IHOP befinden und auf unserem Tisch alle möglichen sonderbaren ungegessenen Bestellungen stehen, die Ethan in den letzten drei Stunden hat kommen lassen, damit wir unseren Tisch nicht räumen mussten – Pfannkuchen natürlich, aber auch Essiggurken und Apfelkuchen.

Es gibt nur ihn und mich. Ethan ist Ethan ist Ethan, und Jessie ist Jessie ist Jessie, und seine Lippen berühren meine.

Doch manchmal ist ein Kuss kein Kuss kein Kuss, sondern ein langes Gedicht.

Danksagung

Von ganzem Herzen danke ich, so verdammt pathetisch das auch klingen mag, folgenden Menschen, ohne die dieses Buch nur ein großes Wirrwarr von Worten auf einer antiquierten Festplatte gewesen wäre: Jenn Joel dafür, dass sie so eine verdammt brillante Agentin und eine wahre Heldin ist. Beverly Horowitz für ihre scharfsinnigen Hinweise und dass sie mich angetrieben hat, *Absender: Glück* mit jedem Durchgang zu verbessern. Der wundervollen und unvergleichlichen Elaine Koster, die mir so sehr fehlt. Susan Kamil, die cooler ist als alle. Den Leuten von der »Fiction Writers Co-op«, die mich unterstützt und mit mir gelacht haben und das Leben als Schriftstellerin so viel weniger einsam machen. John Foley für den Namen von »Book Out Below!« (im Deutschen in »Buch Genau!« umbenannt). Karen Zubieta, die mir geholfen hat, alle Bälle in der Luft zu halten. Dem Flore-Clan, dass sie mich in ihren Club aufgenommen und mir erlaubt haben, den Namen zu übernehmen. Mammaji, die so viel aufgegeben hat, damit ich tun kann, was ich liebe; ich bin dir unendlich dankbar. Josh, der mich am Boden und bei Laune hält; ich habe den besten Bruder der Welt zugelost bekommen. Meinem Dad, weil er einfach fantastisch ist. Meiner Mom Elizabeth, die ich so sehr liebe und an die ich jeden Tag denke, auch wenn ihr Name nicht oft genug erwähnt wird. Und natürlich meinem Mann Indy und unseren beiden kleinen Kuschelmäusen Elili und Luca – das Wort »Liebe« ist zu klein für euch. Ich empfinde es als große Ehre, euch mein nennen zu dürfen.

Über die Autorin

Julie Buxbaum, geboren 1977 in Rockland County, New York, studierte u. a. an der Harvard Law School und arbeitete zwei Jahre als Anwältin in einer großen New Yorker Kanzlei, bevor es sie in die Sonne nach Los Angeles, Kalifornien, zog. Dort hing sie die Juristerei an den Nagel und fing an zu schreiben. Ihr Debütroman wurde in fünfundzwanzig Sprachen übersetzt. *Absender: Glück* ist ihr erstes Jugendbuch, zu dem sie eine anonyme E-Mail einst inspirierte. Sie lebt mit ihrem Mann, ihren zwei Kindern und einem unsterblichen Goldfisch in Los Angeles.

Wenn der Junge aus deinen Träumen plötzlich vor dir steht

Lucy Keating
ZWEI IN EINEM TRAUM
Aus dem amerikanischen Englisch von Susanne Klein
352 Seiten
ISBN 978-3-8466-0022-1

Solange Alice denken kann, träumt sie Nacht für Nacht von Max. In echt hat sie ihn noch nie getroffen, doch in ihren Träumen sind sie unsterblich ineinander verliebt. Bis Max eines Tages vor ihr steht. Im echten Leben ist er dagegen abweisend und hat eine Freundin – nicht gerade die perfekten Voraussetzungen für ein Happy End. Alice und Max beschließen, ihre gemeinsamen Träume zu beenden. Doch wie geht das? Und kann man die große Liebe einfach so in den Wind schlagen?

one by Lübbe

Für immer und ewig

Jodi Picoult / Samantha van Leer
MEIN HERZ ZWISCHEN DEN ZEILEN
Aus dem amerikanischen Englisch von Katharina Förs, Christa Prummer-Lehmair
288 Seiten
mit zahlreichen Abbildungen
ISBN 978-3-414-82365-6

»Hilf mir!« Delilah kann es nicht fassen, als sie diese Nachricht in ihrem Lieblingsbuch findet. Oliver, der gut aussehende Held der Geschichte, hat diese Worte extra für sie in den Felsen geritzt. Zuerst hält sie sich für verrückt, doch schnell stellen Delilah und Oliver fest, dass sie über die Grenzen der Buchseiten hinweg miteinander sprechen können. Oliver vertraut Delilah an, dass er raus möchte aus seiner Buchwelt. Und das liegt auch an Delilah, die er zu gerne küssen würde ... Delilah ist begeistert von der Idee, hat sie sich doch längst in Oliver verguckt. Aber wie sollen sie es schaffen, die Grenzen zwischen ihren Welten zu überwinden?

Boje

Ja, Nein, Vielleicht

Jessica Brody
MEIN LEBEN VOLLER
FRAGEZEICHEN
Aus dem amerikanischen
Englisch von
Ann Lecker
352 Seiten
ISBN 978-3-414-82448-6

So kann es nicht weitergehen! Das beschließt die 15-jährige Brooklyn, nachdem sie durch ihre letzte vermasselte Aktion auf dem Polizeirevier gelandet ist. Sie ist einfach nicht in der Lage, vernünftige Entscheidungen zu treffen.
Die Lösung? Ein Blog, auf dem ihre Leser für sie entscheiden. Und zwar alles: Von der Wahl der Klamotten über die Lektüre für den Englischkurs bis zu „Wer ist der Richtige für mich?". Ob das wirklich gut geht?

Boje